भालचन्द्र नेमाड़े

भालचन्द्र नेमाड़े का जन्म महाराष्ट्र के सांगवी, जिला जलगाँव में 27 मई, 1938 को हुआ। उन्होंने पुणे तथा मुम्बई विश्वविद्यालय से एम.ए. और औरंगाबाद विश्वविद्यालय से पी-एच.डी. की उपाधि प्राप्त की। औरंगाबाद, लन्दन, गोवा तथा मुम्बई विश्वविद्यालय में अध्यापन किया। मुम्बई विश्वविद्यालय के गुरुदेव टैगोर चेयर ऑफ कम्पैरेटिव लिटरेचर में प्रोफेसर तथा विभाग प्रमुख रहे। सन् 1998 में सेवानिवृत्त हुए।

उनकी प्रकाशित कृतियाँ हैं—'कोसला', 'बिढार', 'हूल', 'जरीला', 'झूल', 'हिन्दू : जीने का समृद्ध कबाड़' (उपन्यास); 'मेलडी' तथा 'देखणी' (काव्य); 'साहित्याची भाषा', 'टीकास्वयंवर', 'साहित्य संस्कृति आणि जागतिकीकरण', 'तुकाराम', 'द इनफ्लुएंस ऑफ इंग्लिश ऑन मराठी : ए सोशियोलिंग्विस्टिक एंड स्टाइलिस्टिक स्टडी', 'फ्रैंज काफ्का : ए कंट्री डॉक्टर', 'हाउ मच स्पेस इज एन इंडियन राइटर नीड?' (आलोचना)। जर्मन, हिन्दी, उर्दू, कन्नड़, असमिया, पंजाबी, बांग्ला, उड़िया तथा गुजराती भाषाओं में उनकी रचनाओं के अनुवाद हुए हैं।

उन्हें महाराष्ट्र साहित्य परिषद के 'ह.ना. आप्टे पुरस्कार', 'यशवंतराव चव्हाण पुरस्कार', 'कुरुन्दकर पुरस्कार', 'साहित्य अकादेमी पुरस्कार', 'कुसुमाग्रज पुरस्कार', महाराष्ट्र फाउंडेशन के 'गौरव पुरस्कार', 'कुसुमाग्रज जनस्थान पुरस्कार', 'एन.टी. रामाराव नेशनल लिटरेरी अवार्ड', 'बसवराज कट्टिमणि नेशनल अवार्ड', 'महात्मा फुले समता पुरस्कार', 'ज्ञानपीठ पुरस्कार' से पुरस्कृत और 'पद्मश्री' से अलंकृत किया जा चुका है।

रंगनाथ तिवारी

हिन्दी-मराठी भाषा और साहित्य पर समान अधिकार रखनेवाले रंगनाथ तिवारी ने कविता, कथा, एकांकी, नाटक, उपन्यास तथा समीक्षा आदि विधाओं में पर्याप्त लेखन किया है। मराठी में कई पुस्तकें प्रकाशित हैं। हिन्दी में लिखित उनकी प्रमुख पुस्तकें हैं—'देवगिरि बिलावल', 'बेगम समरू' तथा 'काया-परकाया'। उन्होंने कई महत्त्वपूर्ण रचनाओं के अनुवाद भी किए हैं। वे योगेश्वरी महाविद्यालय, अम्बाजोगाई में हिन्दी के प्राध्यापक रहे और वहीं से उपप्राचार्य के पद से सेवनिवृत्त हुए।

उन्हें 'ह.ना. आप्टे पुरस्कार', 'वि.स. खांडेकर पुरस्कार', 'तुळसाबाई सोमाणी पुरस्कार', 'भैरूरतन दमाणी पुरस्कार' समेत कई पुरस्कारों से सम्मानित किया गया।

राजकमल से प्रकाशित लेखक की अन्य कृतियाँ

उपन्यास

बिढार

जरीला

झूल

हिन्दू : जीने का समृद्ध कबाड़

कविता

देखणी

चांगदेव चतुष्टय : 2

हूल

भालचन्द्र नेमाड़े

अनुवाद

रंगनाथ तिवारी

राजकमल पेपरबैक्स

मूल मराठी संस्करण पहली बार 1975 में पॉप्युलर प्रकाशन, मुम्बई से प्रकाशित

राजकमल पेपरबैक्स में
पहला संस्करण : 2023

राजकमल पेपरबैक्स : उत्कृष्ट साहित्य के जनसुलभ संस्करण

राजकमल प्रकाशन प्रा. लि.
1-बी, नेताजी सुभाष मार्ग, दरियागंज
नई दिल्ली-110 002
द्वारा प्रकाशित

शाखाएँ : अशोक राजपथ, साइंस कॉलेज के सामने, पटना-800 006
पहली मंजिल, दरबारी बिल्डिंग, महात्मा गांधी मार्ग, प्रयागराज-211 001

वेबसाइट : www.rajkamalprakashan.com
ई-मेल : info@rajkamalprakashan.com

मुद्रक : यश प्रिंटोग्राफिक्स
नोएडा-201 301 (उत्तर प्रदेश)
द्वारा मुद्रित

मूल्य : ₹299

HOOL
Novel by Bhalchandra Nemade
Translated by Rangnath Tiwari

ISBN : 978-81-19159-01-7

उम्र भर का तूने पैमान-ए-वफ़ा बाँधा तो क्या
उम्र को भी तो नहीं है पायदारी हाय-हाय

—मिर्ज़ा ग़ालिब

चांगदेव चतुष्टय : 2

हूल

बम्बई छोड़ते समय उसे लग रहा था कि बहुत ही भावाकुल होना चाहिए। बम्बई ने उसे पूरी तरह से बदलकर नया ही आदमी बना दिया था। अब वह ठूँस-ठूँसकर भरे हुए और छूटने के लिए तैयार बन्दरगाह के जहाज की तरह भारी और तैरता-सा हो गया था। लेकिन भावाकुल होना बना नहीं। प्रवेश द्वार पर टिकट चेकर ने उसके किताबों के बक्से रोक दिए। "ये नहीं जा सकता," कहकर उसने कुलियों को बक्से एक तरफ रखने को कहा, "क्लॉकरूम में रखो, वजन करो, नई किताबें हों तो कुछ टैक्स भी भरना होगा।" मतलब खोलकर दिखाना होगा। बाद में फिर से कौन पैक करेगा? "बाहर कोई भी फट्टे मार देता है," ऐसा भी वह बदमाश आदमी कहने लगा। मतलब गाड़ी छूट जाएगी। उतने में नाम्या आ गया इसलिए अच्छा हो गया। नाम्या ठंडे दिमाग से बोला, "दो रुपये निकालो।"

"किसलिए?" चांगदेव को हरदम नाम्या के पैसे माँगने का डर लगता।

"निकालो तो...उस भड़वे को देना है।"

नाम्या ने कुली के हाथ पर दो रुपये रख दिए। कुली ने टिकट चेकर को चुपचाप कुछ कह दिया। टिकट चेकर बोला, "प्रोफेसर है? ठीक है, ठीक है। चलो, पहले बताना था।"

वे भारी-भरकम बक्से डिब्बे में जैसे-तैसे धकेलकर आखिरी बक्सा रखने के बाद कुली ने अन्दर से दरवाजा बन्द कर दिया और बक्से दरवाजे के पास अन्दर से लगाकर इस तरह रख दिए कि दरवाजा पूरी तरह जाम हो गया। फिर वह अपनी हमाली लेकर खिड़की से पहले पैर, शरीर, सिर एक झटके से बाहर निकालकर नमस्ते कर चला गया।

डिब्बे में पहले ही लोग भरे हुए थे। अब दरवाजा बन्द करने से अन्दर खड़े रहनेवाले सभी लोगों में चांगदेव और नाम्या के प्रति कृतज्ञभाव जाग उठा। फिर भी खिड़की से एक-एक चढ़कर अन्दर आ ही रहे थे। अन्दर डिब्बे में एक-दो आदमियों ने दो-तीन बर्थ और दो-तीन पाटियाँ लेटकर और छाते रखकर रोक रखे थे और वे बैठने के दो रुपये और सोने के पाँच रुपये बुदबुदा रहे थे। दो मारवाड़ियों ने दो बर्थ सोने के लिए ले लीं। यह देखकर एक आदर्शवादी उग्र जवान ने 'ऐसा नहीं चलेगा' कहकर जबरदस्ती एक जगह हथिया ली। उसके बाद उन दो मवालियों के और उस आदर्शवादी जवान के बीच प्रचंड झगड़ा हुआ। माँ-बहनों की गालियाँ दी गईं। हाथापाई तक बात बढ़ने से पहले लोगों ने बीच-बचाव कर वह झगड़ा खत्म कर दिया। गार्ड के सीटी बजाने पर वे मवाली खिड़की से कूदकर गायब हो गए। लेकिन आदर्शवादी जवान के सफर का मूड बेकार हो गया।

नाम्या बोला, "अपने बक्सों पर टॉवेल वगैरा डाल देंगे तो बैठने के लिए जगह हो जाएगी। शौचालय का दरवाजा सामने ही होने से अभी से आने-जानेवालों की तकलीफ शुरू हो गई थी। कोई भी दोस्त चांगदेव को पहुँचाने के लिए नहीं आया था। वैसे उसने भी किसी को बताया नहीं था। अब दोबारा बम्बई की ओर मुड़कर भी नहीं देखना है। एक बार मुँह फेर लिया तो फेर लिया, बम्बई ने मुझको अंडे की तरह सेकर सशक्त बना दिया है।

नाम्या पूना तक साथ था। उसको बहन के लिए पूना में एक लड़का देखना था। उसका एक तरफ का टिकट कटाना चांगदेव ने कबूल किया था। इसलिए आज वह समय निकालकर आया था। आते ही घर से भी पैसे ला सका था। चांगदेव को सामान लाने-ले जाने के लिए उतनी ही मदद हो गई। फिर गप्पें लड़ाना भी हुआ। गप्प लड़ाने में नाम्या बहुत ग्रेट है और उतना ही व्यवहारवादी भी।

गाड़ी चलने से पहले चांगदेव से नाम्या ने पान, सिगरेट के लिए फिर एक रुपया माँगा। चांगदेव के पास पैसे बहुत कम थे। उसमें से पूना पहुँचने तक नाम्या

और पाँच-एक रुपये तो यों ही मार लेगा। शौचालय से अभी से ही बदबू आने लगी थी। अब डिब्बे में लोग दरवाजे तक खड़े थे। चांगदेव ने अपने बक्सों पर तीन-चार लोगों को 'बैठो-बैठो' कहकर जगह दी थी इसलिए वे उस पर खुश थे। लेकिन जब बम्बई छूट रही थी तब डिब्बे में खिड़की के पास इतनी भीड़ थी कि बाहर के परिचित रास्ते, पुल, पुल के नीचे के खूबसूरत मोड़वाले भीड़ भरे रास्ते, नुक्कड़ के होटल, वह जिन रास्तों से, स्टेशन से हरदम आता-जाता था उन जगहों को भी ठीक तरह से देखना नहीं हुआ। बम्बई अनदेखे चली गई। बीच में एक-दो स्टेशन पर बाहर से दरवाजा धकेलनेवालों की भारी भीड़ मिली। लेकिन चांगदेव के बड़े-बड़े बक्से दरवाजे पर ही रखे थे और उन पर एक मोटा आदमी बैठा था। बाहर के लोगों की परेशानी देखकर चांगदेव बोला, "वह बक्से थोड़ा इधर हटा लें क्या? चढ़ने-उतरनेवालों के लिए ठीक रहेगा।"

बक्से पर बैठा मोटा आदमी संक्षेप में बोला, "चढ़नेवालों की चिन्ता आप क्यों करते हैं? और उतरनेवाले का क्या है गरदन टूट जाए तो भी किसी तरह खिड़की से कूद ही जाएगा। उतरनेवाला उतर ही जाता है।"

नाम्या बोला, "अरे, ये महाशय तो बहुत ही होशियार दिखाई देते हैं। सब बातों का ध्यान करके ही बोले हैं। और फिर उतरनेवाला उतर ही जाता है यह सुभाषित भी है।"

चांगदेव और नाम्या उस पर खुश होकर हँसने लगे, वह महाशय भी खुश होकर हँसे।

नाम्या कहने लगा, "तुम्हारे चाचा और चाची अलबत्ता अच्छे थे। है न?"

चांगदेव के मन में भी वही विचार आ रहे थे, यह नाम्या ने ठीक पहचाना। वह कहने लगा, "चाची को मेरे कारण इन बरसों में बहुत तकलीफ हुई। बीच-बीच में उनके यहाँ रहने के लिए जाना ही पड़ता था। हम सब लोग रात में घूमते-मिलते थे, सो रात-बे-रात कभी भी चला जाता था। दरवाजा खोलने की तकलीफ उठानी पड़ती थी। सवेरे कितनी ही देर से जागने पर चाय बनाकर देती थी। चार बच्चे थे फिर भी उसे कभी मेरे से तकलीफ नहीं हुई। ज्यादा बाल-बच्चेवाले माँ-बाप पता नहीं क्यों ज्यादा भावुक होते हैं। वैसे घर में खींचातानी ही रहती है चाचा के यहाँ। अभी भी घर में एक जैसी चाय की प्यालियाँ नहीं

हैं। बड़े लड़कों के कपड़े छोटों को। घूमने जाने के कपड़े सबके लिए बारी-बारी से वही के वही। कभी पैसे हाथ में आए तो सबके लिए एक-एक कीमती ड्रेस खरीदूँगा। चाची के लिए भी कीमती साड़ी खरीदूँगा। हमारे चाचा के यहाँ सबके मन का बड़प्पन बाढ़ में उफनाई नदी-सा बहता रहता है। वे इस माने में अमीर ही हैं...।" लेकिन खेती के पैसे मेरे पिताजी के पास अटके हुए, फिर बच्चे सभी पढ़ रहे हैं—

नाम्या बात बदलने के लिए बोला, "तुम्हें इधर प्रधान, सारंग कोई नहीं मिला, ऐसा लगता है।"

"नहीं।"

"मुझे कल मिले थी अपनी यह पूरी मंडली। मैंने बताया तुम आज जा रहे हो। गाड़ी का समय जान-बूझकर नहीं बताया।"

"अच्छा किया।"

"लेकिन सब तुमसे प्यार करते हैं। तुम जा रहे हो यह किसी को अच्छा नहीं लगा। प्रधान बोला, 'अब अपना आन्दोलन समाप्त हो गया!' बापू बोला, 'चांगदेव से कहना, बाहर गाँव जाने की उसकी रूमानियत खत्म होने पर वह वापस बम्बई ही आएगा सीधा। बाहर गाँव में शौचालय भी नहीं होते। शौचालय जाकर आने तक कर्जन कसारा से व्हीटी तक जाकर आना हो जाता है। कुल मिलाकर बात वहीं की वहीं।'"

"सच है। लेकिन मुझे पूरी तरह से सब कुछ बदला हुआ ही चाहिए था। शंकया के लॉज पर भी पाँच-पाँच साल एक खाट खाली नहीं होती।"

"यह सच है। पूरी उमर बम्बई में ही रहना है यह कोई बात नहीं लेकिन किसी चाल के एक कमरे में सत्तर साल रहने और ऐसे सत्तर गाँव घूमते रहने में मुझे कुछ फर्क दिखाई नहीं देता। आखिर यह दुनिया जो भी है इत्ती-सी ही है। उसमें एक ही सूरज और एक ही चाँद, वही नींद, वही दाल-भात, सिनेमा में फिर वही मधुबाला और वहीदा रहमान भी वही। क्या फर्क होनेवाला है गाँव बदलकर?"

"लेकिन बम्बई में हमेशा के वे ही दोस्त, वे ही लेखक, वही साहित्यिक राजनीति यह तो बाहर नहीं होगा। मेरे इस गाँव के बाहर बबूल का घना वन है, पठार है। एकदम नए चेहरे हैं। और साहित्य बिलकुल नहीं है। वैस लिखने-पढ़नेवाले हैं, लेकिन उनका आपस में हँसना-रूठना चलता रहता है। इस बात का तो साहित्य में समावेश नहीं होता। बम्बई में साहित्य का मतलब है गन्दी राजनीति। हमारे

रत्नागिरीकर कहते ही हैं न कि बम्बई में साहित्य के लिए अच्छी मंडी है। बेवकूफ लेखक भी जान-पहचान से बढ़ते-बढ़ते ऊँची जगह चला जाता है। मतलब क्या होता है, पता नहीं।"

"रत्नागिरीकर! साहित्यिकों को मिलनेवाली सभी सुविधाओं का लौह चुम्बक है। मंडी हो भी तो क्या होगा? वह साला ऊपर चला जाएगा। मतलब कहाँ तक जाएगा? एकाध सनकी छोकरा चार ऐसी असली कविताएँ लिख जाता है कि ये सब साफ हो जाते हैं। सारंग जैसा एक उपन्यास में सबकी छुट्टी कर देता है।"

"फिर भी सारंग जैसों को कौन पूछता है?"

"यह बात अलग है। पूछना मतलब आपको भी उन जैसे छक्के-पंजों के लिए तैयार रहना चाहिए। मतलब ये साले बोर हो जाने तक फिजूल आकाशवाणी और अखबारों में, मासिक पत्रिकाओं में, हर-हमेशा दीपावली अंक में लिख-लिखकर और समीक्षकों के यहाँ चक्कर मार-मारकर जान-पहचान बढ़ाते-बढ़ाते प्रतिष्ठित बन बैठते हैं। फिर मामूली गोष्ठियों में अध्यक्ष होते-होते भाषणबाजी शुरू कर बुढ़ापे में बहुत ही आदरणीय वगैरा बन जाते हैं। मतलब चरबी के कारण तोंद बढ़ जाने से उठ भी नहीं सकते ऐसे दुकानदार के समान ये बन बैठते हैं। मुझे तो इन लोगों को याद करना भी अच्छा नहीं लगता।"

"अपने बचपन में ये कुछ लोग अपने नाग के आगे एम.ए. वगैरा डिग्रियाँ भी लिखते रहते थे। है न?"

"और कुछ लोग तो टी.डी. ब्रैकेट में लन्दन भी लिखते थे नाम के आगे। टेक्स्ट में हमेशा होते थे ये चोर।"

"अब हमारे इस गाँव में भी टी.डी. के क्लास हैं। अस्सी के करीब लड़के-लड़कियाँ इतने से गाँव में टी.डी. होते हैं। मतलब उस जमाने में ये लोग उधार पैसे लेकर जहाज में बैठ छह-सात महीने किसी तरह लन्दन में बिताकर टी.डी. होकर आते और इधर भाव खाते। अभी भी उधर से कुछ डिप्लोमा लेकर यही बातें चल रही हैं।"

"तुम्हारा कॉलेज कैसा है कुल मिलाकर?"

"शानदार अहाता है। पेड़-पौधे-बगीचा काफी हैं। प्रिंसिपल अच्छा है। ईसाई लोग काफी हैं। लेकिन संस्था बहुत पैसेवाली है। गाँव भी छोटा सा है। आना एकाध बार चक्कर लगाने बाद में।"

"लेकिन छोटे गाँव में अच्छे लोग भी कम ही होंगे। और फिर एकाध मूर्ख प्राध्यापक एक बार लग गया तो वह हमेशा के लिए चिपका रहेगा। बिलकुल शादीशुदा पति के समान। बदलना मुश्किल।"

"बम्बई में भी तो ऐसे हैं ही।"

"लेकिन बम्बई में अच्छे प्राध्यापक होने की सम्भावना अधिक है। तुम्हारे इस कॉलेज में शायद तुम ही अकेले अच्छे होगे अभी। वह भी बम्बई से आने के कारण। यह सच है कुछ-कुछ। बम्बई के फालतू आदमी ने भी फुटपाथ से चार आने में लिया कामू और सार्त्र पढ़ा हुआ होता है।"

"लेकिन यहाँ पढ़ने के लिए काफी समय होगा। वैसे तो मैं पढ़ने से भी ऊब गया हूँ। सिर्फ बिना किसी बोझ के जीना चाहता हूँ। शहर में रहकर, एम.ए. के कारण और साहित्य पर चर्चा कर-करके मैं गधा होता जा रहा हूँ यह मेरे ध्यान में आ गया था। अब सिर्फ जीना है।"

"अच्छा हो जाएगा इस तरह बरस-दो बरस जी कर। वैसे मैं भी इन दिनों कुछ पढ़ता नहीं हूँ, लेकिन औरत और बोतल के समान पढ़ना भी छूटता नहीं।"

पूना में नाम्या उतर गया। सामान कहाँ-कहाँ रखा है यह चांगदेव को झुक-झुककर दिखाकर 'ठीक से ध्यान रखना' कह। फिर उतरते-उतरते बोला, "दो-एक रुपये होंगे? अब रात हो गई है मतलब मुझे लॉज पर रुकना पड़ेगा। तुम्हारे कारण मुझे यह रात की ट्रेन लेनी पड़ी। सामान सँभालना।"

अब वह पैसे माँगेगा ही यह मालूम होने से चांगदेव ने पहले ही ऊपर की जेब में दो रुपये निकालकर रख दिए थे। वे देने पर लापरवाही से जेब में रखकर नाम्या कह रहा था, "एक बात ध्यान में रखना। खाने-पीने में बम्बई जैसी लापरवाही यहाँ मत करना। खाना-पीना अच्छा रखना। मेवे, फल, दूध तो हर वक्त कमरे में चाहिए। अच्छा। चलता हूँ। सामान सँभालना। नहीं, मुझे चाय नहीं चाहिए। तुम लो। ठहरो मैं ही लाता हूँ। पता बाद में मालूम कराना अपना।"

ऐसा कहकर उसने फेरीवाले से चाय लेकर खिड़की में से चांगदेव को दी और आप भीड़ में चला गया।

चाय लेते-लेते चांगदेव बम्बई के इस जैसे बुद्धिमान लेकिन कहीं कुछ बिगड़ चुके ऐसे दोस्तों के विषय में खिन्न होकर सोचता रहा। लेकिन अब तो सोचने की भी आवश्यकता नहीं थी। अब अपन दोस्तों का नया साँचा बनाएँगे। सब कुछ नया। अब पुराना भुला दे। पीछे की झंझट नहीं चाहिए क्योंकि उसका कहीं कोई अन्त नहीं है।

गाड़ी काफी देर हो जाने पर भी चल नहीं रही थी। डिब्बे में भीड़ कुछ कम हो गई थी। बम्बई से साथ चला मोटू अब पैर फैलाकर बैठा था। चांगदेव ने वक्त काटने के लिए थैली से पत्र निकाले। प्रिंसिपल का नौकरी का आदेश पढ़ा। तनख्वाह के आँकड़े मिलाकर तनख्वाह मन-ही-मन तय कर ली। खर्चा कितना होगा इसका अनुमान किया। तनख्वाह कुल मिलाकर दो सौ तीस ही थी। मतलब बहुत कुछ बचनेवाला नहीं था। कुछ कर्जे चुकाने होंगे, श्रॉफ और नारायण के। करीब छह महीने तक खर्चे में थोड़ी काट-छाँट करनी होगी। फिर ऐश। घरवालों को मेरा नया पता मालूम नहीं है। चाची अगर बताएगी तभी मालूम होगा। लेकिन जवाब किसी को भी नहीं देना है। अब पीछे का सब तोड़ ही देना चाहिए। दोस्तों से भी खतो-किताबत बन्द। अब पूरी तरह से मुक्त रहना है। एकदम नई जिन्दगी।

इस बीच वह मोटा आदमी झुक-झुककर उसके खत को पढ़ चुका था। चांगदेव ने पत्र थैली में रख दिए और खामोश बैठा रहा तब मोटा आदमी पूछने लगा, "मतलब आप हमारे ही गाँव चल रहे हैं क्या?"

"कौन सा गाँव है आपका?...हाँ वहीं।"

"कॉलेज में ही? नए-नए लगते हो। आपका विषय कौन सा है, अंग्रेजी है? वा, वा। अच्छा हो गया। हमारे पूरे गाँव में किसी एक को भी ठीक से अंग्रेजी नहीं आती। अच्छा हो गया। आपकी बातचीत मैं सुन रहा था। वा! पढ़-लिखकर ऐसी होशियारी आनी चाहिए। क्या ऊँचे खयाल और स्तर होता है आप लोगों का।"

"आप क्या करते हैं?"

"मैं वैद्यकीय व्यवसाय करता हूँ। फिर कुंडलियाँ भी बनाता हूँ। लेकिन प्रमुख व्यवसाय आयुर्वेद है। हमारा काफी बड़ा धन्धा है। गाँव-गाँव से लोग आते हैं। अभी बम्बई में खास बुलाया था हमारे चाहनेवालों ने। तुम्हारे डॉक्टर क्या हैं? उन्हें मामूली गलगंड ठीक करना नहीं आता। पेट का तो कोई विकार तुम्हारे डॉक्टरों की समझ में नहीं आता। कुछ अंग्रेजी शब्द झाड़कर सूई लगाते रहते हैं। है कि नहीं।"

"कुल मिलाकर आपका कारोबार अच्छा चलता रहता है क्या?"

"हाँ तो। रोजी-रोटी भर तो हरदम चलता रहता है। ये देखो, इधर का उधर करना, मिट्टी का तेल गायब करना ऐसे धन्धे बाप-दादाओं ने कभी हमें बताया नहीं। अपना काम ईमानदारी से करता हूँ, बच्चे स्कूल में पढ़ते हैं, लड़की आपके कॉलेज में है। ठीक चल रहा है। आना हमारे यहाँ फुरसत से।"

"जरूर आऊँगा।"

"हमारी लड़की का इस साल रिश्ता हो जाता। लेकिन ऐन मौके पर टूट गया। उसका भी इस चक्कर में देख आया हूँ। हमारा गाँव वैसे बड़ा खतरनाक है। इन ईसाइयों ने भारी अनीति मचा रखी है। आप...कौन जाति...देशस्थ, ब्राह्मण हो? तो आप इन ईसाइयों को अब नजदीक से देखोगे ही। बहुत गन्दा। आपके कॉलेज में तो लफड़े ही लफड़े हैं। मैं नहीं बताऊँगा। आपको मालूम हो ही जाएगा वह। दूसरे, इस गाँव के मारवाड़ी हैं। देखो तो इस भुक्खड़ गाँव में इतने मारवाड़ी कैसे जमा हो गए। इनके छोकरों के पास बहुत पैसा होता है। लड़कियों को बहुत सँभालना पड़ता है। गाँव में आधे से ज्यादा मारवाड़ी और मुसलमान हैं। मुसलमानों को तो पाकिस्तान भेजनेवाले थे हम। गोडसे की सभाएँ बहुत जमती थीं उन दिनों। लेकिन सब गलत हो गया।"

"मैं भी बचपन में शाखा में जाता था। गांधी वध के समय अड्डे पर माफी माँगने पर छोड़ा हम सबको। लेकिन हमारे चाचा को गधे पर बिठाया।"

"अजी हम तो महीने तक घर में छिपे रहे। गाँव में मराठों ने थोड़ी गड़बड़ की। वैसे कहो तो हमारे गाँव के लोग नासमझ, नालायक ही हैं। एक बार मुसलमानों ने खूँटे पर के हनुमानजी को उखाड़कर फेंक दिया फिर भी कुछ नहीं किया लांडों का। अपने लोगों में छात्र तेज नहीं हैं। गोडसे लेकिन हिम्मतबाज आदमी था। उधर से पाकिस्तानी लांडे घुसते हैं। इधर से चीनी घुसते हैं। लेकिन हम आपस में लड़ते बैठे हैं। वैसे आपकी तबीयत भी ठीक नहीं लगती। अब एक बार सब ठीक-ठाक हो जाए तो आना मेरे दवाखाने में। बिलकुल ठीक कर डालेंगे आपको। लेकिन परहेज की ओर ठीक से ध्यान देना होगा। किसी का केस अपने हाथ में छह महीने में आया कि हम उसे बिलकुल ठीक कर देते हैं। अब ये बड़ी तोंदवाले लोग... कभी पथ्य सँभालेंगे नहीं। फिर अचानक कुछ हो गया तो डॉक्टर के पास दौड़ते हैं, इंजेक्शन लेते हैं। होता है तात्कालिक लाभ लेकिन इनके चेहरे पर तेज कभी दिखाई देता है क्या? करना क्या है ऐसे जी कर भी। पहले कम-से-कम छूत की

बीमारी आ गई तो आधे लोग टपक-टपक मर जाते थे। अब कोई नहीं मरता। और मुसलमानों की बस्ती तो सात गुना बढ़ गई है गाँव में। घर में खाने को नहीं है, दूध की एक बूँद नहीं है, पहले के बच्चे को पिलाते-पिलाते फिर नया बच्चा पैदा हो जाता है ऐसे निष्ठुर लोग हैं यह। और दस-दस बच्चे होते हैं। रास्ते में गुंडागर्दी करते हैं। यह सब नई दवाइयों की वजह से हुआ सबा है कि नहीं!"

फिर पास में बैठा दूसरा एक बौना आदमी बातों में शरीक होकर कहने लगा, "मतलब पहले तपेदिक और चेचक अचपड़े नहीं थे क्या?"

"थे जी। लेकिन वही तो कह रहा हूँ। मरनेवाले मर जाते थे। जीनेवाले हट्टे-कट्टे होते थे। बचे हुए लोगों को दूध, अनाज मिलता था। अब बम्बई में आधे लोगों को पांडुरोग है ऐसा अखबार में पढ़ा। करना क्या है ऐसी हिजड़ी प्रजा देश में रखकर? पहले अपने यहाँ भीम-अर्जुन थे ही न? अब गांधी बाबा और नेहरू जैसे लोग होते हैं। मतलब अंग्रेजों को जिन्दा छोड़ दिया और अब बैठे हैं अखबार में तस्वीरें देते। अच्छा हुआ मर गए ये बुड्ढे! तेज चाहिए महाराज, तेज! अजी, सिर्फ एक पटाखे से गांधी मर गया। उसे गोली लगी भी नहीं होगी। सिर्फ आवाज से जान निकल गई होगी उसकी। भजन गा-गाकर कहीं देश की रक्षा होती है? मुसलमानों के चार लोग हाथ में लाठियाँ लेकर आए तो तुम्हारे हिन्दू बच्चे भागने लगते हैं। मेरा तो कहना है एक बार होने दो दंगे गाँव-गाँव में। आठ दिन में मुसलमानों की हेकड़ी खत्म हो जाएगी। सालों की चरबी बढ़ गई है क्या? मैं अपने बच्चों को कहता रहता हूँ, किसी ने हाथ में सिर्फ लाठी उठाई तो हमें उसकी पीठ पर ही दे मारनी चाहिए लाठी। गांधी इतने हमारे तो फिर भगतसिंह किसका था जी? नेहरू अपना तो फिर पटेल किसका? अब आप इस ईसाई कॉलेज में देखेंगे ही कैसे हैं ये लोग।"

चांगदेव बोला, "कैसे हैं? मुझे तो अच्छे लगे।"

"अच्छे? व्यर्थ शाखा में जाते रहे हो जी आप। अजी, भ्रष्ट करने का इरादा है उनका आप सबको! उनके संस्थापक थे माणिकराव ख्रिस्ती बन्धु। मूलत: वे अछूत महार थे। वैसे तो अब किसी की जाति का उल्लेख नहीं करना चाहिए। लेकिन अपनी जात पर ही आदमी कैसे जाता है, देखो। इसने महार जाति के नंग-धड़ंग बच्चों के झोंपड़ों के फोटो पर फोटो खींचकर उधर अमरीका में भेजे। उधर के लुच्चे धार्मिक ईसाई लोगों ने दया कर हजारों रुपये भेजे। वह वहाँ से पादरी भी बुला लाया। चर्च बनाए। सब महारों को पैसे बाँटकर ईसाई बना डाला। स्कूल

खोला। कॉलेज भी खोला और सभी भतीजों, भानजों और जमाइयों को प्रोफेसर बना डाला। सबको अमरीका से पढ़ाकर लाया। अमरीका में भी कुछ शिक्षा का स्तर ठीक नहीं दिखता। जो गया वह पी-एच.डी. होकर ही आया। या इन सबने धर्मान्तरण किया है इसलिए मुफ्त में डिग्रियाँ बाँट दीं, पता नहीं। अब गरीब बच्चों को छात्रवृत्ति, मुफ्त में खाना और किताबों के लिए पैसे-वैसे देकर उन्हें ईसाई बनाना जारी है। लेकिन अपने हिन्दू प्रोफेसर चुप रहकर यह सब तमाशा देखते रहते हैं। तुम्हारा एक प्रोफेसर पिछले साल पकड़ा गया ऐसे धर्मान्तरण के मामले में। बहुत हो-हल्ला हुआ उस मामले पर।"

"किसलिए चुप रहते हैं अपने लोग?" बौना आदमी बोला।

मैंने पहले बताया नहीं क्या? अपने में तेज नहीं, तेज! इनको प्रिंसिपल सब्जबाग दिखाता रहता है यह कहकर कि आपको शीघ्र ही अमरीका भेजना है। ये बैठे रहते हैं बीस-बीस बरस राह देखते। ईसाई रहा तो दो-तीन बरस में चला जाता है और ये रिटायर्ड होने को आए तब इनका नम्बर लगाया जाता है। लेकिन बहुत लड़कों का धर्मान्तरण करवाया है इन्होंने।"

बौना आदमी बोला, "अजी, लेकिन इधर झोंपड़े में खाने के लाले पड़े हैं तब बच्चों को पढ़ा-लिखाकर उन्हें फॉरेन भेजना वगैरा करने पर हिन्दू धर्म क्या बहुत बड़ी चीज लगेगी उनको? इधर उन्हें पानी भी पीने नहीं देना और कहना कि हमारे धर्म को सँभालो, इसका क्या मतलब है?"

"पानी कौन नहीं पीने देता इन शूद्रों को? तुम ईमान से रहो, नहाते जाओ हर दिन, मरे जानवर का मांस मत खाओ तब कौन तुम्हें अपने पास नहीं लेगा? अब पिछले बरस से इन्हें सूझा है बौद्ध धर्म का स्वीकार करने पर कि मरे जानवर को नहीं खाना है। इतनी देरी से। होंगे चार मूर्ख ब्राह्मण हर गाँव में लेकिन हमारे जैसे दूसरे सावरकर को माननेवाले भी ब्राह्मण थे न? और समझो हिन्दुओं ने नहीं भरने दिया कुएँ पर पानी तो अपने खुद के कुएँ खोदो। किसी ने आपके हाथ की कुदाल छीन ली है? हमने अपने मन्दिर में नहीं आने दिया तो अपने खुद के मन्दिर बनाओ। इनको अपने मन्दिर में आने देकर क्या करना है? गर्भगृह के पीछे जाकर शराब पिएँगे ये लोग! क्यों, ठीक कह रहा हूँ न?"

चांगदेव को लगा फालतू ही इस आदमी के साथ इतनी घनिष्ठता बढ़ाई। गाड़ी भी बीच में घंटे-घंटे-भर रुक जाती थी। वक्त भी नहीं कट रहा था। इसलिए भी वह बौना आदमी ज्यादा रस लेकर बोल रहा था।

फिर वह मोटा ब्राह्मण बोला, "तुम पढ़े-लिखे नौजवान भी ठीक तरह सोचते नहीं हो। इसका जवाब पहले दो भला। ये लोग अपने पनघट क्यों नहीं बनाते? खुद के मन्दिर क्यों नहीं बनाते? सफाई बरतते हैं?"

चांगदेव बोला, "वही करने लगे हैं वे अब। खुद का धर्म भी उन्होंने अलग बना लिया है। वह भी अपको सुहाता नहीं है। मतलब वे हरदम आपके पैरों के पास ही बैठे रहें?"

बौना आदमी बोला, "यही बात सही है।"

"क्या किया बौद्ध धर्म को स्वीकार कर! अर्थात ईसाई होने से यह अच्छा ही समझो। बुद्ध कुछ भी हो जाए आखिर अपना है। लेकिन इनकी समझ में कहाँ आता है बुद्ध का दर्शन? मटन-मच्छी खाएँगे, औरतें इनकी उनके पास सोएँगी, मारपीट करेंगे और बौद्ध धर्म कहाँ से आएगा इस सबके बीच महाराज? सिर्फ हम लोगों से अलग होना था इन लोगों को।"

चांगदेव बोला, "मतलब हम हिन्दुओं को हिन्दू धर्म की बहुत समझ है ऐसा कहना है क्या आपका? हमारी औरतें भी और क्या करती हैं? सौ में से एक को वेद और उपनिषद के नाम सुनकर मालूम होते हैं। बताइएं तो ऋग्वेद में कितने मंडल और कितने सूक्त हैं?"

"चाहे जितने हों...लेकिन मैं शुद्धता से रहता हूँ। मांस-मच्छी नहीं खाता। रोज नहाता हूँ।"

चांगदेव बोला, "इसका हिन्दू धर्म के साथ कोई सम्बन्ध नहीं है जी। अपने हिन्दू लोग पहले कितने पाप करते हैं यह देखो। दारू का धन्धा, कालाबाजारी, धोखाधड़ी, सट्टेबाजी, रंडीबाजी—सब में हिन्दू हैं।"

"होंगे मगर मुसलमान और ईसाई ये धन्धे ज्यादा करते हैं। हम लोगों में नीचे वाले लोग करते होंगे।"

चांगदेव बोला, "अपने हाथ में सत्ता है। उत्पादन के साधन हैं। शिक्षा मिलती रहती है इसलिए यह प्रमाण कम होगा। मरे हुए जानवर को फाड़ने का क्या किसी को शौक होता है? आप उनको भूखों मारते हैं। पेशवाई में ब्राह्मण लोग क्या-क्या करते थे यह मालूम होगा ही आपको। अंग्रेज आया तब सबको लगा अब फिर से ब्राह्मण नहीं चाहिए। बहुत ही व्यभिचारी थे ब्राह्मण।"

बहस उन तीनों की काफी देर तक चलती रही। फिर वह मोटा आदमी हारने लगा तो नींद की झपकियाँ लेने लगा। कुछ देर बाद जाग पड़ने पर खिड़की से

बाहर देखते हुए बोला, “अभी घंटा-भर लगेगा अपने गाँव के लिए। बरसात हो रही है जी, बाहर।”

“वा! वा! वा!”

चांगदेव ने यों ही काम की बात चलाई, “मुझे कहीं कमरा मिलेगा क्या जी, आपकी पहचान से?”

सिंगल कमरा क्या? दिला देंगे। अच्छी बस्ती में कमरा देखना भैया। मुसलमान और ईसाई बस्ती में कुछ भी हो जाए तब भी मत रहना।”

“मुझे कहीं भी जगह मिले, चलेगा। कहीं भी...”

“मतलब? फिर हमारा क्या फायदा? मैं देखता हूँ न। आप देशस्थ ब्राह्मण ही हैं न...नहीं, मतलब अगर कोई पूछे तो बताने के लिए ठीक रहता है।”

बौना आदमी बोला, “मतलब यह कि आपका अब तक का दर्शन आ गया न जाति पर? हा हा हा! हि हि हि हि हीऽ।”

इतनी देर बाजू में नींद के झोंके लेते बैठा हुआ दूसरा एक अधेड़-सा ऊँचा आदमी एकदम खिलखिलाकर हँस पड़ा। इतना कि वह कुछ भी न बोलते हुए सिर्फ हँसता ही रहा। उसे एकदम तरोताजा लगने लगा और वह भी चर्चा में शरीक होने लगा।

मोटू ब्राह्मण बोला, “मतलब ऐसी कोई बात नहीं है जी। मेरे मकान में जगह होती तो मैं अभी आपको ले जाता। लेकिन दूसरों की भावनाओं का ध्यान रखना पड़ता है। किसी को अंडे नहीं चलते, किसी के यहाँ सयानी लड़की होती है, सब देखना पड़ता है। अब ये प्रोफेसर आचार-विचार से मुझे अच्छे लगे। इनके मित्र और ये भी बहुत ऊँची बातें कर रहे थे। लेकिन दुनियादारी में कुछ बातों का ध्यान रखे बिना कैसे चलेगा? आप देखो न इनके लिए जगह, बहुत होशियारी दिखा रहे हो तो...”

चांगदेव को लग रहा था कि इस गाँव के सभी लोग अगर ऐसे पुराने खयालों के होंगे तो अपनी पसन्द ही गलत हो गई। कहाँ अपने विचारों का आदर्श गाँव और कहाँ इन लोगों की यह दुनिया! फिर उसके सिर में बाईं तरफ गजब का दर्द होने लगा। पड़ोस का हँसनेवाला आदमी बोला, “आज शाम मेरे यहाँ आना। देखेंगे अपन। हमारे मालीवाड़े में होंगे एक-दो कमरे। लेकिन शायद तुम्हें पसन्द नहीं आएँगे।”

चांगदेव बोला, “आऊँगा। देखें तो सही।”

मोटू ब्राह्मण बोला, “मेरे यहाँ भी आना। मैं पूछताछ कर रखूँगा।”

चांगदेव बोला, “ठीक है।” फिर धीरे-धीरे वह झपकियाँ लेने लगा। वे तीनों गप्पें हाँककर समय काटते रहे।

“उठो, प्रोफेसर साब उठोऽऽ। गाँव आ गया अपना।”

चांगदेव उठ बैठा। सवेरा हो चला था। पीले लैम्प खिड़की से पीछे सरकते जा रहे थे। ब्रेक की आवाजें सुनाई पड़ीं और खिड़की में सिर डालकर दौड़ते हुए लाल हमाल नजर आए।

“अच्छा, मिलेंगे। आपके पास सामान है इक्का कर लीजिए।”

“किसी भी अच्छे से लॉज पर चलो। गाँव में।”

बरसात के कारण मरियल घोड़े के पैर फिसल रहे थे। घोड़ा भीगा हुआ था। लेकिन गीले घोड़े के ताँगे से नए गाँव में प्रवेश करना उसे अच्छा लगा। बक्सों के लिए एक ताँगा और करना पड़ा। वह काफी पिछड़ता धीरे-धीरे चला आ रहा था।

पौ फटने के पहले का सफेद झक् आसमान और बादलों की ओट में अस्पष्ट चन्द्रमा। बीच-बीच में पंछियों के झुंड। चांगदेव के चेहरे पर नए गाँव में प्रवेश करते समय की अद्‌भुत बेचैनी उभर आई थी। ऊपर चारों तरफ गीले बादल थे और नीचे गीली जमीन। कुल मिलाकर वातावरण स्फूर्तिप्रद था। ताँगेवाला भी बहुत खुश था। वह कहने लगा, “यहाँ बरसात में भी दो-तीन बार बारिश हो गई तो बहुत हो गई। यह पहली बरसात है।”

लॉज पर मैनेजर ने नाम लिख लिया। सिंगल? कहाँ से? बम्बई से। धन्धा प्रोफेसर। नौकरी के लिए? मेरा मतलब हमेशा के लिए या अभी के लिए। डबल रूम एक के लिए मतलब दोगुने पैसे देने पड़ेंगे। उन सब डबल रूम में अँधेरा है। क्यों पैसे खर्च करते हो? एडवांस तीस रुपये निकालो। महीने के हिसाब से कमरा लो तो कुछ कम हो जाएँगे। खाने के भी एडवांस देने होंगे। दे दो अभी ही। सात लम्बर में जाइए। खूब हवादार। ऊपर छत पर दो सिंगल कमरे हैं। झुम्बर, ओ झुम्बर ले

जा रे सामान साब का। ए उठ मादरचोद, बाहर ताँगे में है। पन्द्रह रोटियाँ खाते हैं हरामखोर और सात बजे तक आँख नहीं खुलती। ऐसा पीटूँगा कि ह्याँ से व्हाँ तक फेंकूँगा। गायकवाड़ साब छह में हैं न, उनके पास का कमरा खोल। आँ? वे कायकू इद्दरवाली में सोए हैं? उठाव उनकू। अपने छह लम्बर में सोओ कैना। वा रे वा, दो कमरे अपना रहे हो क्या? जा, उठा गायकवाड़ साब को पहले। जाओ प्रोफेसर साब तुम ऊपर। अभी पानी गर्म करूँगा, तब नहा लेना। कोयला भरा पड़ा है तुम्हारे बालों में सब।

झुम्बर के साथ चांगदेव सँकरे लड़खड़ाते लकड़ी का जीना चढ़कर ऊपर गया। उसके ऊपर और भी सँकरा जीना था, बीच में घोर अँधेरे में तीन डबल रूमवाली मंजिल। फिर किसी तरह तिरछे होकर जैसे-तैसे छत पर पहुँचा। छत के आधे हिस्से में ईंट की एक दीवार पर सीमेंट की चद्दर से दो छोटे-छोटे कमरे बनाए गए थे। मतलब एक मारवाड़ी के रिहायशी मकान का किसी तरह मेवाड़ लॉज बनाया गया था। फिर यहाँ गायकवाड़ नाम के कोई साहब रहते हैं और ताँगेवाले को अच्छा-सा लॉज कहा था, मतलब इस गाँव में दूसरा अच्छा लॉज नहीं ही होगा।

झुम्बर सात नम्बर के प्लाईवुड के बने कमजोर दरवाजे पर लात मारते हुए चिल्लाया, "ओ गायकवाड़ साहेब, उठो हो, सात बजे हो, खोलो जल्दी यार, तुम्हारा भला कियो तो मेरी हजामत हुई नीचे। बताता था न कि कुच बी हो अपने-अपने कमरे में चे सोना करके? उठो, जैसे औरत के साथ सो रहे हो तुम तो! इतना टायम लगता क्या? ये दूसरे साएब खड़े हैं ह्याँ।"

अन्दर से झुँझलाकर उठे गायकवाड़ साहब की आवाज आई फिर दरवाजा खोलते हुए वे बोले, "नीचे खाली हैं न रे कमरे? आता कौन है तुम्हारे भुक्खड़ लॉज पर?"

दरवाजा खोलने पर चांगदेव को देखकर मझोली ऊँचाई के, तीस के आसपास के, झुँझलाए हुए गायकवाड़ शर्मिन्दा होकर बोले, "सॉरी साहब, मेरा कमरा उधर है। लेकिन रात में सब पानी आ गया ऊपर के झरोखे से। इस कमरे में भी फुहारें आती ही थीं, फिर भी ओढ़कर किसी तरह सोया रहा। इतना अच्छा है कि यहाँ बरस-भर में दो-तीन इंच ही बरसात होती है। गद्दी उलटकर डाल दे झुम्बर। और चाय ले आ भला जल्दी से। आओ जी, तब तक यहीं पर बैठते हैं। जा रे झुम्बर,

दौड़कर आ। आओ जी, दाँत माँज लो। यहाँ इस टीन की टंकी में पानी होता है। बाथरूम एकदम नीचे की मंजिल पर और शौचालय भी वहीं है। ऐसा है ये सब। किसी तरह दिन निकालना कहूँ तो ज्यादा गलत नहीं होगा। ह ह ह ख्याँ ख्याँ।"

ऐसा कहकर गायकवाड़ हँसते-हँसते एकदम ख्याँ-ख्याँ कर खाँसते हुए घबरा गए। सिगरेट सुलगाते हुए चांगदेव के सामने पॉकिट कर कहने लगे, "खाँसी तो बहुत हो गई है फिर भी उठने के साथ सिगरेट होना चाहिए। आप नहीं पीते? क्यों? क्यों? फिर कैसे काम चलेगा इस गाँव में आपका? वो भी ठीक ही है समझो। यहाँ सिगरेट पीनेवाले को चार-पाँच पॉकिट लगते हैं दिन-भर में। बहुत ही बोर गाँव है। आप कहाँ से आए?"

"मैं बम्बई से आया हूँ। यहाँ अंग्रेजी प्राध्यापक के रूप में।"

"बम्बई से! क्या कमाल के भैया हो तुम भी। अजी, मैं बम्बई तबादला कराने के लिए बरस-भर से कोशिश कर रहा हूँ। यहाँ के सेंट्रल कोऑपरेटिव में हूँ मैं। एग्रीकल्चर अफसर की जगह। आपकी भी शादी नहीं हुई होगी...तो अब यहाँ आपकी खैर नहीं, ऐसा कहूँ तो ज्यादा गलत नहीं होगा। काय को छोड़ा आपने बम्बई? और वह भी इस भुक्खड़ गाँव के लिए? ना ना ना...अच्छा लो यह साबुन। दस्ती दूँ क्या? नहीं तो नीचे नहाकर ही आओ न। फिर भीड़ हो गई तो नम्बर लगाना पड़ेगा।"

चाय पीते-पीते सिगरेट सुलगाते हुए गायकवाड़ कहने लगे, "बम्बई फालतू में छोड़ी आपने! वैसे अच्छा ही हुआ न आप यहाँ आ गए। मुझे मुसीबत के वक्त दोस्त मिल गया, ऐसा कहूँ तो ज्यादा गलत नहीं होगा। यहाँ एक आदमी अपनी बराबरी का नहीं है। बैंक में हैं एक-दो, वो भी साले शादीशुदा हैं। मैं अकेला ही कुँआरा हूँ। एक बरस में ही पूरी तरह से हैरान हो गया हूँ ऐसा कहूँ तो ज्यादा गलत नहीं होगा।"

"लेकिन बरस-भर से आप यहीं रह रहे हैं? गाँव में कोई कमरा वगैरा..."

"कमरा? ह ह ह खाँय खाँय। सॉरी। सिगरेट बहुत हो गई जी—अजी कमरा कहाँ मिलता है यहाँ? छह महीने मैं ढूँढ़ रहा था एक-एक मकान। लेकिन अकेले के लिए कहीं भी जगह नहीं है सारे गाँव में। ये जिले का गाँव है ऐसा लगता भी है क्या? गाँव में कमरा मिलना इम्पॉसिबल है, ऐसा कहूँ तो ज्यादा गलत नहीं होगा। आप भी उम्मीद छोड़ दो। अब आप और हम यहीं रहेंगे।"

"किसलिए? मैं तो जल्द ही गाँव में जगह लूँगा इसलिए किताबों के बक्से नीचे की मंजिल पर ही रहने दो तब तक के लिए ऐसा मैनेजर से कह आया हूँ। फिर चढ़ाओ-उतारो किसलिए?"

"ऐसा है क्या? तो बक्से ऊपर लाकर हमेशा के लिए यहीं पर रख दो! कमरा आपको जल्दी मिल गया तो अपुन आपको मुर्गा खिलाएगा। जा रे झुम्बर, एक-एक बक्सा ऊपर ले आ। यहाँ गाँव में किरायेदार शादीशुदा हो तो प्रिफर करते हैं। कुंवारा रहा तो बेटे बहुत घबराते हैं। एक तो इस गाँव में शादी के लिए तैयार इतनी लड़कियाँ हैं कि इतनी कुंवारी लड़कियाँ मैंने कहीं नहीं देखीं। कहीं भी कुंवारा लड़का रहने के लिए आया कि दो महीने में लफड़ा हो जाता है! ऐसी इस गाँव की शोहरत है। आप तो प्राध्यापक होंगे। बहुत लफड़े चलते हैं इस गाँव में। उधर बम्बई-पूना के लोग बड़े प्रगतिशील हैं, कमरे देकर लड़कियों को ही शादी के लिए लड़के को फाँसने के लिए कहते हैं। लड़कियाँ भी उधर की होशियार होती हैं, ऐसा कहा जाए तो ज्यादा गलत नहीं होगा। यहाँ सब अनाड़ियों का कारोबार है। आधा गाँव मुसलमान और मारवाड़ी हैं। मारवाड़ी लोग बेटे मकान किराये से देते ही नहीं हैं। उनको पैसों की परवाह नहीं है। मुसलमानों के मकान होते ही नहीं हैं। ब्राह्मणों को दूसरी जातवाले पसन्द नहीं करते। मराठों को मकान ढंग से बनाकर किराये पर देना चाहिए यह बम्मन विद्या मालूम नहीं है। उनके बड़े-बड़े बाड़े हैं लेकिन सुविधा नहीं है। कुल मिलाकर हालत ऐसी है। लेकिन कुल मिलाकर सबको ऐसा लगता कि कुंवारा लड़का घर में आया तो सीधा उनकी लड़की की साड़ी में ही हाथ डाल रहा है। ख्यँ, ख्यँ, ख्यँ। खोंयऽखाँय।"

इस बात पर दोनों खिलखिलाकर हँस पड़े। गायकवाड़ ज्यादा देर तक हँसता रहा।

फिर गायकवाड़ बोला, "यह देखो, यहाँ से पूरा गाँव दिखाई देता है। कितना भद्दा दिखाई देता है। वो मारवाड़ियों की तीन-तीन मंजिला इमारतें। बाकी ये मुसलमानों के खँडहर-से मकान। ये बामनों के मकान। वो मालीवाड़ा—मालियों की बस्ती। वे सब पुराने गाँव के खँडहर हैं। बस कुछ ढेढ, माँग, कुछ मुसलमान रहते हैं। उसके पीछे आपके कॉलेज का हिस्सा है जो यहाँ से नहीं दिखता। उधर थोड़ी अच्छी बस्ती है। घूमने के लिए लोग उधर ही निकल जाते हैं। बस! खत्म। अब यहाँ मैंने एक बरस कैसे बिताया होगा आप ही सोचो। लेकिन अब मुझे आपकी ही चिन्ता सता रही है। मेरे तबादले का काम, लगता है हो जाएगा। बम्बई में वैकेंसी ही नहीं हो रही है साली। यहाँ मुसलमानों के एक-दो थर्ड क्लास होटल हैं। एक पंजाबी होटल है—वही एक थोड़ा-सा डीसेंट होटल है। कुंवारे आदमी के लिए बम्बई बेस्ट है, ऐसा मैं कहूँ तो कुछ गलत नहीं होगा। हमारे चाचाजी कहते

हैं बिना प्रमोशन के बम्बई मत आओ। कह रहे हैं थोड़ा रुको। मैं तो सौ रुपये कम पर भी बम्बई जाने के लिए तैयार हूँ। लेकिन हमारे चाचाजी ध्यान नहीं दे रहे हैं। जब कभी मिलो, कहते हैं, 'रुको दो-चार महीने'। प्रमोशन पर ही आना। पैसा लेकर क्या करेंगे ऐसी जिन्दगी जीने के बाद?"

"आपके चाचा कौन हैं?"

"बालासाहेब गायकवाड़। अपने कृषि विभाग के मिनिस्टर...।"

"वो बालासाहेब क्या? वह, तब तो बहुत बड़े आदमी की सिफारिश है आपकी। बहुत ही जबरदस्त हैं बालासाहेब, ऐसा कहते हैं।"

"काय के जी। इन दिनों सिर्फ मिनिस्टर को कौन पूछता है? मुख्यमंत्री होनेवाले थे लेकिन तुम्हारे पश्चिम महाराष्ट्र के लोग बड़े उस्ताद हैं। वो पॉलिटिक्स किया कि जो मुख्यमंत्री बननेवाले थे वे एग्रीकल्चर मिनिस्टर हो गए। मराठवाड़ा का क्लेम गटका गए।"

"मतलब आप कहाँ के हैं?"

"हम मराठवाड़ा के हैं। मराठवाड़ा...।"

"हमें कुछ मालूम नहीं भैया मराठवाड़ा के विषय में।"

"लो! यह आपकी वृत्ति। हम बिना शर्त के महाराष्ट्र में शामिल हो गए यही गलती हो गई। पिछड़ा हुआ इलाका है हमारा। बालासाहेब अगर मुख्यमंत्री बनते तो हमारा भी भाव बढ़ जाता जी। कभी न कभी तो बनेंगे। चुप रहनेवालों में से नहीं हैं। वैसे मैं उस्मानिया यूनिवर्सिटी का गोल्ड मेडलिस्ट हूँ। फिर भी चाचाजी की सिफारिश से ही दो बरस में बैंक में अफसर के पद पर नियुक्ति हो सकी, ऐसा कहूँ तो यह ज्यादा गलत बात होगी ऐसा नहीं लगता। इन दिनों सिफारिश के बिना काम हो नहीं रहे हैं। ख्यँ ख्यँ खो खो।"

"आप तो बड़े स्पष्टतावादी हैं। साफ-साफ बोला हुआ मुझे अच्छा लगता है। नहीं तो सिफारिश से काम पर लगा ऐसा कौन कहता है?"

"और तुम बम्मन सब बैंकों में सिफारिश से ही लगे हुए रहते हो उसका क्या? लेकिन कोई भी इतनी स्पष्टवादिता से नहीं बोलता। आप तो अपनी अन्दर की बात किसी को कभी जानने नहीं देते। अपने पास मेरिट है ही तब सिफारिश के बारे में बोलकर अपना कुछ बिगड़नेवाला नहीं है। वैसे बैंक में मैं सबसे ज्यादा एफिशिएंट हूँ, ऐसा कहा जाए तो ज्यादा गलत नहीं होगा। यों ही तारीफ नहीं करता मैं। मेरे काम के बारे में बिना मेरी जानकारी के किसी से भी पूछ लें। एक दिन

अपुन सेक्रेटरियट में फर्स्ट क्लास सेक्रेटरी बनके रहेंगे। इतना आत्मविश्वास है मुझे। वह कब होनेवाला है होता रहे लेकिन इस गाँव से छुटकारा मिलना चाहिए भैया। बहुत बोर हो गया हूँ। पगार काफी है, लेकिन इस गाँव में किस पर खर्च करूँ यही समझ में नहीं आ रहा। मुश्किल से सौ रुपये खर्च होते हैं। यहाँ लड़कियाँ नहीं, होटल नहीं, पन्द्रह दिन बाहर घूमते रहना पड़ता है। वहाँ का खर्चा शक्कर के कारखानेवाले करते हैं। मेरा टी.ए.-डी.ए. उलटे जैसे का वैसा ही रह जाता है। बीसेक हजार रुपये इकट्ठे होने पर इसके माँ की फॉरेन हो आना चाहिए। यहाँ से साला भाग जाना चाहिए। हमारे दादाजी के प्लान अलग हैं। इसीलिए तो मरने के लिए यहाँ प्रमोशन पर आना पड़ा।"

कुल मिलाकर गायकवाड़ क्या चाहता है यह चांगदेव के ध्यान में आ गया। एक तो बातचीत करने के लिए हमउम्र आदमी चाहिए था, वह अब चांगदेव ही के रूप में मिला। फिर खर्च करने के लिए छोकरियाँ, बड़ा शहर वगैरा।

फिर गायकवाड़ ने पूछा, "साढ़े सात बज गए क्या जी? आपके कॉलेज का समय हो गया।"

ऐसा कहकर झट से छत की मुँडेर पर हाथ रखकर नीचे देखते हुए सीटी बजाते खड़े हो गए।

चांगदेव को भी कॉलेज की याद आई। उसने अच्छे कपड़े निकाले। एक नोटबुक निकाली। और जब वह पेन ढूँढ़ रहा था तब गायकवाड़ सिगरेट फूँकते हुए फिर उसके कमरे में आए। चांगदेव बोला, "क्या चल रहा था वहाँ से? सीटियाँ वगैरा?"

"अपन रोज साढ़े सात के करीब यहाँ खड़ा रहता है। तुम्हारे कॉलेज की लड़कियाँ नीचे इधर से ही जाती हैं। यहीं होता हूँ तब, हरदम अपना यही कार्यक्रम रहता है। आपकी पहचान अब और भी फायदे की होगी...ख्यँ ख्यँ ख्यँ खो खोक... कॉलेज में आते-जाते रहेंगे।"

"आप सीटियाँ भी बजाते हैं जोर-जोर से। व्वा! कहीं कुछ फाँसने का इरादा दिखाई देता है।"

"आपके ध्यान में आ गया क्या वो? आप प्राध्यापक लोग बहुत होशियार होते हो भैया। मेरी बड़ी ख्वाहिश थी जी प्राध्यापक बनने की। हमारे चाचाजी के

उधर मराठवाड़ा में दो-तीन कॉलेज हैं। लेकिन चाचाजी ने इधर ही लगा दिया। वो बोले, 'ये बम्मनों के भिखमंगे धन्धे कहाँ से सूझ रहे हैं तुझे?' मुझे पहले एक-दो साल तो प्राध्यापक बनना है ऐसा लग रहा था। लेकिन चाचाजी ने ही कहा, 'हमारे कॉलेज में चार-चार महीने पगार नहीं होता। बैंक को ही पकड़, चार-पाँच साल में तुझे क्लास वन बना डालता। फिर सीधे डायरेक्टर ही।'"

"वह जाने दीजिए, लेकिन सीटी का आगे क्या?

गायकवाड़ हँसकर बोले, "वो सीक्रेट आपको मालूम होगा। कभी तो। एक-दो देखती हैं ऊपर। लेकिन यहाँ इतनी मंजिलें चढ़कर ऊपर कौन आएगी भला? फिर हमारे बाल भी इधर से सफेद हो रहे हैं। साला गाँव में कमरा मिलना चाहिए इस साल। आप तो कहीं कुछ जान-पहचान निकालो। मैं पन्द्रह दिन यहाँ और पन्द्रह दिन बाहर दौरे पर रहता हूँ। दोनों में एक छोटा कमरा भी चलेगा। अपन कितना भी किराया देने को तैयार हैं। कमरा चाहिए जी, कमरा।"

"लेकिन हर दिन सवेरे ऐसे सीटी मारते रहने से आप बोर नहीं होते? अच्छा भी नहीं लगता यह।"

"जाने दो जी। एक-दूसरे की ओर हमें इतना क्रिटिकली नहीं देखना चाहिए। सीटियाँ नहीं बजाना तो और क्या करना? दूसरा है ही क्या इस गाँव में कि आदमी इससे बोर हो? ख्यँ ख्यँ ख्यँ।"

गायकवाड़ लगातार खाँसते रहते फिर भी एक के बाद एक सिगरेट सुलगाते रहते। मतलब यह केस अजीब था। अकेले रह-रहकर बिगड़ा हुआ।

गायकवाड़ नीचे नहाने के लिए गए। यह देखकर चांगदेव कमरा बन्द कर कुछ देर तकिया लेकर खाट पर लेटा रहा। सच तो यह था कि उसे झट तैयारी कर कॉलेज जाना चाहिए था। लेकिन उसे जबरदस्त नींद आ गई। दिन-भर बक्से पर बैठकर पीठ अकड़ गई थी। अब मस्त लग रहा था—इसलिए हाथ-पैर भी हिलाने का भी मन नहीं हो रहा था। पत्थर जैसी नींद।

जब उसकी नींद खुली तब धीरे-धीरे उसके ध्यान में आया कि वह कहाँ आ गया है। नई जगह, नया जीवन, अब यहाँ कुछ भी पुराना नहीं है! गाँव में कोई भी पहचानता नहीं। बिलकुल नया जन्म हो गया है ऐसी भावना। अब अपन पूरी तरह मुक्त हैं। पीछे कुछ भी नहीं हुआ ऐसा सोचकर जीना। पूरी तरह से स्वाधीन होकर

जीना। ऐसा इसके पहले कभी नहीं था। गाँव से पहली बार जब वह बम्बई आया था तब भी कुछ ऐसा ही लगा था। लेकिन तब उसे अपनी स्वाधीनता का बोध हुआ ही नहीं, इतना कुछ नया-नया प्राप्त करना चाहिए ऐसा उसे लगता रहा। अब तो वह प्राप्त करने का भी बोझ नहीं है। मतलब रात-दिन चौबीस घंटे क्या करना? कैसे रहना? इन सब पूरी तरह से निर्बाध मुक्तता के विचार का उसे प्रचंड भय यकायक सताने लगा। दूर-दूर की भयानक दूरियाँ उसे डराने लगीं। अब इसके बाद सिर्फ ऐसा ही रहेगा?

वह लड़खड़ाता हुआ उठा और घबराकर तैयारी करने लगा। बाहर छत पर चिलचिलाती धूप थी। चारों ओर साफ-सुथरे धुले खपरैल के मकान, इमारतें और दूर तक खेत। भयानक अकेलापन। नीचे आने पर रास्ते की धूप-छाँव को तय करते हुए घरों से झाँकते अजनबी चेहरे देखते हुए वह कॉलेज पहुँचा।

सुपरिंटेंडेंट सैम्युअल जाधव कहने लगे, "आपको देरी हो गई जी। होने दो। जॉइनिंग रिपोर्ट में सवेरे का टाइम लिखो और तुरन्त अपने हेड से मिल लो। वे डिपार्टमेंट में होंगे, नहीं तो उधर बड़े स्टाफ रूम में देखो। उनसे टाइम-टेबल लो और लाइब्रेरी से किताबें लो। कल से पीरियड लेने होंगे आपको।"

चांगदेव डिपार्टमेंट में हेड शारंगपाणि जी से मिला। उन्होंने टाइम-टेबल दिया और कहा, "यह तात्कालिक है, लेकिन बाद में भी बहुत नहीं बदलेगा।"

टाइम-टेबल साफ था। रोज पहला और अन्तिम पीरियड और बीच में कहीं पहला कभी तीसरा पीरियड। एक ही किताब, प्री-डिग्री की तीन क्लासें लेनी थीं, उसी के पन्द्रह पीरियड हो गए। और तीन पीरियड एफ.वाय. कॉमर्स की क्लास की। उसमें एक पीरियड किसी के कभी नाम न सुने हुए नाटक का था। और बाकी के दो पीरियड निबन्ध वगैरा के थे। लाइब्रेरी से ये दोनों किताबें लेकर उसने कुछ पन्ने उलटे। इस टाइम-टेबल को देखकर उसे ऐसा लगने लगा कि सब पढ़ा हुआ कुछ नया-पुराना। शेक्सपियर, होमर, नई कविता, समीक्षा—सब किसी काम का नहीं है ऐसा उसे लगने लगा। एक भी पीरियड ऊपर की क्लास का नहीं था। दोनों किताबें यूनिवर्सिटी के दो-तीन प्राध्यापकों ने खुद ही पैसों के लिए सम्पादित की हुई थीं और एक भी पाठ दिलचस्प नहीं था। कविताएँ भी निरी फालतू थीं। पाठ के नीचे नोट्स थे उसमें मात्र शब्दकोश के अलग-अलग शब्द अर्थ के रूप में दिए थे और फिर गन्दी अंग्रेजी में लेखकों और कवियों का परिचय था। अन्त में बचकाने सवाल दिए गए थे। मतलब यूनिवर्सिटी के धन्धे अब तक सिर्फ उसके सुने हुए थे।

अब साक्षात सामने थे। फिर भी समझौता तो करना ही होगा। किसी तरह पाठ ठीक ढंग से पढ़ाने तो होंगे। उसके बिना नहीं चलेगा यह साफ था। अब से पूरे समय के लिए गले में रस्सी पड़ चुकी थी।

दोपहर में डिपार्टमेंट की किसी काम के लिए मीटिंग थी। इसलिए वह वहीं अपने टेबल पर बैठा रहा। उसका पूरा टेबल खाली था। हर एक प्राध्यापक के लिए किताबों का एक रैक भी था। दूसरे पाँच जनों के टेबल और रैक नोटबुक, किताबों से खचाखच भरे हुए थे। बीच में पार्टीशन था और दूसरी ओर शारंगपाणि जी के लिए आरामकुर्सी वगैरा का खास कमरा बनाया गया था। उनका टेबल भी बड़ा था। कुर्सी भी ज्यादा अच्छी थी।

चार बजे एक-एक करके अंग्रेजी के सभी प्राध्यापक आ गए। चांगदेव ने खुद उनसे परिचय प्राप्त किया। पाचलेगाँवकर, पवार, शबीर। इन तीनों के स्वास्थ्य को देखकर उसके ध्यान में यह आ ही गया कि इनका बहुत ही आराम से सब चल रहा है। बाद में दो महिलाएँ आईं। एक मिसेज सुलोचना थॉमसन और दूसरी मिसेज रूथ साठे। मिसेज थॉमसन खूबसूरत थीं और उनके नाज-नखरे और आँखें उड़ाना देखकर वह ठंडा ही हो गया। दोनों अमरीका से डिप्लोमा लेकर आई थीं। उनके पति अमरीका गए तब फुरसत के समय में इन्होंने अंग्रेजी पढ़ाने के डिप्लोमा वगैरा ले लिये। लेकिन दोनों अमरीकी ढंग से अच्छी अंग्रेजी बोल रही थीं। वैसे बीच-बीच में हिन्दुस्तानी ढंग तो आने ही वाला था। खासकर एक साथ पाँच मिनट से ज्यादा बोलने की आवश्यकता पड़ते ही धीरे-धीरे अमरीकी ढंग चला जाता था और फिर सब हिन्दुस्तानी ढंग के उच्चार शुरू हो जाते। लेकिन कुल मिलाकर डिपार्टमेंट के लोग अच्छे लगे। मीटिंग किस विषय से सम्बन्धित थी यह अन्त तक उसकी समझ में नहीं आया।

दूसरे दिन हड़बड़ाकर और किसी तरह डग भरते हुए वह थोड़ी देर से कॉलेज पहुँचा और तुरन्त क्लास में चला गया। जीवन में पहली ही बार वह इतने प्रचंड लोगों के सामने खड़ा था। उपस्थिति के रजिस्टर में ही डेढ़ सौ लड़के थे। लेकिन अभी कुछ लड़के क्लास में नहीं आए थे। बम्बई के नाइट क्लास के गरीब बच्चे उसे याद आए। पन्द्रह मिनट हाजिरी में गए। पढ़ाने के लिए शुरुआत कर ही रहा था कि प्यून फ्रांसिस जान-बूझकर ऐसी हरकतें करते हुए लँगड़ाते हुए क्लास में

दाखिल हुआ जिससे लड़के हँस पड़े। वह नोटिस लेकर आया था। जो लड़के अमुक तारीख तक उपस्थित नहीं होंगे उनके नाम काट दिए जाएँगे। यह अंग्रेजी नोटिस किसी को समझ में नहीं आई। तब चांगदेव ने वह मराठी में सुनाई। गम्भीरता के साथ।

फ्रांसिस सिर खुजलाते हुए जोर से बोला, "हर साल ऐसा ही होता है। कुछ होता-जाता नहीं।"

इसके साथ ही पूरे क्लास में हँसी फैल गई।

वह फिर से प्रारम्भ करने जा रहा था इतने में पीछे से आवाजें आने लगीं—परिचय, परिचय, नाम लो। बीच ही में सुनाई पड़ा, कौन गाँव से आए पाहुन? फिर से हँसी फैल गई। बीच ही में से एक ने उठकर कहा, "सर मेरा नम्बर हाजिरी में आया ही नहीं।" फिर देर से आनेवाले दो-तीन कहने लगे, "हमारी भी हाजिरी लगा दो।" फिर से हाजिरी बही खोलकर वह काम पूरा किया इतने में दो जने फिर नमूदार हुए। वे देर से आए थे सो फिर हाजिरी खोलनी पड़ी। इतने में एक लड़का पीछे के पीछे क्लास से बाहर भागा।

"कहाँ गया वह?" चांगदेव चिल्लाया।

"टट्टी करने!"—एक आवाज आई। और जोर की हँसी गूँज उठी।

अब किताब निकालकर शुरुआत करनी थी इसलिए उसने किताब खोली। लेकिन पूरे क्लास में पाँच-छह लड़कों के पास भी किताबें नहीं थीं। सबने 'नहीं-नहीं, कल-कल', ऐसा शोर मचाना शुरू किया। इतने में बरामदे से दो-तीन लड़कियाँ कमर मटकाती चली गईं। तब सबने गरदनें झुकाकर उधर देखा। दो-तीन लड़कों ने जोर-जोर से सीटियाँ बजाईं। सब तालियाँ बजाकर हँस पड़े। फिर शोर मचाने लगे। दो-तीन कागज के तीर भी उड़ाए गए। सामने की बेंच के लड़के आपस में गप्पें हाँकने लगे। देहात के लड़के अपनी पोशाक से ध्यान में आ रहे थे। वे सिर्फ हँसते जा रहे थे। शहरी लड़के सफाई से शरारत कर सामने खामोश देखते रहते थे।

बम्बई में जब वह छात्र था तब भी क्लास में शोर होता था। लेकिन टीचर के गुस्से में आते ही सब चुपचाप बैठ जाते थे। क्लास में दो-तीन लड़कों के पास किताबें नहीं होतीं, उन्हें निकाल बाहर करने पर पीरियड ठीक चलता था। तब भी छात्रों का पढ़ाई करने पर विश्वास नहीं था। लेकिन अब तो यह साफ दिखाई दे रहा था किसी को भी कुछ भी सीखना नहीं है। कॉलेज में आधे से ज्यादा छात्र

इसलिए मुफ्त में पढ़ने आते थे क्योंकि सरकार शिष्यवृत्ति दे रही थी और बहुत कम ही ऐसे थे जो पैसे देकर आए थे। घर में बैठकर क्या करेंगे सिर्फ इसी भावना से सब छात्र कॉलेज में चार साल बिताने के लिए आए हुए थे। बम्बई में स्कूल में पढ़नेवाले बच्चे कितने अनुशासनबद्ध, कितने समझदार थे। यहाँ सिर्फ जाहिलों का बाजार था।

ऐसे इस वातावरण में मैंने अपने इस पवित्र ज्ञानदान का धन्धा सिर्फ नौकरी के रूप में आज से शुरू किया है। यह इसी रूप में चलता रहेगा ऐसा सोचकर वह होशियार हो गया। सामने बिलकुल नौटंकी जैसा शोर, सीटियाँ, हँसी।

लड़के इतना शोर कर रहे थे कि पूरे कॉलेज में सुनाई दे रहा था। कोई भी चुप होने के लिए तैयार न था। आधा घंटा यह चला। फिर 'तुम सब गधे हो' कहकर वह बाहर आ गया। इसके साथ ही सबने हुर्रे कर जैसा होली में करते हैं वैसा शोर किया। उसके पीछे देहाती लड़कों की भीड़ थी। किसी ने पीछे से उसकी कमीज खींची। किसी ने चॉक का टुकड़ा फेंककर मारा। पड़ोस की क्लास बहुत ही शान्ति के साथ चल रही थी। वहाँ पाचलेगाँवकर कुर्सी में बैठकर गणेशजी के समान गप लड़ा रहे थे। इससे तो चांगदेव को और भी शर्म आने लगी। किसी तरह सीढ़ियाँ उतरकर वह कैंटीन में गया और चाय पीते हुए, यह सोचता हुआ उदास बैठा रहा कि मेरे जीवन में यह कैसा नया पर्व शुरू हो गया। किसी का किसी के साथ तालमेल नहीं ऐसा सब हो रहा है। स्क्रू ढंग से बैठ नहीं रहा।

इतने में एक गहरा नीला सूट-टाई पहने, गहरा काला, ऊँचा आदमी उसके पास आकर बोला, "गुड मॉर्निंग। मैं अकाउंटेंट मिस्टर पोल। ग्लैड टु सी यू! हाउ आर यू?"

पोल ने भी चाय मँगवाई, इधर-उधर की बातें कीं और चला गया। उधर घंटी बजने लगी तब आगे के पीरियड के लिए चांगदेव को भी उठना ही पड़ा। पोल की चाय के पैसे भी उसे ही देने पड़े। पोल का यह मवालीपन देखकर वह चकित हो गया।

आगे की क्लास उससे भी भयानक थी। कुल दो-एक सौ लड़के बैठे हुए थे। उसमें से कई उसकी उम्र से भी बड़े लग रहे थे। उपस्थिति के दो सौ नाम पुकारने का मतलब था उसी में आधा घंटा गँवाना इसलिए उसने सिर्फ नम्बर पुकारना शुरू किया। लेकिन सबने मिलकर शोर मचा दिया हमें नम्बर मालूम नहीं। नाम पढ़ते समय फिर शोर मचा, सीटियाँ बजीं। कोई बाहर चला जाता, कोई अन्दर आ जाता। कोई-कोई क्लास में ही खड़े होकर तालियाँ देकर गप्पें हाँक रहे थे। ये सब

कॉमर्स के छात्र थे जो दो-तीन बरस से फेल होकर यहीं रह रहे थे। सिर्फ घी-मलाई चामकर चकाचक चमकनेवाले कुछ लड़कों को चुप कराना उसके बस की बात नहीं थी। हम मानें या न मानें लेकिन प्राध्यापक की दरिद्रता उसके चेहरे से झाँकती ही रहती है। उसमें फिर कहाँ से कहाँ आया हुआ, जिसके रहने के लिए ठीक से जगह नहीं, कल तक गाँव में कहीं नजर न आए चेहरे और अपने मन के हजार संघर्षों के कारण निस्तेज मुख वाला चांगदेव पाटील उन लड़कों के लिए कुछ भी नहीं था। केवल एक गुड्डे जैसा।

हाजिरी समाप्त कर उसने पढ़ाना शुरू किया। बिना किताब के ही यह विषय पढ़ाना था इसलिए 'किताबें निकालो' कहने का कोई कारण नहीं था। उसने समरी कैसे की जाए वगैरा बताना शुरू किया। एक ने समरी की स्पेलिंग पूछी। दूसरा बोला, "बोर्ड पर लिख दो।" चांगदेव ने जब कहा कि लिखकर नहीं दूँगा, हुल्लड़बाजी शुरू हो गई। एक बोला, "मैं लिख देता हूँ सर।" और वह टेबल तक चला आया। उसकी लम्बी-चौड़ी कद-काठी देखकर चांगदेव को अपनी कद-काठी पर शर्म आने लगी। चिढ़कर 'बैठ जाओ' कहने पर वह लड़का सामने की ही बेंच पर बैठकर गाना गाने लगा। सब हँस रहे थे। एक लड़का किसी एक शब्द का मराठी अर्थ पूछने लगा, ऐसा चलता रहा।

एक-एक बेंच पर चार-चार, पाँच-पाँच लड़के एक-दूसरे से चिपक-चिपककर बैठे थे। दो सौ लड़कों के लिए इतना सा क्लासरूम, कॉलेज का यह इन्तजाम भी कहाँ तक सही था! ऐसा करने पर लड़के शोर-शराबा करेंगे ही।

एक से सवाल पूछा तो वह कहने लगा, "मैं उठ नहीं सकता। मैं दब गया हूँ। जाने दो आज के दिन।"

फिर उसे बाहर जाने के लिए कहा तो उसके पास के चार लड़के उठ नहीं रहे थे। उनको उठाया तो सभी लड़के धक्कमपेल करके बीच के लड़के को उठने नहीं दे रहे थे। पीछे के लड़के गाने गुनगुनाते ताल देकर आराम से तमाशा देखते हुए हँस रहे थे। कुछ चांगदेव की ओर तुच्छता से देख रहे थे। दूसरी क्लास के भी काफी लड़के शरारत करने आए हुए थे।

कुछ भी करना सम्भव नहीं था। शोर-शराबा इतना बढ़ गया था कि एक-एक को पीटकर नीचे बिठाने के अलावा कोई उपाय नहीं था। उसका तेज जाग उठा। मैं इस तरह सफेद कपड़े पहनकर नामर्द हो बैठा हूँ यह अध:पतन उसे सहन नहीं हुआ। लेकिन यह पूरी दुनिया ही नई थी। कुछ तो निर्णय लेना होगा ऐसा तय कर

अपने आप से गुस्से में बड़बड़ाते हुए वह क्लास के बाहर आ गया। उसके पीछे फिर उजड्ड लड़कों का झुंड था और हा-हू का शोर।

पड़ोस की क्लास से कोई एक प्रौढ़ प्राध्यापक झुँझलाए चेहरे से पढ़ाते-पढ़ाते बाहर झाँकने लगे लेकिन उसे देखकर शराफत के साथ घूमकर फिर अन्दर मुड़ गए। कोने की क्लास से भी किसी बात के लिए इसी तरह का शोर आ रहा था। फिर भी वहाँ का लड़कानुमा प्राध्यापक जी-जान से जो पढ़ा रहा था वह सुनाई दे रहा था। उधर से सुपरिंटेंडेंट जाधव आते हुए दिखाई दिए।

"क्यों सर, क्लास जल्दी छोड़ दी?"

"लड़के पढ़ाने ही नहीं देते। ये क्या छात्र हैं ऐसे। किसी के पास पेन नहीं, नोटबुक नहीं, किताब नहीं।"

"पहला दिन है। हो जाएगा सब ठीक-ठाक। नर्वस मत होइए।"

"चलो चाय पिएँगे।"

"थोड़ा रुकिए, जरा इस कोनेवाली क्लास में हो आता हूँ। वहाँ भी नया आदमी है। लड़के भड़ुवे नए आदमी को इसी तरह सताते रहते हैं। अभी आया। आगे बढ़ो। आपसे कुछ बातें भी करनी है। आप चलो।"

चाय पीते-पीते सुपरिंटेंडेंट जाधव कहने लगे, "अपने मराठी के गिलबर्ट काम्बले को तो लड़कों ने सात-आठ साल तक सताया। पढ़ाने ही नहीं देते थे पोट्टे। आप इतनी सी बात में नर्वस मत होइए। धीरे-धीरे जान-पहचान बढ़ती है, तब सब ठीक हो जाता है।"

"धीरे-धीरे मतलब छह महीने कहो न कम-से-कम। मुझको तो आठ दिन सहन नहीं होगा यह सब।"

"फिर भी आप क्लास समय से पहले मत छोड़ा कीजिए। यही आपसे कहना था। उतनी बात सँभाल लो फिर यहाँ कोई तुम्हें पूछनेवाला नहीं है। क्लास में घंटी बजने तक लड़कों को सँभालकर रखना। और कुछ नहीं। उससे दूसरे क्लासेज डिस्टर्ब होते हैं। देखो लांडे कैसे क्लास चलाता बैठा है। उसने भी आज ही ज्वाइन किया है। हमारे ही कॉलेज का छात्र था वो। हो जाएगा तैयार बरस-दो बरस में।"

इतने में उधर चीखने-चिल्लाने की प्रचंड आवाज सुनाई पड़ी। तब जाधव ने जल्दी-जल्दी चाय खत्म की और गुस्से से वे निकले। लांडे का ही क्लास दिखाई

देता है फिर से। भड़ुवों को अभी तो चुप कराकर आया था। "अब एक-एक को लाफा लगाना पड़ेगा।" यह कहते हुए वे क्लास की दिशा में दौड़ते चले गए।

चांगदेव ने चाय खत्म की तब तक अकाउंटेंट पोल फिर से आए। "क्या है प्रोफेसर पाटील, कहते हैं तुम्हारी क्लास में शोर-शराबा हुआ। तुम नए प्रोफेसर क्या पढ़ाते हो। उधर वह गॅब्रियल लांडे भी तुम्हारी ही तरह ट्याँव-ट्याँव कर पढ़ा रहा है।"

फिर खुद ही चाय मँगवाकर वे उसके टेबल पर बैठ गए। अब यह फिर चाय के पैसे मुझसे निकलवाएगा, यह सोचकर चांगदेव जल्दी से चाय पीकर उठा और पैसे दे रहा था कि इतने में पोल चाय गटकते हुए कैंटीनवाले से चिल्लाकर बोला, "मेरी भी चाय के पैसे ले ले रे प्रोफेसर से।"

फिर इसने अपने को बेवकूफ बनाया। चांगदेव इस भावना से खीजकर बाहर निकला। पोल भी कैंटीन के बाहर आते ही बिना कुछ बोले ऑफिस की ओर गया।

चांगदेव डिपार्टमेंट में कुछ देर यों ही रुका रहा। मिसेज थॉमसन दो लड़कों के साथ लाड़ से बतियाती हुई अन्दर आईं। पाचलेगाँवकर एक लड़के को यह बताते हुए अन्दर चले आए कि पढ़ाई कैसी करनी चाहिए। पवार एक बच्चे की बाँह पकड़कर उसे धमका रहा था—"तुम्हारे बाप का कॉलेज है यह? आँ? दुबारा शोर करते हुए क्लास में पाए गए तो याद रखना, पीटूँगा ही।" ऐसा कहकर पवार ने उस लड़के को धक्का देकर बाहर ढकेल दिया और सिगरेट सुलगाते हुए, सबकी ओर देखते हुए आगे के पीरियड की तैयारी करने लगा।

चांगदेव के फिर पीरियड नहीं थे। वह कॉलेज से निकला और उदास होकर धूप में चलते हुए लॉज पर आया। नीचे खाना खाया और ऊपर दस गुणा पाँच के छोटे से कमरे में सामान की भीड़ से रास्ता निकालता हुआ किसी तरह खाट तक चलता गया। कपड़े निकालने की भी इच्छा नहीं थी। वैसे ही तकिया सिरहाने लेकर खाट पर गिर पड़ा।

बहुत ही बुरा अध्याय शुरू हो गया था। इतनी बेशर्म जिन्दगी, इतना परायापन, इतनी रिक्तता। उसने अपने पैरों पर खड़े होकर कमाना इसके पहले ही शुरू कर दिया था, लेकिन बम्बई में कितने ही आधार थे। अब पूरी तरह से अपने पैर पर खड़ा था। आगे-पीछे कोई नहीं। सिर्फ इस शरीर से नौकरी करते हुए पैसे कमाना और उसी से फिर शरीर का पालन करना। ऐसा दुनिया में सभी लोग करते हैं।

सबको कितनी वेदनाएँ होती होंगी? लेकिन सभी धीरे-धीरे अभ्यस्त हो जाते हैं। मैं भी अभ्यस्त हो जाऊँगा। फिर भी यह यातना जिस-तिस की सही हुई होती है।

फिर उसे नींद ने आ घेरा। बिलकुल बीहड़ जंगल में अपन अकेले ही हैं ऐसा उसे नींद में लगता रहा।

शाम को गायकवाड़ ने उठाया, "उठो जी, पहले ही दिन बहुत पढ़ाया क्या? लगता है लड़कियों ने बहुत डिफिकल्टियाँ पूछीं। ह ह ह खोऽ खोक। आओ चाय लेंगे। घूमकर आएँगे थोड़ा। नहीं तो इस गाँव में सिगरेट फूँक-फूँककर टी.बी. हो जाएगी मुझे।"

चाय पीते-पीते सिगरेट फूँक खाँसते हुए गायकवाड़ जी की बकझक शुरू हो गई—कमरा लेना कितना जरूरी है। आपकी अब कॉलेज के लड़कों के साथ जान-पहचान होगी तब उनकी मार्फत अपने लिए कमरा तलाशो। कौन सी क्लास में कितनी लड़कियाँ हैं? आपके कॉलेज में कुछ-कुछ लड़कियाँ तो बहुत खूबसूरत हैं, वगैरा।"

चांगदेव ने कहा, "मेरी क्लास में एक भी लड़की नहीं है।" इस पर गायकवाड़ बोले, "तब पढ़ाके क्या फायदा? आपके हेड ने बदमाशी की होगी। कल उसे कहना क्लास बदलकर दो। कह देना नहीं तो नहीं पढ़ाऊँगा। अजी, क्लास में लड़कियाँ हों तभी तो ठीक ढंग से पढ़ाई होगी। ये कॉमर्स वगैरा के धिंगड़ क्लास किस काम के? फिर क्लास में लड़कियाँ हों तो क्लास कंट्रोल भी अपने आप हो जाता है। क्लास में कुछ कल्चर है ऐसा लगता है। सिर्फ लौंडों के क्लास में रहने पर क्या मूड आएगा?

चांगदेव बोला, "मतलब मेरे ध्यान में जो बात नहीं आई आपने वह बराबर पहचान ली। मैं कल मिलता हूँ हेड से।"

"जरूर करा लो। मैंने कहा न आपसे, प्राध्यापक बनने की मेरी बहुत इच्छा थी? वह इसीलिए तो! क्लास की लड़कियों में से एक अच्छी सी ढूँढ़ना और बरस-भर में पटाना। हूँऽ ख्ये ख्ये ख्ये खो खोक।"

और वे खाँसते हुए जोर-जोर से हँसने लगे। "अजी बहुत आसान होता है लेक्चरर के लिए लड़की फाँसना। छू भी लो तो डर के मारे लड़की किसी से कहेगी नहीं। दो-तीन ट्रायल लेना, एकाध तो फँस ही जाती है। वैसे भी इन कॉलेज

की लड़कियों के दिमाग में सिर्फ शादी की बातें होती हैं। उनके घर में भी तो इसी बात की चर्चा चलती रहती है। दहेज वगैरा, पसन्द-नापसन्द की, इसके पहले आप झट से छलाँग लगाकर पट से बात पक्की कर डालना। नहीं तो फिर आपके इस धन्धे में दूसरा आकर्षण ही क्या है? पगार माँ की दो सौ रुपये बेसिक। मरने तक छह सौ भी नहीं होता। प्राध्यापक होना है तो पहले दो बरसों में ही अपने मन मुताबिक लड़की पसन्द कर लेना। दो बरस भी किसलिए चाहिए, एक ही बरस में और चले जाना दूसरे गाँव छोकरी को लेकर ह ह...हो हो ही...ख्य ख्य ख्य, खोऽ खोक।"

शाम तक यही सब चला। फिर गायकवाड़ अकेले ही घूमने निकल गए। चांगदेव कल की पढ़ाने की तैयारी करने लगा। लेकिन वह कल के क्लास की चिन्ता से पूरी तरह गड़बड़ा गया था। कुछ ठीक ढंग से करना जरूरी था। लेकिन क्या यह सूझ नहीं रहा था। पूरी किताब खत्म हो गई मगर नींद नहीं आ रही थी।

रोज कोशिश कर सात बजे से पहले उठकर लॉज से बाहर निकलना उसके लिए मुश्किल रहा। वे दिन अब गए कि सवेरे चाहो जितनी देर लेटे रहो अब जी-जान से उठकर सब कुछ निपटाकर सात बजे बाहर निकलना ही चाहिए। बम्बई में सवेरे-सवेरे साफ-सुथरे कपड़े पहनकर बाहर निकलनेवाले हजारों लोग याद आए। और वह तो गन्दी गलियों से होकर पैदल चल रहा था। हर घर के सामने लोग आ-आ करके दातौन कर रहे थे। कुछ लोग प्रचंड आवाज करके नीचे के गटर में थूक रहे थे। बगल में बच्चे गटर में टट्टी कर रहे थे। उधर मेहतर मैले के डिब्बे निकालकर गड्डी में उड़ेल रहा था। घिनौने बालों वाले सूअर खर्र-खुर्र करते गटर में आ-जा रहे थे। और वह आज के पीरियड की फिक्र से मरा जा रहा था। सच तो यह था कि ऐसे गन्दे गाँव में अच्छे छात्र हो ही नहीं सकते। हम मानें या न मानें वातावरण का परिणाम स्वभाव पर होता ही है। जिस गाँव में पानी नहीं हो उस गाँव में सभी तरह की मानसिक गन्दगी रहेगी ही। फिर गलियों के नाम भी उतने ही घिनौने—मारवाड़ी गल्ली, फिर ब्राह्मणवाड़ा, फिर मालीवाड़ा, फकीर गली। मतलब उन गलियों से जाते समय अपने आप ही यह मुँह धोनेवाला मारवाड़ी होगा, यह मुँह में उँगलियाँ डालकर ऑक् ऑक् थू करनेवाला ब्राह्मण होगा, ऐसा लगता रहेगा। कुल मिलाकर मैंने नई जिन्दगी की शुरुआत इस तरह की है।

बीच में कूड़े के ढेर थे और कुम्हारों के घर पार करने के बाद सड़क। फिर कॉलेज था। यह हिस्सा खाली था। कुम्हारों के घरों के सामने बड़े मैदान में काले लाल मटके, घड़ों के अम्बार और उनके अपने कुएँ और बावड़ियाँ थे। इसलिए गाँव की गन्दगी यहाँ नहीं थी। कॉलेज के परली तरफ गाँव के अत्यन्त फैशनेबल बँगले थे। इतने कि रास्ते से पढ़ा जा सकता था कि हर एक बँगले के दरवाजे पर किसके नाम की तख्तियाँ कितनी पदवियाँ हैं। इस तुलना में कुछ बड़े-बड़े पुराने बाड़े थे। वे अन्दर से बन्द रहने से अत्यन्त बेफिक्र, प्रतिष्ठित और सुसंस्कृत लगते थे। कभी-कभार बाड़े का प्रवेश द्वार खुला मिलता तो अन्दर चौक में एकाध बेले का या चम्पे का पेड़ अत्यन्त सुसंस्कृत लगता। यहाँ शायद पुराने जमींदार वगैरा लोग रहा करते थे। कुछ घरों में ईसाई लोग रहते थे। इस कॉलोनी को रेलवे कॉलोनी कहा जाता था। क्योंकि पहले-पहल रेल विभाग से सेवानिवृत्त अधिकारियों ने यहाँ मकान बनवाए थे।

कॉलेज में प्रवेश करते-करते घंटी बज गई। इसलिए कैंटीन में चाय पीने के बाद क्लास में जाने का इरादा नाकामयाब हो गया। नींद अधूरी ही हुई थी। ऐसे में बिना चाय के क्लास में जाने में तनिक भी उत्साह नहीं था। सभी उजड्ड लड़कों से क्लास खचाखच भरा हुआ था। ये भूतों जैसे लड़के इतनी जल्दी उठकर कॉलेज में दौड़-भाग करते आते ही किसलिए हैं, यह एक सवाल था। लेकिन ऐसे असंस्कृत लड़कों को पढ़ाने के लिए ही हमें तनख्वाह दी जाती है यह उसने अपने मन को समझाया।

फिर क्लास रूम में हमेशा की तरह शोर-शराबा। फिर दो सौ लड़कों की हाजिरी। आधे लड़के हाजिरी देकर बाहर भाग गए और बाहर से सताने लगे। एक-दो कंकर भी क्लासरूम में आए। जिन्हें अन्दर से किसी ने फिर से बाहर किसी को मारा। एक को क्लास से बाहर निकाला तो वह थैंक्यू कहकर हँसता हुआ बाहर गया। फिर बाहर से रेत के फव्वारे अन्दर आए। अन्दर के लड़के बाहरवालों पर चिल्लाकर शोर मचाने लगे। 'अरे, अरे कौन है रे साला', कहते हुए वे रेत झटककर खड़े हो गए।

चांगदेव ने चुपचाप एक परिच्छेद बोर्ड पर लिखा और उसका सार कैसे लिखा जाए यह पढ़ाने लगा। सामने बैठे हुए दो-तीन देहाती लड़के सिर्फ ध्यान देकर सुन रहे थे और दूसरे जो थे उनमें से किसी के पास पेन नहीं था, तो किसी के पास कागज नहीं, कॉपी-किताब तो थे ही नहीं। दो-तीन जनों से प्यार से पूछा तो कहने लगे, "हमारे गाँव के बिशप किताबें और नोटबुक देनेवाले हैं। हमें सिर्फ कपड़े दिए और यहाँ भेज दिया।"

ये लड़के गरीब दिखाई देते थे। कुछ विशेष बात के लिए वे यहाँ आए हैं ऐसा उन्हें नहीं लगता था। लेकिन दूसरे बाहर जाकर दंगा करनेवाले लड़कों से वे अच्छे स्वभाव के लगते थे। सिर्फ बैठे-बैठे सुनते रहते थे।

इतने में प्रिंसिपल साहब का बरामदे में राउंड शुरू हो गया। वे जान-बूझकर बरामदे के कोने में किसी से शुरू में बातचीत करते हुए समय काटते खड़े रहते। उतने समय में बरामदे से गुंडे लड़के चले जाएँ या फिर क्लास में जाकर बैठ जाएँ और पाँच-दस मिनट के लिए चारों तरफ एकदम शान्ति फैल जाए इतनी ही उनकी ख्वाहिश रहती। लड़के भी उनकी इस शान्ति फेरी को परम्परा से कामयाब करते आए थे। लेकिन दस मिनट के बाद चारों तरफ फिर वही बाजार चालू हो जाता। प्रिंसिपल को लड़कों के साथ अच्छे सम्बन्ध चाहिए थे। बस।

प्रिंसिपल आ रहे हैं यह मालूम होते ही सभी लड़के खुल्लम-खुल्ला झट-झट अन्दर आकर बैठ गए। झूठ-मूठ ही ध्यान देकर सुनने लगे। प्रिंसिपल दरवाजे के पास आए। अमरीकी ढंग से यूँ ही उन्होंने मुस्कराकर चांगदेव को गुड मॉर्निंग किया। 'कैरी ऑन' कहकर वे चलते बने। लड़के अत्यन्त शान्त बैठे हुए थे।

एक-दो मिनट के बाद बाहर से एक लड़का आया और दरवाजे से एक लड़के को स्क्रू कसने जैसा हाथ से इशारा करता रहा।

तब सभी जोर-जोर से हो-हो कर हँसने लगे।

"क्या चाहिए...?" चांगदेव ने चिढ़कर पूछा।

इतने में अन्दर से एक लड़के ने चाबियों का गुच्छा उसके पैर के पास फेंक दिया। उसे खड़ा कर पूछा तो वह लम्बा-चौड़ा भाषण देने लगा—"वो और मैं पार्टनर हैं। वो रूम पर जा रहा है। मेरे पास कमरे की चाबियाँ थीं। इसलिए वह माँग रहा था। दोनों के बीच एक ही चाबी है।"

"आधे घंटे में ही तुम्हारा पार्टनर रूम पर चला जाता है तो आता ही क्यों है कॉलेज में?"—चांगदेव ने पूछा।

"लाइन मारने के लिए"—एक छात्र बोल उठा।

सब हँसने लगे। उतने में खिड़की के पास बैठे दो-तीन लड़के बाहर खड़ी लड़कियों के झुंड को खड़े हो-होकर देख रहे थे।

उन्हें थोड़ी देर तक उपदेश दिया। फिर से पढ़ाना शुरू करते ही पन्द्रह-बीस लड़के एक साथ चिल्लाने लगे—"हमारी समझ में नहीं आता। मराठी में बताओ। आसान कर बताओ।"

कुल मिलाकर किसी की भी सीखने की इच्छा नहीं थी। लेकिन घंटी बजने तक क्लास रूम छोड़ना नहीं था, सुपरिंटेंडेंट जाधव की चेतावनी का पालन करना जरूरी था इसलिए वह पढ़ाता रहा। धीरे-धीरे निर्लज्ज बनना, अपना-अपना जो भी है जारी रखना—धन्धे का यह गुर इस घंटे में उसकी समझ में आ गया।

ऐसे कितने ही गुर इस प्राध्यापकी के धन्धे में होंगे। पड़ोस की क्लास में पाचलेगाँवकर इस पाँच-दस मिनट में मजाक कर लड़कों को जबरदस्त हँसा रहे थे। मतलब वह भी एक गुर होगा। ऐसी दस-बीस-पच्चीस बातें हासिल करने पर मैं भी एक अनुभवी प्राध्यापक बन जाऊँगा। फिर अपने सामने ये सौ-डेढ़ सौ लड़के गरीब गैया के समान चुपचाप बैठे सुनते रहेंगे। यह है हमारी शिक्षा-प्रणाली। इससे तो अभी जो ये शोर मचा रहे हैं यह कई गुना अच्छा है। कम-से-कम इनको इस शिक्षा की कीमत तो समझ में आ रही है।

मन में चलनेवाले इस उलटे-सीधे असमंजस से उसे प्रचंड पसीना आ गया। गले से आवाज निकल नहीं रही थी। शब्द तुतलाते हुए बाहर आ रहे थे। लड़कों ने शोर बढ़ा दिया। एक हट्टा-कट्टा गोरा-चिट्टा पारसी लड़का पीछे से चिल्लाया—भूल गए सर! उनको याद नहीं आ रहा। तब सब हँस पड़े।

घंटी बजने में थोड़ा ही समय शेष था, लेकिन उसे वह समय भी अनन्त-सा लगा। सिर्फ पेट भरने के लिए आदमी को कितने निर्लज्ज़ धन्धे करने पड़ते हैं। सभी ऐसा ही करते होंगे। मतलब दुनिया ऐसे ही निर्लज्ज-निष्णात लोगों से भरी हुई है। मैं भी उनमें एक हो रहा हूँ। कठिन है, कठिन।

शोर-शराबे में ही घंटी बज उठी। पसीना पोंछते हुए वह बाहर आ गया।

डिपार्टमेंट में किसी से बात करने का जी नहीं चाह रहा था। पाचलेगाँवकर और पवार लड़कियों पर कुछ मजाक सुनाते हँस रहे थे। चांगदेव टेबल के ड्रॉअर में यों ही कुछ तो खट-खुट करता रहा। कैंटीन में चाय पीने जाने का भी मन नहीं हो रहा था। वहाँ फिर अकाउंटेंट पोल बकरा फाँसने के लिए घात लगाकर बैठा होगा! बीच में दो घंटे खाली जाने के बाद फिर उसका एक घंटा था। नसीब अच्छा था कि उसके आज दो ही घंटे थे।

थोड़ी देर के बाद वह चाय पीने निकला। मैदान में चार-पाँच लड़के उसके सामने कुछ गन्दी गालियाँ देकर हँस पड़े। ऐसे ऊधमी लड़कों के झुंड मैदान में जहाँ-तहाँ फैले हुए थे। उनके बीच से गरदन झुकाकर जाना उसे सजा भुगतने जाने जैसा लगा। इससे पहले वह कुल मिलाकर निर्बाध अनुशासनहीन विचार स्वातंत्र्य

का उपभोग कर आड़ा-टेढ़ा बढ़ता चला गया था। अब या तो उसे अपने स्वभाव में काट-छाँट करना जरूरी था नहीं तो जैसा है वैसा ही सब स्वीकार कर दुनिया के साथ समझौता कर लेना। बहुत ज्यादा प्रखर संघर्ष से कुछ तो राह निकलेगी ऐसी उसे आशा थी।

कैंटीन में पोल मिल ही गया। उसने किसी और को फाँसकर चाय ले ली थी लेकिन चांगदेव के आने पर वह उसके टेबल पर आ धमका। फिर दो चाय मँगानी पड़ी। आज उसे भगाना जरूरी था। लेकिन धीरे-धीरे जम जाने पर ऐसा किया जाए यह सोचकर वह पोल के साथ झूठ-मूठ ही प्यार से बतियाता रहा। चुपचाप बिल दिया और जल्दी में फिर उजड्ड लड़कों की उक्तियाँ सुनते हुए वह डिपार्टमेंट में आ गया।

हेड शारंगपाणि गहरा नीला विदेशी कपड़े का सूट-टाई पहने सिगरेट भी विदेशी आदमी जैसे पीते हुए मिसेज सुलोचना थॉमसन से प्यार से बातचीत कर रहे थे। चांगदेव का एकदम अन्दर आ जाना उन्हें कुछ अजीब-सा लगा। चांगदेव ने ही उन दोनों को गुड मॉर्निंग किया। हेड पर तो वह मन-ही-मन चिढ़ा हुआ था क्योंकि टाइम-टेबल में दोनों महिलाओं के लिए और अपने लिए उन्होंने छोटे-छोटे क्लासेज ले रखे थे जो अच्छे लड़के-लड़कियों के क्लासेज थे। दूसरों ने कुछ बेकार और कुछ लड़के-लड़कियों के, जो होशियार थे, क्लासेज माँग लिये थे। लेकिन चांगदेव देर से आया इसलिए रद्दी लड़कों के ई, एफ और जी जैसे वर्ग और फिर सब लोग जिसे टालते थे कॉमर्स के दो सौ लड़कों का वह क्लास उसके जिम्मे आया था।

वह बोला, "सर टाइम टेबल कब बदलना है?"

शारंगपाणि बोले, "अगले हफ्ते देखेंगे। लेकिन उसमें बहुत ज्यादा मेजर चेंजेज नहीं होंगे।"

फिर घंटी बजी। फिर से क्लास। यह आखिरी घंटा था लड़के काफी थक चुके थे। इसलिए शोर-शराबा कुछ कम था। आधे से ज्यादा लड़के तो पहले ही चले गए थे। इसलिए एक कविता ठीक से पढ़ाई जा सकी। लेकिन किसी के पास किताब नहीं थी। किसी को कुछ समझ में आता होगा ऐसा उसे नहीं लग रहा था। आधा घंटा होने पर अचानक पीछे के लड़के किसी बात पर हँसने लगे। फिर सभी हँसने

लगे। पढ़ाना रोककर उसने पूछा, "हँसने की क्या बात है? क्या मुझे पढ़ाना नहीं आता? या मुझे अंग्रेजी नहीं आती? वैसा अगर हो तो बताओ। मैं अभी त्याग-पत्र देकर चला जाता हूँ।"

पीछे से एक आवाज आई, "दे दो त्याग-पत्र।"

फिर से हँसी।

आगे की बेंच पर बैठा एक सज्जन लड़का बोला, "सर, आपकी पैंट पर पीछे से किसी ने स्याही लगा दी है। कुर्सी पर किसी ने स्याही डाल दी है।"

उसने हाथ लगाकर देखा। कुर्सी पर गाढ़ी स्याही के गोले लगाए हुए थे। हाजिरी लेते समय वह बैठा था। बहुत ही क्रोधाविष्ट होकर वह थोड़ी देर चुप रहा। फिर, बेशर्म होकर फिर से वड्र्सवर्थ की 'डॅफोडिल्स' शुरू की। किसी को नेचर के मायने मालूम न थे। किसी को डॅफोडिल्स मालूम न थे, किसी की समझ में कविता नहीं आ रही थी, अंग्रेजी किसी को भी नहीं चाहिए थी।

घंटी बजने पर वह सीधा क्लास से कॉलेज के बाहर ही चला आया। पीछे धब्बों को देखकर लड़के हँसते हुए चिल्ला रहे थे। बम्बई छोड़कर इस दूर-दराज के गाँव में आने की रूमानी भावना समाप्त हो गई थी। उसकी पढ़ाई, मनन, चर्चा, सिद्धान्त, सभी बुद्धिमान मित्र, लेखक, कवि सभी सिमटकर एक कोने में पड़े थे। बचा था सिर्फ शरीर का पोषण और नौकरी।

नीचे देखते हुए वह सीधा लॉज पर आ गया। पैंट बदली। किसी तरह खाना खाया। भोजन में खाने जैसा कुछ था भी नहीं। ऊपर आकर वह खाट पर पड़ा रहा। प्रचंड भयानक अकेलापन उसे महसूस हो रहा था। अब कितने दिन यह सब चलेगा? कितने साल? और शाम होने तक वह वैसे ही सिर के नीचे तकिया लेकर तड़पता रहा। उलटा-सीधा होता रहा। यह सब छोड़-छाड़कर फिर से बम्बई चला जाए या कैसे? महाजन जी के कॉलेज में अब तक किसी को ले लिया गया होगा। लेकिन दूसरे किसी स्कूल में नौकरी मिल जाएगी। बम्बई में अंग्रेजी के लिए जगह हमेशा रहती ही है। बम्बई में और कुछ हो-न हो, कल्चर है। ऐसी गन्दगी नहीं है। लेकिन अब यहाँ आ ही गए हैं तो क्या करें कुछ समझ में नहीं आता। यहाँ कहीं कोई स्तर नहीं है। लेकिन किस बात से सम्मोहित होकर यहाँ झट से चला आया?... किसी का किसी से मेल नहीं है।

प्रतिदिन ऐसा ही होता रहा। पूरा महीना भयानक बीता। भूख गायब हो गई। पहले से ही कृश शरीर था वह अब और चिप्पड़ हो गया। उसमें फिर रात में देर तक नींद नहीं आती थी हमेशा की तरह और सवेरे छह बजे हड़बड़ाकर उठना पड़ता था। नहीं तो लॉज में एक ही बाथरूम होने के कारण, वहाँ कतार लग गई तो घंटा-भर फुरसत नहीं मिलती। अपर्याप्त नींद, कभी बिना चाय के दो-दो पीरियड, फिर कैंटीन में पोल का हाजिर रहना, कभी देर हो गई तो लैट्रिन भी न जा पाना, फिर दोपहर में दौड़-भाग करते लॉज पर आकर पहले लैट्रिन जाना। कॉलेज में शौचालय जाने पर तो पेशाबघर के मुहाने पर सौ के करीब लड़के मिलते। वहाँ जाना उसे ठीक न लगता। फिर शौचालय में भी पानी शायद ही होता। बाद में तो किसी ने नल की टोंटी ही चुरा ली—इसलिए पानी बन्द था। ऐसे भी कहीं कॉलेज होंगे ऐसा उसने सोचा भी नहीं था।

धीरे-धीरे सवेरे छह बजे डर से अपने आप आँखें खुलने लगीं। जागने पर निकले दिन का डर सताने लगा। कल क्लास की अमुक कक्षा में ऐसे-वैसे दिखनेवाले लड़के ने खड़िया फेंककर मारी थी। आज उसी कक्षा में फिर पीरियड है। ऐसे में उठना ही नहीं मालूम हो रहा था। कॉलेज का राक्षसी, असंस्कृत वातावरण आँखों के आगे आता। पूरा देश ही ऐसा भयानक होगा तो वह सुसंस्कृत कब होगा? ऐसे भयानक समय में हम पैदा हुए। कैंटीन में कुत्सित भाव से पोल ने कहा था, "अजी, बच्चों को कल्चर नहीं लेकिन आपको भी पढ़ाना आता है? कहते हो, कॉलेज में इन बच्चों की तादाद बहुत बढ़ गई है, लेकिन इसी कारण प्राध्यापकों की जगहें भी तो बढ़ी हैं। कहते हो, चुने हुए लड़कों को लेना चाहिए तब तुमको नौकरी कैसे मिलती? आपको किसने प्रोफेसर बनाया इतना भी नहीं समझ सकते?"

बाद में एक बार पोल बोला, "बम्बई में तुम्हारे जैसे को कौन पढ़ाने देगा? इसीलिए तो हमारा यह अनाड़ी गाँव आपके नसीब में आ गया। चाय बोलो।"

पोल को चाय पिलाओ और ऊपर से यह सब सुनो। तिस पर ऐसी बातें करने के बाद गुंडे के समान वह मुझसे चाय वसूल करता है। चाय पीते समय उसके साथ ऐसी बातें करनी ही नहीं चाहिए। मेरे बम्बई छोड़कर आने का मतलब यहाँ के इन अनाड़ी लोगों ने अपने हिसाब से वैसा लगाया ही है, उसे क्या किया जा सकता है? या फिर क्या अखबार में मैं बम्बई छोड़कर यहाँ क्यों आया इसकी लेखमाला शुरू की जाए? भैनचोद, अच्छे उलटे चक्कर में फँस गए। और वह जोर से खुद को मादरचोद कहकर चीखता हुआ खाट पर इधर से उधर लोटता रहता। फिर आँख

लगती और फिर दन से नींद खुल जाती तो एकाध दिन पौने सात बजे होते। घड़ी भी बार-बार बन्द होती। कितनी ही चीजें नई लेनी थीं। इसलिए घड़ी कब ले पाएँगे पता नहीं? टूथ ब्रश तो इतना गन्दा हो गया है कि तुरन्त बदलना होगा। पहले की दरिद्रता के कितने ही अवशेष बाकी थे।

और अधखुली आँखों से वह सीढ़ियाँ उतरकर लड़खड़ाते हुए नीचे आता। कभी स्नान टालकर, कभी चाय टालकर, कभी शौचालय जाना टालकर दौड़ा-दौड़ा कॉलेज जाता। दोपहर के कॉलेज, मतलब कुछ तो तहजीब है ऐसा लगता। ये भूतों जैसे लड़के इतने सवेरे बिना नहाए कॉलेज में इकट्ठे हो जाते हैं। इतनी सी जगह में साढ़े तीन हजार छात्र, मधुमक्खी के छत्ते जैसे दूर से दिखते। उनमें साढ़े सात से ग्यारह बजे तक घुल-मिल जाना। ग्यारह बजे चारों तरफ सन्नाटा। कक्षा में हमेशा, वही-वही बातें। लड़के भी इतने देहाती उजड्ड कि वही-वही बातें रोज करते। उसमें भी कहीं नयापन नहीं, अकल का कोई काम नहीं। चांगदेव की देहाती पाठशाला में भी इससे अच्छा वातावरण होता था। इस अत्यन्त पिछड़े हुए हिस्से में आने की गलती हो ही गई थी। एक साल किसी तरह गुजारकर अगले साल गाँव छोड़ देना है, यह उसने अभी तय कर लिया था—एकदम निश्चित।

स्टाफ में कई दिनों तक कोई दोस्त नहीं बना। ज्यादातर शादीशुदा थे। गॅब्रियल लांडे वगैरा दो-तीन बिना ब्याहे प्राध्यापक थे, लेकिन वे स्थानीय थे इसलिए उनका ठीक चल रहा था। एक कारण यह भी था कि चांगदेव पाटील किस जाति के हैं यह कई दिनों तक लोगों की समझ में नहीं आया था। कोई कहता मराठा है। कोई कहते ब्राह्मणों में भी पाटील होते ही हैं। इसलिए वह किसी को भी अपना नहीं लग रहा था। लड़कों को भी लग रहा था कि ये सर अपने में से नहीं हैं इसलिए सभी जाति के लड़के तकलीफ देते रहे।

धीरे-धीरे डिपार्टमेंट में पवार ने उससे परिचय शुरू किया। पहली बार चाय के लिए घर पर उन्होंने ही बुलाया। दोनों एक ही विषय के थे और पवार भी अभी तक कुँवारे थे इसलिए उनका आपस में आना-जाना बढ़ता गया। लेकिन पवार कुँवारे होने पर भी उम्र से तीसरे दशक में आ चुके थे। उन्होंने अब तक शादी क्यों नहीं की थी यह चांगदेव को काफी देर से मालूम हुआ। पवार ने उसको अपने पढ़ाते समय आए हुए अनुभव बताए—"मुझे यहाँ पर दो साल तक आपके समान ही तकलीफ होती रही। मैं भी आपके जैसा नर्वस रहता। लेकिन धीरे-धीरे लड़के पहचान के होने लगते हैं, अजनबीपन चला जाता है, आपके चेहरे की उनको आदत हो जाती

है और फिर सब ठीक हो जाता है। इसके साथ ही उन्होंने यह भी कहा कि उस समय यह कॉलेज भी छोटा था, लड़के भी बचपन से जाने-पहचाने होते, इसलिए मुझे बहुत ज्यादा तकलीफ नहीं हुई। अब तो साला कॉलेज कुछ का कुछ हो गया है। पिछले साल सरकार के ई.बी.सी. शुरू कर देने के बाद से यह गड़बड़ शुरू हो गई है। लेकिन नर्वस मत होना। सब ठीक हो जाएगा।

एक बार जब चुप रहना असम्भव हो गया तब उसने शारंगपाणि जी से कहा कि इनमें से एकाध क्लास बदला जाए तो अच्छा होगा।

शारंगपाणि बेफिक्री से बोले, "अब बदलना मुश्किल है। और ऐसा भी नहीं कहा जा सकता कि तुम्हें नए क्लास में तकलीफ नहीं होगी। फिर क्लासें बदलने पर पूरे कॉलेज का टाइम-टेबल बदलना पड़ेगा।"

"लेकिन सर, उस कॉमर्स के क्लास में दो सौ लड़के हैं। उन्हें बैठने के लिए भी जगह नहीं होती। उस क्लास के दो डिविजन करनेवाले थे ऐसा सुपरिंटेंडेंट कह रहे थे। और फिर इनमें से कई लड़के दो-तीन बरस से फेल होते आ रहे हैं, उन्हें क्लास में कुछ रुचि नहीं होती।"

"हम दो डिविजन करनेवाले थे। लेकिन ये सब लड़के अब महीने-दो महीने तक ही आनेवाले हैं। बाद में बरस भर आधे से ज्यादा लड़के कॉलेज की ओर आते ही नहीं हैं। कुछ दिन चलने दो। अक्टूबर की परीक्षा होते ही कोई नहीं आएगा कॉलेज में।"

ऐसे थे शारंगपाणि। एक बार वे मिसेज रूथ साठे से कह रहे थे कि फ्रेश एम.ए. वालों को लेक्चरर के रूप में न लेकर बी.एड. कम्पलसरी करना चाहिए ऐसा प्रपोजल अकादमी की कौंसिल के सामने आया है। उसमें कुछ तथ्य है ऐसा आपको लगता है? यह बात वे जान-बूझकर इस तरह कह रहे थे कि यह सब चांगदेव को भी सुनाई दे।

जो भी दिन आता ऐसा ही भिखमंगे जैसा!

फिर एक तारीख को सभी पगार ले आए। पवार बोले, "आपने पगार नहीं लिया लगता है?"

"नहीं। इतने से आठ-दस दिन का पगार होता है क्या? मुझे लगा एक साथ एक अगस्त को ही होगा सब। इतने के लिए पोल के पास किसलिए जाना?"

"नहीं-नहीं, दो दिन का भी हो तो पगार तो पगार होता है! चलो, हम ले आएँ। मैं भी पहले पगार के दिन ऐसे ही शरमा रहा था। चलो।"

चांगदेव को पगार लेते भी शर्म आ रही थी, यह पवार के ध्यान में बराबर आ गया। वे उसके साथ थे यह अच्छा हुआ। सवा सौ के करीब रुपये मिले। चांगदेव को बहुत ही खुशी हुई। लेकिन तुरन्त लगभग सब लॉजवाले को देने पड़े। फिर जेब में दस-बीस ही बचे। कैंटीनवाले के यहाँ क्रेडिट पर चाय वगैरा मिलती थी इसलिए महीना-भर किसी तरह चलनेवाला था। लेकिन बम्बई के दोस्तों के पैसे लौटाने थे वे रह ही गए।

गाँव में कमरा मिल जाता तो लॉजवाले को रद्दी कमरे के साठ रुपये देने की नौबत नहीं आती। गाँव में साठ रुपये में दो-तीन कमरों का ब्लॉक मिल जाता। लेकिन उसे एक कमरा भी नहीं मिल रहा था। ज्यादातर कमरे पुराने, अँधेरे, बिना बाथरूम और शौचालय के थे। ऐसे कमरों में गरीब छात्र पाँच-दस रुपये महीने में रहते थे। उन्हें सवेरे टमरेल लेकर बाहर जाना पड़ता था। बाड़े के चौक में अंडरवियर पहने-पहने नहाना।

दो-चार दिन चक्कर लगाने के बाद उसने उसका पीछा छोड़ दिया। गायकवाड़ जो कह रहे थे वह सच ही था। बरस-भर वहीं रहना पड़ेगा ऐसा लग रहा था। इस खयाल से ही वह सिहर उठा! कमरे में किताबों के बक्सों पर से अन्दर जाना पड़ता। टेबल स्टूल जितना था और ऊपर छत पर सिर्फ पन्द्रह वॉट का बल्ब था। अब कायम वहीं रहना है इसलिए साठ वॉट का उसने खुद लाकर लगाया। किताबों के बक्से खाट के नीचे ढकेलकर ऊपर चद्दर बिछा दी। वैसे भी दो ही किताबें बरस-भर पढ़ानी थीं। और कविता-उपन्यास पढ़ने का मूड इस कमरे में बना नामुमकिन था। सिर्फ खटिया पर ऊँचे तकिए पर गरदन रखकर ऊपर छत की ओर देखते हुए पड़े रहना। बरस-भर यही चलता था। दिन बहुत ही कठिन थे। तकदीर से यहाँ बरसात थोड़ी-सी ही होती थी इसलिए ऊपर के झरोखे से बरसात की फुहारें फिर नहीं आईं। लेकिन गायकवाड़ ने वैसी कल्पना पहले ही दे दी थी।

गाँव में कहीं इडली-डोसा नहीं मिलता था। जिस गाँव में उड़पी नहीं वह गाँव तुमने चुना ही कैसे, यह अब वह अपने आप से पूछता था। गन्दे हिन्दू होटल में मात्र सेवचिउड़ा खाना ही सम्भव था। चाय भी बहुत ही मीठी चिपचिपे गुड़

की होती थी। कुल मिलाकर उसकी नींद हराम हो गई। लेकिन रोज सवेरे साढ़े छह बजे उठना ही पड़ता था। क्योंकि हेड ने उसे सभी पहले पीरियड दिए थे। पवार, शबीर और पाचलेगाँवकर को भी पहले पीरियड थे। दोनों महिलाएँ और हेड दूसरे-तीसरे पीरियड के बाद आराम से चकाचक आते। चारों तरफ से अच्छी नाकाबन्दी थी। किसी के कुछ कहने की सम्भावना न थी। पवार कहने लगे, "डिपार्टमेंट का टाइम-टेबल बनने पर पहले ये दोनों औरतें अच्छे क्लास, अपनी सुविधा के अनुसार चुन लेती हैं। शारंगपाणि का तो सवाल ही नहीं, वे अंग्रेजी स्पेशल के प्रॉसदी और क्रिटिसिज्म ये दो ही पर्चे बरसों से पढ़ाते आ रहे हैं। अब बचे हुए से हम क्या चुन सकते हैं? नौकरी करनी है और क्या? मुझे भी पहला और आखिरी पीरियड हर साल मिलता है। तुम्हारे आने से पहले ये ई, एफ और जी डिविजन मेरे जिम्मे होता था। लेकिन ए और बी अब भी नहीं मिलता। ऐसे धीरे-धीरे अच्छी तरह से पक जाने पर एक तारीख के पगार की पवित्रता ध्यान में आने लगी। उसके लिए बाकी के तीस-इकतीस दिन बोझ ढोते रहना था। स्वाधीनता का यही अर्थ है।

एक-एक तारीख को यकायक उसे बम्बई के रानी के बाग के पास बैठनेवाले ज्योतिषी की रह-रहकर याद आने लगी। जेब में सौ के तो दो ही नोट आए! ज्योतिषी ने सही बताया था। लेकिन अब उस ज्योतिषी को एक रुपया देना चाहे तो भी सम्भव नहीं था। बम्बई की आर्द्रता, उत्साही लोग, नई किताबें, होटल, फिल्में, उड़पी, भय्ये, भंडारी और खाने की हजार चीजें—ये सब आधुनिकता के झोंके बड़े शहर के बाहर कभी आएँगे ही नहीं, ऐसा उसे उस गाँव में रहते हुए लगने लगा। एक बात अच्छी थी, पगार मिलते ही आधे पैसे मनीऑर्डर से भेजना हो जाता। कर्जा हल्का हो जाता। गाँव में खर्च करने के लिए पैसे न रखो तो भी चल सकता था। टूथ ब्रश या जाँघिए-बनियान वगैरा जैसे थे वैसे ही महीने-महीने चल जाते। लेकिन पुराने ब्रश से दाँत माँजने और फटी हुई लँगोट पहनकर कॉलेज में जाने से आदमी का जोश कम तो होता ही है। लेकिन उसका कोई उपाय नहीं था। कम-से-कम छह महीने इसी तरह की दरिद्रता चलनेवाली थी। लेकिन शरीर निरोग हो रहा था। उत्साह बढ़ रहा था।

सँकरे कमरे में खटिया पर चित पड़े रहना, दिन-भर न सोना और सवेरे दौड़-भाग कर पुराने टूथ ब्रश से दाँत साफ कर फटा हुआ जाँघिया पहन कॉलेज जाना और क्लास से हर रोज नाकामयाब होकर अकाउंटेंट पोल के कब्जे में

रहकर चाय पीना और दोपहर में क्लान्त-अशान्त होकर सो जाना और शाम को अकेले छत पर कुर्सी पर बैठकर गाँव के छप्पर देखना और रात में फिर कल की चिन्ता से परेशान हो जाना—और हरदम कैलेंडर पर महीने का अन्तिम दिन देखते रहना—यह चलता रहा।

ऐसे चक्र में उसे एक दिन सवेरे दाँत माँजते-माँजते अचानक लगा कि बदन से क्रूर जंगलीपन का संचार हो रहा है। बचपन की अत्यन्त नीचे दाबकर रखी गई निष्ठुर घटनाएँ अचानक व्याकुल हो उठीं। पहाड़ की कन्दरा से पत्थर मारकर बिच्छुओं को बाहर निकालना और उन बिच्छुओं को थका-थकाकर इतना पस्त कर देना कि फिर वे अपनी डंक वाली पूँछ नीची चलने लगते। बड़े बछड़े को इतना पीटना कि वह हाँफते हुए गंजी की ओट में छुप जाता। बन्दरों का मीलों पीछा कर उन्हें पत्थर मारते हुए गाँव की सीमा के पार कर देना। यह सब अपने ही अन्दर होते हुए, फालतू सुसंस्कृत सभ्यता का स्वाँग रचाना किसलिए? ऐसे जंगली, असंस्कृत लोगों के बीच, जो अपना मूल जंगली स्वरूप है उसे ही ऊपर क्यों न निकाला जाए...?

उस दिन किताब, नोट बुक, पेन जिनके पास नहीं थे उन सबको उसने क्लास से बाहर निकाल दिया। वे सब चीखते-चिल्लाते, सीटियाँ बजाते हुए बाहर चले गए। जो बचे थे उन्हें पढ़ाते समय एक छात्र पीछे बैठा बातें कर रहा था। दो बार बताने पर भी वह चुप नहीं बैठा। पास जाकर देखा तो उसके पास किताब, नोट-बुक कुछ भी नहीं था। समझ में नहीं आया। अभी क्या कहा था—ऐसा कहकर दाँत पीसते हुए उसकी गरदन पकड़कर उसे दरवाजे से निकाल दिया। बरामदे में लड़खड़ाकर वह लड़का ऊँचाई से नीचे जमीन पर जा गिरा। यह देख सभी लड़के हँस पड़े। बकअप-बकअप कहने लगे। लेकिन चांगदेव के अन्दर आने पर चुप हो गए।

इस तरीके का अब अन्त न था। अब इसी अवतार को धारण किए रहना जरूरी था।

बाद के कॉमर्स के क्लास में भी कुछ जंगली जैसा करना है, इसी तैयारी से वह शेर के समान गया। कुर्सी पर स्याही नहीं है यह आदतन ठीक से देखकर बैठा। हाजिरी लेते समय सामने बैठे एक लड़के ने बिना हिचकिचाहट के खुल्लम-खुल्ला

दो-तीन नम्बर की हाजिरी दी। उसे खड़ा कर चांगदेव आगे के नम्बर लेने लगा। लेकिन वह लड़का बीच ही में बैठ गया और बहादुरी दिखाने के लिए फिर एक अनुपस्थित छात्र की हाजिरी दी। इसके साथ ही चांगदेव कुर्सी पीछे फेंक कूद पड़ा और उस लड़के को थप्पड़ जड़ दिया। फिर उसकी कॉलर पकड़कर खींचते हुए उसे दरवाजे के बाहर धकेल दिया।

फिर पूरे घंटे विशेष गड़बड़ नहीं हुई।

ऐसा रोज ही होने लगा। नए-नए गुंडे लड़कों से रोज संघर्ष करना पड़ता। इसका अन्त क्या होगा, उसे इस बात की चिन्ता न थी। लड़के बिगड़े लेकिन ऊधमी लड़कों को उठाकर क्लास के बाहर फेंकने का जंगली कार्यक्रम चलता रहा।

लेकिन रात की नींद पूरी तरह हराम हो गई। सवेरे-सवेरे थोड़ी-सी आती वह भी डर के मारे छह बजे अपने आप उड़ जाती। नौकरी करने के अन्य सुसंस्कृत मार्ग होते हुए भी यही एकमात्र नसीब में आया। यह शायद तय था। बचपन में गाँव के हट्टे-कट्टे जंगली लड़के आपस में तय कर उसे अकेला रखते और खेल में उस पर बार-बार दाँव लाकर उसे रुलाते। लेकिन वह भी जिद्द के साथ खेलकर दाँव पूरा करता। वैसा ही यह चल रहा था।

गॅब्रियल लांडे कहने लगा, "मेरे कू बी वैसा करना ऐसा लगता जी। मगर मैं क्या फेंकता—इन पोट्टों को बाहर? आपके जैसी ऊँची-पूरी पर्सनालिटी रही होती तो पोट्टे बी डरते। हमारे कोच पोट्टे बाहर फेंकेंगे माचोद।"

चांगदेव बोला, "पहले तुम यह टाई पहनना बन्द करो। टाई की वजह से देहात के लड़के कभी आपकी ओर प्यार से नहीं देखेंगे। और फालतू में स्टाइलिश अंग्रेजी में मत बोला करो। इससे भी फासला बढ़ता है।"

गॅब्रियल लांडे ने बाद में गिल्बर्ट काम्बले से कहा, "इस साले को खुद को एक किलास ठीक से लेनी नहीं आती और मेरे कू टाई मत पहनो केता, मेरे कू इंग्लिश सिकाता माचोद!"

काम्बले ने चांगदेव को जब यह बात बताई चांगदेव बोला, "मेरी और लांडे की तुलना मत करो। लांडे यहाँ का लोकल आदमी है। फिर उसे लड़के और लड़कियों की मिक्स्ड क्लास दिए हैं। ऐसे क्लास में मुझे कभी तकलीफ नहीं

होगी। मुझे तो यहाँ खड़े रहने के लिए इस गाँव में जगह नहीं है। मुझे तकलीफ होना लाजिमी है।"

यह सच था। क्योंकि मिसेज थॉमसन एक बार छुट्टी पर थीं तब सुपरिंटेंडेंट जाधव ने उसे एफ.वाय.बी.एस.सी. के क्लास में जाने के लिए कहा।

"मेरा क्लास नहीं है तब मैं कैसे जाऊँ और क्या सिखाऊँ?"

"कुछ भी करो। यहाँ यही प्रैक्टिस है। आप छुट्टी पर गए तो आपके क्लास भी किसी-न-किसी को लेने ही पड़ेंगे। नहीं तो लड़के कॉलेज में खुले रहकर घूमते रहते हैं और सबको डिस्टर्ब होता है। वैसे भी कौन क्या पढ़ाता है हमें मालूम है। प्लीज, गो टू एफ.वाय.बी.एस.सी.-बी. डिविजन। कॉलेज का यह बेस्ट वर्ग है। जाओ।"

निरुपाय होकर वह बगीचे के उस ओर के क्लास में गया। साइंस का कोई क्लास उसके टाइम टेबल में नहीं था। वह अन्दर गया तब लड़के-लड़कियाँ शान्ति के साथ बैठे आपस में बातें कर रहे थे। उसके हमेशा के क्लास में जाते समय ऐसा कभी देखने में नहीं आता था। सब उठकर खड़े हो गए। बैठो कहने पर बैठे। एक घंटा-भर क्या सिखाऊँगा वह इस सोच में था फिर उसने लड़कों से ही पूछा कि अब घंटा-भर क्या करें? लड़कों को यह अच्छा लगा। कुछ शरारती लड़कों ने शोर किया। लेकिन उनमें भी एक सुसंस्कृतता थी। किसी ने कहा, 'पहेलियाँ बुझाइए', किसी ने कहा, 'गाना सुनाइए।' फिर ऐन मौके पर उसने उस समय के नए चर्चित उपन्यास पर बोलना शुरू किया। वे सब बातें लड़के खामोश बैठे ध्यान से सुन रहे थे। स्तब्ध। उसमें भी फिर जवान लड़कियाँ ज्यादा ध्यान देकर सुन रही थीं। कुल वातावरण रूमानी हो गया था। होशियार लड़के-लड़कियों को पढ़ाने जैसा आनन्द दूसरा नहीं, ऐसा उसने बाद में पवार से कहा।

लेकिन हमेशा के क्लास में उसकी और लड़कों की तनातनी चलती रही। दिन-भर मन अशान्त होता। कभी ऐसा नहीं लगता कि खुशी-खुशी घूमने जाएँ। इतने से गाँव में कहीं एकान्त भी नहीं था। चारों तरफ वे ही छात्र थे। गायकवाड़ जबरदस्ती उसे कभी-कभी बाहर निकालते। लेकिन सामने से लड़कों के झुंड के झुंड आते। उनके अकथनीय अभिप्रायों को सुनकर चांगदेव असहज हो जाता। दूसरे अत्यन्त निर्बुद्ध प्राध्यापकों का क्लास में ठीक चलता रहता है फिर अपना क्यों नहीं चलता? कुल मिलाकर इस धन्धे में इतना तो कर पाना ही चाहिए।

कुछ अनुभवी प्राध्यापकों ने उससे कहा कि "क्लास में बच्चों को पीटना अच्छा नहीं है। एक इसी बात पर आपको कॉलेज से निकाल देने के लिए कोई कह सकता है।"

वह बोला, "मैं उसी की तो राह देख रहा हूँ! उस वजह से तो यह कॉलेज छूटेगा।"

पवार बोला, "कोई ध्यान नहीं देता जी। क्लास में शुरू में ही एक-दो को पीट दो तो क्लास बरस-भर ठीक चलता है।"

गिल्बर्ट काम्बले बोला, "लेकिन यह सिद्ध होता है कि इससे प्रिंसिपल का एडमिनिस्ट्रेशन कितना खराब है! वह कभी राउंड नहीं लेते। लेते भी हैं तो सिर्फ गुड मॉर्निंग करते-करते गधे जैसे वहाँ तक जाकर बगीचे के माली को भी गुड मॉर्निंग कर फिर से ऑफिस में घुस जाते हैं। मूर्ख! ऑफिस में क्या काम होता है? सब कुछ तो जाधव देखता है और अकादमिक बातें वाइस प्रिंसिपल देखते हैं। ये तो सिर्फ कान का मैल निकालता रहता है। फाउंडर की लड़की के साथ इसने शादी की यही इसकी योग्यता है।"

प्राध्यापक विजय मोडक आँख मारते हुए बोले, "काम्बले उस वक्त तुम थोड़ा जोर लगाते तो यह सब टल जाता। फिर प्रिंसिपल काम्बले हुए होते।"

फिर सब हँसकर चले गए। पहले फाउंडर ख्रितबन्धू माणिकराव की लड़की से बहुत सारे लोग इसलिए प्यार करते थे कि कॉलेज हाथ में आएगा। काम्बले उनमें थे। एक बार तो बड़ी लड़की ने उन्हें शादी का वचन भी दिया था। लेकिन एक बार ये लड़कियाँ महाब्रजेश्वर गईं और वहाँ अभी के प्रिंसिपल के साथ शादी तय कर आईं। काम्बले कहने लगे, "यहाँ के लोगों को छोड़कर बाहर के लोगों को यह सुनहरा मौका नहीं देना चाहिए। लेकिन फिर भी बाद में शादी हो ही गई। नया मद्रासी आदमी होशियार और खूबसूरत था। उसने झटपट कॉलेज बढ़ाकर कई डिपार्टमेंट खोलने की जगहें बनाईं और उन पर लोकल लोगों की नियुक्तियाँ कर दीं। अकाउंटेंट पोल तब झाड़ूवाला था। उसे अपने साथ मिलाकर उसने लोकल राजनीति को मात दे दी। पोल को डिप्लोमा करने बम्बई भेजा, फिर अपना पुराना रफू किया हुआ सूट देकर अकाउंटेंट बना दिया। दूसरा एक बदमाश आदमी गाँव के महार ईसाइयों का नेता था। कॉलेज के स्वामित्व वाली एक बेकरी और पोल्ट्री शुरू कर उसकी सब जिम्मेदारी उसको सौंप दी। वह हर महीने कॉलेज को सिर्फ सौ रुपये देता। दूसरे एक ब्राह्मण ईसाई को छापाखाना शुरू करवा दिया। इस

तरह सभी खुश हो गए और उसने काम्बले की पूरी हवा निकाल ली। बाद में कई दिनों तक काम्बले अलग-अलग अफवाहें फैलाते रहे। उसमें से एक अफवाह यह थी कि प्रिंसिपल को होनेवाली सन्तान उसकी नहीं है। दूसरी अफवाह यह कि प्रिंसिपल को जल्दी ही तलाक मिलनेवाला है, उनकी पत्नी दूसरे आदमी के साथ सोती है। फिर वे ऐसा ही कहते कि मैं सिर्फ उसको प्यार करता था। जबकि वह मद्रासी उसकी प्रॉपर्टी से प्यार करता है। मतलब, कॉलेज में कुल मिलाकर यह सब चलता रहता। फिर भी बरसों से सभी साथ-साथ रहते आ रहे थे।

चांगदेव को प्रिंसिपल अच्छा आदमी लगता। इंटरव्यू के समय प्रिंसिपल का बर्ताव अच्छा ही था। उसके बाद वह खुद जाकर उनसे मिला नहीं था। क्लास में होनेवाले शोर-शराबे, कॉलेज के कुल माहौल और टाइम-टेबल के बारे में शिकायत करने के लिए एक बार उनके पास जाना है, यह वह कई दिनों से तय कर रहा था। एक बार एक क्लास में किसी ने स्पेलिंग पूछी और उसने लिखने के लिए ज्योंही मुँह फेरा। त्योंही पीछे से किसी ने पीठ पर डस्टर फेंक मारा। झट से मुड़कर देखने पर फेंकनेवाले लड़के का हाथ दिखाई दिया। वह शान्ति के साथ उस लड़के के पास गया, तड़ाक से दो थप्पड़ लगाए और फिर उसकी गरदन पकड़कर बोला, “चलो प्रिंसिपल के पास। ऐसी गन्दगी कॉलेज में रहने नहीं देनी है।”

लड़के की पहले ही हवा निकल गई थी। थप्पड़ से वह बेदम हो गया था! अब नाम काट देंगे कहने पर वह गिड़गिड़ाने लगा। लेकिन पास के लड़के ने उसके कान में कुछ कहा तो अचानक झटका देकर वह लड़का भाग गया। क्लास के सभी लड़के बरामदे में यह तमाशा देख रहे थे। सबने होऽऽ किया। इतने में उधर से जाधव दौड़ते हुए आए। उन्होंने एक-एक की कनपटी पर चाँटा जड़कर सबको क्लास में बिठा दिया। चांगदेव को कुल मिलाकर यह सब अजीब लगा। वह सीधा प्रिंसिपल के ऑफिस में चला गया।

प्रिंसिपल नाक खुजलाते हुए कुर्सी पर पीछे झुककर बैठे थे। लम्बे-चौड़े टेबल पर, पेपरवेट, कागज, पंचमशीन, आलपिन की गेंद, अलग-अलग पेन—सब कुछ आला दर्जे का और यथास्थान था। मतलब स्पष्ट था कि यह आदमी यहाँ कुछ भी काम नहीं करता।

उन्होंने कहा, “आओ, मिस्टर पाटील। हाउ आर यू? कैसे चल रहा है आप वाला टीचिंग?

फिर नर्वस होकर कुछ उद्वेग से उसने सब कह दिया। लॉज में रहना, कमरा नहीं मिलना, गाँव के पुरानपन्थी लोग, कॉलेज में कुछ भी अकादमिक नहीं चलता। सभी गप्पें लड़ाते रहते हैं। सवेरे का कॉलेज ठीक नहीं, एडमिनिस्ट्रेशन ठीक नहीं, टाइम टेबल ठीक नहीं, क्लास रूम अच्छे नहीं। मुझे भी ठीक से पढ़ाना नहीं आता होगा लेकिन ये बातें भी बदलनी तो चाहिए ही। आज एक गुंडा लड़का मेरी पीठ पर डस्टर मारकर भाग गया। यह कोई कॉलेज है या तमाशा?

प्यार से उसकी ओर देखते हुए उन्होंने उसे बैठने के लिए कहा। फिर बोले, "तुम नए आदमी हो, बरस-दो बरस तकलीफ होगी। लड़के का क्या नाम है?"

"दो सौ लड़के हैं उस क्लास में। नाम ध्यान में रहना सम्भव नहीं है। और लड़कों के पीछे हमारा दौड़ना कहाँ तक सही होगा?"

"ठीक है। हम चौकसी करेगा। बुलाएगा उसे।"

फिर उन्होंने चपरासी से सुपरिंटेंडेंट को बुलाकर लाने के लिए कहा और बोले, "मिस्टर पटेल। हमारा भी कुछ बातों पर कंट्रोल रहना मुश्किल है। लेकिन तुम्हारे को ये नटोरियस क्लास देना नहीं चाहिए था। मैं डेमोक्रेटिक स्वभाव का आदमी हूँ। लेकिन फिर भी मैं आपके हेड को वैसी सूचना देता हूँ। डोंट गिव अप होप। तुम बहुत अच्छा पढ़ाता। हमारी बेटी भी खुद हमको बता रही थी। धीरे-धीरे तुम अच्छी तरह सेटल हो जाएगा। ओ.के.। इस बच्चे को हम बुलाएगा। बी कॉन्फिडेंट। अपने को हैपी रहना है तो बाहर की दुनिया की गन्दगी से भी एडजस्ट होना चाहिए।"

"उस लड़के को मेरे क्लास में मत बैठने दीजिए।"

ओ.के., ओ.के. लीव इट टु मी।

दूसरे दिन वह लड़का फिर क्लास में नजर आया। उसे बाहर जाने के लिए कहा तो वह कहने लगा, "नहीं जाऊँगा।" चांगदेव उसके पास गया और बोला, "क्यों?" तब उसने प्रिंसिपल की चिट्ठी उसके मुँह पर दे मारी—इस लड़के ने मेरे पास अपनी गलती कुबूल की है। उसे क्लास में बैठने दिया जाए। फिर से यह वैसी हरकत नहीं करेगा।

सारा क्रोध पीकर चांगदेव पीछे हटा। लड़कों ने हुर्रे किया। वह लड़का ह-ह करते हुए बैठा लेकिन बैठते-बैठते पास के लड़के के पाँव पर जोर से अपना पाँव रख दिया। वह जोर से चीखकर बोला, "सर इसने मेरे पाँव को अपने पाँव से कुचल दिया।"

सब खो-खो कर हँसने लगे। फिर घंटा हो गया। लड़के बेंच बजाकर चिल्लाते रहे।

स्याह चेहरे से वह स्टाफ रूम में हथेली पर गाल रखकर बैठा रहा। थोड़ी देर बाद पाचलेगाँवकर आए।

"क्या पाटील क्या सोच रहे हो?"

"आइए। आज बहुत ही परेशान हूँ। लड़के चाहे कुछ भी करें पर प्रिंसिपल उन्हें कुछ कहते नहीं, यह आज मालूम हुआ।"

"अजी, यह तो हरदम की बात है। इसलिए हम लड़कों को इधर ही जो कुछ खींचना है, खींचकर छोड़ देते हैं। कभी उधर जाते नहीं। चलो, चाय लेंगे। डिपार्टमेंट में पवार होंगे, उन्हें भी बुला लेते हैं।"

चाय पीते-पीते पवार कहने लगे, "प्रिंसिपल का वैसे आपके बारे में अच्छा मत है। परसों बहुत अच्छा बोल रहे थे।"

पाचलेगाँवकर कहने लगे, "लेकिन उनको लड़कों को भी नाराज नहीं करना होता है और वे हमें भी नाराज करना नहीं चाहते। यों ही पॉपुलर नहीं होते ऐसे लोग! बीच में हमारी मौत होती है। बहुत ही बदमाश है वो। हमको भी जितना हो उतना ही काम करना चाहिए।

इतने में प्राध्यापक मोडक आए। तब पवार ने सबको झुक-झुककर चुप कराया। मोडक चाय पीते-पीते यह कहते रहे कि वाद-विवाद मंडल के उद्घाटन के लिए कोई मिल नहीं रहा है। फिर वे चले गए। पाचलेगाँवकर कहने लगे, "इसके सामने प्रिंसिपल वगैरा के बारे में कोई कभी कुछ नहीं बोलता। पूरा चमचा है साला। ईसाई हो गया तो भी बम्मन की आदत थोड़ी ही जाती है।"

"यों ही सीनियर ग्रेड में नहीं गया है। यही धन्धा।"

"अपने लोगों को ये ऊपर लेंगे यह बिलकुल तय है। अपन तो सात साल हो गए तब भी दो सौ बेसिक पर ही हैं। हमारी बातें उसने सुनी तो नहीं ना जी? सुनने दो जी। कोई हमारा और क्या बुरा करेगा?"

फिर चांगदेव ने हेड शारंगपाणि से टाइम-टेबल बदलने के बारे में बहुत ही गिड़गिड़ाकर दोबारा पूछा।

अबकी बार शारंगपाणि सहेतुक कहने लगे, "देखेंगे इस सोमवार को आपका सब इन्तजाम जहाँ के तहाँ हुआ या नहीं। भोजन कहाँ करते हो? कल हमारे यहाँ आओ भोजन के लिए। कब से मिसेज शारंगपाणि कह रही हैं आपको एक बार

घर लाने के लिए। लेकिन कॉलेज के इन कामों में किसी बात का मूड नहीं रहता। आओ कल। मैं राह देखूँगा ग्यारह के आसपास। जरूर आना।"

गायकवाड़ के सवेरे ही टूर से आ जाने के कारण चाय, गपशप ग्यारह बजे तक चलती रही। फिर उनको कमरे से निकालकर वह शारंगपाणि जी के मकान की तरफ चला। वे रेलवे कॉलोनी में रहते थे। वहाँ सुन्दर मकान थे। कुछ मकान बहुत ही पुराने गिरने जैसे हो गए थे फिर भी हर घर के सामने खुली जगह होने से वे पुराने मकान भी बहुत ही सुन्दर लगते थे। रास्ते में बीच-बीच में कॉलेज के लड़कों की टोलियाँ दिखाई दीं। कान खड़े कर उनके जोक्स सुनते-सुनते वह शारंगपाणि जी का मकान ढूँढ़ता चला गया। एकदम सिरे पर एक हँसमुख लड़की झाड़ू से आँगन साफ कर रही थी। उसने झाड़ू नीचे रखकर उसे गुड मॉर्निंग किया। यह भी कॉलेज में होगी। इसलिए उसने उससे शारंगपाणि जी का मकान पूछा। वह कहने लगी, "आप गलत रास्ते से आ गए सर। वापस पीछे जाकर बाईं ओर मुड़िए। वो जो आम का बड़ा पेड़ है ना, वहाँ आपको बोर्ड दिखाई देगा। लेकिन अब आ ही गए हैं तो आइए न हमारे यहाँ थोड़ी देर।"

वह कहने लगा, "अभी नहीं। मुझे पहले ही देरी हो गई है। मैं फिर आऊँगा... आप कौन सी क्लास में हैं? आपका नाम क्या है?"

"मैं? आपने एक ही पीरियड लिया हमारा। मैं मिस सावनूर एफ.वाय. बी.एस.सी.।"

"आपका खुद का मकान है? अच्छा है।"

"अच्छा क्या है! पीछे की दीवारें तो गिरने को आ गई हैं। बाहर से जरूर ठीक दिखता है। आइए न अन्दर।"

उसे लगा कि हँसमुख लड़की इतनी मीठी बोली बोलकर बुला रही है तो उसे जाना चाहिए। लेकिन घर में बहुत लोग दिखाई दे रहे थे, काफी हो-हल्ला भी सुनाई दे रहा था। यह होशियार मीठी लड़की मीठी-मीठी बातें काफी देर करती हुई खड़ी है यह देखकर अन्दर से उसकी माँ या और कोई तेवर चढ़ाए दो-तीन बार देख गई। इसलिए चांगदेव को लग रहा था कि अन्दर नहीं जाना चाहिए।

"ठीक है सावनूर जी, फिर जरूर आऊँगा," ऐसा कहकर वह लौट पड़ा। उसका मुस्कराना अच्छा लगा।

हेड का मकान अच्छा नया बनाया हुआ था। परीक्षा के पर्चे और ट्यूशन पर यह मकान बनवाया ऐसा मराठी के गिल्बर्ट काम्बले एक बार कभी कह रहे थे। ट्यूशन के लिए लड़के लेना और उन्हें परीक्षा के प्रश्न पहले ही बताकर पास करना यह शारंगपाणि का धन्धा था, अंग्रेजीवालों के यही धन्धे थे।

वह जब अन्दर गया तब शारंगपाणि जी की लड़की और दो लड़के भोजन करके ही बाहर आए थे। शारंगपाणि सहेतुक उसकी राह देख रहे थे। उनके बच्चों से बातें शुरू कर अल्पावधि में उसने वातावरण अपना सा बना लिया। श्रीमती शारंगपाणि भी सहेतुक बाहर आकर बैठ गईं। उन्होंने चांगदेव के निजी जीवन के बारे में पूछताछ कर वातावरण को वात्सल्यपूर्ण बना दिया। शारंगपाणि कहने लगे, "इधर दो-तीन लोगों को मैंने आपके कमरे के लिए कह रखा है। गाँव में मकान बहुत ही गलीज हैं। इधर भी कुछ क्रिश्चियन बस्ती है मगर सब अच्छे ढंग के लोग हैं। कहीं तो जगह का इन्तजाम हो जाएगा।"

चांगदेव को लगा बाहर आदमी व्यवहार में पराए से रहते हों मगर घर में सब लोग अच्छे होते हैं। भोजन भी अच्छा बनाया था। शारंगपाणि मैडम प्यार से मनुहार कर-करके परोस रही थीं। काफी दिनों से ऐसा भोजन नहीं किया था इसलिए चांगदेव ने जमकर भोजन किया। बेसन बाटी तो कई बरसों से नहीं मिली थी।

भोजन के उपरान्त मैडम भी सहेतुक उसके साथ बाहर आ गईं। फिर इधर-उधर की बातें होने पर मैडम ने उसकी तनख्वाह की बात निकाली। एक आदमी के लिए दो सौ तीस रुपये काफी हो गए। हमारे गाँव में कोई बहुत दिन तक कुँवारा रह सकता है भला। बहुत लड़कियाँ हैं इस गाँव में, इस बरस के बीतते-बीतते आप ब्याह भी कर लेंगे। याद रखना मैं क्या कह रही हूँ।"

चांगदेव कहने लगा, "मुझे कुछ उधार पैसे लौटाने हैं बम्बई के एक-दो दोस्तों के। फिर कई बरस से पास में पैसे न होने से बनियान से लेकर सब कुछ फट गया है। कॉलेज जाने के लिए एक साइकिल लेनी है। अकेले मन नहीं लगता इसलिए रेडियो भी लेना है। कपड़े भी सिलवाने हैं। लेकिन साइकिल बहुत जरूरी है। सवेरे छह बजे उठकर सब कुछ निपटाकर पैदल कॉलेज जाने से बहुत ही खींचातानी हो जाती है। रात में देर से..."

मैडम कहने लगीं, "वह होता रहेगा धीरे-धीरे। जरूरतें कभी खत्म नहीं होतीं। मुझे लगता है भविष्य की दृष्टि से आपको बीमे की पॉलिसी ले लेनी चाहिए। आगे फिर मुश्किल होता जाएगा।"

शारंगपाणि सुपारी खाते-खाते कहने लगे, "देखो, कैसी चतुराई से आपके पास से पॉलिसी निकालने लगी हैं भले पाटील। सँभलकर रहना। इन्हें कोई और काम नहीं है इसलिए इन्होंने ये काम शुरू किया है।"

मैडम कहने लगीं, "पहले अगर कुछ नहीं किया तो, आगे चलकर पछतावा होता है, इसलिए कह रही हूँ आप अभी से कर लीजिए। अब सरकार इनकम टैक्स भी बहुत बढ़ा रही है। क्यों मुफ्त में वो देना? बोलो, कितने की करते हो? बीस हजार की कर ही लो। आदत हो जाने पर आगे भी तकलीफ नहीं होनी सेविंग की।"

शारंगपाणि कहने लगे, "वैसे लेक्चरर्स की बहुत तनख्वाह नहीं है। लेकिन अब एक-दो बरस में अपने सबके स्केल्स बढ़ रहे हैं। सरकार ने बस घोषित करना रख छोड़ा है। मैं था यूनिवर्सिटी की उस कमिटी में और पाटील बहुत इंटेलिजेंट हैं। दो-तीन बरस में इन्हें ऊपर के ग्रेड में लेने में कुछ हर्ज नहीं। हमारे डिपार्टमेंट के बाकी सब दूसरे लोग ऐसे-वैसे ही हैं। किसी को क्लास लेना नहीं आता, कोई..."

मैडम कहने लगीं, "हमारे सामने उदाहरण हैं। पहले झटके में ही पॉलिसी उतारती तो ही आगे की जिन्दगी ठीक से चलती है। बचत करने की आदत तुम बैचलर लोगों को होती ही नहीं है। आगे चाहे जितनी तनख्वाह मिले तो भी पत्नी का खर्चा कम नहीं होता। फिर बाल-बच्चे, शिक्षा। फिर मुमकिन नहीं होता। बीस हजार की निकालती हूँ आपकी।"

चांगदेव बोला, "पाँच रुपये की भी पॉलिसी मैं ले नहीं पाऊँगा! आगे चलकर उम्र के साठ पूरे हो जाने पर बीस हजार लेकर क्या करना है? उससे तो आज के दस रुपये ज्यादा कीमती होंगे। शादी-वादी का लफड़ा मेरे कुछ दिमाग में नहीं है। मेरा अपना खर्चा चलाना भी मेरे लिए मुश्किल हो रहा है, उसमें और किसी को क्यों घसीटना?"

मैडम फिर भी तैयार रखी हुई फाइल लेकर आ ही गईं। वे कहने लगीं, कम-से-कम दस की तो मेरी बात रखने के लिए आपको करनी ही चाहिए। आपको आगे चलकर याद आएगी मेरे उपदेश की बात। मेरी याद के रूप में। अजी, ब्याह होने पर कुछ सेविंग नहीं होती।"

चांगदेव को कुल मिलाकर यह ढंग ही बहुत गलीज लगा। इन सबसे अपना सरोकार नहीं है यह दिखाने के लिए शारंगपाणि उठकर अन्दर चले गए। जान-बूझकर और अखबार लेकर सहेतुक उसमें मुँह डालकर बैठे रहे। मैडम कागज-पेन निकालकर उसके सामने रख रही थीं।

चांगदेव को अपनी पूरी आर्थिक स्थिति दिखाई दे रही थी। इसलिए निर्णायक सुर में कागज उनकी ओर फेंककर वह कहने लगा, "अजी, यहाँ तो चप्पल खरीदने के लिए पाँच रुपये बचते नहीं और पच्चीस रुपये का हफ्ता कहाँ से लाऊँ? बुढ़ापे में पैसा किसलिए चाहिए? आज नकद पैसा मिले और फिर वह बुढ़ापे में काटा जाए ऐसी कोई योजना हो तो मैं खुशी से दस्तखत कर सकता हूँ। अभी मुझे दस हजार दे दो और हर महीने बीस-पच्चीस कटते रहें ऐसा कुछ है क्या? फिर दूसरा कुछ नहीं चाहिए। न, न।"

ऐसा कहकर वह उठने को हुआ। शारंगपाणि अखबार से त्रस्त चेहरा निकालकर कहने लगे, "क्यों सताती रहती हो तुम मेरे दोस्तों को हमेशा? गाँव में क्या लोगों की कमी है? उठाओ अपना यह सब। बैठो जी। कुछ बातें तो करने दो हम लोगों को।"

बाद में ज्यादा बातें नहीं हुईं। थोड़ी देर में दोस्त रूम पर आनेवाला है यह कहकर वह उठ गया। शारंगपाणि कहने लगे, "इधर आओ, तो यहाँ आना।" वह थैंक्यू बोलकर उठा। मैडम सामने नहीं थीं इसलिए थोड़ी देर वह वहाँ रुका रहा फिर 'मैडम को भी थैंक्स कह दीजिए' कहकर निकल पड़ा।

लॉज पर आते-आते वह इस पूरे प्रसंग को प्रत्यक्ष गालियाँ देता चला। सवेरे की वह टटकी लड़की सावनूर और बाद में यह झमेला। रविवार फालतू गया। अब लॉज पर जाने का कुछ मतलब नहीं था। फिर 'मिस्टर एक्स इन बाम्बे' देखना था। तब उसने तय किया कि किसी को साथ लेकर फिल्म देखने जाएगा और उसके बाद ही रात में लॉज पर जाएगा। वह सीधा पवार के यहाँ चला गया। पवार फिल्म देखने के लिए हरदम तैयार रहते। पाचलेगाँवकर के यहाँ जाता तो वे अपनी पत्नी, बच्चे को साथ लेकर निकलने में बहुत देर लगाते। पवार का ठीक था। उनको भी कहीं समय काटना होता था। कुँवारों का मेल झट से हो जाता है।

पवार का घर मालीवाड़ा के एक सिरे पर लगभग खँडहर बन चुकी दीवारों के बीच था। बाड़ा बहुत बड़ा था और अन्दर चारों दीवारों से लगकर वह बीस-पच्चीस छोटे-छोटे कमरों में गरीब किरायेदार रहते। कोई ठठेरा था, कोई खाती, कोई हलवाई, कोई मजूरी करनेवाला। और बीचोबीच पुरानी चूने की छत वाले पुराने एक मंजिला मकान में पवार, उनके पास पढ़ाई के लिए आए हुए दो रिश्तेदारों के लड़के, उनके अपने तीन जवान भाई और माँ रहते थे। पिताजी शराब पी-पीकर,

पुरानी जागीर खत्म कर जवानी में ही लीवर सड़ाकर मर गए थे। चार-पाँच सौ एकड़ जमीन पर असामियों ने कब्जा कर रखा था। उनके मुकदमे कोर्ट में चलते रहते। इसके लिए पवार को दो-तीन महीने में एक बार बम्बई जाना पड़ता था। पवार बाप को गालियाँ देते हुए जाते और गालियाँ देते हुए लौट आते। आदमी मूलतः आलसी था।

आज उनके यहाँ बहुत सारे मेहमान दिखाई दे रहे थे। अभी भोजन भी नहीं हुआ था। इसलिए फिल्म के लिए उनका जाना सम्भव नहीं था। "थोड़ी देर बैठकर फिल्म देखने जा रहा हूँ।" यह कहकर वह निकला। जाते-जाते उसने पवार को शारंगपाणि के यहाँ जो किस्सा हुआ वह बता दिया। तब ताली देकर पवार पाँच मिनट हँसते ही रहे।

"वाऽ वाऽ ऐसा मजा आया आज। बहुत अच्छा, आप पर भी यह प्रयोग होगा यह पाचलेगाँवकर से परसों ही कहा था। अच्छा, आप चलिए। नहीं तो आपकी फिल्म निकल जाएगी। फिर छह बजे आना। फिर इस विषय पर बातें करेंगे। हा, हा, हा।"

दौड़-भाग करते चांगदेव अकेला थिएटर में गया। टिकट लिया और अन्दर जाकर बैठा।

यह छोटा-सा अँधेरा थिएटर उसे हमेशा काल की परिणामरहित अवस्था में अवस्थित किसी अज्ञात जैसा लगता है। परदे के सामने तीन घंटे सिर्फ अन्धकार में मजे से समय काटना। गाँव में तीन-चार गन्दे थिएटर थे। ऊपर सिर्फ टीन की चद्दर। कुर्सियाँ फटी हुईं। एक बार तो पास की कुर्सी के फटे हुए कुशन में किसी ने पेशाब कर रखी थी। सीटियाँ, शोर-शराबा, सिगरेट का धुआँ, हीरो-हीरोइन के जरा पास आते ही ऐसी आवाजें गूँजने लगतीं—आगे से पटक साली को। घुसेड़। गाँव के लोगों की संस्कृति ही नहीं थी। लेकिन यह भी जीवन का ही एक रूप था। अधूरा शहरी वातावरण देश में चारों तरफ फैलता ही जा रहा है, उसे भी हजम तो करना ही पड़ेगा। फिर उसमें फिल्म खत्म होने पर परदे पर तिरंगा लहराता और जन-गण-मन का गन्दा रिकॉर्ड चालू हो जाता। उस समय कोई भी ठीक से खड़ा न रहता। आधे प्रेक्षक थिएटर में जन-गण-मन के समय रुकते नहीं थे।

फिल्म खत्म होते ही दन से सामने तिरंगा झंडा लगा उठा और लोगों की भीड़ उमड़ पड़ी, सीटियाँ गूँजने लगीं! चांगदेव भी शीघ्रता से दरवाजे तक पहुँचकर बाहर निकला। होंठों पर इस फिल्म का गीत *तो येऽऽ तू भूल जाना कि ये तुझ पे भी इनायत होगी* गुनगुनाते हुए।

बाहर दरवाजे के पास अगले शो वालों की भीड़ थी। उसमें फिर वही सवेरे पौधों को पानी देनेवाली मीठी हँसमुख लड़की दिखी! गीत मन-ही-मन दोहराते हुए उसने हाथ ऊपर उठाया। वह हँसमुख लड़की भी फिर पास आई—"सर आज दुबारा मिल रहे हैं आप। अच्छा दिन है आज का!"

बाद में उसके ध्यान में आया कि उस लड़की के पास उसके जैसी हूबहू लेकिन कद-काठी में बड़ी और पूरा ध्यान खींच लेनेवाली दूसरी एक लड़की खड़ी है। बहुत खूबसूरत न दिखाई दें ऐसा भी कुछ उसने किया हुआ था। सीधी-सादी साड़ी या अनाकर्षक केश रचना जैसा कुछ। लेकिन बहुत ही उदास और खिन्न आँखें भी कारण हो सकती हैं। मैं उसे इतनी देर से देख रहा हूँ यह भी उसके ध्यान में नहीं आया। उसकी अवस्था बड़ी अजीब हो गई। उतने में वह हँसमुख लड़की बोली, "सर यह मेरी बहन पारू है।"

तब वह होश में आकर झेंपते हुए बोला, "नमस्ते।"

और पारू समझदार दृष्टि से उसका पराभव देख रही थी। यह बात उसकी जानी-पहचानी ही थी। इतनी कोशिश के बावजूद अपनी खूबसूरती रुआबदार साबित होती ही है इस बात की अस्पष्ट खुशी थी ही। उसने सिर्फ होंठ हिलाकर गरदन झुकाई। चांगदेव सोचने लगा इनमें ज्यादा खूबसूरत कौन है? हँसमुख या यह उदास चेहरेवाली?

छोटी कहने लगी, "सर जन-गण-मन चल रहा था तभी आप बाहर आ गए। आप ही ऐसा करने लगे तब हम लोगों को क्या करना? देशाभिमान वगैरा का क्या हो?"

वह कहने लगा, "एकाध बार मैं देश के लिए फाँसी चढ़ सकता हूँ। लेकिन हर पिक्चर में देशाभिमान की सजा नहीं चाहिए।"

सच पूरी होशियारी के साथ, बहुत ही वजनदार, फिर भी हास्ययुक्त बोलना चाहिए ऐसा उसे लगा। लेकिन तुरन्त इतना ही सूझा।

इसके साथ ही हँसमुख सावनूर मानो प्रभावित होकर खिलखिलाकर हँस पड़ी। लेकिन बड़ी उदास चेहरेवाली सावनूर झट से भौंहें उछालकर आँखों में कुछ चमक

दिखाकर खामोश हो गई। आँखें फैल गई थीं लेकिन उसने चालाकी से पहले जैसी उदासी चेहरे पर ओढ़ ली। इतने में दरवाजे के परदे खोल दिए गए और लोग अन्दर जाने लगे।

चांगदेव, ऐसा लापरवाही से 'अच्छा' कहकर निकल गया। लेकिन जाते-जाते उसने उन दोनों सुन्दरियों को सरसरी नजर से देख लिया। ऐसी लड़कियाँ इस गाँव में हैं, मतलब गाँव के विषय में अपना मत बदलना पड़ेगा। एक कितनी सुन्दर हँसती है और दूसरी उदास फिर भी कितनी सुन्दर! ऊँचाई में तो बिलकुल मुझ जितनी।

यही सोचते और गीत गाते हुए, उस लम्बी सुन्दरी को और हँसमुख को मन-ही-मन देखते हुए वह पवार के यहाँ गया।

पवार भी मीठा खाने के बाद नींद लेकर उठने से बहुत ही अच्छे मूड में थे। वे कहने लगे, "बहुत खुश दिखाई देते हो। पिक्चर अच्छी दिखती है।"

"गाने ग्रेट हैं। लेकिन पिक्चर के बाद मैंने एक बहुत ही खूबसूरत लड़की देखी। इसलिए लग रहा है कि आपके गाँव के विषय में अपनी राय बिलकुल बदलनी पड़ेगी।"

"खूबसूरत लड़की! कौन है भई?"

"उसकी बहन अपने कॉलेज में है। वह भी खूबसूरत है।...सावनूर। लेकिन उसकी बहन क्या खूबसूरत..."

"अच्छा, बड़ीवाली सावनूर को देखा है क्या आपने? वह भी अच्छी है। लेकिन साँवली है जी वो। वो छोटी ही अच्छी है गोरी-चिट्टी। स्मार्ट है।"

"छोटी भी अच्छी है वैसे, लेकिन बड़ीवाली का जवाब नहीं। साँवला रंग आपको अच्छा नहीं लगता शायद? बहुत सुन्दर लगता है उस पर वह रंग। ऊँची कद-काठी, तेज-तीखी नाक, एकदम प्रभावित करने वाला रुआब, भौंहें, आँखें सब खास ही हैं। बम्बई में भी ऐसा रूप देखा नहीं मैंने। खास केरल की लगती है...।"

"सही पहचाना भैया आपने। बाप केरलाइट कैथलिक है उसका। बहुत ही माहिर नजर है आपकी लड़कियाँ पहचानने में। बहुत ही मशहूर लड़की है यह पारू सावनूर। वह भी मेरी स्टूडेंट थी। इसी साल बी.ए. हुई है वह। आप भी फँस गए क्या उसके जाल में? चप्पल पड़ेंगे, जरा सँभलकर! अपने पॉलिटिकल के मिसाल ने कुछ झंझट की तो उसने कैंटीन में ही चप्पल से ताज़पोशी की। सभी उसके

प्यार में गिरफ्तार हैं। अपने पाचलेगाँवकर तो उसकी क्लास में बेहोश होकर पढ़ाते। फालतू में ही। हा हा हाऽ।"

"इतनी खूबसूरत होने पर भी अब तक उसकी शादी नहीं हुई क्या? बाप कैथलिक और माँ? मतलब ईसाई ही है तो ये..."

"माँ उसकी अपनी लोकल क्रिश्चियन है। वह कोई वजह नहीं है उसकी शादी की। वह भी थोड़ी हेकड़ीवाली है। लेकिन असली वजह यह है कि उसका एक बार रेप हुआ था। तब से उसकी बहुत बदनामी की उसी के जातवालों ने। क्रिश्चियन में वैसे भी लड़के बहुत उतावले होते हैं। सबको उसने ढाबे पर बैठने के लिए मजबूर किया। फिर उन्होंने उसकी इतनी बदनामी की कि वो छह महीने घर के बाहर नहीं निकली। खराब लोग हैं साले।"

"क्रिश्चियन है उसकी माँ भी?"

"इन लोगों का कहीं कुछ तालमेल नहीं होता। बाप हमेशा शराब पिये रहता है। कई-कई महीने घर पर नहीं होता। कहीं हैदराबाद की तरफ रेल में है। बहुत सारे बच्चे हैं। अपने कॉलेज में ही तीनेक बच्चे थे उसके। मिसाल को लगा, पैसे दिखाने पर लड़की फँस जाएगी। लेकिन गाल पर चप्पल लग गई। लड़की लेकिन बहुत ही होशियार थी। अंग्रेजी तो एकदम बेस्ट है उसकी।"

इतने में पाचलेगाँवकर आए।

"आओ, इनसे ही पूछो सावनूर के बारे में और लो जानकारी। देखो, देखो कैसे करुण दिखाई देने लगे हैं पाचलेगाँवकर। आँखों में करुणा छा जाती है इनके, उसका जिक्र निकलते ही! हा हा हा।"

"क्यों भाई आज हम पर हमला। घर-गृहस्थीवाले पर।"

"पाटील को आज सावनूर नजर आई। पाटील देखते ही ठंडे पड़ गए। अपने गाँव के बारे में इनका मत अच्छा हो गया।"

"क्या करती है आजकल वो? एम.ए. में बाहर से बैठने की बात कर रही थी वो। अपने कॉलेज में कब पोस्टग्रेजुएशन शुरू करनेवाले हैं, मालूम नहीं। इस साल शुरू करनेवाले थे लेकिन रह गया वो।"

"साला शुरू कर देना चाहिए। उतना ही आपको जोश में आकर पढ़ाने का मौका मिलेगा। हा हा हा।"

फिर मजाक करते हुए तीनों दूसरी कई लड़कियों की बातें करते रहे। इसके बाद सवेरे शारंगपाणि के यहाँ हुए बीमे के किस्से की चर्चा हुई। पाचलेगाँवकर कहने

लगे, "पाटील अकेले ही होंगे जो शारंगपाणि जी के यहाँ भोजन कर सही-सलामत लौट आए। इनका तो सत्कार करना चाहिए। भोजन के लिए बुलाकर पॉलिसी देने का प्रयोग हम सब पर कामयाब हुआ है।"

"लेकिन इस वजह से पाटील के रद्दी क्लास बरसों वही रहेंगे इसका क्या? अब शारंगपाणि दिखाएँगे अपना झटका पाटील को।"

क्लास की याद आते ही चांगदेव का चेहरा उतर गया। कल से फिर आनेवाले इतवार तक वही शोर-शराबा होगा।

एक तारीख को पगार के स्टाम्प पेपर पर हस्ताक्षर करते समय उसके ध्यान में आया कि इन पैसों के लिए भी तीस दिन तक अपने आपको गिरवी रखना पड़ता है। पैसों के लिए किताबें लिखनेवाले बम्बई के साहित्यकारों की हम जो खिल्ली उड़ाया करते थे वह अयथार्थ था। दुनिया में हर कहीं लोग यही करते रहते हैं। मतलब, किसी की आत्मनिष्ठा के विषय में चर्चा करने का किसी को क्या नैतिक अधिकार है?

सभी प्राध्यापकों के बीच शारंगपाणि जी के यहाँ पाटील को बीमे के लिए फँसाने की कोशिश चर्चा का विषय बन गई थी। शारंगपाणि कॉलेज की राजनीति में वजनदार आदमी थे इसलिए ज्यादातर लोगों को नौकरी लगते ही उनके यहाँ जाकर बीमा लेना पड़ता था। इस नए ढंग को देखकर सबने शारंगपाणि से प्रतिशोध की भावना में इस प्रसंग की चर्चा खुल्लम-खुल्ला शुरू कर दी। प्रिंसिपल को भी इस प्रसंग में मजा आने लगा। लेकिन इस वजह से शारंगपाणि मन-ही-मन चांगदेव पर जल-भुन गए। वैसे बाहर से वे जान-बूझकर प्यार जताने लगे। गिल्बर्ट काम्बले ने एक बार स्टाफ रूम में शारंगपाणि के सामने चांगदेव से पूछा, "क्यों पाटील, अभी तक बीमा लिया या नहीं? क्या भविष्य के हिसाब से ठीक रहता है वह!"

ऐसी गन्दी राजनीति के बीच अनजाने में आ गया, यह समझकर चांगदेव को घृणा होने लगी। पीछे एक बार झोपे नाम के अंग्रेजी के एक ट्यूटर ने शारंगपाणि से बीमा नहीं कराया था। तब उसकी रिपोर्ट खराब देकर शारंगपाणि ने उसे निकाल दिया था। ऐसा काम्बले ने बताया। यह झोपे अब गाँव में अंग्रेजी के प्राइवेट क्लास चला रहा था। लेकिन पाचलेगाँवकर से ऐसा मालूम हुआ कि झोपे का ट्यूशन के

लिए आनेवाली एक लड़की के साथ इतना लफड़ा चला कि लड़की के पाँव भारी हो गए। उसका बर्ताव भी अच्छा नहीं था। मतलब झोपे ने अगर बीमा कराया होता तो शायद वह नौकरी पर होता। लेकिन यह बीमे का किस्सा उसने छुपाए रखा और जाते-जाते सबको बताया। पाचलेगाँवकर कहने लगे, "आपके बारे में ऐसा नहीं होगा। आपने पहले ही केस दायर कर दिया है अपनी तरफ से अपने खुले स्वभाव के कारण।"

चांगदेव कहने लगा, "निकाल भी दिया तो मुझे बिलकुल बुरा नहीं लगेगा। उलटे अच्छा हो जाएगा। यह कॉलेज और गाँव तो छूटेगा। मैं कोई भूखा मरनेवाला नहीं हूँ।"

पाचलेगाँवकर बोले, "मैं तो कहूँगा कि नौकरी में यह सब कुछ थोड़ा-बहुत सहना ही चाहिए। मैं इसके पहले कोल्हापुर के एक कॉलेज में था। वहाँ एक से एक भयानक लोग थे। प्रिंसिपल ने तो एक प्राध्यापक को थप्पड़ जड़ दिया, सबके सामने। हम सबके सामने ही धमकाया भी कि आज शाम से पहले यह गाँव तू छोड़ देना वरना कल टाँग तोड़ डालूँगा। तब से तय कर लिया कि वह कॉलेज तो छोड़ना ही है लेकिन इसके बाद जहाँ भी जाऊँगा चुपचाप नौकरी करूँगा। फालतू में दिमाग को सैद्धान्तिक तकलीफ नहीं दूँगा। पॉलिसी ही लेनी है तो ले। अपना भी उसमें कोई नुकसान नहीं। तुम्हें भी लेने में कोई हर्ज नहीं था। प्राध्यापक जोशी के समान पाँचेक हजार की तो ले ले अभी के लिए। अब पवार जैसा आदमी भी तो बीस हजार की पॉलिसी लेता ही है ना? कहाँ जाएगा तीन भाई, बूढ़ी माँ को लेकर गाँव छोड़कर?"

"मुझको किसी के बाप का डर नहीं है, लेकिन मैं किसी की ठगगिरी नहीं चलने दूँगा," चांगदेव बोला।

दिन-ब-दिन चांगदेव क्लास में बेफिक्र होता जा रहा था। अब क्लास बदलने की सम्भावना नहीं थी। कॉमर्स के व्यापारियों के भयानक छोकरों के क्लास बरस-भर के लिए उसके माथे पर मढ़ दिये गए थे। एक बार उसने उस क्लास में जोश में आकर घोषणा कर दी कि हर एक के पास किताब होनी ही चाहिए। नहीं तो क्लास में बैठने नहीं दिया जाएगा।

उसके बाद जब वह क्लास में गया तब क्लास में एक भी लड़का न था। सब लड़के हड़ताल कर ऐसी एक अर्जी लेकर प्रिंसिपल के पास गए कि पाटील सर ठीक से पढ़ाते नहीं। चांगदेव पर उसका कोई असर नहीं हुआ। जो होना है सो

होने दो लेकिन जंगलीपन पूरा प्रदर्शित किए बिना यह बरस ठीक से नहीं जाएगा यह अब उसे अच्छी तरह से मालूम हो गया था। करना ही है तो अब पूरी तरह से करना पड़ेगा।

प्रिंसिपल ने उसे बुलाया और प्यार से पूछने लगे कि क्या हुआ। वह कहने लगा, "मैं तो अच्छी तरह से ही पढ़ाता हूँ। लेकिन बिना किताब के मैं क्लास में किसी को बैठने नहीं दूँगा। एक तो यह रद्‌दी नाटक पढ़ाना। फिर क्लास में किसी के पास किताब नहीं रहती। वर्कर कहा तो भी ये गन्दे दुकानदारों के लड़के घृणास्पद श्लेष कर हँसते रहते हैं। वरकर ऊपर कर ऐसा चिल्लाते रहते हैं। यह है इनका स्टैंडर्ड।"

प्रिंसिपल ने हँसते हुए 'आइ लाइक यूर स्पिरिट' कहकर उसकी पीठ पर हाथ रखकर विदा किया। लड़कों को उन्होंने कैसे समझाया, पता नहीं। लेकिन कोई चारा नहीं देखकर देहात के पचास-साठ लड़के तो किताबें लेकर क्लास में आने लगे। गाँव के अमीरों के ऊधमी छोकरे बिना किताब के क्लास में आते और 'बाहर जाओ' कहने पर चीखते-चिल्लाते बाहर चले जाते।

स्टाफरूम में गिल्बर्ट काम्बले पूछ रहे थे, "क्या भाई, इस अंग्रेजी डिपार्टमेंट में हर साल शोर-शराबा रहता है। किसी पर कुछ कंट्रोल नहीं रहता। मतलब अंग्रेजी कॉलेज के लिए सिर दर्द है।"

शारंगपाणि बोले, "आपकी मराठी में पढ़ाने जैसा होता ही क्या है? शोर होगा ही किसलिए?"

काम्बले बोले, "लेकिन हम नए आदमी को बड़ा क्लास नहीं देते यह हमसे सीखो। वैसे अंग्रेजी में भी क्या होता है? निरर्थक बकवास! हम निरर्थक बोलते हैं तो लड़कों की समझ में तो आता है। अंग्रेजीवालों को तो उसका भी डर नहीं।"

शारंगपाणि कहने लगे, "आपसे सीखने जैसी और भी बातें हैं। अच्छा हुआ हमने सीखी नहीं आपसे।"

सब हँसने लगे। बाद में मोडक कहने लगे, "अभी जो शारंगपाणि कह रहे थे हमें अच्छा नहीं लगा। काम्बले के पिछले साल कन्वर्ट कराने वाले केस के विषय में इस तरह चुभती बात करना अच्छा नहीं है। कमेटी में इसकी चर्चा होनी चाहिए। संस्था में संघवालों को उन्मत्त नहीं होने देना चाहिए। ईसाईबन्धु माणिकराव जी ने इसके लिए इस संस्था की स्थापना की है क्या?"

प्रा. शबीर से इस बात की पूछताछ की तब वह बोला, "हमें इस झंझट में नहीं पड़ना चाहिए। ऐसी बातों की वजह से बाद में सिर फूटते हैं। ये मोडक

और काम्बले हर साल अछूत बच्चों को कन्वर्ट करते हैं। शारंगपाणि ने यह खबर चुपके से अखबारवालों को भेज दी। तुम इन लोगों से बचकर रहना। अपना-अपना काम करना। टाइम पास करना हो तो एक्स्ट्रा लेना, उसका पैसा भी ज्यादा मिलता है।"

"कॉमर्स के क्लास की परेशानी बढ़ती ही जा रही है," चांगदेव ने शबीर को कहा तब वह बोला, "एक काम करो। क्लास में क्या हुआ और क्या नहीं हुआ इसकी बात कभी बाहर मत करना। मेरा ठीक चल रहा है ऐसा सबको बताना। बाहर तुम बहुत चर्चा करते हो तो बात ज्यादा बिगड़ जाती है। और तुम कोई ट्यूशन शुरू करो। उसमें दस-बीस बच्चे दोस्त हो जाते हैं, पैसा भी मिलता है, कभी ट्रिप निकालो उसमें पहचान हो जाती है। इस तरह धीरे-धीरे परिवार बढ़ाओ।"

वह पाचलेगाँवकर के यहाँ एक बार भोजन करने गया तब वे भी उसे कहने लगे, "तुम दो-तीन महीने में ही लड़कों से ऐसी उम्मीद कैसे कर सकते हो कि वे तुम्हारी क्लास में चुपचाप बैठेंगे? अजी, धीरे-धीरे परिचय बढ़ता है। परीक्षा में किसी की नकल पकड़ते ही वह आगे चलकर हमेशा गरीब बनकर रहता है, कहीं डिबेटिंग कॉम्पिटिशन में परीक्षक बनना, जिन बच्चों को पुरस्कार मिलते हैं वे तुम्हीं को मानने लगते हैं, कभी किसी के घर चाय पीने के लिए जाना, मिलते रहना। व्यर्थ में दिल जलाने से क्या फायदा? और बच्चों के साथ तुम, मैं जैसा कहता हूँ, वैसे रहो, मैं क्लास के बाहर जाता हूँ ऐसी दो टूक बात नहीं करना। थोड़ा-सा फादरली एटिट्यूड लेना चाहिए। तुम बैचलर हो इसलिए यह ठीक है कि तुम ऐसा एटिट्यूड ले नहीं पाओगे। लेकिन लड़कों के ऊधम को नजरअन्दाज कर देना चाहिए।"

"लेकिन प्रिंसिपल को दिखाई नहीं देता क्या कि कॉलेज खड्डे में जा रहा है?"

"कॉलेज के खड्डे में जाने की बात छोड़ो, पूरे देश की शिक्षा प्रणाली ही खड्डे में जा रही है। उसे अकेले प्रिंसिपल क्या करेंगे? आखिर हर कोई अपनी-अपनी जगह सँभालता रहता है। तुम अपनी सँभालते रहो इतना काफी है। वैसे अपना प्रिंसिपल बहुत ही अच्छी अंडरस्टैंडिंग का आदमी है। आदमी का मेरिट उसके ध्यान में बराबर आ जाता है। लड़कों पर कुछ एक्शन नहीं लेता लेकिन वह हम लोगों को भी कुछ नहीं कहता। क्लास बीच में ही क्यों छोड़ दिया, अमुक दिन अमुक पीरियड क्यों नहीं लिया, अमुक व्यक्ति पढ़कर नहीं आता—क्योंकि उसकी पत्नी टी.बी. से बीमार है—यह सब वह समझ जाता है, किसी को कुछ तकलीफ नहीं देता।

ऐसा आदमी दूसरे कहीं ढूँढ़े नहीं मिलेगा। यहाँ तुम्हें अपना जो भी पढ़ना-लिखना है उसके लिए बहुत स्कोप हैं। कॉलेज में जो भी होता है वह अत्यन्त नेग्लिजिबल है ऐसा समझकर अपना-अपना काम करते रहना।"

"मतलब हम जिस पर जीते हैं उसके साथ ऐसी बेईमानी करना? इसी कारण स्टैंडर्ड कितना गिरता जा रहा है।"

"फिर वही बात। अजी, स्टैंडर्ड गिरना न उनके हाथ में है और न हमारे। सब बेसिर-पैर के चल रहा है। खुद के नाम का स्पेलिंग नहीं आता ऐसे लड़के मैट्रिक पास होते ही कैसे हैं? और उन्हें कॉलेज में एडमिशन नहीं देना है, ऐसा कहने का किसी को अधिकार है? समाजवादी जनतंत्र है यह। आते हैं तो आने दो यह नीचे से लेकर ऊपर तक की शिक्षा संस्थाओं का घोष वाक्य है। नीचे से आनेवाले को उसी तरह धकेलते हुए ऊपर तक ले जाकर छोड़ना। हम शिक्षाशास्त्रियों का काम सिर्फ पढ़ाना है। किसे पढ़ाना, पदवी धारण करने पर कौन क्या करेगा यह सरकार का सवाल है। बाहर की दुनिया हमारे हाथ में नहीं है, वह नहीं चाहिए और हम टीचर लोग शायद पूरे समाज के विषय में सोचने के योग्य भी नहीं होंगे। कॉलेज चलानेवाले भी इस प्रवाह को कैसे रोक पाएँगे? चार हजार लड़के लेना, उनमें से तीन हजार की फीस सरकार एकमुश्त देती है। उसी पर तो यह सब खेला खड़ा है। इसलिए दो बरस में स्टाफ चौगुना हो गया। गाँव-गाँव स्कूल-कॉलेज हो गए। यहीं पर अब अगले साल दो नए कॉलेज खोलने का चल रहा है। इसी साल खुलनेवाले थे।"

"मतलब स्कूल में बच्चे लेना, उनके लिए कॉलेज खोलना, डिग्रियाँ लेकर वही बच्चे फिर मास्टर होंगे, उनकी नौकरियों के लिए नए स्कूल निकालना, उनमें फिर बच्चे पढ़ेंगे, वे फिर टीचर बनेंगे, कुछ कॉलेज में आएँगे, उनके लिए कॉलेज खोलो, संख्या बढ़ गई तो विश्वविद्यालय खोलो, उसमें से फिर एम.ए. एम.एस-सी. होनेवालों की नौकरियों के लिए कॉलेज खोलो, उन कॉलेजों से फिर ग्रेजुएट तैयार होंगे, फिर नई संस्थाएँ, फिर नए पदवीधारी, क्या है यह सब? एक-दूसरे का पोषण करनेवाली अमरबेलें बन गए हैं हम सब शिक्षा क्षेत्र के लोग!"

चांगदेव को लगा इसी अमरबेल के चक्र से बाहर आकर फिर उसी चक्र को गतिमान करने के लिए वह प्राध्यापक बन गया है, यह वस्तुस्थिति है। यह अब उसकी समझ में आया। उलटे यह समझ में आने से उसका जीना और भी निर्लज्जता का हो गया है। इससे छुटकारा नहीं है।

छुटकारा नहीं है वह समझ में आया फिर उस निर्लज्जता से होशियारी आई। मतलब होशियारी भी निर्लज्ज होने के बाद ही आती है। फिर होशियारी का फायदा भी क्या है? लेकिन एक से दूसरे का उद्भव होता है उसे भी स्वाभाविक कहकर सहते ही रहना पड़ता है।

लॉज में खाट पर माथे के नीचे तकिया लेकर छत की ओर देखते हुए वह सोच रहा था कि मैं इस निर्लज्जता को लाँघकर इस होशियारी की ओर कैसे बढ़ता जा रहा हूँ। प्रिंसिपल महाजन कभी कहा करते थे कि हर बात प्रचंड खराब है इसलिए उसमें हिस्सा लेते समय सारासार का विचार त्यागकर बेधड़क शामिल हो जाना चाहिए। वह सच ही था। लेकिन यह बात भी हर किसी को उसमें शामिल होकर ही सीखनी पड़ती है, यह कितना शर्मनाक है? मतलब किसी भी बात में शरीक होने पर ऐसा ही कुछ नया-नया फालतू मालूम होनेवाला है तो फिर उसमें शरीक होने की आवश्यकता ही क्या है? यह सब निर्लज्जता है। यह सीखना एक होशियारी है और यह होशियारी है यह भी एक शिक्षा ही है। इसलिए अपने आकलन का दैनिक आत्मचिन्तन से अधिक कुछ महत्त्व नहीं है। अखबार के दैनिक सम्पादकीय के समान यह सब बकाल चल रहा है। ज्ञानेन्द्रियों से इतर कोई अमोघ इन्द्रिय मनुष्य को प्राप्त हुए बिना यह कुंठा समाप्त होने की सम्भावना नहीं है। अभी तो ज्ञान के बाद और ज्ञान, और ज्ञान बस इतना ही है।

ज्ञान के अलावा दूसरा कुछ नया प्राप्त करने की दुनिया के किसी मानव समूह में अस्पष्ट सी परछाईं भी दिखाई नहीं देती। और पीछे जाना किसी के हाथ में नहीं है। सच तो यह है कि आगे जाना भी किसी के हाथ में न होने से पीछे जाना रोज का ही है।

इसलिए तू इस सबको स्वीकार कर। मान ले। ऐसा है कि मानव समाज की नींव में जो मूलभूत अज्ञान है शिक्षा का क्षेत्र उस पर ही खड़ा है। क्योंकि प्रत्येक मानव सन्तान अज्ञानी के रूप में ही पैदा होती रहेगी। जैसे-जैसे बरस बीतेंगे वैसे-वैसे बढ़ते हुए ज्ञान का अवगुंठन इन अज्ञानी बालकों को ज्यादा से ज्यादा सीखना पड़ेगा। और बाहर के इस ज्ञान के अवगुंठन को अपने बबलुओं को सिखाने की आवश्यकता हर पीढ़ी को महसूस होती रहेगी। और ज्यादा-से-ज्यादा ज्ञान अपने ही बच्चों को मिले इस होड़ में दुनिया-भर के सफेदपोश लोग लगे रहेंगे। मतलब इस ढंग की ज्ञान की परम्परा खंडित नहीं होगी। हम उसकी अनगिनत सीढ़ियों में

से एक पर हैं। हम नीचे से आए हैं बोझ ऊपरवाले को सौंपना अपना काम है जो हम पूरा करते रहेंगे। बस! इतना बहुत हुआ।

पास में गायकवाड़ के आने की आवाजें आने लगीं। अब कल के पढ़ाने का बोझ महसूस होने लगा। यह चलता ही रहेगा। उसके लिए कुछ श्वापदीय कृत्य करते रहने से ही इस निर्लज्ज होशियारी को उठा पाना सम्भव होगा। और उसे पारू सावनूर की पूरी देह याद आई। चाँदनी जैसी बढ़ी-चढ़ी शान। सभी अंग सन्तुलित। कुछ पशुता देह की आकर्षकता में होती है। और गजब की चटकीली हँसी। हँसी चेहरे पर कायम।

गायकवाड़ के साथ लड़कियों की बातें सुनते हुए कुछ देर छत पर फिर नीचे बेस्वाद भोजन। और फिर दिन-भर अस्वस्थता में इस करवट से उस करवट। धक्के मन के बाजू-बाजू से बैठ रहे हैं लेकिन उनको दबा डालना आवश्यक है। ऐसी बेचैन रात।

सवेरे गिरते-सँभलते भ्रमिष्ट के समान बाथरूम में। वहाँ बिलावजह कभी नहीं जाते सो एक के साथ फालतू में झगड़ा किया। साढ़े सात के आसपास कॉलेज पहुँचना और किसी कदर अंग्रेजी बोलते रहना। शायद अंग्रेजी की वजह से लड़कों के बीच सार्थक संवाद नहीं हो सकता, इसलिए जिस अंग्रेजी को इतने बरसों प्यार किया उस अंग्रेजी के बारे में मन में नफरत। गरीब लड़के गरदन लटकाए सुन रहे हैं, शरारती लड़के कब चीखने-चिल्लाने का मौका मिलेगा इस ताक में। इस तरह हमेशा के समान एक घंटा बीता।

फिर एक घंटा खाली था इसलिए भूख-प्यास मिटाने कैंटीन में गया, तो वहाँ पहले ही पोल बैठा हुआ था। दूसरे टेबल पर वह बैठा तो वह भी वहाँ आकर उलटा-सीधा बकता रहा—"कपड़े ठीक ढंग से पहना करो जी! आज उसने ऐसी शुरुआत की।"

चांगदेव बोला, "तुम्हारे जैसे भुक्खड़ लोगों में क्या अच्छे कपड़े पहनने को जी चाहेगा जी। उठो मादरचोद यहाँ से! जाओ ऑफिस में! मुफ्त में कितने दिन हमसे चाय निकालते रहोगे। तुम्हारे लिए जितने पैसे चाय के लिए खर्च किए उतने में एक कमीज आराम से अब तक बन जाती। उठो यहाँ से।"

पोल घाघ की तरह हँसता बैठा रहा।

फिर कॉमर्स का भयानक घंटा। आज लड़के भी बहुत थे। एक-एक बेंच पर चार-चार। उसने पढ़ाना जारी रखा। पीछे का एक लड़का दोनों हाथ में नोट-बुक लेकर गोल-गोल घुमाते हुए ऊपर उछाल रहा था और फिर पकड़ रहा था। अपनी निर्लज्जता की भी सीमा है ऐसा चांगदेव को लगा।

अचानक उसने किताब बन्द की। पीछे नोट-बुक उछालनेवाला लड़का अब खड़ा होकर नोट-बुक उछाल रहा था। चांगदेव दन से टेबल से नीचे कूद पड़ा। बेंच की कतार से लड़कों के पैरों से बचते हुए, घुटनों को धक्के देते हुए, वह तिरछा-तिरछा उस लड़के की बेंच के पास पहुँचा। अब चालाकी से दूसरी ओर देखने वाले लड़के की बाँह पकड़कर उसे खड़ा किया। और पूरी तरह समेटकर तड़ाक से एक थप्पड़ उसके गाल पर जड़ दिया।

उस आवाज से पूरा क्लास इतना खामोश हो गया जितना कभी नहीं था। वह लड़का धड़ाम से पीछे की बेंच पर गिर पड़ा। चारों तरफ इतना सन्नाटा देखकर चांगदेव की एकदम ताकत निकल गई हो ऐसे असहज हो गया। वह भी अपना वजन सँभाल नहीं पा रहा था। फिर वजन सँभालने की गरज से उसने उस लड़के की भारी-भरकम देह पीछे से कॉलर पकड़कर बाहर की ओर खींची। कॉलर से ही उसे खींचते-खींचते पीछे के दरवाजे के पास ले गया। तब तक लड़के के मनीले के बटन तड़-तड़ टूटकर पूरी कमीज ही उसके हाथ में आ गई। दूसरे हाथ से उसकी कलाई पकड़कर चांगदेव ने उसको दरवाजे के बाहर धकेल दिया और कमीज उसके बदन पर फेंक दी।

फिर चांगदेव काँपते हुए, टेबल के पास आया। किताब उठाई और पढ़ाना शुरू किया। लेकिन वह खूब हाँफ रहा था। अपने शरीर में इतनी शक्ति है, यह उसे कई बरसों के बाद आज मालूम हुआ। लेकिन वह इतना हाँफ रहा था कि एक वाक्य भी ठीक से बोल नहीं पा रहा था। कुछ अजीब घृणास्पद हो गया है ऐसा समझकर लड़के वे भौचक्के हो गए थे। किसी का भी ध्यान पढ़ाने की ओर नहीं था, लेकिन उसके दुबले शरीर की ओर, क्रूर आँखों की ओर वे घबराकर देख रहे थे।

चांगदेव मन ही मन उस गुंडे लड़के के बारे में सोच रहा था। वह लड्डा नाम का लड़का बहुत ही मवाली है, यह सबको मालूम था। कुछ दिन पहले साइकिल की चेन से उसने दूसरे एक गुंडे लड़के का सिर फोड़ डाला था। पुलिस केस हुआ था। लेकिन उसका बाप अमीर गुंडा होने से मामला रफा-दफा हो गया था। अब क्लास होने पर क्या होगा इस बारे में सब सोच रहे थे।

बेल बजने पर वह बाहर निकला। तब तक दबी हुई खामोशी और फिर प्रचंड शोर। चांगदेव जब स्टाफ रूम में आया तब वह इतना थक गया था कि खड़ा नहीं रह सकता था। एक नोटिस पर दस्तखत नहीं कर पा रहा था इतना काँप रहा था।

कुछ देर बाद दो-तीन लड़के पवार के साथ अन्दर आए और घबराकर रुकते-रुकते चांगदेव को कहने लगे, "सर, अभी कालेज के बाहर मत जाइए। वह लड्डा बाहर खड़ा है।" पवार ने शबीर को कुछ कहा। और दो-चार प्राध्यापक उसके चारों ओर इकट्ठा हो गए। प्यून झुक-झुककर क्या हुआ इसका अन्दाजा लेने लगे। शबीर बोला, "चार साल से फेल हो रहा है वह। इस साल एडमिशन मत दीजिए कहा था साहब से। पूरा न्यूसेंस है वो बच्चा। अब हम सब एक साथ बाहर जाएँगे। मैं समझाता उसकूँ।"

चांगदेव बोला, "मुझे अकेला छोड़ दो। देखेंगे, क्या करता है। हमें सम्मान के साथ नौकरी करनी चाहिए।"

"नहीं यार। बचपना मत करना। तूने उसे मारा यह कुछ खास बात नहीं है। लेकिन बच्चे ने अगर प्रोफेसर को मारा तो सबका पानी उतर जाएगा। अकेले मत जाना। हाँ।" एक ने प्यून की मार्फत प्रिंसिपल को इस प्रकरण की जानकारी भिजवा दी। लेकिन प्रिंसिपल घबराकर अचानक बँगले में जा छुपे तो बाहर आए ही नहीं।

दस-बारह प्राध्यापकों के साथ कॉलेज के बाहर निकलना और भी शर्मनाक है ऐसा चांगदेव को तीव्रता से लगने लगा। वह तुरन्त स्टाफरूम से बाहर आ गया। हमेशा की तरह थैला कन्धे पर लटकाकर अब कहाँ जाना है, यह सोचते-सोचते सीधा कॉलेज के बाहर ही जाना है, होने दो जो होना है, ऐसा सोचकर वह धीमी चाल से कॉलेज के बाहर आ गया।

इतने समय में कुछ लड़कों ने लड्डा को खबर कर दी थी कि पाटील सर बहुत घबरा गए हैं। प्रिंसिपल और सब सर घबरा गए हैं। यह घंटा समाप्त होने पर सब साथ में ही बाहर आनेवाले हैं।

लेकिन तभी एक बच्चे ने चिल्लाकर कहा, "पाटील सर आ रहे हैं। वो देखो। अकेले ही हैं।" सब देखने लगे। उनके ऊँचे कृशकाय सर हरदम की तरह लम्बे-लम्बे डग भरते गेट से बाहर आ रहे थे।

कॉलेज के बाहर सड़क से सटकर एक पान-बीड़ी की टपरी थी। उसके पास ही पेड़ के नीचे एक साइकिल के पंचर की खुले में दुकान थी। वहाँ वह टोली खड़ी थी। दूर से उसे देखकर उनमें भगदड़ मच गई। कुछ झंझट नहीं चाहिए इसलिए दूर

चले गए। चांगदेव जैसे-जैसे नजदीक आ रहा था सन्नाटा फैलता गया। साइकिल वाला पम्प से पैर झुका-झुकाकर हवा भर रहा था। पान-बीड़ी की टपरी पर एक-दो सिगरेट सुलगा रहे थे। लड्डा अब अकेला ही खड़ा था। उसकी हिम्मत जवाब दे रही थी।

चांगदेव कन्धे पर थैला लटकाए अपनी ही रौ में चलनेवाले राहगीर की तरह चलता रहा। अपने साथ एक-दो लड़के रहें तो अच्छा यह सोचकर लड्डा एक झुंड के पास गया लेकिन वे भी तुरन्त इधर-उधर बिखर गए। चांगदेव ने लड्डा की यह दिक्कत भाँप ली। उसके सामने से जाते-जाते पशु की तीक्ष्ण नजर से देखते हुए चांगदेव सीधा आगे बढ़ गया। लड्डा की प्रचंड सुर्ख देह बिलकुल जम-सी गई थी। 'फिर देख लेंगे, इस पर गाड़ी नहीं चला दी तो लड्डा नाम नहीं' ऐसा कुछ बकते हुए दोस्तों को लेकर वह कैंटीन में चला गया।

चांगदेव सीधा पान-बीड़ी की टपरी के पीछे मुड़कर सड़क पर चलता चला गया। फिर सड़क से मुड़कर गलियाँ लाँघते हुए सीधे लॉज पर पहुँचकर भोजन किया और ऊपर आकर थैला, बूट, जुराब, जेब से सामान, चाबियाँ इधर-उधर डालकर तकिया माथे के नीचे लेकर छत की ओर देखते पड़ा रहा। बहुत ही अजीब, बहुत ही असन्तोषजनक घटना के होने से उसे दोपहर में नींद नहीं आई।

उतने में लॉज पर शबीर, पाचलेगाँवकर, पवार आ गए। उसे चुपचाप पड़ा देखकर क्या हुआ है उनकी समझ में नहीं आ रहा था। कुछ भी नहीं हुआ यह जानकर उन्हें बहुत अच्छा लगा। पाचलेगाँवकर कहने लगे, "चलो, अब हमारे यहाँ। कुछ पोहा वगैरा खाकर, वहीं बैठेंगे।"

पाचलेगाँवकर के यहाँ सभी बातें करते बैठे। पवार कहने लगे, "कठिन होता है जी अपना। इससे तो सीधा-सादा क्लर्क बनना अच्छा। सीधे दफ्तर में पाँच-छह घंटे फाइल में समय बिताकर छह बजे मुक्त होकर घर आ जाना। किसी का कुछ लेना-देना नहीं। लेकिन यह धन्धा जिन्दगी-भर लड़कों के साथ बँधकर रहने जैसा है। कॉलेज छोड़कर गए हुए फालतू लड़के भी यूँ ही मिलने चले आते हैं मादरचोद।"

पाचलेगाँवकर कहने लगे, "लेकिन ऐसे जान हथेली पर लेकर धन्धा करना ही किसलिए? इतना क्या है इस धन्धे में? अपना जो कुछ है वह है

शोर-शराबे में भी पढ़ाते रहना, गॅब्रियल लांडे के समान! लड़के गड़बड़ी करते हैं तो करने दो। हमें अपना काम निर्विकार भाव से करते रहना चाहिए। पाटील, इसी तरह आप यह धन्धा करते रहे तो सवा दो सौ रुपये में यह सब काफी महँगा पड़ेगा।"

शबीर कहने लगा, "पाटील, लेकिन यार जरा रुआब से रहना। कपड़े वगैरा सिलवा लो थोड़े। वही दो शर्ट पहनकर हर रोज बच्चों के सामने जाना मुझे अच्छा नहीं लगता...। पैसा नहीं है तो क्या हुआ? इस गाँव में कौन नकद खरीदता है? चलो आज शाम को। अपना एक स्टूडेंट है सुराणा। उसकी कपड़े की दुकान है। क्रेडिट पर चार-पाँच ड्रेस ले लेंगे।"

चांगदेव कहने लगा, "लेकिन लड़कों के सामने अपनी दरिद्रता का प्रदर्शन किसलिए करना?"

पाचलेगाँवकर कहने लगे, "तुम्हारे मन में वह पूना-बम्बई के प्राध्यापक की रूमानी प्रतिमा है, उसे भैया पहले निकाल डालो! अजी, यहाँ के प्राध्यापक परचून से लेकर हर चीज उधार लेते हैं, बरस-भर पैसे नहीं देते। और लड़कों को यह मालूम नहीं है क्या कि आपको क्या तनख्वाह मिलती है? जाओ आज शबीर के साथ। फालतू में कैश खरीदी कर लड़कों में अपने बारे में गलतफहमी मत फैलाओ।"

इस पर सब हँस पड़े।

पवार बोले, "शबीर ने सही कहा है कपड़े लेने के बारे में। वे एक-दो शर्ट पहनने पर आप मस्त स्मार्ट दिखाई देते हो। लेकिन सात-आठ शर्ट तो ले ही लीजिए। अपने धन्धे में कपड़े पहनकर जो शोभा आती है वह दूसरे किसी धन्धे में नहीं है। कलेक्टर रोज नया सूट पहने तो भी कौन देखता है? यहाँ तो हर दिन चार हजार लड़के-लड़कियाँ ध्यान देकर हमारी ओर देखते रहते हैं। लड़कियों के लिए भी अच्छा रहता है बोर होने पर हम पर लाइन मारने के लिए!"

फिर सब तालियाँ देकर हँसते रहे।

शबीर बोला, "अब तक अपने कॉलेज का कोई बैचलर लेक्चरर लफड़े से नहीं बचा। तुमने कुछ शुरू किया या नहीं?"

चांगदेव बोला, "काहे का लफड़ा करता बाबा?"

"लेकिन पाटील सर बहुत डेयरिंगबाज आदमी निकला भाई। हममें से कोई भी लेक्चरर आज डर जाता।"

"छोड़ो यार शबीर, अब वे बातें। अब आप पाटील को एक साइकिल भी दिला दो किराये से। लेंगे-लेंगे कह रहे हैं वे। उसका पैदल आना-जाना भी मुझे पसन्द नहीं है। सर्दियों में जब तक जागो तब तक सात बज जाते हैं। तुम्हारा देर से उठना और चूतड़ तानते-तानते कन्धे पर थैला लटकाए कॉलेज दौड़ते-भागते जाना लड़कों को अजीब नहीं लगता होगा क्या? शबीर मियाँ, इसको आज साइकिल दिला दो किराये से। और हम सबके सवेरे ही पीरियड होते हैं पहले। वे औरतें और शारंगपाणि हरदम देर के पीरियड ही लेते हैं।

शबीर जेब से तमाखू का पान मुँह में डालते हुए बोला, "जाने दो यार एक घंटा देर से आने में उनका कितना फायदा होता है? अच्छा रहता है तबीयत से सुबह जल्दी उठके घर के बाहर निकल जाना। हमारे घर में तो सुबह इतना शोर रहता है कि पूछो मत। मैं तो इतवार को भी सात बजे बाहर निकल जाता हूँ।"

"लेकिन शबीर कितने साल से हम ये चलाते रहे हैं...।"

"छोड़ो यार। क्यों टाइम खराब करते इसमें। तुम जानते हो न कि हमारी कोई सुनता नहीं है। फिर क्यों बातें बढ़ाना? जैसा टाइम-टेबल दिया वैसा पढ़ाना। खैर छोड़ो इन बातों को। चलते क्या पाटील साब अभी मेरे साथ? घर हो के आते।"

"अपना क्या है घर में? जितना बाहर उतना अच्छा। चलो।"

"पवार, आप देखो न इनके लिए कोई कमरा। लॉज में कितने दिन रखना इनको। सचमुच कहीं कमरा नहीं है जी। यहाँ कमरे हैं मगर पानी में हिस्सेदारी होगी इसलिए कोई कमरा नहीं देता। पहले ही आधा-पौन घंटा पानी रहता है नल में। लेकिन देखेंगे।"

"पिछले साल अपने यहाँ सोशोलॉजी का वो थानजी बेंडाले था—उसे भी बरस-भर लॉज में ही रहना पड़ा।"

"मस्त लड़का था वो। लॉज में ही लड़कियों को ले जाते-ले जाते शादी तय की बच्चू ने और चला गया।"

"वैसा नहीं था वह। उसने शादी पहले टर्म में ही तय कर ली थी यह मालूम है नहीं आपको? गाँव में जगह मिल नहीं रही थी इसलिए शादी आगे धकेल दी थी। फिर पत्नी को लॉज में नहीं ले जाएगा तो क्या करेगा? आखिर में जगह के लिए ही उसने कॉलेज और गाँव छोड़ा और फैजपुर में अपॉइंटमेंट लिया उसने।"

"पाटील, तू यार पहले लड़की तो देख। फिर कमरे का देखा जाएगा।"

"लड़की खुद इसे देख लेगी। अपने गाँव की छोकरियों से आज तक कोई बचा है? पहले-पहले जोशी साहब के बारे में गाँव में बहुत गड़बड़ी हुई थी। बाद में किसी को कोई पूछता नहीं। बापट का भी वैसा ही हुआ। फिर चौधरी को तो हमारी मुसलमान लड़की ने घेरा था। उस टाइम जरा बड़बड़ हुई थी। लेकिन चौधरी ने राजीनामा देने के बाद शादी की थी।"

"मुझे लगता है उनसे प्रिंसिपल साहब ने इस्तीफा माँगा था।"

"नहीं, नहीं। अपने प्रिंसिपल उलटे उसे कह रहे थे कि इस्तीफा मत दो मैं खुद ऑफिस में था तब। प्रिंसिपल साहब वैसे बहुत लिबरल हैं। उलटे वे चौधरी को कह रहे थे कि फिर से अपाइंटमेंट देता हूँ।"

"हाँ। यह सच है। मेरे साथ उन्होंने कई बार चौधरी को मैसेज भेजा। लेकिन चौधरी को यहाँ रहना पसन्द नहीं था। बहुत ट्रेजेडी हुई यार उसकी। इधर से वो बम्बई गए। उन्होंने खुद बीवी को एम.ए. करवाया। बाद में वो साली किसी सरदार जी के साथ पंजाब चली गई। चौधरी मुझे मिले थे एक कॉन्फ्रेंस में। बहुत बेदिल हो गए हैं। अच्छा चलो यार। चलो पाटील। उठो। देर हो जाएगी।"

शबीर के साथ जाकर उन्होंने तीनेक कीमती ड्रेस खरीद लिये। शबीर ने जबरदस्ती एक टाई भी लेकर दुकान में ही रस लेकर चांगदेव को सिखाया कि कैसे पहनना। फिर अभिमान से शबीर बोला, "हम भी जवान थे यार कभी। क्या टाई लगा के जाते थे!"

बिल बनवाते समय शबीर दुकान मालिक से बोला, "क्रेडिट में डालो सब। अपने बिज्जू के प्रोफेसर हैं ये।"

दुकानदार ने कड़वा चेहरा कर बिलकुल बदलते हुए चांगदेव की ओर तुच्छता से देखा। लेकिन चांगदेव वह नजर टाल गया।

फिर शबीर उसे गन्दी मुसलमान बस्ती से ले गया। आगे हर चौक में उसे सब सलाम करने लगे। दुकान में बैठे मुसलमान भी आदाब अर्ज करने लगे। फिर वे एक साइकिल की दुकान में गए। मालिक ने ग्रीज से भरे हाथ गन्दे कपड़े से पोंछकर उन्हें बैठने के लिए कुर्सियाँ दीं।

"अपने प्रोफेसर साब को एक अच्छी साइकिल किराये पे दे दो शाकिर भैया। ट्यूब, टायर अच्छे होना चाहिए। मिलेगी न?"

"अब आपका हुक्म और हम हुक्म के ताबेदार! जरा आधा-एक घंटा ठहरिए। पूरी ऑइलिंग वगैरा करके सीट बदलकर तैयार करूँगा। तीन चाय लाव वजीर स्पेशल तब तक।"

दुकान में पाँच-दस मिनट में कोई मुसलमान बाहर से आता और थोड़ी देर बातचीत करके चला जाता। चाय पीने के बाद भी काफी समय था। इधर-उधर की बातें मालिक के साथ करते हुए बीच-बीच में पीक थूकने के लिए शबीर बाहर जाकर हर वक्त बाहर किसी से सलाम-दुआ कर गप्पें हाँकता खड़ा रहता और फिर अन्दर आते हुए उसका ऐसा है शकिर मियाँ—ऐसा कहकर फिर बची बातचीत शुरू करता। सारी चर्चा मुसलमान छोकरों, उनकी उर्दू मीडियम में पढ़ाई, नौकरियाँ, कहीं के दंगे, मुसलमानों की आपसी झंझट इन पर ही होती। चांगदेव को शबीर का सामाजिक दर्जा बहुत अच्छा लगा। ऐसे ही शबीर एक बार पान थूकने बाहर गया तब सामने से एक लड़का उसे झुककर सलाम कर रुक गया।

"क्यों बे अकबर के बच्चे, पास होने के बाद मिला ही नहीं। कुछ मिठाई नहीं तो चाय भी नहीं पिलाई बेटे तूने। किधर गए अब्बाजान?"

वह लड़का शर्मिन्दा होते हुए बोला, "चलिए सर अभी। आप कभी ऐसे मिलते ही नहीं। आज मैं नहीं छोड़ूँगा। चलिए।"

"ठीक है, हलो पाटील साब, इधर इसके घर जाके आएँगे। शकिर मियाँ, तब तक साइकिल पूरी तैयार रखना भला। बाद में किरकिर नहीं करना।"

"बिलकुल साब। आप जाइए।"

फिर वे उस लड़के के साथ बगल की छोटी सी गली में गटर लाँघकर गए। पुराने मकानों के बीच से आड़े-तिरछे मोड़ लेते हुए वे अन्दर जाते रहे। पूरी बस्ती मुसलमानों की थी। पुराने खपरैल के मकान, घर के सामने फूले पेट वाले बच्चे और फीके पड़े रंगों के रंगीन पाजामों में ओसारे में दुबले पैरों को ढके थकी हुई जवान, प्रौढ़ और बूढ़ी औरतें सूत कातती और लपेटती दिखाई दे रही थीं। एक ऐसे ही मकान के सामने वे रुके। यह अकबर का मकान था। उसने जल्दी से एक खटिया घर के अन्दर से लाकर ओसारे में डाल दी। उन्हें देखकर सूत कातती हड्डियाँ निकली हुई औरतें हाथ का काम वैसे ही लेकर अन्दर चली गईं। एक बुढ़िया की हड्डियाँ तो उठते समय कटकटा गईं। अन्दर चूल्हा सुलगा। अकबर खुद ही कप-प्लेट धो

रहा था शायद। फिर वह कुछ कहकर बाहर भाग गया और थोड़ी देर में जल्दी एक पुड़िया ले आया।

शबीर बोला, "शक्कर लाया क्या रे? क्या भाव?"

"हाँ सर, सवा रुपये किलो।"

"मिल रही है क्या? किधर?"

"अपने रसूल के होटल में मिलती है। चाहिए आपको?"

"बोलना पड़ेगा उसको। राशन कार्ड से इतनी कम मिलती है, आठ दिन भी नहीं चलती। जबकि मेरे कार्ड में पन्द्रह लोग डाले हुए हैं। मुश्किल है!"

चाय बनने लगी। चांगदेव ने घर में देखा। चरखे, सूत की लड़ियाँ, लकड़ी का सामान, गुदड़ियाँ, एक कोने में लकड़ी का एक पुराना बक्सा। उस पर कील से लटका एक बल्ब। वह उसकी पढ़ाई की जगह थी। उसने सोचा, ऐसी जगह ये लड़के पढ़ाई करते हैं। ठीक से पढ़ने-बैठने के लिए जगह नहीं है। माँ-बाप स्याही के लिए भी पैसे नहीं देते होंगे, वहाँ हम गुस्से में भरकर क्लास के लड़कों को बिना किताब के क्लास में मत आना कहते हैं। कहाँ से किताबें लेंगे ये लड़के? अपना पूरा नजरिया ही बदलना होगा। बम्बई में रहकर मेरा बाहर की दुनिया के साथ सरोकार ही टूट गया था।

अकबर दो कप-प्लेट लेकर आया। उसने बहुत ही अदब के साथ चाय दी। शबीर बोला, "ये अपने कॉलेज में आए हुए हैं पाटील सर।"

"हाँ, देखा है मैंने सर को भी। लेकिन हमें पढ़ाते नहीं हैं इसलिए पहचान नहीं थी। बी डिविजन में आए थे एक बार शायद। दोस्तों ने बताया, बहुत अच्छा पढ़ाते हैं आप।"

"पाटील साब, ये प्री-डिग्री में था साइंस में। फर्स्ट क्लास आया है। अब एफ. वाई. में है। बहुत होशियार है। मैं तो चाहता था ये इंजीनियर बने। लेकिन देखेंगे अगले साल। अकबर, तुम्हारे दादा को बोला मैं परसूँ, पैसा बचा के रखो। बच्चे को बम्बई भेजना होगा। लेकिन तू बेटा इस साल खाली स्टडी करना। और कुछ नहीं। अगर तुझे कम मार्क मिलेंगे तो मुझे बहुत बुरा लगेगा भला! हम लोगों ने अपना-अपना रास्ता..."

इतने में अन्दर के दरवाजे के पास से एक औरत की आवाज आई, "उसको तो किताब के सिवा और कोई काम नहीं है। घर में काम को थोड़ा भी हाथ नहीं लगाता। रात-दिन पढ़ता रहता है। काम थोड़ा भी नहीं करता।"

शबीर बोला, "अपना काम जाने दो चूल्हे में अम्मी, ये बच्चा क्या सूत बेचने के लिए पैदा हुआ है? उसको उसका ही काम करने दो। अच्छा भाई अकबर, चलेंगे हम। कुछ लगा तो मिलना हाँ।"

"पान खाके जाइए सर।"

अन्दर से माँ के पास से बटुआ लाकर उसमें से सुपारी के टुकड़े, तमाखू, पान, निकालकर उसने अदब से बीड़े बनाकर तश्तरी में दिए। फिर वे चले।

दुकान में आने पर उन्होंने साफ कर रखी साइकिल ली। शबीर शकिर मियाँ को बोला, "पैसा जरा फुरसत से मिलेगा भाई। हाँ। प्रोफेसर साब खुद लाके देंगे। तुम खाता खोल दो पाटील सर के नाम का।"

"ठीक है, साब, ठीक है।"

फिर शबीर बोला, "अब तुम चलना पाटील। तुम कमरे के लिए पवार साब के पीछे पड़ो। आराम से रहना जरूरी है। कमरा मिल गया तो फर्नीचर वगैरा किराये से हम दिलवा देंगे। अच्छा, चलूँ मैं? और बच्चों के झंझट में, हो सके उतना नहीं पड़ना। अच्छा।"

"थैंक्यू सर।" चांगदेव उसे सलाम कर कपड़े की थैली कैरियर में लगाकर ही चलता हुआ साइकिल लेकर लॉज तक आया ताकि गाँव में किसी को साइकिल से ठोकर न लगे। मुसलमानों में जो सामाजिकता है, एका है, यह मध्ययुगीन भावना है, वह ग्रेट है। अकेले रहना, कुल मिलाकर राक्षसों जैसा ही रहना जैसा है। हरदम इधर-उधर जाते रहना चाहिए। लोग अच्छे होते हैं। हमें उनसे मिलना चाहिए। छात्रों से दुश्मनी करना ठीक नहीं है। स्टैंडर्ड-वेस्टैंडर्ड गया खड्ड में। आदमी ज्यादा महत्त्वपूर्ण है। इतनी उम्र होने तक मैं गलत धारणाओं में कैसे घूम रहा हूँ। इस विचार से वह असहज हो गया।

ऐसे ही एक टर्म खत्म होने को आया। छमाही परीक्षा के कारण क्लास में भी लड़कों की तादाद घट गई। धीरे-धीरे उसे समझ में आ गया कि क्लास में कैसे पढ़ाना है और वह उसी ढंग से पढ़ाने लगा। बीच-बीच में गुस्से में आना पड़ता फिर भी कुल मिलाकर अब पढ़ाना सम्भव होता जा रहा था। लेकिन लड़कों से दुश्मनी कायम थी।

एक बार गॅब्रियल लांडे की क्लास में लड़कों की और लांडे की जोर से खींचातानी हो गई। लड़कों ने लांडे की पीठ पर डस्टर फेंककर मारा था। स्टाफ

रूम में लांडे गुस्से में आया और बोला, "सब कचरा आता मादरचोद आजकल कॉलेज में। काय को आकर बैठते पता नहीं। मराठी में अर्थ पूछते हैं कायका बी। आंटर प्रेजर का अर्थ मराठी में इनकूँ कैसे क्या बताना?"

लांडे के थोड़ा ठंडे पड़ने पर डॉ. मिसाल धीरे से बोले, "क्या हो जाता है जी थोड़ा मराठी में बता दिया तो? या चूतिए जैसे गेटअप और स्टैंड अप से लेकर सब अंग्रेजी में ही बोलना? मैं तो भैया सीधे मराठी में बोलता रहता हूँ बीच-बीच में।"

मेहेंदले बोले, "बालासाहेब खेर के उपकार हैं।"

मराठी के जोशी बोले, "अंग्रेजी बोलनेवालों को भी कहाँ तक अंग्रेजी आती है? मराठी में न सही अंग्रेजी में बताना आना चाहिए। अंग्रेजी ही ठीक से नहीं आती किसी को।"

गॅब्रियल लांडे बोला, "वो भी करना आईंगा, लेकिन छोकरे पढ़ने के लिए आते ही नहीं कॉलेज में तो आप क्या करींगे?"

पाचलेगाँवकर कहने लगे, "तुम नए लेक्चरर्स को लगता है कि तुम्हारे क्लास में पैर रखते ही लड़के मूर्ति जैसे सीधे बैठकर आपकी बात ध्यान लगाकर सुनने लगें! ऐसा होता ही क्या है चिड़ीचुप होकर सुनने जैसा। बोलने दो थोड़ा-बहुत लड़कों को। करने दो थोड़ा इधर-उधर। पचास मिनट एकाग्रचित्त होकर सुनने से दिमाग आउट हो जाएगा उनका।"

केमिस्ट्री के प्राध्यापक ढोकरट कहने लगे, "मैं तो एक तारीख की राह देखता हूँ। उसी के लिए तो अपुन ने ये बड़बड़ करने का धन्धा लिया। बाहर मजूर लोग माथे पर बोझ ढोते हुए दिन-भर इधर से उधर टोकरे डालते रहते हैं तब जाकर शाम में एक रुपये-डेढ़ रुपये मजूरी मिलती है। कौन बाहर दिन-भर कुर्सी में बैठे-बैठे दस रुपये देता जी? मिल रहा है तकदीर से तो चुपचाप खाना। नहीं तो मत आना इस धन्धे में।"

आजम नाम का नया प्राध्यापक चांगदेव को बोला, "देखा? ऐसे रहते हैं ये पुराने खोडाँ। अपुन नए लोग क्या-क्या आइडिया लेकर आते हैं इस धन्धे में। धीरे-धीरे जैसे-जैसे सीनियर होते हैं वैसे-वैसे ज्यादा-ज्यादा गधे होते जाते हैं। सीनिऑरिटी के माने गधेपन। दो ताली। चलो, लांडे को भी चाय पिलाकर उसे ठंडा कर देंगे। चलो पाचलेगाँवकर। चलो लांडे।"

पाचलेगाँवकर लांडे से कहने लगे, "अपने धन्धे में क्या-क्या बातें होती हैं इसे नए लोगों को पहले ठीक से समझ लेना चाहिए। फिर झंझट नहीं रहेगी। छोटे

बच्चे शौचालय में बैठना सीखते हैं वैसे। एक बार यह आ गया तो हम फिर बाहर की दुनिया में जीने के लायक हो जाते हैं। एक बार इस झमेले के साथ तालमेल ठीक से बैठना चाहिए। तीन घंटे जैसे-तैसे निकालने पर बाकी समय में हमें कोई तकलीफ नहीं देता।"

"पाचलेगाँवकर ने यह बात सही बताई, लांडे," आजम बोला।

पाचलेगाँवकर कहने लगे, "पढ़ाना कोई-न-कोई बहाना बनाकर टालना। उसे व्यवहार के रूप में देखना। वैसे भी व्यवहारविहीन मनुष्यप्राणी की कोई कीमत नहीं होती। व्यवहार का पालन करना। फिर दिन-भर जीवन-भर मस्ती से अपने-अपने संसार में आनन्द करना। अब आप लोग बैचलर हैं इसलिए आपको दूसरा कोई पक्का काम भी नहीं होता। शादी किए बिना आपको मैच्युरिटी नहीं आ सकती। शादी के बाद पढ़ाई-बिढ़ाई की ओर जरूरत से ज्यादा ध्यान देने के लिए फुरसत नहीं होती।"

आजम बोला, "इस साल मेरी तो शादी होनेवाली है। लांडे ने भी कुछ चलाया दिखता है वैसा। क्यूँ लांडे?"

गॅब्रियल लांडे शरमाकर बोला, "थोड़ा कहीं छोकरी के साथ घूमने को निकलता तो यह आजम खिड़की से झाँकता रहता है साला।"

बीच में छमाही परीक्षा शुरू होने पर खाली समय था। यूनिवर्सिटी की अक्तूबर की परीक्षाओं की तैयारी चल रही थी। कुछ काम न था। इसलिए गायकवाड़ और चांगदेव गाँव की हर एक गली का चक्कर लगा रहे थे। लेकिन कहीं भी अच्छा कमरा मिलने की उम्मीद नहीं थी। कहीं कुछ होती भी तो वहाँ गायकवाड़ और पाटील उपनामों को सुनकर ब्राह्मण घरमालिक बिदक जाते। फिर कहीं टॉयलेट-बाथरूम नहीं होता। तो कहीं नल का पानी नहीं मिलेगा ऐसी शर्त होती।

एक बार ऐसे ही रेलवे कॉलोनी में जगह की तलाश में घूम रहे थे तब बिनी सावनूर के मकान में यों ही चले गए। बिनी से थोड़ी जान-पहचान थी। उस मकान में कम-से-कम पच्चीस लोग थे। दो मंजिला मकान होने पर भी वहाँ हर तरफ आदमी ही आदमी थे। चाय देते-देते बिनी बोली, "हमारे यहाँ मामा का पूरा परिवार दो साल से आकर टिका हुआ है। वे जाने का नाम नहीं लेते। उन्हें सस्पेंड किया गया है। पिताजी भी दो-तीन दिन के लिए आते हैं तो तंग होकर चले जाते हैं।"

वह बहुत ही संकोच से रुक-रुककर यह सब बता रही थी। चांगदेव को उसकी खूबसूरत बहन कहीं दिखाई नहीं दी। उसने भी, जान-बूझकर नहीं पूछा। लेकिन वह ऊपर होगी। इतनी भीड़ में वह खूबसूरत लड़की कैसे रहती होगी यह वह नहीं समझ पा रहा था। उन दोनों लड़कियों के लिए उसे दुख हुआ।

फिर कमरा ढूँढ़ने का इरादा उन दोनों ने छोड़ दिया। गायकवाड़ कहने लगे, "मेरे पास दस-बारह हजार रुपये बैंक में हैं। इतने में मैं एक मस्त मकान बनवा सकता हूँ। लेकिन इस बेकार गाँव में कहाँ मकान बनवाऊँ? और मेरी बदली दो-चार महीने में गलती से बम्बई हो गई तो क्या करूँगा? देखो, साला गाँव में एकाध पेड़ भी दिखाई देता है क्या? अब चाचा को खत पर खत लिखते रहना, बस। इतनी बड़ी राजनीति में उन्हें मेरी ओर देखने के लिए भी फुरसत नहीं है।"

दोनों इन दिनों शाम को लॉज में खाना न खाकर गाँव में शेरे पंजाब में आलू-पालक या चिकन तन्दूरी खाते, गप्पें हाँकते और मजाक करते। फिर लॉज पर आकर गप लड़ाते बैठते। रात में फिर ग्यारह के आसपास गली के मुसलमान के होटल से चाय पी आते। कई बार घंटों कोई नहीं बोलता। जिसकी समस्या होती उसके लिए वह पर्याप्त थी। दोनों कई बार एक-दूसरे से तंग आ जाते।

रविवार को कॉलेज न होने से चांगदेव दिन-भर सोता। रविवार के दिन साढ़े सात बजे लॉज के नीचे से लड़कियाँ नहीं जाती थीं इसलिए गायकवाड़ भी सिर्फ बिछौने पर पड़े रहते। और दिन बिना नागा किए साढ़े सात बजे छत पर हाथ टिकाकर वे सीटियाँ बजाते। एक-दो लड़कियाँ ऊपर देखकर हँसती हैं ऐसा वे कहते। लेकिन उसके आगे वे भी कभी नहीं बढ़े। गायकवाड़ थे डरपोक। दिखने में उम्दा और रँगीला। पहले हैदराबाद में यह वीर खिड़की से पड़ोस की एक मुसलमान लड़की के प्यार में साभिनय गिरफ्तार हो गए थे। लेकिन उसके माता-पिता के ध्यान में यह आने पर उन्होंने उसे सदेह घर ही में बन्द कर दिया और फिर बाद में शादी कर डाली। इसलिए गायकवाड़ ने हैदराबाद छोड़ दिया और आगे की पढ़ाई बम्बई में की। बाद में कई बरसों तक उस लड़की का यह सदमा उनके लिए पर्याप्त रहा। उसकी एक खूबसूरत तस्वीर उनके पास थी। बाद में उन्होंने कभी शादी का विचार ही नहीं किया। माँ-बाप परभनी जिले में एक देहात में खेती करते थे। वे मानते थे कि लड़का पढ़ा और हाथ से गया। बाद में गायकवाड़ अनजाने तीस के हो गए। अब शादी की आवश्यकता महूसस हो रही थी। लेकिन गावदी लड़की उन्हें नहीं चाहिए थी। बीच-बीच में जोश में

आकर चांगदेव से कहते, "अब बस हुआ ये सब। इस साल किसी लड़की को फँसाता ही हूँ। मैंने एक बार तय कर लिया तो पूरा ही करता हूँ, ऐसा कहूँ तो ज्यादा गलत नहीं होगा। आप देखना इन गर्मियों में अगर मैं बम्बई नहीं गया तो यहीं रजिस्टर्ड शादी करता हूँ या नहीं। बम्बई चला गया तो वहाँ स्मार्ट लड़कियों की कमी नहीं होगी। घर से माँ-बाप हरदम शादी के बारे में लिखते रहते हैं। लेकिन हमारे गाँव की तरफ माचोद अच्छी गोरी लड़कियाँ ही नहीं हैं जी। नहीं तो अब तक उधर जाकर शादी करके आ ही जाता। मराठवाड़ा में माचोद खूबसूरत लड़कियाँ कहाँ से आईं? बिलकुल काली उभड़े दाँतोंवाली लड़कियाँ दिखाते हैं, हॅ हॅ हॅ खॉ खॉक।"

चांगदेव ने बहुत कोशिश कर यह कहने का प्रयास किया कि गायकवाड़ साहब आपको सुन्दरता की अपनी कल्पना बदलनी चाहिए। "काली लड़कियाँ भी बहुत सुन्दर हो सकती हैं। मैंने एक बार बम्बई में वहीदा रहमान को देखा। कितनी खूबसूरत मगर काली ही है।"

"फालतू बंडल मत मारो पाटील। वहीदा रहमान एकदम गोरी दिखती है सिनेमा में। यही तो कह रहा हूँ महाशय मैं। अपना रंग चुपड़कर गोरे दिखने की प्रवृत्ति है इंडियन लोगों की। गोरे लोग राज कर गए इसलिए कहो या अपने मूल विजेता आर्य गोरे थे इसलिए हम फालतू में गोरे रंग में ही सुन्दरता देखते बैठे हैं। अजिंठा की औरतें कैसी सुन्दर काली दिखाई देती हैं। अपना संसार प्रसिद्ध काले पत्थर का शिल्प और औरतें कहाँ गोरी हैं? द्रौपदी गोरी है? द्रौपदी कैसे काली थी? विट्ठल कैसा काला है? राम और कृष्ण को घननील वगैरा कैसे कहते हैं? जो रंग हमारे यहाँ कम हैं उसी में सुन्दरता है ऐसा तय कर लेने से अपने लोगों को परेशानी हो रही है। फिर अमरीकी फिल्में वगैरा देखकर उधर की गोरी अभिनेत्रियों से बढ़कर कोई खूबसूरत नहीं होती ऐसा भी अपने मूर्ख जवानों को लगता है। ऐसा अपने पहले की पीढ़ी में नहीं था। पवार का भी ऐसा ही समीकरण है—स्मार्ट = गोरी = सुन्दर। यह शायद शहरीकरण का परिणाम होगा।"

"तुम्हारा प्रोफेसर लोगों का ठीक है जी। आप बुरे को भी अच्छा साबित करके दिखा देंगे। लेकिन प्रत्यक्ष में जो गोरी होती है वह गोरी होती ही है। आप झूठ बोल रहे हैं ऐसा कहा जाए तो गलत नहीं होगा। हॅ हॅ हॅ खॉ खॉक।"

लॉज पर महीने के पन्द्रह दिन तो गायकवाड़ भी होते थे। लेकिन उसके दौरे पर जाने के बाद चांगदेव का भी मन नहीं लगता। वैसे पवार भी कुँआरे ही थे इसलिए उनके यहाँ जाकर फिल्में, गपशप, चाय, रात का भोजन करके ही वापस लौटना होता। पवार की बूढ़ी माँ को भोजन की तकलीफ होती इसलिए कई बार चांगदेव उनके यहाँ जाना टाल जाता। फिर राह देखकर पवार ही उसके पास आते। पवार की भी शादी का कहीं कुछ हो नहीं रहा था। एकदम बचपन में हुई सगाई को पवार ने एम.ए. में पढ़ने के समय तोड़ डाली थी। वह लड़की देहाती, बहुत ही कुरूप थी ऐसा पवार कहते। उनको भी गायकवाड़ के समान सुन्दर, अर्थात गोरी-चिट्टी लड़की चाहिए थी। लेकिन पहले की सगाई तोड़ने के कारण उनके कई रिश्तेदार बहुत गुस्से में थे। जब उन्होंने कहा कि उन्हें एम.ए. के बाद शादी करनी है तब से उनके रिश्तेदार हरदम रिश्ते में अड़ंगा डालते रहे। इसके बावजूद किसी लड़की के पिता तैयार होते तो उनकी लड़की भारी-भरकम और बेकार होती। ऐसी सौ के करीब लड़कियों को पवार ने नापसन्द कर दिया इसलिए अब एक भी लड़की का रिश्ता नहीं आ रहा था। माँ भी कहती, "बिन बाप का लड़का है तो क्या हुआ उसकी कुछ कीमत है या नहीं?" इन झमेलों की वजह से पवार ने आखिर में तय कर लिया कि साली शादी ही नहीं करनी। इस तरह अट्ठाईस साल गुजार दिए। और अट्ठाईस साल ऐसे ही गुजार देंगे ऐसा एक बार उन्होंने घोषित कर दिया इसलिए स्थानीय मराठा समाज में उनकी पहले ही आधी हुई कीमत पूरी तरह खत्म हो गई। अब तो बत्तीस बरस हो जाने से शादी के दरवाजे बन्द ही हो गए थे।

चांगदेव और पवार की दोस्ती बढ़ती चली गई। इन दिनों वह पवार के यहाँ घर के आदमी के समान रह रहा था। चांगदेव के पास अधुनातन किताबें, जानकारी, फिल्मों में रुचि, बातचीत के हजारों विषय और खाली समय होने से पवार को इस पुराने गाँव में यह नया दोस्त एकदम पसन्द आ गया। चांगदेव के कमरे की समस्या उन्होंने भी हल करने की ठान ली थी। लेकिन पवार महाशय इतने खानदानी आलसी थे कि घर के बाहर निकलना उनकी जान पर आता। फिर शादी के मुद्दे पर गाँव के सभी रिश्तेदारों से अनबन होने के कारण उन्हें किसी का सहारा नहीं था। चांगदेव के लिए कमरा दिलाना कुल मिलाकर उनके लिए मुश्किल ही था। लेकिन उनके ही बाड़े में एक बड़ा हॉल एक ऑफिस के लिए किराये पर दिया हुआ था। सरकार के चतुर्थ श्रेणी के मजदूर संगठन का वह ऑफिस था। काफी

दिनों से यह संगठन भी शिथिल पड़ता जा रहा था। लोग आपस में झगड़े कर बैठे थे और कुछ कम्युनिस्ट सदस्यों ने दूसरों को निकाल दिया था। बचे हुए लोग संगठन में आ नहीं रहे थे। इसलिए करीब एक साल से उन लोगों ने किराया ही नहीं दिया था। पवार कहते, "इस संगठन का सेक्रेटरी कलक्टर ऑफिस में है। उससे मिलकर यह जगह खाली करवाई जा सकती है। वैसे हॉल बड़ा है। ऊपर की मंजिल पर होने से हवा भी अच्छी आती है। लेकिन नीचे एक व्यापारी का माल होने से चूहे बहुत हैं। फिर वहाँ नल नहीं, बाथरूम नहीं, टॉयलेट के लिए नीचे आना पड़ेगा। अच्छा होगा वैसे आप अगर बाड़े में आ गए तो। कोशिश करता हूँ। देखें। देखें।"

चांगदेव कहता, "चाहे जो कष्ट हो, लेकिन पवार सर, मुझे उस मेवाड़ लॉज से बाहर निकालिए। कमरा न होने से मुझे स्वतंत्रता का अनुभव नहीं होता।"

पवार कहते, "अब एक बार कलक्टर ऑफिस हो आता हूँ।"

दो-एक महीने से ऐसा ही चल रहा था। पवार एक बार कलक्टर ऑफिस गए थे लेकिन वह आदमी छुट्टी पर था। बस! फिर वे कब जाएँगे कहना मुश्किल था। गायकवाड़ दौरे से आते और सिगरेट सुलगाकर तुरन्त उसके पास आकर पूछते, "पवार की जगह का क्या हुआ? हम खुद ही दो-तीन सौ रुपये खर्च कर बाथरूम-टॉयलेट बनवा लेंगे। आप वह जगह कब्जे में ले लो। फालतू समय बर्बाद हो रहा है। जवानी दो दिन रहती है ऐसा कहूँ तो बहुत गलत नहीं होगा खॉ, खॉक।"

दीपावली की छुट्टियाँ शुरू हो गईं तब रात-दिन लॉज के कमरे में शान से पड़े-पड़े समय काटना उसके लिए बहुत कठिन हो गया। सिनेमा के भी दो-तीन थिएटर ही थे और एक बार फिल्म लगती तो महीनों तक नहीं बदलती थी। एक थिएटर में रविवार के दिन सवेरे पुरानी फिल्में लगतीं। इसलिए चांगदेव ने काफी पुरानी फिल्में बार-बार देख लीं। कभी-कभी रद्दी अंग्रेजी फिल्में रविवार दोपहर में उस थिएटर में दिखाई जातीं। उन्हें देखना मुश्किल हो जाता। लेकिन कुछ नई फिल्में भी बीच-बीच में दिखाई जातीं।

सिनेमा जाने के दौरान फिर एक-दो बार बिनी सावनूर और उसकी बहन दिखाई दी, लेकिन चांगदेव उस छुट्टी में भयानक अकेलेपन के बोझ से दबा था। इसलिए

उसने जान-बूझकर उन सुन्दर लड़कियों को टाल दिया। एकदम नीची गरदन कर सीधे चला गया। जहाँ आठ फीट का कमरा बदलना नहीं होता वहाँ खूबसूरत लड़की से बातचीत करके क्या होगा? कमरे के मामले को लेकर उसने पाचलेगाँवकर और पवार के यहाँ भी जाना बन्द कर दिया। उनका अपना अच्छा चल रहा था। चार घड़ी मौज मनाने के लिए साले आते हैं मेरे साथ। फिर जाओ अपने लॉज में टीन के पत्तर के नीचे सोने के लिए। आगे गर्मियों में तो इस ऊपर की मंजिल पर रहना ही नामुमकिन था। फिर नीचे के कमरे में आना पड़ेगा। उस अँधियारे कमरे में रहना मतलब परेशानी ही है। लेकिन दूसरा चारा नहीं था। प्रिंसिपल को भी उसकी जगह की परेशानी की जानकारी थी। हॉस्टल पर एकाध कमरा उसे खाली कर दे दें ऐसा किसी ने सुझाया भी था। लेकिन प्रिंसिपल ने सिर्फ 'हूँ' कहा था। मिसाल, घुले वगैरा प्राध्यापक कहने लगे कि आप खुद प्रिंसिपल से विनती करो हॉस्टल के लिए। चांगदेव बोला, "मैं खुद कहूँ ऐसा इसमें क्या है? मैं आपके गाँव में नया हूँ। प्रिंसिपल ने अपने आप मुझसे क्यों नहीं पूछते? मैं तो ऐसे पूछने से रहा। आज उनके उपकार लिये तो कल दूसरी तरफ से वे मुझको दबाएँगे। रहेंगे यहाँ बरस-भर और छोड़कर चले जाएँगे। मरने दो।"

घुले कहने लगे, "यह महाराष्ट्रियन स्वभाव ही तो हमारे आड़े आता है।"

लॉज में अलग-अलग लोग रात-दो रात के लिए आते और आकर चले जाते हैं। इसलिए गायकवाड़ नहीं होते तो दूसरे किसी के साथ बात करने का सवाल ही नहीं आता। वैसे कुछ मेडिकल रिप्रेजेंटेटिव, नियमित रूप से महीने-दो महीने से आते। कभी-कभार पति-पत्नी, बाल-बच्चों के साथ आते। उन बच्चों की माँ की आवाजें, उस लॉज में एकदम प्रसन्नता लगने लगती। एक भारी-भरकम भोंदू दिखनेवाला जटाधारी साधु भी नियमित रूप से हर महीने आता। खुद लॉज का मालिक ही उसे बहुत मानता था। इसलिए उस साधु के आते ही उसके लिए नीचे की मंजिल का छह खाटवाला कमरा एक-दो रात के लिए खाली कर दिया जाता। साधु के दर्शन के लिए कुछ लोग नियमित रूप से आते। उनमें एक सुगठित शरीरवाली जबरदस्त जवान औरत और चिन्ता से कृशकाय ढलती उमर का उसका पति भी आता। उनकी शादी हुए दस साल हो गए लेकिन बाल-बच्चा नहीं हो रहा था। वह औरत उस साधु की आँख में आँखें डालकर देखती रहती। पीछे पति दुर्मुख चेहरे से घुटनों पर हाथ लपेटे ठुड्डी रखे बैठा रहता और साधु अपनी रसीली वाणी से साभिनय कामुक आँखों से देखते हुए उस औरत को पुत्र जन्म के कारण मनुष्य कलियुग में कैसे तर

जाते हैं वगैरा साभिप्राय कहता रहता। यह दृश्य भी बहुत ही व्यभिचारी और सुन्दर दिखता। यह देखने के लिए चांगदेव जान-बूझकर वहाँ रुककर फिर ऊपर आता। गायकवाड़ कहता, "माचोद मुझे भी साधु बनना है। अपनी तरफ भी ऐसी लुगाई तो आएगी! ऑफिसर और प्राध्यापक होकर क्या फायदा?"

चांगदेव कहने लगा, "गायकवाड़, व्यभिचार यह अत्यन्त सुन्दर काम व्यवहार होता है ऐसी मेरी धारणा होती जा रही है।"

"आपकी वैसी धारणा होती जा रही है लेकिन अब वैसा ही करना पड़ेगा ऐसा मुझे लगने लगा है महाराज! लेकिन जमता नहीं कुछ। बदली का भी जमता नहीं, कमरे का भी जमता नहीं। लेकिन आपको कहने में वैसे कुछ हर्ज नहीं समझो, मैंने अपने बैंक के एक क्लर्क की बदली के लिए थोड़ी खटपट की है। जम जाएगा उसका पूना में शायद। वो गया तो उसका ब्लॉक मैं ले लूँगा। देशपांडे गली में है। घर-मालिक को बताए बगैर ही घुस जाने का। किराया भी चालीस रुपये ज्यादा है दो कमरों के लिए, मगर जगह अच्छी है। पेशगी किराया देने के लिए उसके पास पैसे दे देता हूँ।

"मतलब मैं भी वहाँ रह सकूँगा क्या?"

"वैसे कुछ हर्ज तो नहीं है। लेकिन मुझे थोड़ी सी प्राइवेसी चाहिए जी। वैसे अकेले के लिए किराया ज्यादा होगा लेकिन पैसे की ओर देखते रहो तो हमारी झाँटें सफेद हो जाएँगी लेकिन शौक नहीं कर पाएँगे न जी। हा हा हा ख्यँ ख्यँ खोऽ खोक। सिगरेट भी अब बन्द कर देता हूँ नई जगह में जाने पर। बहुत ही मस्त नजारे हैं साब वहाँ आसपास। हाँ, अभी से चक्कर लगा रहा हूँ मैं उधर। मैं खुद जाऊँगा तो घर-मालिक देगा नहीं। अब देखो बोलो बम्मन को।"

"लेकिन आप तो आधे दिन दौरे पर रहते हैं।"

"लेकिन आने पर तो प्राइवेसी चाहिए न जी। आप भी ऐसा ही कहीं देखो न। आपका तो छात्रों की तरफ से ज्यादा कॉन्टैक्ट है न जी। पवार की जगह है ही।"

"आपके जाने पर तो मुझे यहाँ बहुत बोर होना होगा।"

"अजी, मैं पिछले साल यहाँ अकेला कैसे रहा हूँगा! सोचो मेरी क्या अवस्था हुई होगी? आपको कॉलेज में लड़कियाँ तो देखने को मिलती हैं। मैं दौरे पर गया कि साले वे शक्कर कारखाने के टोपीवाले और उनके झूठे हिसाब-किताब। रात में गन्ने के खेत में कहीं गेस्ट हाउस में पड़े रहना। फिर भी शराब की आदत मैंने निश्चयपूर्वक नहीं लगने दी भला! नहीं तो वहाँ कारखाने पर दारू और मुर्गी जितनी

चाहो उतनी मिल जाती। एकाध रात मन होता है कि मस्त होकर पीऊँ।"

"औरत नहीं देते शायद वहाँ?"

"एक बार वह भी प्रयोग किया था। लेकिन बाद में कान पकड़ ली। पाटील साब आप पच्चीस के हैं, अब शादी ही कर लो भला। बाद में पछताओगे। कैसी भी क्यों न हो एक लड़की ढूँढ़ो। आपको भी हमारे जैसे ही घरवालों की कटकट तो नहीं है। आप खुले हैं किसी का भी हाथ पकड़कर शादी करने के लिए। यह आजादी भी सबको नहीं मिलती। लेकिन अभी आप कर लो भला। बाद में तीस का होने पर कुत्ते के समान चारों पैरों पर आदमी नाचने लगता है। शरीर सिर्फ वोऽ माँगता है बस! हू हू हूऽ खोऽ खोऽक। बन्द करनी चाहिए सिगरेट। ख्यँव।"

रात में दोनों इसी तरह बातें करते बैठे थे। ऐसे समय लॉज का नौकर झुम्बर खुशी में हो तो जान-बूझकर उनके पास ऊपर आकर पूछता, "चाय लाऊँ क्या पाटील साब, क्यों गायकवाड़ साब।" ऐसा कहकर वह खुद के लिए भी चाय लेकर आता। इसके बदले वह उनके कपड़े इस्त्री के लिए देने जाने तक के काम करता।

एक बार ऐसे ही चाय लाकर देने पर वह कहने लगा, "क्यों प्रोफेसर साब, दीपावली में घर नहीं जाएँगे?"

"अपना कोई घर नहीं है झुम्बरलाल। जिधर जाएँगे उधर ही अपना घर होगा।"

झुम्बर बोला, "सही बोले प्रोफेसर साब। गायकवाड़ साब भी तुम्हारे जैसे हैं। मैं उनको हमेशा ये शेर बताता हूँ। आप भी सुनिए। आह आह।

सिर पर चढ़ा जो फूल चमन से निकल गया,
इज्जत उसी ने पाई जो वतन से निकल गया।"

गायकवाड़ बोले, "बहुत खूब। बहुत खूब। वाऽ कै वाऽ! खास मारवाड़ी लोगों का शेर है यह। फिर भी झुम्बर मारवाड़ी होने के बावजूद चाकरी ही करता रहा।"

चांगदेव कहने लगा, "कहाँ की इज्जत लेकर बैठे हो झुम्बरलाल। दो समय का खाना खाकर चल रहा है किसी तरह तुम्हारा भी और हमारा भी।"

झुम्बर बोला, "अरे! फिर इज्जत और क्या होती है। परदेस में दो बार खाना मिलना इससे और ज्यादा क्या इज्जत हो सकती है? क्यों गैकवाड साब? ठीक बोला न मैं?"

गायकवाड़ बोले, "झुम्बर तुम्हारी महाजनी किसके लिए गई यह बताओ न बेटा प्रोफेसर को।"

झुम्बर बोला, "इश्क ने हिजड़ा कर दिया झुम्बर को! बाकी और कुछ कहने को मत कहिए साब। नहीं तो प्रोफेसर साब भी जूते से मारेंगे मुझे। दीजिए कप-प्लेट। जाने दो मुझे काम पर। अभी बर्तन माँजने हैं। फर्श पोंछना है।"

उसके जाने पर गायकवाड़ बोला, "साले के साठ पूरे होने जा रहे हैं मगर अब भी रंडियाँ आती हैं इसके पास पैसे माँगने। ही ही ही। क्या औरत है एक भयानक भैंस जैसी! फिर भी झुम्बर उधर शौक से जाता है और वह औरत कई बार उसकी धोती खोलने यहाँ आ जाती है। अपने लॉज का मालिक फिर एक-दो रुपये निकालकर दे देता है। साले ने पूरी प्रॉपर्टी उड़ा दी, मकान गिरवी रखा था। वह भी गया, अब खा-पीकर चाकरी कर रहा है यहाँ। फिर आठ-बारह आने में वह गन्दी औरत। अपनी भी दशा आगे चलकर ऐसी न हो तो समझो गढ़ जीता। ही ही ही ख्यँ ख्यँ खोक खोक। अपने लॉजवाले का भी कुछ झमेला दिखता है भैया। पिछले हफ्ते वह एक झमेला ले आया। मैंने आपको बताया नहीं अब तक। मुझे कहने लगा, "मेरी बेटी बी.ए. अंग्रेजी में बार-बार फेल हो रही है। उसकी ट्यूशन लो। हमारे यहाँ आ जाओ या अपने कमरे पर बुला लो तो भी चलेगा। मुझे पैसों की जरूरत है इसलिए मैंने झट से हाँ कर दी। लेकिन अपने कमरे में झंझट किसलिए इसलिए पहले दिन उधर उनके घर गया। उसकी लड़की वैसे दिखने में बुरी नहीं है। मैं अपना *मर्चेंट ऑफ वेनिस* पर बोल रहा था और वह मस्ती में टिककर मेरी ओर जो देख रही थी, क्या कहना। तोबा तोबा। मैं बाद में जो सटक आया तो फिर उसके बारे में कुछ बोला ही नहीं। उसने जो मेकअप किया था, कीमती साड़ी पहनी थी, इत्र, स्नो वगैरा।"

बाद में पवार ने कहा कि लॉजवाले की अन्तरजातीय शादी झमेले से ही हुई है। इसीलिए उसकी लड़की की दस साल से शादी नहीं हो रही है। ऐसा कचरा अपने गले पड़ा तो फिर कैसे? अपनी क्या कीमत रही?

"यह मैं जानता हूँ। बहुत बड़ी उम्र की लड़की है उसकी। आप बच गए थोड़े में। मुझे भी एक बार दिखाई थी चाय पीने को ले जाकर। हॉरिबल है! वहाँ थोड़ा पैर फिसल जाता तो तुम्हारे गले ही पड़ जाती वह लड़की हमेशा के लिए। वैसे हम अब तक जो कुँआरे हैं इसकी वजह है हम लड़कियों के विषय में ज्यादा अपेक्षाएँ रखते हैं। आपके पवार भी वैसे ही हैं। आपका भी वैसा ही हो सकता है भला पाटील। तो भी इतना तो अच्छा है आप नीग्रो कलर को भी सुन्दर समझते हो! ह ह ह!"

"लेकिन आपके व्यवहार से तो लगता है कि आपको कोई भी लड़की चलेगी। सिर्फ लड़की चाहिए!"

"हऽ हऽ हऽ! नहीं-नहीं जी, कोई भी लड़की कहो तो हमारे शक्कर कारखानदारों की कितनी ही लड़कियाँ इस-उस बहाने उन्होंने मुझे दिखाई हैं। उनमें से किसी के साथ शादी नहीं कर लेता। लड़की खूबसूरत ही होनी चाहिए। कुरूप लड़कियों से यों ही शादी नहीं कर लेनी चाहिए। नहीं तो आगे चलकर देश में कुरूप प्रजा पैदा होगी।"

"लेकिन अपने बारे में भी यही रोमांटिक सिद्धान्त लागू किया जाए तो?"

"अपने बारे में भी लगाने दो ना! अपन तो दिखने में अच्छे ही हैं। आप ही बताइए मैं कैसा लगता हूँ? पवार तो एकदम हीरो की तरह दिखता है। इसीलिए तो उसकी भी माँग अच्छी लड़की की है न। नहीं तो अब तक तो हम सबकी शादियाँ होकर चार बच्चे भी हो गए होते। हा हा हा ख्य: ख्यँ खोक।"

फिर खाँसी रोककर सिगरेट सुलगाते हुए गायकवाड़ कहने लगे, "आपकी बात वैसे अलग है। आपको देरी नहीं हुई है लेकिन आप हमसे कुछ सबक सीखें। बरस-दो बरस में एक मस्त छोकरी पकड़ो। अजी, सभी लड़कियों को लगता ही है कि उन्हें आपके जैसे जवान स्वतंत्र प्राध्यापक प्यार करे। यों ही नहीं उपन्यास में फिल्मों में रहती हैं लड़कियाँ लेकिन इतने महीनों में लगता है, आपने कुछ भी नहीं किया? हा हा हा ख्यँ ख्यँ। एक टर्म हो गई न जी। ख्यँ ख्यँ खोक।"

"गायकवाड़, आप बहुत सिगरेट पीने लगे हैं आजकल। यह अच्छा नहीं है। मैं देखो पहले पचास-पचास चारमीनार पीता था लेकिन अब एकदम बन्द!"

"क्या करना जी। मुझे भी सिगरेट कब छूटेगी ऐसा हो गया है। लेकिन इस उकताऊ जीवन में कुछ चेंज हुए बिना यह सब छूटेगा नहीं। एक बार मेरे मन मुताबिक हो जाए तो सिगरेट को मैं हाथ भी नहीं लगाऊँगा। नियमित उठूँगा, नियमित भोजन करूँगा। मैं हूँ तीस बरस का लेकिन लगता हूँ चालीस जैसा। बाल भी इधर से सफेद हो रहे हैं। ये देखो।"

"नहीं जी, इतनी खराब नहीं हो गई है आपकी तबीयत। उलटे मैं किसी को पचीस का नहीं लगता। एक ने तो मुझसे यह पूछ लिया एक बार कि बाल-बच्चे हैं न!"

"आप सचमुच ही काफी वयस्क दिखते हैं। जरा खानपान सुधारना चाहिए आपको। कमरा मिलने पर अंडे, दूध, कसरत सब शुरू करो आप। दो महीने में

फर्क आ जाएगा आपके चेहरे। कमरे का करो कुछ। मेरा इस एक तारीख को कब्जे में आ जाएगा ऐसा लगता है।"

एक तारीख को गायकवाड़ अपना सूटकेस और बक्सा लेकर नए कमरे पर गया। फिर उसने बैंक से दो-एक हजार रुपये निकाले और रविवार की सुबह लॉज पर आकर चांगदेव को उठाकर कहा, "चलो खरीदी करने के लिए।" चांगदेव इसलिए खुश हो गया कि उसका भी समय अच्छी तरह बीतेगा। फिर गायकवाड़ ने धड़ल्ले से एक सोफासेट, स्टील की अलमारी, टेबल, चार कुर्सियाँ, आरामकुर्सी, गैस, रेडियो, तामचीन के बर्तन, पतीला, चाय का सेट, लेमन सेट, काँच का कपाट, ऐसी चीजें भाव में कम-ज्यादा न करते हुए खरीद लीं और शाम तक सब सामान नए कमरे में लगा दिया। उसके दोनों कमरे चमचमाने लगे। "दरी रह गई न जी। परदे भी रह गए।" ऐसा कहते-कहते बैंक के चपरासी से उसने सब सामान लगवा लिया। चांगदेव को उससे ईर्ष्या होती रही। गली के सब लोग कौन बड़ा साहब यहाँ आया है यह अचरज से देखते हुए नजर आ रहे थे। विशेष रूप से आसपास की लड़कियों को तो बार-बार बाहर आकर उन्हें अपने चेहरे दिखा दें ऐसा लग रहा था। फिर रात में गायकवाड़ ने चांगदेव को खुशी में आकर तन्दूरी मुर्गी भरपूर खिलाई। वे पूछने लगे, "बहुत लड़कियाँ हैं या नहीं आसपास? अब अपनी ग्रहदशा बदली है भैया। अब बदली न भी हो तो चिन्ता नहीं। हमारे चाचाजी को अब मैं लिखता ही नहीं। उनको मालूम होगा तब वे ही लिखेंगे। बहुत दुख झेले मैंने। अब यहाँ आराम से बिताएँगे चाहे जितने बरस!"

गायकवाड़ के लॉज छोड़ जाने से वहाँ रहना मुश्किल हो गया। चांगदेव अकेला पागल के समान गाँव के बाहर घूमने के लिए जाता। दीपावली जैसे-जैसे करीब आने लगी वैसे-वैसे वह असहज होता गया। जो मिलता वही पूछता, "दीपावली को घर नहीं जा रहे हो?" पवार उसके पास आते तब जान-बूझकर यह कहकर उन्हें टाल देता कि मुझे बाहर जाना है। पाचलेगाँवकर पहले ही गाँव चले गए थे। "दीपावली को दो-तीन दिन हमारे यहाँ रहो," पवार ने ऐसा कहा तब चांगदेव ने कहा, "आऊँगा।" लेकिन बाद में पवार के भाई बार-बार बुलाने के लिए आए तो भी वह नहीं गया।

आजम ने उसे एक बार कहा था कि मोती चौक में प्रोफेसर झोपे नाम के एक महाशय के अंग्रेजी क्लासेज हैं। पिछले साल से शारंगपाणि, शबीर वगैरा कॉलेज के प्राध्यापकों ने अंग्रेजी के ट्यूशन शुरू कर दिए इसलिए उसके क्लासेज कुछ ठीक से चल नहीं रहे हैं। तुम अगर एकाध कमरा किराये से माँगो तो शायद वो दे दे। फिलहाल वह एकाध बैच लेता है। उसे उतनी जगह की आवश्यकता नहीं है।

चांगदेव तुरन्त झोपे के यहाँ गया। झोपे रसीला आदमी लगा। क्लासेज के बड़े हॉल में अभिनेत्रियों की दो-तीन अत्यन्त मादक तस्वीरें लगा रखी थीं। एक बड़ी दरी बिछी हुई। हॉल से लगे छोटे से कमरे में वे पान चबाते हुए दो-तीन लड़कियों से बतिया रहे थे। चांगदेव ने अपना परिचय दिया। फिर कमरे की बात चलाई।

झोपे बोले, "मैं खुशी से आपको यह कमरा दे देता। लेकिन मकान-मालिक और मेरा इसी बात को लेकर झगड़ा चल रहा है। मामला अदालत में भी जा सकता है। मैं यह जगह बिलकुल छोड़नेवाला नहीं हूँ। आपको किराये पर देते ही मेरा केस कमजोर हो जाएगा। इसलिए आप थोड़ा ठहरिए। मैं और भी कहीं देखता हूँ। बैठिए। चाय लेंगे? आपका नाम सुना था लड़के-लड़कियों से, लेकिन मिल अभी रहे हैं। आपके प्राध्यापक वर्ग को टालता ही रहता हूँ हरदम।"

बम्बई में कहाँ थे, यहाँ क्यों आए, आगे क्या इरादा है आदि कई बातें उन्होंने चांगदेव से पूछीं। चांगदेव के यहाँ आने का इतिहास बताकर यहाँ की दुरवस्था का बखान करते ही झोपे को चांगदेव एकदम भा गया। विशेष रूप से प्राध्यापकी के धन्धे के बारे में चांगदेव ने इतने अनुद्गार निकाले कि झोपे खुश होकर कहने लगे, "अब तक मुझे आप ही सच्चे प्राध्यापक मिले। नहीं तो अपने बारे में इनकी क्या-क्या खाम खयाली होती है आपके इन प्राध्यापकगणों की। चलो, अब हमारे यहाँ पोहा खाकर ही जाइए। आप हमें भा गए।"

"तो फिर आप हमारे लिए कमरा ढूँढ़िए।"

"जरूर। यह ले लें अगर आपको बहुत ही दिक्कत हो तो। लेकिन यहाँ फिर आपको मकान-मालिक के नल पर जाना पड़ेगा पानी के लिए। आप अगर सेर के लिए सवा सेर हो सकते हो तो देखो। जबरदस्ती उनके चौक में घुसकर बाल्टियाँ भर लाना। बाकी यहाँ सब ठीक है। लाते क्या आज ही सामान लाओगे? लो चाबी।"

लेकिन चांगदेव ने जब सीढ़ियाँ उतर नीचे जाकर मकान-मालिक का नल देखा तब वह बोला, "नहीं भैया। अपने बस की बात नहीं है यह सवेरे-सवेरे।"

"तो फिर दूसरा देखेंगे। मेरा ध्यान रहेगा। चलो घर चलेंगे। नया क्या पढ़ रहे हैं आजकल? मुझे शेले बहुत प्रिय है। चलो घर पर ही बातें करेंगे।"

झोपे अंग्रेजी में ही एम.ए. थे। लेकिन बहुत ही कम अंक आने से उन्हें खास प्राध्यापक बनने का सौभाग्य प्राप्त नहीं हुआ। इसलिए वे प्राध्यापकों की विद्वत्ता के विषय में हरदम बुरे उद्‌गार ही निकालते रहते। ट्यूशन क्लास में वे लड़के-लड़कियों के सामने कॉलेज के प्राध्यापकों का मजाक उड़ाते रहते। इसलिए लड़के कॉलेज में उन प्राध्यापकों को सताते रहते। यह स्पर्धा बढ़ती गई। आखिर शबीर और शारंगपाणि जी ने तय करके खुद जोर-शोर से ट्यूशन लेना शुरू कर दिया। अपने आप ट्यूशन के लिए आनेवाले लड़कों को पास करना और झोपे के यहाँ जानेवाले लड़कों को फेल करना—ऐसा शुरू कर उन्होंने झोपे का धन्धा ही खत्म कर दिया था।

झोपे महाशय दस-बारह साल पहले बुल्ढाना से यहाँ आए थे और हाईस्कूल में काम करते थे। फिर अच्छे पढ़ानेवाले के रूप में प्रशंसित होकर कॉलेज में ट्यूटर बने। आते ही तुरन्त उन पर शारंगपाणि के बीमे का प्रयोग हुआ। लेक्चरर बनाते हो तो बीस हजार की पॉलिसी लेता हूँ ऐसी चाल झोपे ने चली। धीरे-धीरे शारंगपाणि के और उनके बीच झगड़े होने लगे। अच्छा पढ़ाते थे इसलिए स्कूल और कॉलेज के लड़के-लड़कियाँ उनके पास बड़ी संख्या में ट्यूशन के लिए जाने लगे। आगे चलकर तो ट्यूशन इतनी बढ़ गई कि कॉलेज में अभ्यासक्रम पूरा करना बीच में ही छोड़ ट्यूशन क्लास में ही बड़ी बारीकी से अभ्यासक्रम पूरा करने लगे। और फिर शारंगपाणि जी को ठीक से पढ़ाना नहीं आता इसलिए वे मुझसे ईर्ष्या वगैरा करते हैं ऐसी अफवाह उन्होंने लड़कों और स्टाफ में फैलाने का काम किया फिर उन्हें कॉलेज से निकाला गया।

इस बात से हरदम वे दुखी रहते। लेकिन उन्होंने जिद से क्लासेज जारी रखी। यूनिवर्सिटी के एक क्लर्क को हफ्ते कबूल कर उससे प्रश्न पत्रिकाएँ प्राप्त करना, उन्हें ट्यूशन के क्लास में लड़कों को छुपकर बताना ऐसे प्रयोग चलते रहे। इसलिए कॉलेज के लड़कों की भीड़ उनके यहाँ होती। झोपे एकाध दिन मूड में रहे तो बहुत ही जोश में आकर शेली, कीट्स वगैरा की कविता पढ़ाते। और दिन फिर लड़के-लड़कियों के साथ सिर्फ गप लड़ाना, कॉलेज में चलनेवाली राजनीति की

चर्चा, प्राध्यापकों को गालियाँ...यह सब कर लड़के-लड़कियों का मनोरंजन करते रहते। 'तुम जवान लोगों को अमरीका के लड़के-लड़कियों की तरह खुलकर जीना चाहिए, साथ-साथ रहना चाहिए', ऐसे नए विचार भी वे लड़कियों को सिखाते। झोपे सर सबके लाड़ले थे, उनका एक संस्थान ही बन गया था। पाचलेगाँवकर तो कहते कि इस गाँव की लड़कियाँ आजादी से जी रही हैं इसके पीछे झोपे जी का विगत दस बरसों में किया यह राष्ट्रीय शिक्षा का कार्य है! लड़के-लड़कियों के वे लाड़ले थे इसमें सन्देह नहीं। इन बरसों में ढलती उम्र की वजह से उनका जोश ही कम हो गया था और विश्वविद्यालय के पहले क्लर्क का टेबल बदल जाने से झोपे जी द्वारा गुप्त रीति से प्राप्त की गई प्रश्न पत्रिकाएँ भी अब परीक्षा में नहीं आ रही थीं। इसलिए एक उल्लू आदमी के रूप में उनकी प्रतिमा कॉलेज के प्राध्यापकों ने बना डाली थी। खूबसूरत लड़कियों को खास बुलाकर उनकी ट्यूशन फीस माफ कर देते मतलब लेते ही नहीं। एक खूबसूरत लड़की मतलब पचास लड़कों की भीड़ ऐसा उनका बिजनेस ट्रिक था।

प्राध्यापक घुले, आजम वगैरा कहते कि सावनूर नाम की लड़की उतनी उसे उस्ताद मिली। वह ट्यूशन के लिए नहीं आ रही थी इसलिए लड़कों द्वारा उन्होंने उसकी बाद में काफी बदनामी की थी।

चांगदेव उतनी ही बात लेकर पूछने लगा, "मतलब बलात्कार वगैरा का मामला था, वही न?"

आजम बोला, "वैसा कुछ नहीं हुआ। लड़की का बाप पागल है। यहाँ इसके पहले एक बहुत ही हरामी कलक्टर था। जवान था। उसने उस छोकरी को कुछ जॉब दिया था ऑफिस में, टेम्परेरी। उसका बाप बहुत नशेबाज है। उसने भी पैसे के वास्ते नौकरी करने के लिए बोला होगा। एक दिन कलक्टर ने छुट्टी के दिन भी छोकरी को बुलाया और कुछ गड़बड़ करने की कोशिश की। इस पर आसपास के लोगों ने अन्दर जाकर उसको बहुत पीटा। उसके बाद उसे सस्पेंड भी किया गया। लेकिन इस गाँव में छोटी-सी बात इतनी बड़ी हो जाती है। उस बेचारी बच्ची का जिन्दगी का नुकसान हुआ। कॉलेज में भी उसे काफी तकलीफ हुई। बेचारी फर्स्ट क्लास की छोकरी, खाली पास होकर रह गई। उसकी सिस्टर है अपने ह्याँ। वो तो उससे भी होशियार है। फर्स्ट आएगी वो यूनिवर्सिटी में।"

धीरे-धीरे झोपे चांगदेव के यहाँ बार-बार आने लगे। वैसे झोपे मेहमाननवाजी में अच्छे थे। झोपे का कॉलेजवालों से ठीक न था इसलिए सब प्राध्यापक उनको टालते रहते। चांगदेव को यह जरूरी नहीं लगा। वे दोनों शाम को कभी घूमने गए तो वापस लौटते समय झोपे चांगदेव को घर भोजन के लिए ले जाते। लेकिन उनकी छोटी-बड़ी चार लड़कियों का काम करते-करते उनकी पत्नी हैरान हो जाती। चारों का नहाना, चोटी, दूध, जिद, झगड़े और झोपे गुस्से में आकर पत्नी से सब व्यवस्थित करवा लेते। इसलिए चांगदेव उनके यहाँ भोजन को टालने लगा। झोपे की पत्नी चार जायों के कारण अब बेडौल और थकी-हारी लगती थी। फिर भी एक समय वह चंचल और सुन्दर रही होगी। अब उसका पूरी तरह से भ्रमभंग हो गया है यह साफ दिखाई देता था। रूमानियत मतलब चार प्रसूतियाँ यह वह जान गई थी।

पवार और शबीर से मालूम हुआ कि यह मारवाड़ी की लड़की जब स्कूल में थी तब ट्यूशन के लिए झोपे के यहाँ जाती थी। तब ट्यूशन करते-करते उस अकेली को वे पीछे रखते, उसे रंगीन सपने दिखाते। एक दिन घरवालों को पता चल ही गया कि नौवीं क्लास में पढ़नेवाली अपनी बच्ची का पाँव भारी है। इसके दूसरे हफ्ते उनकी झटपट शादी कर डाली गई। बेटी के बाप को डर था कि मास्टर जी पलट जाएँ तो क्या करें? लेकिन चार लोगों के सामने उसने कबूल किया कि यह उसकी ही करामात है। तब वे लोग कहने लगे कि तुम्हें इससे शादी करनी पड़ेगी। ऐसा कहकर एक आदमी ने तो उसे जोर से घूँसा लगाया। तब वह कहने लगा, "मारते क्यों हो? शादी करनी थी इसीलिए तो यह चाल मैंने चली है!"

मतलब उसने असली चाल चलकर इस खरगोश-सी खूबसूरत लड़की को झपट लिया था। वह अब भी घूमने जाते समय चांगदेव के सामने उन रूमानी दिनों को याद करता। वे दिन, मतलब जवानी पे छाई वसन्त बहार थी...ऐसी शुरुआत कर, ट्यूशन के लड़के चले गए तो भी यह लड़की कैसे पीछे रुकी-रुकी-सी रहती, फिर मैं भी उसके लिए कैसे स्पेशल बैच कर दूसरे लड़के-लड़कियों को कैसे चलता करता और इस अकेली को कैसे प्रेजेंट कांटिन्यूअस पढ़ाता था ऐसा वे चांगदेव को रस ले-लेकर बताते! ऐसे में वे चांगदेव को यह भी बताते कि इस उम्र में लड़कियाँ कितनी बेताब होती हैं। बस पकड़ना होता है। "पाटील, इस उम्र में हर किसी के जिस्म में प्रचंड हलचल मच जाती है। रात में लेटते ही जिस्म में कामदेव की बस्ती कोलाहल करने लगती है। यह क्या-मुझे आपको बताना होगा? हर घर में एक लड़की होती है शादी की। नाक की सीध में चलनेवाली अड़ियल लड़की भी नीचे

गीली होती रहती है। और आपको वह चाहे जितनी अड़ियल क्यों न लगे, फिर भी एक बार तिरछी नजर कर आपकी जवानी को झाँक लेती ही है। हमें भी खिलाड़ी साँड़ के समान सींगें नीचे कर लेकिन आँखों में आँखें डालकर सींग घुसेड़ देना चाहिए। हा! ह ह ह ह। कैसे अंग्रेजी लिटरेचर की पढ़ाई की है आपने? एलिजाबेथ के समय के लोग कैसे थे? शेले, बायरन कैसे थे?"

बीच-बीच में झोपे और चांगदेव गायकवाड़ के यहाँ भी जाते। वहाँ भी झोपे यही सलाह गायकवाड़ को भी देते—"गायकवाड़! कैसे जवान राजपूत योद्धा के समान दिखाई देते हो जी आप। आप जैसे को तो घोड़े पर डालकर लड़की को भगाना चाहिए। इतना पैसा है लेकिन क्या फायदा?"

गायकवाड़ कहते, "घोड़े की जरूरत नहीं जी अपने को। अपुन तो कन्धे पर भी उठाकर ले जाएँगे। लेकिन आपके इस गाँव में मिलने-बोलने के लिए भी कोई जगह नहीं है। मकान और गलियाँ बस! मैं पाटील के जैसा अगर लेक्चरर होता तो अब तक तो लड़की भगा ले गया होता। कॉलेज ही आज के अपने समाज में सोशल कॉन्टैक्ट की जगह है। एकमात्र! बाहर कुछ चांस नहीं होता। बम्बई में यूँ लड़की फाँसी जा सकती है।"

झोपे कहते, "हमारे गाँव में मिलने-बोलने के लिए जगह नहीं है यह भी एक तरह से ठीक ही है। बीच का मुकाम नहीं। डायरेक्ट हूँ। पलंग पर ही।"

गायकवाड़ हँसकर कहते, "मतलब आपके जैसे ही!"

"वैसे, बिलकुल वैसे ही! करो झटपट। जवानी बहुत जल्दी रफूचक्कर हो जाती है। और प्राध्यापक होता और बम्बई में होता तो इस तरह के हिजड़े बहाने नहीं बनाता। गांडू आदमी से बम्बई में भी कुछ नहीं बनेगा। मर्द आदमी तो मन्दिर से भी औरत को उठा लाएगा, यह ध्यान में रखो।"

जब कभी गायकवाड़ रास्ते पर भी दिख जाते तो झोपे दूर से ही चिल्लाकर पूछते, "क्यों गायकवाड़, कुछ जम रहा है कि नहीं?"

गायकवाड़ हँसकर चांगदेव से कहते, "क्या नम्बरी आदमी ढूँढ़ के निकाला है भैया आपने भी! उसके सिर्फ मिलते ही मन में इन्फीरिऑरिटी पैदा हो जाती है।"

छुट्टियाँ भयानक सताने लगीं। दिन खत्म ही नहीं होता था। वे शोर मचानेवाले गरीब फटे कपड़ों के लड़के भी अब कब क्लास में मिलेंगे ऐसा लगने लगा। पिछले टर्म की शुरुआत में हुई अचानक उछल-कूद के कारण वह हरदम अस्थिर ही रहा। इस कारण ज्यों-त्यों महीने बीते। उसमें फिर सवेरे उठने की आदत नहीं थी और फिर कॉलेज से आने पर भोजन कर नींद पूरी करनी पड़ती। इन छुट्टियों में फिर देर से जागने की आदत बढ़ गई। इन दिनों तो वह फिर से बारह-एक बज़े उठने लगा था। इतने से कमरे में पढ़ने का मन होना सम्भव नहीं था। और पढ़ाने के लिए पढ़ने की आवश्यकता ही नहीं थी। यह कैसा धंधा है, इसकी उसे पूरी कल्पना आ गई थी। गाँव में कमरा मिलने की अब आशा ही नहीं थी। यह बरस किसी तरह पूरा कर दूसरे इससे कुछ बड़े गाँव चले जाना, लेकिन तब तक के दिन कैसे बीतेंगे? गाँव का चुनाव करते समय पहले जगह मिलती है क्या, होटल-सिनेमाघर हैं क्या, इस सबकी अच्छी तरह से देखभाल करनी होगी?

उन दिनों दो-तीन दिन धुआँधार बरसात हुई। वह बम्बई से आया था तब यहाँ बरसात हुई थी। उसके बाद आज ही। ऐसे भुक्खड़ अकाली प्रदेश में ऐसे ही गाँव होंगे यह जाहिर है। कमरे के ऊपर के झरोखे से बरसात आकर पूरे कमरे में पानी ही पानी हो गया। पहली रात झरोखा बन्द करने के लिए कमरे में कुछ भी नहीं था। सवेरे उसने सुन्दर से तख्ते, कागज माँगकर झरोखा बन्द कर दिया। चद्दर लगा दी। फिर भी बीच-बीच में पूरे कमरे में फुहारें आती रहतीं। बक्से में रखी किताबें नीचे से गीली हो गईं। गद्दी भी गीली-सी हो गई। गाँव में चारों तरफ कीचड़ हो गया। लेकिन इससे कम-से-कम गलियों में की हुई टट्टी बह गई। रास्ते कुछ दिन के लिए साफ हो गए।

दो-तीन दिन गीले कपड़ों में रहने से और फर्श पर हरदम पानी में पैर रहने से उसे जोर का बुखार चढ़ आया। पहले पेट बिगड़कर टट्टियाँ भी शुरू हो गई थीं। अब फ्लू। उठकर डॉक्टर के यहाँ जाने की भी शक्ति न रही। तीन-चार दिन वह सिर्फ एस्प्रो लेकर पड़ा रहा। कॉलेज शुरू हो रहा था उसी समय बुखार।

पाचलेगाँवकर गाँव से वापस आए तो यों ही उससे मिलने के लिए आए तो चांगदेव महाशय तपते बुखार में सोए हुए थे।

पाचलेगाँवकर कहने लगे, "आपको हॉस्टल में जगह मिले इसके लिए हमने पीछे एक बार बहुत कोशिश की। गॅब्रियल लांडे को प्रिंसिपल ने जुलाई में ही कमरा दे दिया। उनके अपने लोगों का वे ठीक से प्रबन्ध कर लेते हैं। फिर आपको लड़कों के साथ रहना कहाँ तक अच्छा लगता यह भी बात है ही।"

"पूरे गाँव में कमरा नहीं, यह क्या कोई गाँव है? कितने ओछे मन के लोग हैं।"

"फैमिली को कमरा मिल सकता है। लेकिन अकेले को ज्यादातर कोई नहीं देता। एक तो गाँव में पानी ही नहीं है, इसलिए बस्ती बढ़ती नहीं, नया मकान कोई बनाता नहीं। बम्बई-पूना जैसे होंगे कहीं कमरे लेकिन आप पवार और गायकवाड़ के साथ रहते हैं इसलिए गाँव में सब लोग आपको मराठा ही समझते हैं। ब्राह्मण थोड़े बिदक जाते हैं। और फिर झोपे जैसे आदमी से दोस्ती। लेकिन यहाँ के लोग आप जैसा समझते हैं वैसे ओछे मन के नहीं हैं। यहाँ के लोग सीधे-सादे, सज्जन हैं। आप कभी बम्बई से बाहर गए नहीं, सीधे यहीं चले आए। इसलिए महाराष्ट्र में और जगहों पर कैसे इससे भी पिछड़े लोग हैं आप नहीं जानते। ओपन सोसाइटी वैसे कहीं नहीं है बम्बई के बाहर।"

"मतलब मैं बरस-भर यहीं रहूँ क्या इस पिंजड़े जैसे कमरे में?"

"अपन देखेंगे। मैं खुद कुछ करता हूँ। लेकिन आप पहले कपड़े पहनिए। डॉक्टर के यहाँ हो आते हैं। चलो भला। बुखार बहुत है। निमोनिया हो सकता है। चलो भला।"

डॉक्टर से गोलियाँ, बोतल लेकर ताँगे में चांगदेव को लॉज पर छोड़कर पाचलेगाँवकर गली में निकले। जाने से पहले कहा, "रात में फिर आता हूँ, आज ही गाँव से आया हूँ इसलिए घर में भी यह-वह लाना पड़ेगा, वह देखता हूँ, आते वक्त मैं भात वगैरा ले आऊँगा। आप लॉज का खाना मत लीजिएगा," फिर वे सीधे पवार के यहाँ गए। घर के काम छोड़कर।

पवार कहने लगे, "आजकल वो टाल रहा है मुझे। लेकिन मैं क्या कर सकता हूँ बोलो। हमारे यहाँ वह ऑफिस की जगह है लेकिन साला वो कम्युनिस्ट सेक्रेटरी किराया भी नहीं देता और जगह भी नहीं छोड़ रहा है। चार चक्कर लगाए मैंने उसके घर पर भी। चाय पिलाता है और निकाल देता है भड़वा।"

"कुछ तो करो। अपना क्या फायदा इतना भी अगर हम ऐसे आदमी के लिए कुछ कर नहीं पाए तो?"

फिर पवार गुस्से में भरकर सीधे कम्युनिस्ट सेक्रेटरी के घर ही चले गए। सेक्रेटरी की और उनकी दो-दो बातें हो गईं। फिर पवार क्रोध में आकर बोले, "कल के

कल आप अपना सामान निकाल लीजिए। नहीं तो रास्ते पर फेंक दूँगा। एक पूरा दिन दे रहा हूँ आपको।"

फिर पवार सीधे मेवाड़ लॉज में आए और चांगदेव को बुखार में अच्छा लगे इसलिए बोले, "अपना काम हो गया। तरकीब से काम लेना पड़ता जी। अब एक-दो दिन में हमारे बाड़े में आ जाइए। एक टर्म इस पलंग जितने कमरे में गुजारना पड़ा, अब ऐसे हॉल में रहना जिसमें ऐसे पच्चीस कमरे होंगे। कम्युनिस्ट कार्यकर्ता को धमकाकर आ रहा हूँ अभी। उसे कह दिया सामान ही रास्ते पर फेंक दूँगा। बीमारी से अब अच्छे तो हो जाइए।"

इस गीले सीलन-भरे कमरे से आखिर छुटकारा मिल रहा है यह देखकर चांगदेव तुरन्त ठीक होने लगा। उधर पवार ने दो-तीन दिन राह देखकर बाड़े के रास्ते की ओर की गैलरी पर लगा चतुर्थ श्रेणी सरकारी कामगार संघटना कार्यालय का बोर्ड उखाड़ डाला। उसे बाड़े में डिब्बे बकेट दुरुस्त करनेवाले मुसलमान ने ठोंक-पीटकर उसका टीन निकालकर उसकी छलनियाँ भी बना डालीं। फिर कार्यालय में जो मामूली सामान था, फर्नीचर, आलमारी में कागज, सिक्के, फाइलें, साइक्लोस्टाइल करने का लकड़ी-बक्सा—सब उन्होंने जीने पर से नीचे के खुले सहन में फेंक दिया। वह काफी दिन वहाँ पड़ा रहा। बाड़े के खाती ने वे लकड़ियाँ धीरे-धीरे अलग-अलग काम में ले लीं। पवार खुद खड़े रहकर सफाई का काम देख रहे थे। धूप और बरसात से जीने की दो-तीन सीढ़ियाँ सड़ गई थीं और चढ़ने-उतरने से टूट गई थीं। वे बाड़े में रहनेवाले खाती से तुरन्त दुरुस्त करवा ली। पूरा हॉलनुमा कमरा और उससे सटी हुई विशाल गैलरी साफ करवाई। दीवारों में चूना लगवाया। और कुछ करना उनके लिए सम्भव ही नहीं था क्योंकि पवार को भी सिर्फ तनख्वाह में ही घर चलाना पड़ता था। बाड़े के कमरों का किराया भी पाँच-सात रुपये था, वह भी वक्त पर नहीं मिलता था। लेकिन पवार के पिताजी के जाने के बाद से वे गरीब परिवार वहाँ थे। उन्होंने पवार की माताजी को धीरज बँधाकर बिना बाप के इन छोटे-छोटे बच्चों को बचपन से सँभाला था। मुसीबत में ये सब गरीब लोग काम आते थे। इन कुछ लोगों के किराया न देने की यह भी एक वजह थी। यह चांगदेव को बाद में ध्यान में आया कि बाड़े की दो-तीन जवान औरतें पवार के कमरे में रात में कभी-कभार शायद आती रहतीं। पवार के भाइयों को भी यह

मालूम होगा। लेकिन तीस के हो जाने पर भी शादी का जुगाड़ नहीं हो रहा हो तब यह स्वाभाविक ही माना जाएगा। और फिर मकान का किराया देने का यह भी एक खूबसूरत तरीका था।

आखिर मेवाड़ लॉज से मुक्ति मिल ही गई।

चांगदेव नई जगह में आया। किताबों के बक्से ऊपर ले जाते समय पानी से गीले पुराने जीने की दो-तीन सीढ़ियाँ टूट गईं। उन्हें पवार ने फिर से बाड़े में रहनेवाले खाती से दुरुस्त करवा लिया। कमरा विशाल था। पार्टीशन किया जाता तो तीन कमरे बनते। और उतनी ही लम्बी रास्ते के ओर की गैलरी। पवार की माँ बोली, "हमारे ये दिन ऐसे हैं। नहीं तो हम आपको पार्टीशन भी करवा देते, ऊपर की छत भी नई बनवा देते। कोने का गुसलखाना नहाने के लिए है तो छोटा लेकिन कुछ रोज चला लीजिए। फिर बड़ा बनवा देंगे। अकेले आदमी के लिए वैसे चल भी सकता है।"

चांगदेव बोला, "इतनी बड़ी जगह है फिर मुझे और कुछ नहीं चाहिए। बड़े मकान मुझे बहुत अच्छे लगते हैं।"

पवार बोले, "अब तो हमारे गाँव को अच्छा कहने लगोगे या नहीं?"

बाड़े के एक बूढ़े को दो रुपये माहवार पर बुहारी लगाने, दूध का बर्तन साफ करने और रोजाना नीचे से दो बकेट पानी लाकर देने के कामों के लिए रख लिया। शबीर से टेबल, दो कुर्सियाँ, खाट, गद्दी, तकिए और किताबों के लिए रैक किराये पर लाया गया। पास में कुछ पैसे थे, इसलिए बाजार से दो बकेट, लोटा, पानी गर्म करने के लिए एक खूब बड़ा जर्मन का पतीला और ढक्कन, दूध के लिए एक स्टील का भगोना, कड़ाही, बुहारी, मटका वगैरा सामान खरीदा जा सका। एक लम्बी सी नारियल की रस्सी पवार के भाई ने कमरे के इस सिरे से उस सिरे तक बाँध दी। गुसलखाने की खिड़की पर आईना टाँगकर दाढ़ी बनाने का इन्तजाम भी हो गया। पानी गर्म करने के लिए स्टोव लाना जरूरी था, लेकिन वह एक तारीख पर डाल दिया। लेकिन सिर्फ देखने के लिए वह बोहरी गली में गया। बत्ती के स्टोव ज्यादा चलनेवाले न थे। उस पर बड़ा पतीला बैठ नहीं सकता था। एक दुकान में उसके कॉमर्स के क्लास का एक लड़का बैठा हुआ था। उसने अदब से हाथ जोड़े। "क्या चाहिए सर," ऐसा पूछा। "मजबूत स्टोव मैं आपको लाकर दूँगा। यहाँ मिलेगा नहीं, लेकिन हैदराबाद में मैंने बहुत अच्छे स्टोव देखे हैं। कुछ दिन रुकिए।"

स्टोव न होने से स्नान करने का सवाल खड़ा हो गया। आजम ने उसे एक पुराना स्टोव देकर आवश्यकता की पूर्ति कर दी। उसके पहले आठेक दिन स्नान करने की दिक्कत सताती रही। दूध पवार के यहाँ से ही शिलेदार भगोने में ला देता। वह गर्म किया हुआ ही रहता। फ्लू की वजह से स्नान इतने में करने की आवश्यकता भी नहीं थी। लेकिन हाथ-पैर-मुँह ठंडे पानी से धोना कुछ दिन कठिन रहा। फिर बोहरी छात्र स्टोव लेकर आया। बड़ी टंकी और मजबूत लोहे की पट्टियों की फ्रेमवाला स्टोव खास पानी तपाने के काम का ही था। फिर छात्र कहने लगा, "आपको मिट्टी का तेल भी लगेगा सर। उसके लिए डिब्बा चाहिए। मैं ले आता हूँ। चोंगा भी लगेगा।"

"तुम्हें स्टोव के पैसे एक तारीख को दूँ तो चलेगा न?"

"रहने दीजिए सर। कभी भी दे देना। दस रुपये तो हैं। हम भी कहाँ उधर नकद देते हैं।"

छात्र मिट्टी का तेल भी ले आया। तेल डालने के लिए चोंगा भी। स्टोव में तेल डालकर उसने सुलगाकर दिखा दिया। कैसे बुझाना, कैसे कम-ज्यादा करना यह सब डिटेल उत्साह से बता दिए। अपने सर के काम आने में उसे एकदम धन्यता की अनुभूति हो रही थी। चांगदेव को भी गुरु-शिष्य के इस सम्बन्ध में अद्भुत आनन्द दिखाई दिया।

जाते-जाते खिड़कियों के टूटे पट देखकर शिष्य कहने लगा, "इन दो खिड़कियों के शटर नहीं हैं शायद। तो फिर वे बन्द ही कर डालेंगे। मैं इस नाप के कार्डबोर्ड ले आता हूँ। हमारे यहाँ पैकिंग में आते हैं। इधर बहुत कड़ाके का ठंड बजता सर। अभी बन्द करना ठीक रहेगा।"

रात में इन खिड़कियों से सनसनाती हवा आती। उससे बदन में ठंड जा बैठती। माथे पर चद्दर लेकर पड़े रहना पड़ता था। एक तारीख को कम्बल खरीदना है और उसे पुराने चद्दर से जोड़ देना है ऐसा वह चद्दर ओढ़े-ओढ़े सोचता रहता। फिर बाद में बोहरी शिष्य कार्डबोर्ड के तख्ते, हथौड़ी, तारकीलें वगैरा लाकर दोनों खिड़कियों को कार्डबोर्ड ठोंककर उन्हें हमेशा के लिए बन्द कर गया। इससे थोड़ा ठीक हुआ। फिर भी इतने बड़े कमरे में रात-भर गरमाहट नहीं आती।

झोपे एक बार आकर कमरा देख गए। चांगदेव ने कहा, "कुछ भी करो रात में गरमाहट नहीं आती।" इस पर तो झोपे बोले, "औरत के बिना गरमाहट नहीं आती।

एक टँगड़ी और सौ कम्बल बराबर हैं ऐसी कहावत है हमारे यहाँ। और आपके तो इधर-उधर दोनों ओर से दरवाजे हैं। इधर के इधर लड़कियों को गली में छोड़ा जा सकता है।" मस्त हो गया यह।

अकेलेपन से बरसों बोर हुए कुँआरे पवार जी को अब बातें लड़ाने के लिए बाड़े में ही बना-बनाया दोस्त मिल गया। वे हरदम चांगदेव के पास ही होते। वहीं पर भाइयों से खाने के लिए या चाय मँगवा लेते। या फिर दोनों उधर ही जाकर खा-पीकर वहीं शाम को गप्पें हाँकते बैठते। फिर मिलकर घूमने जाते। सवेरे दोनों मिलकर कॉलेज जाते। कई बार पवार तैयार होकर नीचे खड़े रहते और चांगदेव को पुकारते, लेकिन इधर पानी गर्म होने में देरी होती रहती। "आ रहा हूँ" कहकर चांगदेव दाढ़ी वगैरा करता रहता। फिर पवार ऊपर आकर देखते कि अभी स्टोव पर पानी ही तप रहा है। "वा चांगदेव भैया, और पन्द्रह मिनट हमें खड़ा करने का इरादा था क्या आपका? चलो, निपटो भला, मैं यह सिगरेट खत्म करता हूँ तब तक।"

"बस हो गया," ऐसा कहकर वह छोटे से गुसलखाने में बदन सिकोड़कर नहाता रहता। यह सब देखकर एक बार पवार तंग आकर कहने लगे, "कल से आप हमारे यहाँ ही नहाने आया करो। हमारे यहाँ गरम पानी का बम्बा तपता रहता है। कपड़े लेकर आ जाया करो। मतलब फिर साथ-साथ निकल सकेंगे।"

यहाँ जाड़े का मौसम भी कड़ाके का था। इसलिए दूसरे टर्म में सवेरे साढ़े सात बजे कॉलेज पहुँचना परेशानी का काम था। लेकिन पवार ने अपने एक भाई को चांगदेव को छह बजे जगाने की ड्यूटी ही दे दी। फिर दाँत माँजकर दाढ़ी करके वह तौलिए में कपड़े लपेटकर पवार के यहाँ जाता। गर्म पानी तैयार मिलता। पवार जामुनी रंग की लुंगी लगाए बाल सँवारते, स्नो, पाउडर थोड़ा सा लगाते आईने में इधर-उधर से चेहरा निहारते खड़े रहते। उसे देखते ही वे कहते, "पाटील आए हैं, माँ साब चाय बनाइए।" स्नान होते ही चाय पीकर चांगदेव तुरन्त निकलकर जीना चढ़ते हुए फिर कमरे में आता। निचोड़े हुए कपड़े रस्सी पर डालकर आधे मिनट में माँग निकालकर कपड़े पहन किताबें लेकर नीचे आ जाता। नीचे पवार का भाई साइकिल निकालकर दीवार से लगाकर रख देता। पवार सुपारी चबाते सिगरेट फूँकते रहते। सिगरेट खत्म होने तक चांगदेव का नीचे आना ऐसा उन्हें लगता। फिर दोनों

एक-दूसरे का मजाक उड़ाते, कॉलेज के बारे में व्यंग्य करते प्रचंड हँसते साइकिल चलाते कॉलेज पर आते।

चांगदेव कहता, "यह सवेरे-सवेरे इतनी उतावली में सब निपटाकर कॉलेज में साढ़े सात बजे हाजिर रहना यह भूतों जैसे नहीं लगता क्या आपको? यह क्या प्राध्यापकी है या और कुछ?"

पवार जी खुलकर हँसते और साइकिल चलाते रहते।

चांगदेव कहता, "साली सब बातों में उतावली करो। जागने से चाय तक हर बात में प्रसन्नता चाहिए। और साढ़े ग्यारह के बाद में अपना पूरा दिन एकदम ठंडा। दोपहर के कॉलेज बिना कल्चर नहीं।"

पवार कहते, "अजी कॉलेज में चार हजार लड़कों के लिए क्लासरूम पर्याप्त नहीं हैं। नई इमारतों का काम चल ही रहा है। और दोपहर में आराम से सो ही सकते हैं ना? या पढ़ाने की गन्दगी अच्छा है सवेरे ही भीड़-भाड़ में खत्म हो जाती है। दिन-भर वह किसलिए चाहिए?"

"लेकिन नई इमारत बनते ही हजार लड़के और आ जाएँगे। मतलब सबेरे की बारी, दोपहर की बारी, फिर शाम में टी.डी. वगैरा के क्लासेज। अब रात की भी बारी शुरू करने को कहो, मादरचोद। कारखाने जैसा ही। एम.ए. एम.एस-सी. शाम के समय शुरू करने का इरादा है ही सालों का।

"आप देर से उठने पर लैट्रीन का कैसे करते हैं?"

"मैं? मैं दोपहर में आने पर ही जाता हूँ। पढ़ाते-पढ़ाते धीरे से पाद लेने का तरीका अब आ गया है मुझे!"

हा हा हू हूऽ ऐसा प्रचंड हँसी हँसकर पवार यह मजाक कॉलेज में सबको बता रहे थे। "क्लास में पढ़ाते-पढ़ाते आपको पादना आता है क्या जी?" ऐसा वे सबसे पूछ रहे थे। खिलखिलाकर हँसते हुए।

धीरे-धीरे वे दोनों जिगरी दोस्त बन गए। इतने कि कॉलेज से दोनों साथ-साथ आते और पवार को अकेले भोजन करना भी भारी लगने लगा। कई बार तो वे कहते, "अब कहाँ जाओगे जी खाना खाने बाहर? चलो, यहीं पर खाएँगे।" रविवार के दिन मटन होता तो शनिवार के दिन ही सब चांगदेव को कहते, "कल होटल में मत जाना भला पाटील साब। मटन है।" फिर तो आगे चलकर सवेरे की चाय, दोपहर का भोजन और शाम का भोजन भी पवार के यहाँ ही होने लगा। इससे पवार जी की बुढ़िया माँ को तकलीफ होती लेकिन सबको चांगदेव घर का सदस्य ही लगने

लगा। चांगदेव को इसकी चिन्ता लगी रहती कि इस पवार परिवार के प्यार से कैसे उऋण होना है। अपन इनको अच्छे लगते हैं इससे अधिक इस ममता के सम्बन्धों का कोई दूसरा अर्थ नहीं था। यह भावना अप्रतिम मूल्यवान थी।

उधर पाचलेगाँवकर कहने लगे कि जागीरदार पवार के यहाँ जाकर आप इस गरीब ब्राह्मण को भूल गए। वे भी इन दिनों पवार के यहाँ नियमित रूप से शाम को आकर बैठने लगे। काव्यशास्त्र विनोद जोरों से शुरू हो गया। पाचलेगाँवकर बीच-बीच में जबरदस्ती चांगदेव को अपने यहाँ भोजन के लिए ले जाने लगे। इससे चांगदेव के होटल में आधे दिन नागा होने लगे। इससे होटल का मालिक भी चांगदेव को बहुत मानने लगा—"यहाँ तो कोई एक दिन भी भोजन टालता नहीं, लेकिन आप तो एक दिन बाद भोजन टाल जाते हैं, इसलिए मैंने आपको रोज अचार और दाल गर्म कर देने के लिए कहा है।"

पवार के कई बरस दारुण अकेलेपन में बीते थे इसलिए उनके ये दिन बहुत ही अच्छे बीते। पवार की माताजी एकाध बार चांगदेव से कहती, "दादासाब के मन में ब्याह का विचार डाल दो भला पाटील। आपका ही कहा मानेंगे वे। अपन काश्तकारों ने पत्नी के लिए ज्यादा चोचले किसलिए करना? घर का कामकाज सँभाल ले बस हुआ।"

"करेंगे वे ब्याह। लेकिन लड़की कुछ तो दिखने में सुन्दर हो। नहीं तो जागीरदारों के घर में बावली मूरत शोभा देगी क्या मौसी आप ही बताइए?"

"आप भी उसके जैसे ही हैं पाटील। आप क्यों नहीं ब्याह कर लेते? आप भी ये न को और वो न को करनेवाले होंगे। उधर माँ-बाप बिचारे रो रहे होंगे आपके। मेरा मैका भी आपके उधर का ही है। अब जाऊँगी तो आपके गाँव हो आऊँगी।"

गायकवाड़ भी दौरे से आने पर चांगदेव के पास हर रोज शाम को चक्कर लगा जाते। चांगदेव पवार के यहाँ ही दीवानखाने में बैठा रहता। दीवानखाने के फानूस, पुराने शीशम के पलंग वगैरा देखकर एक बार गायकवाड़ पवार से कहने लगे, "बताते हैं कि आपके पिताजी बड़े जागीरदार थे। बड़ा ठाठ रहा होगा उस वक्त।"

पवार बोले, "जागीरदार तो थे लेकिन जागीर की ओर उनका ध्यान नहीं था।"

"तो फिर क्या करते थे?"

"मलमूत्र से बननेवाली खाद, सोनखल का कारखाना था उनका!"

चांगदेव कहने लगा, "ये भी क्या करते हैं? वही। इतनी जमीन पड़ी है लेकिन इनसे वह छुड़ाई नहीं जाती। छोटे भाइयों को गाँव में रखकर खेती देखने के लिए कहते। खुद भी प्राध्यापक की नौकरी छोड़कर चले जाने में क्या हर्ज है?"

"चल रहा है ऐसा भी विचार। लेकिन कमिश्नर रिश्वत खानेवाला है। नौकरी छोड़ दी और उधर खेती भी नहीं मिली तो क्या करेंगे?"

"अरे गायकवाड़, तुम्हारे चाचा का कुछ उपयोग होता हो पवार के लिए तो देखो न। पवार तो सिगरेट पीकर सब भूल जाते हैं।"

"हाँ, आप पूरी जानकारी निकालो। कमिश्नर को डाँट पिलानी है क्या? अपन करेंगे। अपने हाथ का काम है यह। चाचाजी को लिखेंगे वैसे।"

"पवार, आप अब जब बम्बई जाएँगे तब गायकवाड़ जी को साथ लेकर जाना। मिलकर तो देखो बालासाहब से।"

गायकवाड़ कहने लगे, "मुझे भी दिसम्बर में जाना है एक बार चाचाजी से तबादला करा लेने, ऐसा सोच रहा हूँ। एक रिपोर्ट देने सेक्रेटरियट में जाना है ही।"

"तो फिर उसी वक्त आप दोनों जाओ। क्या?"

"तय रहा! जाएँगे हम सब बम्बई।"

चांगदेव बोला, "देखी यह जागीरदारी! तीनों को बम्बई ले जाना और मुफ्त में सौ-डेढ़ सौ रुपये खर्च कर आना। मुझे तो बम्बई में पैर नहीं रखना। आप दोनों जाओ।"

गायकवाड़ और पवार के बीच बार-बार सम्पर्क कर उन दोनों को उसने एक बार बम्बई भेज दिया। खुद मंत्री महोदय बालासाब ने ऐसा विश्वास दिलाया कि वे पवार का काम करेंगे। वापस आने पर सबको लगा कि रास्ता अब साफ हो गया है। पवार की माँ को चांगदेव परोपकार करनेवाला आदमी लगा।

फिर गायकवाड़ जी का पवार के यहाँ आना-जाना बढ़ा। गायकवाड़ बहुत ही अच्छी तनख्वाहवाला है, बहुत ही खूबसूरत और अब तक कुँआरा आदमी है, यह जानकर पवार की माँ कहने लगी, "लड़का अच्छा है क्या जी पाटील? हमारी बहन की लड़की है ग्वालियर में। बड़ा सरदार घराना है शिर्केजी का। लड़की कॉलेज में है और किसी को भी पसन्द आए ऐसी है। सुन्दर है। बात बनती हो तो गायकवाड़ जी से पूछकर देखो। बड़ी लड़की भी है और बीचवाली भी है ब्याहने की।"

चांगदेव बोला, "गायकवाड़ ब्याह के लिए बिलकुल राजी हो जाएगा। बहुत अच्छा लड़का है। लड़की सुन्दर हो तो बात बनने में देर नहीं लगेगी। लेकिन उम्र कुछ ज्यादा है।"

"हमारी भानजी की उम्र भी काफी हो गई है। उधर हमारे लोग कम हैं और ये हैं छियानबे कुल के। तीनों बहनें ब्याहने लायक हैं। दादासाहब को खत डालने के लिए कहती हूँ। तीनों के सम्बन्ध कब होंगे, पूछकर तो देखें।"

चांगदेव गायकवाड़ जी से भी बोला, "पवार की एक मौसेरी बहन है ग्वालियर की। बी.ए. में है और कहते हैं खूबसूरत है, वो अब आनेवाली है। आप से भी कुछ झोपे जैसी बात तो नहीं होती है। देख लेंगे। अच्छे सरदार घराने की है आपका क्या खयाल है?"

सरदार घराने की है क्या? तब आ गया ध्यान में! अजी, हमारे जागीरदारों की लड़कियों की कुछ मत पूछिए। दिखने में ऐसी मानो बिलकुल घोड़े पर सवार होकर लड़ाई पर जा रही हों। मेरे यहाँ आइए। बक्से में बहुत सारी तस्वीरें हैं सरदारों की इन छोकरियों की। अच्छी लड़कियाँ बीस की होते-होते खत्म हो जाती हैं शादी होकर। पीछे जब तलछट का कीचड़ बच जाता है तब वे हमारे जैसों को पूछने लगते हैं। ऊपर नम्बर नहीं लगा तो फिर नीचे के काश्तकार के बच्चे।"

फिर पवार की ममेरी बहनों की तस्वीरें आईं। लड़की सचमुच खूबसूरत थी। इतने दिन बिना ब्याह के कैसे रह गई यह आश्चर्य था।

पवार कहने लगे, "अजी, ग्वालियर छोड़कर बरस-बरस इधर आते ही नहीं। हमारे में लड़की सामने हो तो झट से रिश्ता हो जाता है। ये पुराने सरदार हैं। इनको दिखाने के लिए लड़की लेकर कहीं जाना अपमानजनक लगता है। ग्वालियर के शिर्केजी का बाड़ा आप देखेंगे तो चारों तरफ अब भी पूर्वजों की पगड़ियाँ, ढाल, तलवारें, भाले टँगे हुए हैं। लड़कियों को कॉलेज भेजा यही बड़ी बात है। अब बड़ी लड़की पच्चीस की हो गई तो घबरा गए हैं। नहीं तो पहले तो तस्वीर भी नहीं भेजते थे। अजीब हैं शिर्के परिवारवाले।"

गायकवाड़ को बुलाकर तस्वीरें दिखाई तो वे भी खुश हो गए। फिर धुआँ छोड़ते हुए वे चांगदेव से कहने लगे, "यह मामला जम जाता है तो अच्छा हो जाएगा।

अब निश्चित ही मेरे ग्रह बदल गए हैं। तबादले का भी इस मार्च में पक्का हो गया है। लेकिन यह गोरी तो होगी न जी?"

"फिर वही! मतलब ये तस्वीर में सुन्दर दिखनेवाली लड़की प्रत्यक्ष में काली हो तो हो गई कुरूप? कमाल करते हो आप भी।"

"आपकी बात छोड़िए, आप तो माचोद किसी भी लड़की को खूबसूरत ही कहेंगे। कुरूप लोगों से शादी नहीं करनी। ऐसा मेरा स्पष्ट मत है। कुरूप को भी आप सुन्दर कहेंगे? नीग्रो लड़की भी आपको खूबसूरत ही लगेगी। मतलब आपकी खूबसूरती की कल्पना क्या है यह तो बताइए।"

"गायकवाड़ साब, हजार तरह की सुन्दर लड़कियाँ होती हैं। हमारे पिताजी कहते सुन्दरता का कोई नाम नहीं होता, यह बात मुझे सही लगने लगी है। अमुक यही सुन्दर होती है ऐसा निश्चय आप कर नहीं पाएँगे मालिक। आपको वह 'बृहत्कथासागर' की वररुचि की कहानी मालूम होगी। आप पैठण की ओर के ही हो ना! एक राक्षस रात में एक नगरी में घूमता और जो दिख जाता उससे एक सवाल पूछता—इस नगर में सबसे सुन्दर स्त्री कौन है? सही जवाब न देने पर राक्षस उसे खा जाता। एक बार वररुचि इस राक्षस के शिकंजे में फँस गए। तब वररुचि ने कहा, जिसे जो अच्छी लगती है उसकी दृष्टि से वही सबसे सुन्दर! तब से वह राक्षस वररुचि का दास बन गया जैसे अलाउद्दीन के चिराग का जिन्न था। तुम कुछ पढ़ने जाया करो जी।"

"यह भी सच ही है। लेकिन मेरी बाईं ओर के सफेद बाल बढ़ते ही जा रहे हैं। बाल काले करने के लिए लोमा हेयर ऑयल मिलेगा क्या इस फड़तूस गाँव में?"

पवार की माँ कहने लगी, "पाटील आप जरा गायकवाड़ के पीछे पड़कर उसे मनाओ। इतना हमारा काम कर दो। हमारी बहन लड़कियों की फिक्र कर सूखती जा रही है। इतनी बड़ी बिन ब्याह की लड़की घर में उससे देखी नहीं जाती।"

फिर खत आया कि हम बेबी को लेकर आ रहे हैं। आगे और पूना में एक-दो लड़कों को दिखाना है। इस साल कुछ भी हो जाए यह झंझट रखनी नहीं है।

बेबी और उसके पिताजी आए। चांगदेव को कॉलेज जाना था, सो वह तौलिया समेटकर झटपट नहाने के लिए आया तो घर में मेहमानों की भीड़ दिखी। बाथरूम में कब नम्बर लगेगा यह सोचकर वह दीवानखाने में बैठा रहा। इस बीच बेबी बाहर आकर रुकती-झिझकती चली गई।

इस लड़की को देखकर चांगदेव भयानक असहज हो गया। सुन्दर तो वह थी, बस ऊँचाई कुछ कम थी। एकदम गोरी थी। मतलब गायकवाड़ को पसन्द आएगी।

उसी दिन गायकवाड़ जी से मिलकर उसने कहा, "लड़की आ गई है। अच्छी है। तुम्हारी वह हैदराबाद वाली लड़की फीकी पड़ेगी इसके सामने। कुछ भी हो अपनी मराठा सुन्दरता कुछ अलग ही होती है। तुम अपने सफेद बालों में अब लोमा लगा लो। आजकल में लड़की दिखाने का कार्यक्रम होगा ही। शिर्के सरदार भी आए हैं।"

गायकवाड़ अचानक असहज हो गए। आईने में देखते हुए वे कहने लगे, "बालों को छोड़ दें तो मेरे में और कुछ तो बूढ़े जैसा दिखता नहीं है न जी? उस लड़की की नाक कैसी है? आँखें कैसी हैं? ऊँची तो नहीं है न ज्यादा? मेरी ऊँचाई पाँच फीट छह इंच है। खुद देखेंगे ही। आपकी खूबसूरती की कल्पनाएँ अलग हैं। आप पर भरोसा नहीं है मुझे।"

चांगदेव बोला, "तुम पसन्द करोगे ही। रंग, ऊँचाई, कद बिलकुल तुमसे मिलता-जुलता ही है। और फिर दो लड़कियाँ और भी हैं शादी के लिए, इसलिए यह काम झटपट निपट जाएगा। लेन-देन वगैरा की लम्बी-चौड़ी बातें नहीं होंगी—दहेज वगैरा की।"

"अपना वैसे कुछ भी नहीं है। मैं किसी की नहीं मानूँगा। चाचाजी से पूछ लिया तो हो गया। मराठा है, कहने पर मेरे माता-पिता भी खुशी से राजी हो जाएँगे। और मुझे सोना-पैसा कुछ नहीं चाहिए। मेरे खाते में पड़ी रकम पर जंग चढ़ रहा है। अपना यह ब्लॉक भी अभी के लिए बुरा नहीं है। मेरी खेती भी है यह बताया क्या आपने सरदार शिर्केजी को?...तो? बहुत अच्छी जमीन है। इस उम्र में आठ-नौ हजार कैश बचत में है। और स्वभाव से मैं सज्जन हूँ ऐसा कहा जाए तो बहुत ज्यादा गलत नहीं होगा। ह ह ह!"

चांगदेव को उस दिन बिला वजह जबरदस्त जोश आया हुआ था। वह दो-तीन बार गायकवाड़ और शिर्केजी के सन्देश एक-दूसरे को पहुँचा आया।

उस रात चांगदेव को भोजन के लिए विशेष रूप से बुलाया गया। उसका महत्त्व एकदम बढ़ गया था। भोजन करते समय भी वह बहुत उत्साह से मजाक

करते हुए भोजन कर रहा था। शिर्केजी ने गायकवाड़ कौन हैं, कहाँ के हैं वगैरा सब पूछ लिया। शिर्के फिर पूछने लगे, "बहनें कितनी हैं?"

चांगदेव बोला, "तीन! तीनों की शादियाँ हो चुकी हैं।"

तभी उसे होश आया कि बात चल रही थी गायकवाड़ के बारे में तो उसने अपने बारे में क्यों बताया। उसे शर्म आने लगी। फिर उसने कहा, "नहीं-नहीं, मालूम नहीं बहनें कितनी हैं।" फिर वह भोजन समाप्त होने तक शर्मिन्दा-सा रहा। पवार के ध्यान में यह बात आ गई।

फिर शिर्के गायकवाड़ के घराने के सम्बन्धों के विषय में ही लगातार पूछते चले गए। चांगदेव बोला, "वह भी नहीं जानता।" शिर्के कहने लगे, "कल पूना से हमारे भाई आ रहे हैं। मंत्रीजी का भतीजा है तो उनको तो सब मालूमात होगी ही। सूबे-सूबे चिट्ठी भेजेंगे।"

दूसरे दिन सवेरे ही पवार का छोटा भाई चिट्ठी लेकर गया और शाम को पूना से सरदार शिर्केजी के भाई को अपने साथ ले आया। ये पूना के भाईसाहब शिर्के अच्छी मन:स्थिति में नहीं थे। मुँह-हाथ धोकर चाय लेने पर उन्होंने कोट की जेब से डायरी निकाली। मुँह पर अजीब-सी सिकुड़न रखकर उन्होंने डायरी में देखते हुए कहा कि "बालासाहेब गायकवाड़, इनका घराना माँ की तरफ से बराबर छानबे कुल के सूत्र को दर्शाता है मगर बाप की ओर से तीसरी पीढ़ी के बाद ठीक से सूत्र नहीं मिलता। फिर वे कहने लगे, "पूना में इससे भी बेहतर अच्छे खानदानी लड़के हैं, वे पढ़े-लिखे न भी हों तो क्या फर्क पड़ता है? फिर भी यहाँ लड़की दिखाने में कुछ हर्ज नहीं है।" ऐसा उन्होंने बिना खुशी के कहा।

रात में लड़की दिखाने का कार्यक्रम तय हुआ। गायकवाड़ जी को लेकर चांगदेव पवार के बाड़े में, अपने कमरे में, बातें करता बैठा रहा। पवार का भाई एक बार सिर्फ आ गए हैं क्या यह देखने के लिए और फिर बुलाने के लिए आया। गायकवाड़ आईने में बाल ठीक-ठाक कर पानी पीकर निकले। जीने के नीचे से पवार टॉर्च दिखा रहे थे। सहन में वे आगे चलते-चलते पीछे टॉर्च दिखाते हुए उन्हें घर तक ले गए। सीढ़ियों पर खुद शिर्केजी कोसा का साफा बाँधे, सोने की बटनोंवाला कुर्ता पहने सरदारोंवाली नमस्ते करते खड़े थे। केवल उतने से पवार के पुराने लकड़ीवाले घर को भी सरदारी शान आ गई।

अन्दर सामने की दो में से एक कुर्सी पर गायकवाड़ जी को बैठाया गया लेकिन उधर से सीधा उजाला उनके बाएँ हिस्से पर आ रहा था इसलिए वे झट

से उठकर दूसरी कुर्सी में तिरछे बैठ गए। भाऊसाहब यह सब अकड़कर देखते हुए वहीं खड़े थे। चांगदेव को भी सामने ही बैठाने से वह अन्दर से यों ही थोड़ी दूल्हेपन की भावना महसूस कर रहा था। यह विचित्र भावना थी। फिर क्रम से सरदार शिर्के, पूना के भाऊसाहब और पवार बैठे। कोने में स्टूल के पास खाली कुर्सी बेबी के लिए रखी थी। उस खाली कुर्सी की ओर देखते हुए काफी देर तक सब मामूली बातें करते रहे। लेकिन वातावरण गम्भीर था। चांगदेव ने कुछ मजाक कर वातावरण को सहज बनाने का प्रयास किया। गायकवाड़ जी से तनख्वाह, घर-बार, खेती, पढ़ाई, भाई, बहन आदि की चर्चा होने के बाद रिश्तेदार, परिवार चाचा. मामा, उनकी ससुराल वगैरा से जुड़े सवाल किए जाने लगे। उनमें से कोई भी गाँव किसी के भी देखने-सुनने में नहीं था। चोरों का सोंदणा वगैरा मराठवाड़ा के कहाँ-कहाँ के गाँव गायकवाड़ बता रहे थे। और अपुन पिछड़े हुए प्रदेश में हैं यह ध्यान में आने पर वे ज्यादा ही असहज होते चले गए। इतने में बेबी पोहा की प्लेटें लेकर आई।

उसके आते ही गायकवाड़ मानो जम गए हों ऐसे होकर सटपटा गए। फिर भी बाईं ओर से बाल बल्ब के अँधेरे में रखकर तिरछे होकर ही वे बैठे थे। पाँच मिनट कोई कुछ नहीं बोला। फिर चांगदेव ने मजाक करने की कोशिश की—"साला आप मराठों में दो ही रंग होते हैं—एक आपके भाऊसाहेब जैसा गहरा काला और एक आपकी बेटी जैसा गोरा-चिट्टा। बीच में कोई रंग ही नहीं।"

सब हँस पड़े। पूना के भाऊसाहेब लेकिन गुस्से से तन गए। बेबी भी मीठी हँसी हँस पड़ी। हँसते-हँसते उसने गायकवाड़ को अच्छी तरह से देख लिया।

शिर्के कहने लगे, "हमारी सब लड़कियाँ ऐसी ही संगमरमर की हैं लेकिन लड़के सब काले हैं।"

चांगदेव बोला, "लड़के आप पर हैं?"

सरदार शिर्केजी के समझ में बात नहीं आई। भाऊसाहेब चांगदेव को अलक्षित कर गायकवाड़ से बोले, "लड़की होशियार है हमारी। जो पूछना हो पूछो।"

गायकवाड़ जी के पूछे सवालों के बेबी ने सचमुच बड़ी होशियारी से जवाब दिए। सिर्फ मराठी थोड़ी अजीब हिन्दीमिश्रित थी। गायकवाड़ ने पूछा, "कला वगैरा आती है क्या?"

वह बोली, "कला! मतलब क्या?"

चांगदेव और पवार खिलखिलाकर हँस पड़े।

गायकवाड़ जी और नर्वस न हों इसलिए चांगदेव उनके कन्धे थपथपाते हुए बोला, "गायकवाड़, नाचना-गाना किसलिए आना चाहिए? गृहस्थी का तमाशा बनाना है क्या?"

सब दोबारा हँस पड़े। इसके बाद बेबी तश्तरियाँ लेकर चली गई और शर्बत के गिलास लेकर लौटी। हरेक को गिलास थमाया और फिर अन्दर चली गई।

बार-बार घराने की पूछताछ, गाँव का पता वगैरा पूछकर भाऊसाहब ने सब डायरी में ठीक से लिख लिया।

फिर चांगदेव गायकवाड़ जी के साथ उनके कमरे में गया। रास्ते में गायकवाड़ ने पंजाब होटल में चांगदेव को मुर्गी तन्दूरी खिलाई और वह कहने लगा, "वे होटल भी थोड़े ही दिन के रहे हैं ऐसा कहा जाए तो अनुचित नहीं होगा। लेकिन पाटील, छोकरी देखते समय आप हरदम पास रहना भैया। तुम्हें सब मस्त आता है वह सब, मजाक वगैरा करना।"

चांगदेव चुपचाप खाता रहा।

उसे छोड़कर चांगदेव फिर पवारबाड़े में आया। लोग अभी तक बातें ही कर रहे थे। उसके आते ही सब चुप हो गए। फिर विषय बदलकर और ही कुछ बोलने लगे। पवार की माँ कहने लगी, "अब पाटील साब, दादासाहब की शादी का भी आप ही कहीं कुछ जुगाड़ कीजिए।"

भाऊसाहब कहने लगे, "परसों हमने ज्योतिषी को पत्रिका दिखाई। उसने कहा कि इन गर्मियों में शादी हुए बिना नहीं रहेगी! दादासाहब की मर्जी का सवाल ही नहीं है अब। इस साल होगी ही।"

माँ कहने लगी, "कुछ कम-ज्यादा जो भी है ठीक है, यह मान लेना चाहिए दादासाहेब। सच है न पाटील। भाऊसाहब बंगलुरु का एक रिश्ता लाए हैं। जाओ भला आप और पाटील छुट्टी लेकर। दो दिन की छुट्टी ले लो। बंगलुरु के माने हमारे दूर के रिश्ते में भी हैं।"

पवार कहने लगे, "लेकिन उस लड़की को मराठी नहीं आती पाटील। फिर भी देखने के लिए जाना चाहिए क्या?"

चांगदेव बोला, "मराठी नहीं आती यह तो अच्छा ही है न! मतलब आपके इस खँडहर बने मकान के बारे में उसने कुछ कहा भी तो आपकी समझ में नहीं आएगा!"

माँ कहने लगी, "हम गरीबों का मजाक मत उड़ाइए पाटील सर। एक बार हमारी जमीन हमारे नाम हो जाए। फिर आपको नई मंजिल बनवा देंगे दादा साहेब!"

"हमारे लिए तो अभी जो मंजिल है वही अच्छी है।"

"नई मंजिल किसलिए कह रही हूँ मैं? आप भी ब्याह कर लो इसलिए।"

"तब तो नई मंजिल होनी ही नहीं है।"

इसके बाद चांगदेव चलता हूँ कहकर निकला। चलते-चलते अन्दर दरवाजे में बैठी बेबी और बेबी की माँ से पूछा, "कैसे लगे हमारे मित्र?"

बेबी की माँ उसकी ओर देखते हुए बोली, "लड़का अच्छा है।" बेबी भी शरमाई। मतलब गायकवाड़ जी उन्हें पसन्द आ गए।

दूसरे दिन शिर्कों का काफिला पूना चला गया।

फिर महीना हो गया फिर भी उनकी ओर से कोई खत नहीं आया। गायकवाड़ दौरे से लौट आए और शिर्केजी की ओर से कुछ जवाब नहीं आया यह जानकर असहज हो गए। वे चांगदेव से कहने लगे, "लेकिन आप खुद पवार जी से पूछकर तो देखो न जी। मैंने अपने घर सब बातें लिख दी थीं। वहाँ से मुझे खत आया है कि वे सब लोग गाँव भी गए थे। आप पूछो तो।"

उधर पवार कहने लगे, "गायकवाड़ जी के घर परभनी में हमारे छोटे मामा गए थे। सरदार भी साथ में थे। उनके घरवाले दहेज बहुत माँगते हैं। कहते हैं, तीन कुँआरी लड़कियाँ हैं तब दस हजार दहेज कहाँ से दे पाएँगे? ऐसा कुछ तो हुआ शायद। जाने दो, अपने को जितना करना था उतना हमने किया।"

चांगदेव ने यह सब गायकवाड़ जी को बताया। गायकवाड़ कहने लगे, "मैंने तो दहेज के बारे में कुछ भी नहीं लिखा था। सिर्फ लड़की पसन्द है, आप हाँ कर दीजिए ऐसा लिखा था लेकिन हमारे लोग माचोद अनाड़ी हैं। मैं अब खुद ही अपने गाँव परभनी जाकर आता हूँ। एक-एक की खबर लेता हूँ। माचोद मुझे सुख से जीने नहीं देते।"

इसके बाद गायकवाड़ अपने गाँव रवाना हो गए।

उसके बाद महीना-भर वे मिले ही नहीं। गाँव से आने पर वे दूसरे गाँव चले गए ऐसा बैंकवालों से पता चला। फिर वे दूसरे दौरे पर चले गए ऐसा मालूम हुआ। इसके पन्द्रह दिन बाद, वे आ गए होंगे यह सोचकर अन्दाज से चांगदेव एक बार

उनके कमरे पर चला गया। वे अन्दर सिगरेट पीते खाँसते हमेशा की तरह परेशान पड़े थे। "क्यों भाईसाब, गाँव जाकर आने पर मिले ही नहीं। उधर पवार की ओर से भी कुछ मालूम नहीं हुआ। आपके यहाँ चक्कर लगाना तो हरदम ताला है। क्या बात है? शादी का मामला कहाँ तक आया?"

"पवार से क्या मालूम होगा आपको? मेरे से ही जान लो जो जानना है। कुल मिलाकर सम्भव नहीं है ऐसा कहें तो ज्यादा गलत नहीं होगा।"

"लेकिन क्यों? दहेज पर बात अड़ गई है क्या?"

"अब चर्चा करने से क्या फायदा? अपनी हरदम की बातें ही करें, आपको करनी हो तो।"

गायकवाड़ चिढ़े हुए थे इसलिए इस बात को आगे बढ़ाने का कोई मतलब न था। फिर वे ज्यादा कुछ बोले बिना ही सिनेमा चले गए।

वहाँ अचानक फिर बिनी और पारू सावनूर खड़ी मिलीं। अब चांगदेव को लगा कि उसे खुद उनके पास जाना चाहिए। यूँ ही।

तराशी गई मूरत के समान दोनों करीने से खड़ी थीं।

पारू की ओर देखकर उससे बात करने की हिम्मत वह जुटा नहीं पाया। लेकिन बिनी इतनी उत्सुक, हँसमुख और सीधी थी कि लगता था कभी भी उसके साथ जाकर बात की जा सकती है।

"काफी दिनों के बाद दिखाई दिए हो?"

"बीच में कमरा वगैरा बदला। फिल्म भी कोई अच्छी नहीं आई।"

"हमने बीच में दो-तीन देखीं। तब हमने याद किया आपको।"

बिनी बोलती रही। लेकिन पारू चुप थी। सिर्फ पलकें झपका रही थी। बहुत ही अध्ययनशील और संशोधक नजर थी उसकी। गायकवाड़ जी को बिनी बहुत अच्छी लगी ऐसा दिख रहा था क्योंकि वे स्वतंत्र रूप से उसके साथ 'अनमोल घड़ी' फिल्म के बारे में चर्चा कर रहे थे।

चांगदेव की नजर उस छोटे से क्रॉस पर गई। पारू की ऊँची गरदन से गले के नीचे छाती तक लटकी लम्बी चेन लटकी हुई थी। जादू का झटका लगा हो ऐसे वह उस क्रॉस की ओर देखता रहा। अस्पताल की वह काली सुन्दर आँखोंवाली मलयाली नर्स और अब यह फिर ईसाई सुन्दरी। उसकी नजर मेरी

छाती पर टिकी है यह देखकर पारू सावनूर ने झट से उस चाँदी के क्रॉस को आँचल के नीचे छुपा लिया

चांगदेव के ध्यान में आया कि पिछली बार भी पारू सावनूर एक शब्द नहीं बोली थी और अब भी सिर्फ पलकों से, भौंहों से उत्तर देती खामोश खड़ी है। लेकिन मँजी हुई नजर से सामनेवाले पर जो प्रभाव पड़ा है उसे अच्छी तरह से जान रही है। उसके विषय में जो अफवाहें फैली हुई थीं उन्हें सुनकर वह पहले ही उसके साथ बात करने के लिए अकारण उत्सुक हो गया था। लेकिन वह आज भी कुछ नहीं बोली। लेकिन गायकवाड़ बिनी की चतुराई पर खुश होकर बीच ही में कहने लगे, "कॉफी लें क्या हम लोग? ऊपर छोटी सी कैंटीन है यहाँ थिएटर में।"

चांगदेव बोला, "आप ही पूछो।"

लेकिन उन्होंने नहीं पूछा। इस बीच कॉलेज के बदमाश लड़के उनकी ओर देखकर हँसते-चिल्लाते, तालियाँ देते, सीटियाँ बजाते चले गए। इस कारण वे दोनों लड़कियाँ निरुत्साही हो गईं। पारू तो घबराकर जीने पर जाने के लिए मुड़ भी गई। गायकवाड़ और चांगदेव भी उन लड़कों की ओर गुस्से से देखते हुए दूसरी ओर मुड़ गए। वे कहने लगे, "पकड़ूँ क्या इन लौंडों को। एक लाफा लगाया तो याद रहेगा भड़वों को। मच्छर साले।"

चांगदेव बोला, "सेक्स स्टार्वेशन है। कामक्षुधा! और क्या? जाने दो। इस गाँव में यह कल्चर है ही नहीं। बम्बई ऐसा नहीं है। लेकिन लोग तो कहते हैं कि यहाँ ईसाई बस्ती के कारण लड़कियाँ काफी आजाद रहती हैं। सच है क्या?"

"वो भी सच है। दूसरे गाँव तो लड़कियों के मामले में इससे भी ज्यादा गन्दे हैं। वहाँ तो माँ-बाप के बिना लड़कियाँ इस तरह अकेली सिनेमा के लिए आएँगी ही नहीं। ये लड़कियाँ कहाँ की हैं जी? आपके कॉलेज की हैं क्या? इस गाँव में ऐसी अप्सराएँ हैं ये तो अचरज की बात है।"

"छोटी हमारे कॉलेज में है।"

"दोनों क्रिश्चियन हैं शायद! हमें कॉफी पीने के लिए जाना चाहिए था। अच्छी मैच्योर हैं दोनों। क्या ढूँढ़ के निकाला है आपने भी दोनों को! छोटी तो बहुत ही खूबसूरत है जी।"

"मुझे तो बड़ी ज्यादा सुन्दर लगती है।"

"आपकी सुन्दरता की कल्पनाएँ माचोद अजीब ही हैं। छोटी ही खूबसूरत है। गोरी-चिट्टी। आज के फिल्म की तनूजा कहें तो गलत नहीं होगा।"

सिनेमा हॉल में गायकवाड़ बार-बार पीछे मुड़कर देखते रहे कि वे कहीं नजर आती हैं या नहीं। चांगदेव को यह बहुत ही अजीब लगा। वह गायकवाड़ से बोला, "लेडीज सेक्शन ऊपर है जी। बार-बार पीछे मत देखिए। माचोद।"

गायकवाड़ कहने लगे, "मैं हमेशा गैलरी के टिकट लेने के लिए कहता हूँ लेकिन यार तुम बहुत कंजूस हो। क्या होता आठ आने ज्यादा दे देते तो?"

चांगदेव हँसकर बोला, "फिर भी आपको कोई औरतों के बीच बैठने नहीं देगा मालिक। हा हा हा।"

अगल-बगल बैठे प्रेक्षकों ने उन्हें चुप किया।

वैसे कभी इंटरवल में गायकवाड़ बाहर नहीं निकलते थे। लेकिन आज उसने चांगदेव को जबरदस्ती से कॉफी पीने के लिए उठाया और बाहर जाकर चारों ओर घूमते रहे। ऊपर के पेशाबघर तक हो आए। फिर कैंटीन में कड़वे मुँह से दो घूँट में कॉफी खत्म कर दी और धीरे-धीरे टेस्ट लेकर कॉफी पीते चांगदेव से चिढ़कर बोले, "खत्म करो जी।" हॉल में आने के बाद, फिल्म का हीरो बहुत देर तक परदे पर दिखता रहा, तब तंग आकर वह बीच में ही चांगदेव से पूछने लगे, "वो दोनों आपके कॉलेज में हैं क्या जी? शादियाँ नहीं हुई लगतीं अब तक?"

"नहीं हुईं। लेकिन आप क्यों इतने बेचैन हो रहे हो?"

गायकवाड़ को यह सवाल बहुत बुरा लगा। वह खिन्न होकर बची फिल्म देखते रहे। फिल्म खत्म होने के बाद वह गरदन झुकाकर चल पड़े। चांगदेव के ध्यान में यह बात आ गई। वह बोला, "खाना कहाँ खाएँगे? शेरे पंजाब से तंग आ गए हैं।"

अपन ऐसा करेंगे पंजाब से अंडे और ब्रेड ले जाएँगे। मेरे यहाँ ऑमलेट बनाएँगे। रात में बैठकर बातें करेंगे। कल छुट्टी है ही।"

"तुम बहुत बेचैन हो गए हो।"

"जब-जब मैं खूबसूरत लड़कियाँ देखता हूँ तब-तब मुझे..."

फिर गायकवाड़ अंग्रेजी में यकायक बहुत ही भावाभिभूत होकर बोलते रहे : "खूबसूरत लड़कियों के कारण मुझे मेरी प्रेयसी याद आने लगती है। आज की लड़की के समान ही नाक और ठुड्डी थी जी उसकी। आई यूज्ड टु किस हर आइज ॲनोज सो मच...मैं अगर एक कदम और बढ़ जाता तो यह नौबत मेरे पर न आती। शादी के लिए अपनी ही जाति की लड़कियाँ उजबक की तरह देखने की नौबत आना सबसे ज्यादा गन्दी ह्युमिलिएशन है। और ऐसे में आज की फिल्म

का मुबारक बेगम का गाना...माय हार्ट इज लिटरली ब्रोकन! *कभी तनहाइयों में यूँ हमारीऽ याऽद आएगी, अँधेरे छाऽ रहे होंगे।* मुबारक बेगम ग्रेट है, भाटकर ग्रेट है। *ये बिजली राऽऽख कर जाएऽगी तेरे प्याऽऽर की दुनिया। ना फिर तू जीऽऽ सकेगा और न तुझको मौऽऽत आएगी।* क्या जादू होता है देखो कविता में। क्या म्यूजिक है"—ऐसा कहकर फिर वे गाने लगे! बेहोश होकर फिर से।

चांगदेव बोला, "और मुबारक बेगम की आवाज ऐसी है मानो सचमुच की बिजली गिरकर सब कुछ राख हो रहा है। मौत ही हो रही हो जैसे। कितनी तेज है!"

"सचमुच कला अगर नहीं होती तो हमारे जैसे लोग क्या करते पाटील। यू आर लकी। यू टीच पोएट्री। हमारी दुनिया सिर्फ आँकड़ों का तोड़-जोड़ है। आइ हेट इट, आइ हेट हट। और मेरी हालत तो यह है कि उसके शाप के कारण जी भी नहीं सकता और मौत भी नहीं आती, ऐसा कहा जाए तो ज्यादा गलत नहीं होगा।"

"इतना भावनाकुल होकर जीना ठीक नहीं, गायकवाड़ जी। इससे जीने की वैल्यू ही कम हो जाती है। वही लड़की हमें मिले ऐसी डिक्टेटरशिप किसलिए?

"डिक्टेटरशिप नहीं है यह। डिक्टेटरशिप तो मुझे करनी चाहिए थी! लेकिन उस वक्त मैं मासूम बच्चा था। अब कोई भी उस जैसी खूबसूरत लड़की देखता हूँ तो मैं बेचैन हो जाता हूँ। प्यार में बिना डिक्टेटर बने जीत नहीं मिलती।"

फिर वे अंडे वगैरा लेकर गायकवाड़ के कमरे में गए।

चांगदेव डरते-डरते बोला, "पवार की यह ममेरी बहन भी कुछ कम खूबसूरत नहीं थी...।"

"मुझे भी वह पसन्द आ गई थी। लेकिन अपने को तो शाप है न। न फिर तू जी सकेगा और न तुझको मौत आएगी।"

"लेकिन गायकवाड़, अपने जैसों को दहेज वगैरा किसलिए माँगना, यह मेरी समझ में नहीं आता।"

"कौन दहेज माँग रहा है? दहेज के बारे में मैंने कहीं कुछ नहीं कहा। उनको लड़की देनी नहीं है। बिलकुल बंडल है ये दहेज प्रकरण। इट्स ऑन एक्सक्यूज...।"

"लेकिन पवार तो साफ-साफ कह रहे हैं कि तुम्हारे लोग दस-बारह हजार माँग रहे हैं।"

"वे कब माँगने लगे? बाद में। यों ही बहाना बनाकर। मेरे भाई ने बताया कि वे लोग गाँव में आए और सिर्फ चाय पी। फिर हमारे पूर्वजों के बारे में पूछताछ करते रहे घर-घर। यह अपमानजनक नहीं है क्या? मेरे भाई ने कहा, 'लड़के को

जो लड़की पसन्द है वो हमें भी पसन्द है। और कुछ कहना नहीं है।' तब इन्हें लगा हमारे में कुछ कमी होगी इसलिए हम एक पैर पर तैयार हैं। पूरे गाँव में ये हमारी जानकारी लेते रहे। इसलिए भाई चिढ़ गया। हमारा घराना भी क्या कुछ कम है? हम छियानबे कुल के होकर भी पश्चिमी महाराष्ट्र के लोगों जैसे इस बात का कभी घमंड नहीं करते। इसलिए इनको क्या हम काश्तकार लगे? मेरा भाई इसलिए गुस्से में आ गया और फिर उसने उँगली टेढ़ी की। कहने लगा दहेज चाहिए। हम पुश्त-दर-पुश्त निजाम स्टेट में सम्बन्ध करते आ रहे हैं। इन्हें कहाँ से मिलेंगे हमारे रिश्तेदार पूना-सतारा में? सीधे चन्द्रराव मोरे तक हमारे सूत्र जुड़े हुए हैं। खास देशमुख खानदान है हमारा।"

"लेकिन गायकवाड़ इतने से ही यह रिश्ता नहीं टूटा होगा। दूसरी और कुछ बात होगी।"

"दूसरा क्या होगा? कि आय अम नॉट अ मराठा? ऐसा आपका कहना है क्या? हमारे यहाँ पहले कभी तो किसी ने किसी की औरत के साथ शादी की ऐसा इन्हें पता चला कहते हैं। लेकिन वह मामला हमारे चचेरे भाइयों का है। हममें से कोई एक पहले कभी हैदराबाद से मुसलमान औरत को भगाकर ले आया था। वह रखैल थी। उसकी सन्तति अलग है। इतने से हमारे खून में दोष आ गया क्या? उलटे वे हमारे चचेरे भाई अब बड़े-बड़े ओहदों पर हैं दिल्ली और अमरीका में। मरने दो। डैम इट नाउ।"

ऑमलेट खाकर चांगदेव लौट आया। दूसरे दिन कॉलेज में वह पवार से बोला, "आप और शिर्केजी ने कुल मिलाकर अच्छा नहीं किया। इस युग में सत्रह पीढ़ी तक की छानबीन करते रहना कोई ठीक बात नहीं है।"

पवार बात को टालते हुए बोले, "हम इन बुजुर्ग लोगों को क्या कह सकते हैं? और फिर इसी एक लड़की की बात नहीं है। और दो बहनों के रिश्ते भी तो होने हैं। बाद में इसी बात की वजह से उनके रिश्ते में बाधा न आए। जाने दो। गायकवाड़ जी को बिलावजह तकलीफ हुई। मैं भी ऐसे ही टॉर्चर्स से गुजरा हूँ। लेकिन कोई क्या कर सकता है, बोलो। कोई इलाज नहीं है। पहले ही बेचारा कोमल मन का आदमी है। उन्हें ले आइए एक दिन। भोजन के लिए ही ले आइए। अपनी दोस्ती में यह बखेड़ा नहीं होना चाहिए।"

"अब गायकवाड़ मेरे कमरे पर भी नहीं आता। इधर अन्दर से नहीं तो बाहर की गली के दरवाजे से भी आने के लिए मना करता है। यह बात उसे बहुत

ही चुभ गई। मैं ही उसके कमरे पर चला जाऊँ तो भेंट होती है। और भी बुरी तरह से सिगरेट पीने लगा है वो और मेरे से भी आजकल ठीक से बात नहीं करता। मैं फिजूल ही इस पचड़े में पड़ा। और फिर मुझे उसके बारे में सब मालूम है इसलिए वह मेरा भी तिरस्कार करने लगा है। सच तो यह है कि गाँव में मेरे सिवा कोई और उसका दोस्त नहीं था। लेकिन अब वह मुझे भी टालने लगा है।"

एक बार झोपे रास्ते में मिले। बोले, "चलो चाय लेंगे। अपने गायकवाड़ इन दिनों दिखाई नहीं देते हैं आपके साथ ज्यादातर, परसों मिले थे जाते-जाते। बहुत ही रूखेपन से पेश आए। क्यों भला?"

फिर चांगदेव ने झोपेजी को उनके बन रहे रिश्ते के बारे में बताया। यह भी कहा कि यह सब उसे बताना मत।

झोपे बहुत ही समझदारी की हँसी हँसते हुए बोले, "तुम जवान लोग बेवकूफ होते हो। खूबसूरत लड़की कहीं रिश्ता करके थोड़ी ही मिलती है। गायकवाड़ वैसे बड़े प्रतिष्ठित और ऊँची तनख्वाह वाले आदमी हैं। मेरी मिसाल बताओ उनको। मैं हाईस्कूल में टीचर था जब पिताजी के बार-बार कहने से जैसे-तैसे जलगाँव एक लड़की देखने गया। वैसे मैं मामूली मास्टर था, घर भी पैसे भेजने पड़ते थे। इसलिए खाना-पीना भी ठीक से नहीं होता था उस वक्त। इसीलिए मैंने ट्यूशन पढ़ाना शुरू कर दिया था। तो हमें कोई अच्छी लड़की दे नहीं रहा था। पिताजी ने काफी लड़कियाँ देखीं लेकिन मास्टर को कौन देता है अपनी अच्छी लड़की। ओहदा और पैसे पर यह बाजार चलता है। हमें यह बाजार उखाड़कर फेंक देना चाहिए यह आप गायकवाड़ जी से कहिए। आप जैसे खूबसूरत और बुद्धिमान लोग अगर इस बाजार को उखाड़कर नहीं फेंकेंगे तो फिर कौन फेंकेगा?"

"जलगाँव की उस लड़की का आप कुछ कह रहे थे।"

"हाँ, वह तो रह ही गया। वैसे कुछ कहने जैसा नहीं है वह। तो मैं मास्टर, लेकिन एम.ए. किया हुआ हूँ इसलिए बड़ी मुश्किल से उसका बाप लड़की दिखाने के लिए राजी हुआ बेटीचोद। मैं गया लड़की देखने। मामूली थी। लेकिन स्मार्ट थी कुछ-कुछ। देखना-दिखाना हो जाने पर बातचीत में मेरे हाईस्कूल में टीचर होने की बात आ गई तो वह बोली, "'हाईस्कूल टीचर हैं?' बहुत ही तुच्छता का स्वर था उसके पूछने में। जैसे मेरे ऊपर उपकार ही कर रही हो। मैंने बाहर आकर पिताजी

से कहा, 'बापू, अब फिर मत बुलाना मुझे। मुझे नहीं चाहिए ऐसी लड़कियाँ। ठोकर मारता हूँ ऐसी लड़कियों पर मैं।' और जब मैं अकेला इधर आ रहा था तब मैंने दाँत पीसकर गुस्से में भरकर फैसला किया कि जब तक खूबसूरत लड़की नहीं मिल जाती मैं शादी नहीं करूँगा। फिर मैंने अपनी ट्यूशन की लड़की को बराबर फाँस लिया। अपने आप से होड़ लगाकर।"

"वह हमें मालूम है। लेकिन ऐसा करने के लिए अक्ल होना चाहिए झोपे साब और हिम्मत भी।"

"हिम्मत? अक्ल? अजी, प्राध्यापक पाटील साब, ऐसी कोई खूबसूरत लड़की नहीं है जिसे प्यार अच्छा नहीं लगता। आप कैसे भी हों, लेकिन प्यार करते ही उस लड़की को आप यानी आपका प्यार बेहद प्रिय लगने लगता है। आप जितनी तीव्रता से उसे प्यार करेंगे उतनी ही वह अपने आपको खूबसूरत समझकर आपका यह कर्ज चुकाने के लिए मन ही मन आपकी कृतज्ञ होती है। अब यह तो है ही कि आपको यह मालूम होना चाहिए कि पतंग की डोर कैसे छोड़ी जाए। आप सिर्फ झटका देते रहे तो वह छोकरी शादी के बाजार में बेच दी जाती है। यह सब उसकी मर्जी के खिलाफ होता है। कोई भी बाजारू शादी लड़की की मर्जी के खिलाफ ही होती है। अब मेरा ही देख लीजिए। गाँव में कितना शोर मचा! नौकरी गई लेकिन आखिर ससुर जी ने फिर से नौकरी बहाल कराने के लिए काफी खटपट की। करेगा क्या? खुद की लड़की को भूखों मरने देगा क्या? उसके बाद ट्यूशन ने भी मेरा अच्छा साथ दिया। हजारों रुपये कमाए मैंने। कौन पूछता है आपके फड़तूस शारंगपाणि को?"

"लेकिन आप अब भी ट्यूशन तो करते ही हैं। आपको अपनी लड़कियों की शादी करनी है इसीलिए न? आपकी लड़कियों को भी शादी के बाजार को तो भुगतना पड़ेगा। तब क्या करोगे? प्यार करते समय इस बात का विचार..."

"उस समय यह विचार सपने में भी नहीं आता। लेकिन आप जो कहते हैं वह कुछ-कुछ सच है। लेकिन मैं अपनी लड़कियों को यह सब सिखाकर रखूँगा। देखना आप। अजी, अपने समाज में बेहोश होकर लड़के के गले में पड़नेवाली लड़कियाँ कहाँ होती हैं? मैं अपनी लड़कियों को वो सिखाकर रखूँगा। अब आप जैसा या गायकवाड़ जैसा कुँआरा नौजवान है और हमारी लड़की ने अगर निश्चय किया तो वह एक महीने में उसे अपनी मुट्ठी में ले लेगी। और मेरी लड़कियाँ खूबसूरत हैं। ऐसी लड़कियाँ कौन नहीं चाहेगा?"

"मतलब कैसे?"

"आसान है। आप जैसे भुक्खड़ कुँआरे लोगों के सामने आते रहना और फिर एक शाम जब आप पलंग पर तकिए पर माथा टिकाए, सिगरेट का धुआँ छोड़ते हुए छत की ओर देखते चित लेटे हुए हैं तब वह खूबसूरत लड़की बेताब होकर कमरे में आए और सिर्फ दो बार कहे कि आपके सिवा मुझे संसार में किसी का सहारा नहीं है! तो दूसरे ही दिन आप रजिस्टर्ड शादी करेंगे या नहीं? सच बोलो।

"सच है।"

"ताली दो। अच्छा चलता हूँ। गायकवाड़ जी से कहना आते रहें हमारे क्लासेज में। आठ के बाद मैं फ्री रहता हूँ। इन दिनों जोर से पढ़ना चल रहा है। लड़कों की भी दो बैचेज बढ़ गई हैं। आप लोगों को वहाँ पढ़ाना आता नहीं यह भी ठीक ही है। हमारे क्लासेज जोर से चलते हैं। अच्छा।"

अब गजब की सर्दी से कॉलेज में लड़के पूरी तरह से ठिठुरते हुए क्लासरूम में बैठे रहते। शोर भी कम होने लगा। किसी भी क्लास की खिड़कियों के शीशे लड़कों ने साबुत नहीं रखे थे और वे फिर से लगना चाहिए ऐसा प्रिंसिपल को कभी नहीं लगा। काम्बले कहते, "कौन कहता है नए शीशे नहीं लगवाए जाते? हर साल के बजट में पाँच हजार के शीशे लगवाए जाते हैं। लेकिन सिर्फ कागज पर! यों ही थोड़े न शिमला में साहब का बँगला है खुद का।"

लड़के पढ़ाई में लग गए थे इसलिए पहले टर्म का शोर-शराबा खत्म हो गया। लड़के कम-से-कम सुन लेते थे। फिर भी कॉमर्स के क्लास में जबरदस्त शोर-शराबा होता ही था। इसलिए बीच-बीच में चांगदेव असहज हो जाता। फिर भी गाँव में चारों तरफ जान-पहचान हो जाने से पहले जैसी पराएपन की परेशानी अब नहीं रही। चेहरे का जाना-पहचाना होना सबसे ज्यादा महत्त्व की बात होती है। हरदम इस-उस गली में, बाजार में बार-बार दिखाई देनेवाला चेहरा अपना-सा लगने लगता है। दुकान में खड़े लोगों से आपकी पहचान होती है, पेशाबघर के पास खड़े-खड़े भाईचारा पैदा हो जाता है।

गली से गुजरते हुए खास-खास जगहों पर दुकान में बैठे-बैठे नमस्कार करनेवाले लोग, परिचित छात्रों के झुंड, जो समझ में नहीं आया वह पूछने के लिए आनेवाले छात्र, गाँव के आठ-दस पुराने परिचित मित्र, कभी-कभार परली तरफ की गली से

घूमने जाने पर तो पिछली बार ट्रेन में मिला हुआ हिन्दुत्ववादी मोटू वैद्य भी चाय को बुलाता और अपनी लड़की की पढ़ाई के बारे में पूछताछ करता। गाँव में हरदम सुनाई देनेवाले स्त्री-पुरुषों के, लड़के-लड़कियों के लफड़े—इससे गाँव की लय ध्यान में आ गई थी। फिर पवार जी के घर पर हरदम रहने से, घर पर रहना पहले जैसे रहना बोझ नहीं लग रहा था। फिर भी बीच-बीच में कुछ चरपरा इडली-साँबर, मसाला डोसा खाने की इच्छा होती। गाँव में एक भी उडपी नहीं था इसलिए इस गाँव के बारे में अच्छा मन बनाना कुँवारे आदमी के लिए नामुमकिन था। गाँव में कहीं शर्बत नहीं मिलता था। लेकिन गांधी चौक में एक शौकीन मारवाड़ी ने ठंडे पेय की एक छोटी सी दुकान शुरू कर दी थी। उसका असली धन्धा कुछ और था शायद। कभी-कभी पवार माँ के अनजाने गाँव में प्राध्यापक ढोकरट जी के यहाँ शराब की पार्टी देता। चांगदेव भी कम्पनी देने के लिए शराब पीने चला जाता। बिना मंजिल के मकान की छत पर हमेशा चार-पाँच लोग होते। बातें गाँव के लड़के-लड़कियों के लफड़ों की ही होतीं।

कभी-कभार शाम को पवार, पाचलेगाँवकर वगैरा रेलवे कॉलोनी की ओर घूमने निकल जाते। परली तरफ प्रचंड मैदान था। एक बड़ी दरगाह के चबूतरे पर थोड़ी देर बैठकर वे वापस आते। उस बंजर मैदान में एकाध दिन अकेले बहुत दूर तक जाएगा सूखी घास को रौंदकर आएगा ऐसा चांगदेव हमेशा सोचता। लेकिन वैसा मूड कभी आया नहीं। गाँव से उधर जाते समय शाम को घरों की सीढ़ियों पर औरतें बैठी रहतीं। आने-जानेवालों की ओर देखकर उनके बारे में बातें करना इन औरतों का शगल होता। गाँव में सम्पन्नता कहीं दिखाई नहीं देती थी। पूना के एक प्राध्यापक मेहेंदले तुच्छता से कहते, ये मारवाड़ी, क्रिश्चियन, मुसलमान ऐसों का गाँव है। यहाँ पर सम्पन्नता आएगी कहाँ से?

अधिकतर लोगों का गरीब मध्यवित्तीय परिवार का होने से बाजार में खर्चा करने की ओर किसी की वृत्ति नहीं थी। कमरे पर ही चाय बनाने का तय करने के बाद चांगदेव ने जब चाय की एक खास दुकान में जाकर अपनी प्रिय चाय पेको सुचांग की माँग की तब दुकानदार बोला, "पेको सुचांग! सिर्फ फैमिली मिक्सचर है और डस्ट है साब। यहाँ ये सब जानवर रहते हैं इस गाँव में प्रोफेसर साब, कीमती चाय कौन खरीदेगा?"

थिएटर के मालिक को एक बार उसने सुझाव दिया कि कुछ बंगाली, इतालवी फिल्में वगैरा मँगवाते रहो रविवार के लिए तो वह कहने लगा, "यहाँ पीने का पानी

नहीं मिलता गरमी के दिनों में, यहाँ क्या बंगाली और इटालियन फिल्में देखेंगे ये लोग? जो फिल्में आतीं वही देखनी पड़तीं। थिएटर भी बहुत गन्दे। पूरी फिल्म में सिले हुए परदे दिखाई देते। पंखे नहीं, पेशाबघर नहीं, अन्दर हरदम मूँगफली और चने खाते हुए लोग सिनेमा देखते रहते।"

गाँव में बहुत धूल थी। पानी था ही नहीं इसलिए चारों ओर धूल बढ़ती रहती। एकाध बरसात के पहले झटके जून-जुलाई में और बाद में कभी-कभार दीपावली के आसपास आते अन्यथा इर्द-गिर्द का पूरा इलाका हरदम अकालग्रस्त रहता। हजार बरसों से गाँव जैसा था वैसा ही था। पहले कभी मुगलों ने कहीं से पानी लाकर गाँव के हौजों में भर दिया था जिसकी निशानियाँ अब भी देखी जा सकती थीं। अब तो यह भी नहीं था। पूरे प्रदेश में कहीं कोई उद्योग-धन्धा नहीं, कारखाने नहीं, खेती भी ढंग से नहीं, ऐसा यह पिछड़ा हुआ प्रदेश था। प्रचंड मात्रा में यहाँ राजनीति चलती रहती। हफ्ते के बाजार में सोमवार के दिन इस पूरे जिले की जो दरिद्रता दिखाई देती वह देखी नहीं जाती थी। किसी मुसलमान का दस-पन्द्रह साल का दुर्बल लड़का धूप में दस-बारह तले हुए पापड़ गन्दे कपड़े पर कतार में रखकर दिन-भर बेचता रहता। पूरे पापड़ मिलकर आठ आने के भी नहीं होते थे। लेकिन उतनी ही बेचते रहना उसका उद्योग था। कोई बहेलिया जाति की स्त्री, मुट्ठी-भर चने, मुट्ठी-भर लहसुन, पाँच-सात मिर्च और पाव भर नमक था ऐसा ही कुछ और ओढ़ने के कपड़े में बड़े मनोयोग से बाँधकर नीचे जमीन पर लिटाए रेंरें करते बच्चे को लेकर खुशी-खुशी घर लौट जाती। बच्चे क्या खाएँगे और बड़े आदमी क्या खाएँगे और बूढ़ों का क्या?

एक बार लड़कों के साथ सैर करने वह पड़ोस की एक पहाड़ी पर गया तब वहाँ के देहात में वे सब पानी पीने गए। वहाँ घर-घर में उनके सुन्दर-साफ कपड़े देखने के लिए बच्चे-औरतें इकट्ठे हो गए। आधे आने में गिलास भरकर छाछ मिली और खेत के चार-पाँच टमाटर लड़कों की नजर बचाकर एक औरत ने एक आने में उन्हें दिए तब लड़के खींचातानी कर उसके हाथ से टमाटर खींचने लगे। कहीं भी थोड़ी-बहुत खुशी के साथ जीना सम्भव नहीं था। कॉलेज में इनमें से ही लड़के आते। उन्हें शिक्षा भी इतनी बेतरतीब, अपना पेट पालने मात्र के ढंग की दी जाती है, और वह भी हमीं तनख्वाह लेकर देते हैं इसकी उसे शर्म आती। देहातों में तो हजार बरसों में भी कुछ बदला नहीं होगा। कम-से-कम यह देहात बड़ा है इसलिए इसमें बिजली आ गई थी और स्कूल-कॉलेज भी हैं। इनके अलावा नया कुछ नहीं

है। लोग बम्बई के फालतू अखबार पढ़कर दुनिया को समझने की कोशिश करते हैं। छात्रों पर तो दया ही आती, इनमें से कोई भी आगे चलकर स्पर्धा में टिकनेवाला नहीं था। फिर भी मिशनरियों ने इन देहातों में बीस-बीस बरस रहकर लोगों को नए विचार दिए थे। उन गोरों की प्रशंसा करने का मन होता। उनका मनोधैर्य अजीब था। वे मिशनरी बूढ़े-बूढ़ियाँ जवान लड़कों को स्कूल में दाखिल कर उनका पूरी तरह से पोषण करते और उनकी कॉलेज की पढ़ाई का भी खर्चा उठाते। इसलिए अपने आप जमात की जमातें ईसाई हो जातीं। यह भी ठीक ही था।

चांगदेव बड़े मनोयोग से नौकरी कर रहा था, लेकिन सन्तोष प्राप्त नहीं हो रहा था। इस कॉलेज को छोड़कर अगले बरस नए कॉलेज में पहले दिन से अच्छी तरह से पढ़ाने का प्रारम्भ करना उसका एक विचार-स्वप्न था। अब भी यहाँ क्लास में उसका ठीक से नहीं चल रहा था। क्योंकि जैसे-जैसे परीक्षाएँ निकट आ रही थीं अनुभवी प्राध्यापकों ने हमेशा की तरह नोट्स देना शुरू कर दिया था। जिससे किताबें वगैरा पढ़ने की आवश्यकता नहीं रहती। लेकिन चांगदेव का इस बात से सैद्धान्तिक विरोध था। लड़कों को किताबें पढ़नी ही चाहिए ऐसा उसने घोषित कर दिया। इसलिए उसके सभी क्लासों में गुस्से की नई लहर फिर से शुरू हो गई। फिर शोर-शराबा होने लगा! बरस होने आया तब भी पाटील को अब तक क्लास को नियंत्रण में रखना नहीं आ रहा है ऐसा कइयों ने कहा, लेकिन वह सबके मुँह पर यह कहकर चुप हो गया कि नोट्स देना कितना खतरनाक है। लेकिन धीरे-धीरे अमीरों के लड़के बाहर ट्यूशन के लिए जाने लगे और क्लास में आना उन्होंने बन्द कर दिया। इसलिए क्लास में केवल गरीब लड़के आने लगे। उनसे चांगदेव ने अच्छी तरह से अध्ययन करवा लिया। आखिर में ऐसा हो गया कि उनमें से होशियार लड़के दूसरी क्लास के लड़कों को खुद बताने लगे कि पाटील सर अच्छे हैं। शाम के समय में भी उसने नियमित रूप से ज्यादा क्लास लेना शुरू कर दिया। उसके अतिरिक्त पैसे भी मिलते थे लेकिन उसने इस मकसद से किया कि लड़कों से कम-से-कम दो-दो बार सब दोहरवाया लिया जाए। कुछ प्राध्यापक ज्यादा क्लास न लेकर भी लेने की रिपोर्ट देकर उतने पैसे ले लेते! मेहेंदले जी ने तो जिन-जिन दिनों छुट्टियों की अर्जी थी और पूना चले गए थे उन दिनों में भी अतिरिक्त क्लास लेने की रिपोर्ट दी थी। यह बात एक बार नजरों में आ गई तो वह सबकी चर्चा का विषय बन गई! पूना के पचास ताँगेवालों के अप्रैल 1962 की आय और व्यय विषय पर मेहेंदले जी पी-एच.डी. का रिसर्च कर रहे थे उसके लिए यूनिवर्सिटी के गाइड

से मिलने के लिए इन दिनों वे बार-बार पूना जाते थे। वैसे भी अध्यापन के समय के अतिरिक्त वे कॉलेज में कभी दिखाई नहीं देते थे। ऐसे और भी कई प्राध्यापक थे। उनके साथ चांगदेव का परिचय भी नहीं हुआ था। साइंस के प्राध्यापक दोपहर में आते थे इसलिए उनसे कभी-कभार ही भेंट होती।

दो-तीन महीने के अतिरिक्त क्लास के पैसों का क्या करें ऐसा वह सोच रहा था। बम्बई के श्रॉफ, नारायण वगैरा दोस्तों का कर्ज भी हाल में चुका दिया था। कुछ दिन पहले बम्बई के सारंग वगैरा नए बच्चों ने एक नई पत्रिका का प्रारम्भ किया था। उन्होंने बार-बार खत लिखे लेकिन चांगदेव ने जवाब नहीं दिया था। 'रचनाएँ भेजिए' ऐसा वे लिखते लेकिन उसके पास कोई पुरानी कविता भी न थी और नया भी कुछ लिखने जैसा नहीं था। लेकिन उन्होंने माँगे इसलिए उसने एक साथ सौ रुपये भेज दिए थे। कपड़े की दुकानवाले के भी पैसे चुकता किए। फर्नीचर और साइकिल का भी पीछे का सब किराया साफ कर चालू महीने तक ले आया। इसलिए नया साल शुरू हुआ तब चांगदेव बहुत ही खुश था। नौकरी की निर्लज्जता की भावना से उबरने के लिए उसने तय किया कि अब जो भी पैसे बचेंगे वे धड़ल्ले से खर्च करने हैं। नौकरी के पैसे बचाकर नहीं रखना है।

एक दिन आजम कमरे पर आकर कहने लगा, "रेडियो लो यार।" उसी वक्त दोनों बाहर निकले और एक बहुत ही कीमती रेडियो खरीद डाला। आजकल अकेले समय नहीं कटता था इसलिए कमरे में रेडियो लाकर शुरू किया तब उसे बहुत ही खुशी हुई। अब कमरे के अस्तित्व को रेडियो के संगीत की स्थायी पार्श्वभूमि प्राप्त हो गई। पहले दिन रात में ही स्टेशन वगैरा ध्यान में रख लिया। ऐसे में नई दिल्ली का लोकगीतों पर आधारित गीत बजने लगा और उसे बेहद खुशी हुई।

तुम संग प्रीत लगाई सजना
मैंने जान के जान गँवाई रसिया
हाय, हाय मैं मर गई
बेदरदीऽ तेरे प्यार में हो हो, बेदरदीऽ तेरे प्यार मेंऽ।

रेडियो की आवाज सुनकर पवार के दोनों भाई दौड़ते हुए ऊपर आ गए, पीछे से तीसरा और फिर पवार भी। पवार बोले, "मैं पाँच साल से नौकरी कर रहा हूँ

लेकिन रेडियो लेना नहीं हुआ। आपने तो कमाल कर दिया। लगाओ, लगाओ जोर से लगाओ। मस्त गीत लगा है :

झिलमिल तारेऽ करें जब इशारेऽ
आधी रात कोऽ
जागी जागी सजना याद करूँ तेरीऽ
हर बात कोऽ
कब से नींद न आई रसिया
मैंने जान के जान गँवाई रसिया
हाय, हाय मैं मर गई
ओ चन्दीऽ तेरे प्यार मेंऽ हो हो, बेदरदी तेरे प्यार मेंऽ

कुछ देर बाद प्राध्यापक घुले और जोशी यों ही सब्जी लाने जाते समय चांगदेव के यहाँ कुछ देर बैठने के इरादे से आए। घुले ने पूछा, "रेडियो लिया है क्या? वा, वा, वा, अब आकर बैठना पड़ेगा खबरों के वक्त।"

जोशी कहने लगे, "कितने गन्दे गाने लगाए हैं जी, बम्बई पर क्षीरसागर जी का व्याख्यान है अभी लगाओ।"

पवार बोले, "जोशीजी की कविताएँ बोर होती हैं इसकी वजह यह है! अच्छी पोएट्री ही कभी सुनी नहीं आपने जोशीजी। सुनो तो। घर से चाय मँगाता हूँ।"

जोशी कहने लगे, "कम-से-कम ऐसी गन्दी कविताएँ मैं नहीं करता। 'रूठी हँसी' किताब देखो, इसमें से निकालो भला एक अच्छी कविता। दो बरस के इनके इस संग्रह की मात्र पन्द्रह प्रतियाँ बिकीं! सच है या नहीं जोशी साब? झूठ मत बोलो।"

जोशी गम्भीरता धारण कर कहने लगे, "बिकने का और कविता के बड़प्पन का क्या सम्बन्ध होता है, तुम अनाड़ी लोगों के ध्यान में यह बात नहीं आती।"

पवार बोले, "ठीक है। इसमें से एक तो बड़ी अच्छी कविता निकालो भला। पाटील, आप ही पढ़ो भला।"

चांगदेव ने 'रूठी हँसी' खोलकर बीच से कहीं एक कविता निकाली और पढ़ना शुरू किया।

धुन्द में नाई...

घुले और पवार खिलखिलाकर हँसते हुए चिल्लाए, "धुन्द में नाई। ह ह ह हो हो हो हा हा हा। हज्जाम कवि है।"

जोशीजी भी हँसी दबाकर कहने लगे, "इस तरह किसी भी रचना की एक ही पंक्ति लेकर परिशीलन करने लगे तो कोई भी रचना हास्यास्पद लग सकती है। पूरी आकृति को अंग्रेजी में फॉर्म कहते हैं, माचोद, आगे पढ़ो पाटील।"

धुन्द में नाई...
चोटियाँ!
धुन्द
में हम
उकेरते रहते हैं
रहस्य मन के
थरथरातीं! मन में मेरे
ऊँची मीनारें।

तू न होती तो
कुछ ना होता
लहलहाता...
थरथराता...
गुनगुनाता...

"माचोद जोशी, कहाँ का आकार और फॉर्म और कलाकृति उसकी भैनचोद। इसीलिए तो तुम कवि साले भिखमंगे हो।"

"दूसरी कविता पढ़ता हूँ अब एकदम अन्तिम :

धीमा बहता नीला जल...
घुँघराती लहरों में से
सीटी बजाता पवन!..."

"हू हू हू हूऽ खी खीऽ खी खीऽ—"

"सुन बे घुले।

कली बेचारी...
खिल रही थी महकती हुई!"

"हॉ हॉ हॉ हॉ खो खो खो खो खि खि खि खि खि खीऽ"

"ह ह ह कविता में क्या चल रहा है यह समझने का रास्ता नहीं।"

"लगाओ अपना रेडियो। बहुत ही गन्दा मूड हो गया मराठी कविता से।"

जोशी बहुत ही शर्मिन्दा, अपमानित होकर अवाक् हुए चुलबुलाते रहे। पवार जी का भाई चाय ले आया। चांगदेव ने फिर रेडियो लगाया :

रंग रँगीला, साँवरिया मुझे मिल गया जमुना पाऽर
हुए वासे नैना चार
अब मैंऽ काऽ बोलूँऽ सरकाऽर मैं का बोलूँ हूँ
रंगबिरंगी पगड़ी उसकी घुँघराले बाल
नैनों के दो भँवरे को पर डाल गए सौ जाल
हो हो हो हो डाल गए सौ जाल
दैऽया छेऽड़े बीऽच बाजार...
अब मैं काऽ बोलूँ सरकाऽर, मैऽ काऽ बोलूँऽ हूँऽ

चाय पीकर जोशी ने कहा कि देर हो रही है और वे चले गए। घुले भी थोड़ी देर बाद चले गए। पवार सिगरेट का धुआँ छोड़ते कुर्सी पर पूरी तरह पीछे झुककर छत की ओर देखते हुए गाने में पूरी तरह से खो गए। फिर धीरे-धीरे पाँच साल पहले वे एक लड़की पर किस तरह लट्टू हो गए थे, लेकिन बचपन से तकलीफ में दिन निकालनेवाली माँ के कारण उस गुजराती लड़की से शादी करना कैसे टाल गए वगैरा किस्सा धीमी आवाज में कह सुनाया। मतलब वे अपने आपको बहुत ही गुनहगार समझकर बातें कर रहे थे।

चांगदेव बोला, "आज रम वगैरा लें क्या? पैसे बचे हैं काफी। मैं हरदम आपसे ही पार्टी लेता रहा लेकिन अपनी ओर से देना कभी हुआ नहीं। अब देता रहूँगा।"

"चलो भैया। रम का क्या है ढोकरट कहीं से भी ले आएँगे। मैं कह आता हूँ घर पर कि बाहर खाने के लिए बुलाया है।"

पहली बार दोस्तों को शराब और मुर्गे की पार्टी दी इस बात से चांगदेव को बहुत ही उच्च कोटि का हर्ष हुआ। अब दिन पलटे हैं।

गरमी का मौसम जैसे-जैसे आने लगा नल का पानी कम होता गया। अमीर मारवाड़ी घर में नल पर मोटर बिठाकर पानी खेंच लेते। इसलिए कहीं-कहीं तो पीने के लिए भी पानी नहीं मिलता ऐसा छात्र कहने लगे। यह इस गाँव का हरदम का सिरदर्द था। क्लास में पढ़ाते-पढ़ाते चक्कर मारने पर बेंचों की बीच से लड़कों के बदन से बहुत ही उग्र सड़ाँध की बू आती। लड़कों की गरदन पर मैल की पर्त दिखाई देती। नहाने का सवाल ही पैदा नहीं होता था और कपड़े भी कभी-कभार धोना इस गाँव के लड़कों की परिपाटी बन गई थी। इसलिए टेबल छोड़कर पढ़ाने की गुंजाइश नहीं थी। इससे छात्रों में और उसमें पहले जैसा ही फासला बना रहा। और फिर वह जो कहता उसमें से छात्रों को कुछ भी आवश्यक नहीं लगता। सबके नोट बुक कोरे ही होते। नोट्स कैसे तैयार किए जाएँ यह भी उन लड़कों को सिखाना पड़ा। कुछ लड़कों की समझ में धीरे-धीरे आ रहा था लेकिन तब तक तो परीक्षाएँ आ धमकीं। अभ्यास क्रम जैसे-तैसे खत्म करना ही पड़ा।

प्रिंसिपल साब ने एक बार उसे बुला लिया और कहा, "आपकी रिपोर्ट्स वैसे बुरी नहीं हैं। लेकिन अगली साल आप इससे भी अच्छा पढ़ाएँगे ऐसा मुझे विश्वास है।"

चांगदेव बोला, "मेरा टाइम टेबल आप देखिए। फिर आपके ध्यान में आएगा। मैं सब अच्छी तरह से रीडिंग, अध्ययन किया हुआ आदमी हूँ। ये सब प्री-डिग्री के ई, एफ, जी तीन क्लास हैं—एक ही किताब तीनों क्लास में। एक ही पाठ। वही-वही तीन बार पढ़ाना हो तो पढ़ाने में क्या जोश रहेगा? यह किताब तीन बार पढ़ानी है इस विचार से ही पढ़ाने का मेरा जोश ठंडा पड़ जाता है। मुझे सारंगपाणि जी ने ऊपर की यह एक ही क्लास दी एफ, वाय कॉमर्स की, वह भी ऐसी दी जिसमें कॉलेज के सबसे ज्यादा गुंडे लड़के हैं। सिर्फ समय काटने के लिए ये लड़के आते हैं।

प्रिंसिपल ने हँसते हुए कहा, "यह अच्छा लगा।" उन्होंने उसकी पीठ पर एडमिनिस्ट्रेटिव थपकियाँ देते हुए कहा, "मुझे आपकी सभी प्रॉब्लम की जानकारी थी, है, इसीलिए मैंने आपसे कभी कुछ कहा नहीं। दूसरे क्लास में आप कभी-कभी जाते हैं, उन छात्रों को मैं रिलायबल मानता हूँ। वे छात्र आपको अच्छा समझते हैं। इस साल आपने देर से ज्वॉइन किया। आनेवाले साल में हम ये गलती नहीं होने देंगे। मैं शारंगपाणि को बोलता हूँ कि आपको ऊपर के भी क्लास वे दें। अच्छा। थैंक्स। चीअर्स।"

अगले साल यहाँ रहने का मेरा विचार नहीं है ऐसा उसकी जुबान पर आया था, लेकिन प्रिंसिपल मन से सचमुच ही अच्छे आदमी थे। उन्हें नाराज करना अच्छा नहीं लगा उसे। शायद मेरा छोड़कर जाने का इरादा है, क्योंकि मुझको क्लास में बहुत

तकलीफ होती है—यह किसी दोस्त ने उन्हें बताया होगा। इसलिए उन्होंने मुझको खास बुलाकर यह बताया होगा। अगर रहना तय हुआ तो एकाध बरस और भी रहेंगे ऐसा भी उसे लगने लगा। लेकिन यहाँ टिके रहना सम्भव ही नहीं था। जिस गाँव में उडपी और बहुत सारे थिएटर और रहने के लिए अच्छी जगहें होंगी वहाँ जाना था। कम-से-कम कॉलेज दोपहर का हो और जहाँ ऐसी उजड्डता न हो। लेकिन इस बात का विचार अभी इसी वक्त करने की आवश्यकता नहीं है। प्रिंसिपल चतुर हैं इसलिए उन्होंने दयालु होकर अभी से मेरी हवा निकालनी शुरू कर दी है। वैसे मैं चला भी गया तो उनका कुछ भी बिगड़नेवाला नहीं है।

और सुपरिंटेंडेंट जाधव बार-बार उसे समझाता रहता कि यह कॉलेज कितना अच्छा है। यहाँ बच्चे इतने निचले तबके से आते हैं कि उन्हें हम सुसंस्कृत नागरिक बनाएँ, इसमें न जाने कितनी समाजसेवा है वगैरा। प्रिंसिपल साब तो मन के इतने बड़े हैं कि उन्होंने मेहेंदले साहब का अतिरिक्त क्लास का झूठा बिल भी पास कर दिया वगैरा। कुछ लोग अब भी उसके पढ़ाने का मजाक उड़ाते। तब वह कहता, आपका पढ़ाना मतलब बरसों रियाज कर-कर के अनायास सीधे पेशाब करने जैसा ही होता है।

उसका बोलना सबको बड़ा मजेदार लगता।

ज्यादातर पुराने प्राध्यापक ट्यूशन की तरफ जोड़धन्धे के रूप में देखते। गाँव में हर किसी का दूसरा ही और कुछ समान्तर चलता रहता। बरस भर न पढ़ाओ तो कोई बात नहीं, क्योंकि कॉलेज का रिजल्ट अच्छा बनाने में यही लोग अग्रगण्य थे। ज्यादातर लोगों की दूसरे गाँव के कॉलेज के प्राध्यापकों से मिलीभगत होती थी। उधर का प्राध्यापक अगर परीक्षा का चेयरमैन या पेपर तैयार करनेवाला, जाँचनेवाला होता तो वह इधर के लोगों का काम करता था। इधरवाला जब चेयरमैन होता तब वह उधरवालों का काम करता था। एक-दूसरे की सम्पादित किताबें टेक्स्ट बुक के रूप में लगा देने का काम भी इसी तरह चलता। पूना के लोग चुपचाप जब इतने दिन से यही करते थे तब हमें कितने दिनों तक सिद्धान्तनिष्ठ बने रहना चाहिए ऐसा पूना के बाहर के कॉलेज के लोगों ने खुलकर कहने की शुरुआत कर दी। यूनिवर्सिटी की राजनीति में भी यही सब चलता। इस इलाके के लिए अलग से विश्वविद्यालय का आन्दोलन भी चल रहा था। उसके लिए हरदम सभा, मोर्चे चलते रहते।

इसके अलावा कॉलेज की राजनीति अलग ही थी। काम्बले हरदम कुछ अफवाहें फैलाते रहते। गाँव छोटा होने से कुछ भी होता तो चारों ओर फैल जाता।

ज्यादातर जो फैलाया जा रहा है वह झूठ है ऐसा होने के बावजूद भी लोग अड्डे-अड्डे पर फिर से वही रस लेकर फैलाते रहते। दूसरे सांस्कृतिक आन्दोलन कुछ नहीं थे। कभी-कभार गाँव के ग्रन्थालय में नगराध्यक्ष की अध्यक्षता में जोशी जी का काव्य पाठ होता।

कॉलेज में दो साल पहले लड़कों के दो गुट में छुरे चले इसलिए गैदरिंग बन्द ही कर दी गई थी। कुछ भी कार्यक्रम करें लड़के शोर मचाकर कार्यक्रम बन्द करवा देते। इसलिए नाटक वगैरा भी एक-दो साल से बन्द कर दिए गए थे। अब छात्रों की तादाद चार हजार के ऊपर जानेवाली थी इसलिए फिर से नाटक, गीत वगैरा की सम्भावना भी नहीं थी। क्योंकि चार हजार लड़के कहाँ बैठते? और फिर जरा कहीं पेटी-तबले की आवाज सुनाई दी कि गाँव के हजारों लोग कार्यक्रम पर टूट पड़ते। सिर्फ तादाद की वजह से सब होता। इसका इलाज क्या है यह प्रिंसिपल साब कान खुरचते हुए हरदम पूछा करते। प्राध्यापक अपनी-अपनी क्षमता के अनुसार आदर्शवादी चर्चा करते रहते। प्रिंसिपल कान में उँगली करते हुए सुनते रहते।

एक मीटिंग में चांगदेव ने बोर होकर कहा कि "हम बार-बार उन्हीं सब बातों की चर्चा किसलिए करते रहते हैं? पूरा माहौल कमर्शियल हो गया है। छात्रों की संख्या कम करना ही एक उपाय है। मुद्दा सबको मालूम है तो फिर फालतू में समय जाया करने से क्या फायदा?"

सबने हँसकर चांगदेव की प्रशंसा की, लेकिन प्रिंसिपल ने बात सँभालते हुए कहा, "सभी गरीब लड़कों को शिक्षा देना आवश्यक है, लेकिन यह कमर्शियलाइजेशन हमें रोकना है। उसका उपाय क्या है?" ऐसा मोड़ लेकर फिर घंटों तक चर्चा जारी ही रखी। प्रिंसिपल फिर कान में उँगली करते शान्ति के साथ सुनते रहे।

मीटिंग के बाद गॅब्रियल लांडे ने कहा, "आप जैसे नए छोकरों का इतना साफ-साफ बोलना ठीक नहीं है। सुपरिंटेंडेंट जाधव कहने लगे, "प्रिंसिपल साहब डेमोक्रेटिक हैं। उसका नाजायज फायदा लेना अच्छा नहीं है। और जगहों पर इतने बड़े कॉलेज के प्रिंसिपल लेक्चरर से बात भी नहीं करते। पाटील सिरफिरा आदमी लगता है।"

काम्बले उनसे कहने लगे, "बड़ा यानी सिर्फ तादाद से बड़ा कॉलेज है अपना। पिछले साल कॉलेज में कल्चरल प्रोग्राम लिया था उसका क्या हुआ यह अखबारों में पढ़ा नहीं था आपने शायद? पाटील, एक गाना लड़कों ने ठीक तरह से होने नहीं दिया। कार्यक्रम चार बजे शुरू होने वाला था तो छह बजे तक प्रिंसिपल ही नहीं आए। आए भी तो आधा घंटा बैठकर चले गए। आठ बजे पूरे कॉलेज का

फ्यूज उड़ा दिया। उसमें कौन लड़के थे यह भी मैं जानता हूँ। ऐसे में लड़कियों की साइकिल उन्हीं लड़कों ने पंक्चर कर डाली थी। लड़कों ने लड़कियों के बीच में घुसकर कितना हुड़दंग मचाया। लड़कियाँ चिल्ला रही थीं और ये प्राध्यापक सब दूर खड़े होकर तमाशा देख रहे थे। लड़कियों के पैदल गाँव पहुँचने तक पोट्टे मनमानी करते रहे। ऐसा होता है क्या दूसरे किसी बड़े कॉलेज में? ये मिसाल और मेहेंदले तो उलटे तालियाँ बजा रहे थे खुशी से। शबीर बेचारा तो भी बीच-बचाव कर उन्हें रोक रहा था। जोशी तो घबरा के भाग ही गया! बेचारा आजम। जोशी इतनी तेजी से साइकिल पर बैठकर जा रहा था कि आजम को कुचलकर आड़ा कर दिया उसने। अर्थात आजम भी भाग ही रहा था!"

मेहेंदले बोले, "हमारा छोड़ो, लेकिन आप क्या कर रहे थे वह बताओ ना!" शारंगपाणि बोले, "वे भी इसी हुल्लड़ में होंगे अँधेरे का फायदा उठाते हुए। अनुशासन में लाना इनका काम नहीं है। ह ह ह!"

सब हँस पड़े। काम्बले बोले, "सच है। प्रिंसिपल और वाइस प्रिंसिपल का काम है यह। इसीलिए तो उनको कम क्लासेज दिए जाते हैं। उनको उनके भत्ते अलग से दिए जाते हैं। हम अठारह घंटे लेने के बाद फिर यह मुफ्त का काम भी करें ऐसा कहना है क्या आपका?"

मोडक धीरे से उनके कान में बोले, "कहते हैं, फ्यूज उड़ाने में पोल का छोकरा था। उसका कुछ भी नहीं हुआ क्या?"

"उसका कौन क्या करेगा? वह दादा है।"

चांगदेव बोला, "उसका इतना आतंक क्यों है?"

"अजी यह एकाउंटेंट! और इनका ही जमाई मेकंझी। मेकंझी सुपरिंटेंडेंट था। पहले प्रिंसिपल और ये दोनों थे, इनके बीच क्या चलता यह तीसरे को मालूम नहीं होता था। पोल का असली धन्धा था संस्था का पैसा चुपचाप कर्ज के रूप में देना और इधर बैंक में बाकी है ऐसा कागजों पर दिखाना! पूरे गाँव में आज भी इसके कर्जदार हैं। हजारों रुपये ब्याज के रूप में कमाए इस हरामखोर ने। प्रिंसिपल ने हमारे में फूट डालकर हमारी छाती पर इसे बैठा रखा है, यह हम लोगों के अभी भी ध्यान में नहीं आता है। ख्रिश्तबन्धु माणिकराव काश आज होते! और मेकंझी फिर लफड़े में पकड़ा गया—फर्नीचर में दस हजार रुपये खाए थे। तब उसे सुपरिंटेंडेंटशिप से बर्खास्त किया गया। लेकिन वह फिर लाइब्रेरियन होकर आ गया डिप्लोमा लेकर! अब भी देखा, कितनी उद्दंडता से पेश आता है हमसे?

"सच तो यह है कि इसकी भी छानबीन होनी चाहिए। रेकॉर्ड पर पचास मासिक पत्रिकाएँ आती हैं लाइब्रेरी में। लेकिन दस भी कभी दिखाई दी हैं वहाँ? विदेश की मासिक पत्रिकाओं की सदस्यता का शुल्क अपनी जेब में डालता है। कभी बम्बई से पुरानी पत्रिकाएँ लाकर रख देता है ऑडिट के पहले। 'नेशनल जिओग्राफिक' मैगजीन तो मुझे कभी बरस भर में कहीं दिखाई नहीं देती। एक बार कहने लगा उसके गट्ठर चोरी हो गए!"

लांडे बोला, "मैंने परसूँ स्पेक्टॅटर माँग्या तो बोल्या, आजम के पास हूँगा। आजम को पुच्छा तो वो बोल्या आपन तो ये नाम भी कब्बी नई सुन्या। फीर से जाकर कहया उसको तो क्या बोल्या कोन सा मासिक किसके कन्ने है इसकी याद मेरे माथे में नेइ होती। ह्या या जगे पे और स्टॅक्स पर तो पढ़ते जावो। क्या समजता तुमको पढ़े तो बी! बहुत ही उदंड है। आप सिनियर लोगों को कुच करना चाइजे। अन्दर से किसी की मिलीभगत है। हमने सब करके देखा है।"

चांगदेव कहने लगा, "हम कॉलेज में ज्यादा देर ठहरते नहीं यही अच्छा है। नहीं तो एक महीना इस भ्रष्टाचार में रहना अपने से नहीं होगा। यह कॉलेज है या भूत बँगला! छोड़ दूँगा साला मार्च में।

"इस मद्रासी को यहाँ से भगाए बिना संस्था ठीक ढंग से चलनेवाली नहीं है। मोडक, आप तो मैनेजिंग कमेटी के मेम्बर हैं। हम हैं आपके साथ। लेकिन वहाँ तो उलटे आप उसका समर्थन करते हैं।"

"मैनेजिंग कमेटी में होते ही कौन हैं? दो होली स्पिरिट के लोग, दो सेंट फ्रांसिस के और तीनों के तीन प्रिंसिपल और तीन हमारे जैसे मेम्बर। उन होली स्पिरिटवालों का और सेंट फ्रांसिसवालों का जो शुरू से ही झगड़ा शुरू हो जाता है वह कई दिनों तक चलता रहता है। फिर आखिरी दिन अपने सब मिनिट्स पाँच-दस मिनट में खत्म हो जाते हैं। कोई कुछ बोलने ही नहीं देता। वे सब इनके दोस्त हैं।"

"कैथलिकों की संस्थाएँ देखो कैसे जोरों में चल रही हैं। अपने लोगों को धर्मभ्रष्ट कहते हैं वह ठीक ही है, ऐसा ही अन्त में कहना होगा। पाटील कहेंगे, यह कैसा है इनका काम-काज?"

"पाटील इज ए फाइन बॉय।"

चांगदेव कहने लगा, "मेरे मन में क्रिश्चियनिटी के बारे में प्रचंड सम्मान की भावना है। योरोपीय और अमरीकी साहित्य की वजह से मेरा क्रिश्चियनिटी के

विषय में कभी भी खराब मत नहीं होगा। लेकिन यहाँ क्रिश्चियनिटी ही नहीं है, सिर्फ क्रिश्चियंस हैं।"

"हमें खुद ही कई बार शर्म आती है। लेकिन पाटील आप यहीं रहिए। कहीं भी आजकल कॉलेज एक जैसे ही होते हैं यहाँ। कम-से-कम एक तारीख को ठीक तनख्वाह तो होती है। दूसरी जगहों पर दस्तखत लेकर दो सौ भी हाथ पर नहीं रखते।

"प्रिंसिपल भी स्टाफ के विषय में वैसे लिबरल हैं। हम चाहे जो कह लें, फिर भी संस्था इतनी बड़ी है वह उनके ही कारण, यह हमें, काम्बले जी, ध्यान में रखना ही होगा।"

"क्या बढ़ी है जी? उस केतकर ने छमाही के पर्चे बिना जाँचे ही रद्दी में बेच डाले इस साल! वे रद्दीवाले के यहाँ से लाकर लड़कों ने इन्हें दिखाए। क्या किया इसने? इसी को लिबरल कहते हो! सिर्फ मार्कलिस्ट ही भरकर तैयार करनी हैं तो हमें भी वैसी सूचनाएँ दीजिए। हम किसलिए इतने मर-खपकर जाँचते रहेंगे? बरस भर अनुपस्थित लड़कों को भी यह परीक्षा के फॉर्म देता है। उर्दू के अलीसाब महीना-महीना कॉलेज को मुँह नहीं दिखाते। सिर्फ पगार लेने के लिए आते हैं।

"केतकर बिलकुल निकम्मा है अपने यहाँ। मैं इंटरव्यू के समय से कह रहा हूँ, लेकिन एक बार आदमी कनफर्म हो गया तो उसे निकाल नहीं सकते।

"प्रिंसिपल होशियार है। गाँव के लोगों को नया कॉलेज बनाने नहीं देता। एक-दो चित्तपावन ले लो, एक-दो देशस्थ, एक-दो मारवाड़ी, दो-तीन मराठा, एक माली, एक-दो मुसलमान ऐसा कोटा है यहाँ। एकाध हरिजन भी मिल जाएँ तो लेने को राजी है वो दो बरस से। और केतकर को निकालो कहते ही अपने भुलाटे का क्या किया जाए? जोशी को भी किसलिए रखा जाए? माली का क्या? ऐसा है यह सब! लेकिन यूनिवर्सिटी में अपनी संस्था का नाम लेते ही सब हँसने लगते हैं इतनी बदनामी हुई है। वह इंटरनल असेसमेंट अपने कॉलेज की बदमाशी की वजह से ही अगले साल से बन्द करने का निर्णय यूनिवर्सिटी ने लिया है।

चांगदेव ने पूछा, "वह क्या होता है?"

"अपनी प्री-डिग्री परीक्षा के लिए बरस भर लड़कों ने कॉलेज में जो प्रगति की है उसके बीस अंक होते हैं। आपके पास आएगा अभी वह भरने के लिए। कॉलेज की दोनों परीक्षाएँ और क्लास के परफॉरमेंस के लिए उन्हीं बीस में से अंक देने होते हैं। अपने कॉलेज के सब लड़कों को बीस में दस से ज्यादा अंक मिलते हैं। ये जाधव

पैसे लेकर अठारह-अठारह तक अंक बढ़ा देता है। पिछले साल सभी कॉलेजवाले चिल्लाने लगे। जिनको बीस में से अठारह अंक यहाँ मिलते हैं उन्हें वार्षिक परीक्षा में अस्सी में से दस अंक भी नहीं मिलते। इसके आँकड़े ही उन्होंने परसों की मीटिंग में पेश किए! हमारी गरदनें नीचे झुक गईं। जैसे-तैसे लड़ते रहे यों ही।"

"और आपका अंग्रेजी का शबीर तो वार्षिक परीक्षा के पर्चे पहले दिन, रात में ही ट्यूशन के लड़कों को बाँट देता है। एक कॉपी पेशाब के लिए जाते समय एक लड़के को दे देता है। दिन-भर लड़के पेपर तैयार कर सवेरे पूरी तैयारी से आ जाते हैं। अब यह सबको मालूम है लेकिन बोले कौन?"

"लेकिन अपने अपॉइंटमेंट्स के बारे में जो परसों पेपर में आया वह हममें से ही किसी कॉलेज के आदमी ने दिया होगा पेपर में।"

"देशपांडे ने ही किया होगा वह। उसे जब से नीचे डालकर थॉमस को हेड बनाया तब से वह चिढ़ा हुआ है। इनकी ब्राह्मणों की संस्था में भी दूसरे को ये हेड बनाएँगे क्या जी? सब के सब प्रिंसिपल से लेकर प्यून तक ब्राह्मण होते हैं पूना के कॉलेजों में। मेहतर उतने इनके नहीं होते यह तकदीर है।"

उधर ब्राह्मण गुट में इससे उलटा चलता रहता : इन धर्मभ्रष्टों को क्या संस्था चलानी आएगी जी? इनके धन्धे दूसरे ही हैं। यह अकाल पीड़ित इलाका है। लोकसभा के लिए हरदम यहाँ से कम्युनिस्ट एम.पी. चुनकर जाता है। कम्युनिज्म बढ़ना नहीं इसलिए मिशन के नाम पर डॉलर्स की बरसात करते हैं। सरकार को भी कम्युनिस्टों का आन्दोलन कुचल डालना है। फॉरेन एक्सचेंज तो मिलता ही है। और कुछ मतलब नहीं है इसमें।

एक बार चांगदेव के कमरे पर बाजार से बहुत सा सामान खरीदकर थके हुए मेहेंदले और उनकी पत्नी कुछ देर रुकने के लिए आए। चाय वगैरा होने पर हमेशा की तरह कॉलेज की राजनीति पर बोलते-बोलते मेहेंदले कहने लगे, "नौकरी करना और चांस आते ही छोड़कर चलते बनना। क्या नाम होते हैं इनके? गॅब्रियल लांडे और गिल्बर्ट काम्बले! कुछ तहजीब है इन लोगों को?"

चांगदेव बोला, "आप भी अंग्रेजी पैंट वगैरा पहनते हैं वह भी इन नामों जैसा नहीं है क्या तहजीब के नाम पर? भाभी की भारतीय वेशभूषा देखो, साड़ी-चोली कितनी सुन्दर, सुसंस्कृत लगती है। उसकी तुलना में आपकी पोशाक, और सवेरे

आप कॉलेज में नेम से पहनकर जो आते हैं वह कोट-टाई, मतलब ग्रॅबियल लांडे और सॅम्युअल जाधव ही हैं एक माने में।"

मेहेंदले जी खुश होकर कहने लगे, "सच है, सच है।"

मेहेंदले, जोशी, पाचलेगाँवकर वगैरा हिन्दू गुट चांगदेव के यहाँ इकट्ठा होता तब उनकी चर्चा हरदम ईसाइयों के विषय में होती। इनके लोग हेड हैं। इसलिए कमेटी में कानूनन भी इन्हीं का पक्ष सच साबित होता है। देखो ना, सबके सब धर्मभ्रष्टों को हेडशिप दी है। सिर्फ अकेले देशपांडे जी और शारंगपाणि जी विरोध करने वाले थे। उसमें से भी एक का इस साल बंटाधार कर दिया। अपन भी पी-एच.डी. होने तक रहेंगे, फिर चले जाएँगे पूना। अपनी वजह से कुछ तो स्टैंडर्ड है यहाँ, वगैरा।

जैसे-जैसे पढ़ाना खत्म होता गया और परीक्षाएँ आने लगीं वैसे-वैसे खाली समय के कारण मीन-मेख निकालने में बढ़ोतरी होती गई। चांगदेव को शुरू में यह नएपन के कारण मजेदार लगा। लेकिन फिर घिन आने लगी। उसे नया जानकर सभी गुट उसके पास यह गन्दगी उलीचते रहते। चाय पर यह चर्चा चलती। फिर दोपहर में सब घर लौटते और सोए रहते। इन सबको टालते-टालते उसकी नाक में दम आ गया। झट से कोई किसी को पकड़कर चाय के लिए खींचकर ले जाता और वहाँ ये सब बैठे होते। कुछ साइंस के प्राध्यापक, शारंगपाणि, थॉमस, पाचलेगाँवकर, वाइस प्रिंसिपल। ऐसे कुछ वजनदार लोगों को छोड़कर बाकी के सब वहाँ ऐसी निन्दाव्यंजक बातें करते रहते। कोई कुछ भी पढ़ता नहीं था या लिखता नहीं था। यहाँ पर बरसों-बरस ऐसा करते रहना मतलब समय का केवल अपव्यय था। चांगदेव इन दिनों पूरे वक्त कमरे में रेडियो सुनता पड़ा रहता। कॉलेज में कम-से-कम समय होता।

फरवरी में कॉलेज के सब काम कम-कम होते चले गए। लड़कों का आना ही बन्द हो गया था। आखिरी-आखिरी क्लास लेकर उसने लड़कों को खुश होकर विदाई दी। इन सब के साथ अपने कैसे सम्बन्ध हैं यह समझ में नहीं आ रहा था। पूरे अच्छे लगने के भी नहीं, प्यार के भी नहीं या तिरस्कार के भी नहीं। पाटील सर

हमेशा अजनबी ही रहे। इसलिए इन लड़कों को विदाई देते समय अजीब सा लग रहा था। सबको उसने अपनी ओर से चाय पिला दी।

ज्यादातर लोगों ने क्लासेज खत्म कर दिए थे। कुछ लोगों के पोर्शन अब भी अधूरे थे। पाचलेगाँवकर ने तो एक-एक घंटे में किताब के बीस-बीस तीस-तीस पन्ने खत्म करना शुरू कर दिया था। पाचलेगाँवकर एक पन्ने पर दो-तीन पंक्तियाँ पढ़ते, अर्थ बताते और फिर कहते, अब पन्ना क्रमांक दो सौ तीस पर देखें। उसके साथ ही बीस-पच्चीस पन्ने झटपट उलटकर बच्चे चिल्लाते—हेऽऽ हे। फिर पाचलेगाँवकर भी हँसते। लड़के भी हँसते। सबको लगता कि किसी तरह यह पढ़ाना खत्म हो। पाचलेगाँवकर के इस क्लास से जाते समय बीच में ही पूरे खाली, सिर्फ बेंचवाले क्लास, फिर ऐसे हँसी और तालियाँ बजाते चल रहे क्लास को देखकर एक बार चांगदेव असहज हो गया। अजीब ढंग से बरस बीता इसलिए। धूप भी बढ़ती जा रही थी। कॉलेज का विस्तृत प्रांगण जो हरदम बच्चों से भिनभिनाता रहता, वह अब पूरी तरह से खाली था। सिर्फ लाल गिट्टी और खड़े पेड़ दिख रहे थे।

रोज कॉलेज में सिर्फ चाय पीकर पवार जी के साथ वापस आना। पवार भी इन दिनों चिड़चिड़े हो रहे थे। उनकी सगाई की बातें जोरों पर थीं। बंगलुरु...कहाँ-से-कहाँ जाकर लड़की देख आना उनकी जान पर आ रहा था। चांगदेव उनके पीछे पड़ा था कि अब वक्त है, खाली हैं तो बंगलुरु हो आएँगे। परिवार के सभी लोग उन दोनों के पीछे लगे ही थे। चांगदेव उनके साथ बंगलुरु जाने के लिए तैयार था। लेकिन वे सुस्ती करते रहे। आखिर में पूना से उनका एक फुफेरा भाई एक बार आया और कहने लगा, "हम वहाँ सब बातों का मेल कर राह देखते बैठे हैं। दादा साहेब को तो गाँव के बाहर निकलने में भी उत्साह नहीं है। तब हम आगे क्या कर सकते हैं? कल ही हम चलेंगे। अब अगर दादा साहेब नहीं आए तो इसके बाद हम इसमें रुचि नहीं लेंगे।"

तब पवार फुफेरे भाई के साथ हो आए।

आने के बाद उदासी से बोले, "लड़की पसन्द है। अगले महीने बातचीत होगी। मैं पूना में भाई को बता आया हूँ। आप आगे का सब देख लीजिए, अपने को उसमें इंटरेस्ट नहीं है। कभी शादी कर डालेंगे।"

शादी तय होने तक दिन-भर वे चांगदेव के साथ ही समय बिताते। इसमें भी उसे हरदम भोजन के लिए बुलाकर देर रात तक। बाद में उसके कमरे में रेडियो सुनते, गप्पें लड़ाते। घर में शादी की तैयारियाँ हो रही थीं। पवार की बहनें, बहनोई,

मौसियाँ, मौसेरे भाई दूर-दूर से यहाँ आने लगे। परिवार में होनेवाली पहली ही शादी थी इसलिए काफी रिश्तेदार आ गए थे। शिर्के परिवार भी आ गया था। लेकिन बेबी नहीं थी क्योंकि वह माता-पिता पर गुस्से में आकर उनसे रूठी हुई थी। पवार की माताजी को बहुत ही धन्यता मालूम हो रही थी। बाड़े में बाहर एक बड़ा चूल्हा बनाकर वहीं पर रसोई हो रही थी। चांगदेव इन दिनों हमेशा भोजन के लिए वहीं होता।

जैसे-जैसे धूप बढ़ती वैसे-वैसे दोपहर में उस घर के सब लोग बातें करते, सो जाते। शादी की अलग-अलग बातें करते। पवार भी धीरे-धीरे रुचि लेते-लेते रिश्तेदारों की भीड़ में शामिल हो गए। इस कारण चांगदेव को भीषण अकेलापन महसूस होने लगा। आजकल कॉलेज भी वह अकेला ही हो आता। पूर्वपरीक्षा की तैयारियाँ कॉलेज में शुरू हो गई थीं। समय बिताने के लिए उसने परीक्षा कमेटी में काम करने की इच्छा अपने आप जाहिर की। इसलिए प्रिंसिपल को भी बहुत खुशी हुई। सवेरे से शाम तक कॉलेज में समय बीतता। अगर बीच में ही बोर हो गया तो दोपहर में ही वह कमरे पर चला आता। लेकिन गरमी की वजह से सिर्फ लेटे रहना ही हो सकता था। माथे के नीचे ऊँचा तकिया लगाकर पूरी दोपहर ऊँघते-ऊँघते सो जाता। कभी पवार सिगरेट पीने के लिए आते और इधर-उधर उसकी किताबें उलटकर सिगरेट समाप्त होने पर फिर रिश्तेदारों की भीड़ में चले जाते।

एक बार उसने पवार से कहा, "क्यों पवार साब, आप पूरी तरह से खुश नजर नहीं आते, शादी होने में सिर्फ पन्द्रह दिन बाकी हैं तब भी।"

"कब एक बार ये सब निपट जाए ऐसा लग रहा है। यह बीच का समय साला बहुत ही विचित्र होता है। शादी से हम अपनी आजादी खो बैठते हैं ऐसा लगने लगा है मुझे।"

"लेकिन इस आजादी से भी तो हम तंग आ चुके होते हैं। अच्छा है, परिवर्तन जो भी हो बुरा नहीं होता। मरियल आजादी किस काम की?"

फिर बहुत देर तक गाने सुनते हुए छत की ओर देखते पवार सिगरेट पीकर न जाने कब चले गए। चांगदेव फिर तकिया ऊँचा कर दरवाजे से बाहर पड़े-पड़े देखते हुए रेडियो सुनता रहा—*जब-जब तुझको देखूँ मेरे दिल में छूटें फुलझड़ियाँ। जा रे पीछा छोड़ मुझ मतवाली काऽऽ, रूप सहा नहीं जाए नखरेवाली का। झूमझूम ढलती रात—जितनी भी पी हमनेऽ उतने रहे प्यासे हम। इन ऊँची हवाओं में घटाओं में नाचे*

मेरा मन, हो सखी नाचे मेरा मन। जुल्फें हैं जैसे कन्धों पे बादल झुके हुए। पड़ गई दिल पर मेरे आपकी परछाइयाँ—हर तरफ बजने लगीं सैकड़ों शहनाइयाँ। आपकी नजरों ने समझा, प्यार के काबिल मुझे। जिसकी पलकें मेरी आँखों पे झुकी रहती हैं—अजनबी-सी हो मगर गैर नहीं लगती हो। छूने न दूँगी मैं हाथ रेऽऽ नजरिया से दिल भर दूँगी। कली अनार की ना इतना सताओ, प्यार करने की कोई रीत बताओ...

चांगदेव फिर तकिया और ऊँचा कर उस पर दूसरा तकिया रखकर दरवाजे से बाहर देखता हुआ रेडियो सुनता रहा। इसी तरह हरदम शाम को कमरे में अँधियारा होने तक पड़ा रहता। आजकल कमरे पर भी दोस्त कभी-कभार आते। सब अध्यापन समाप्त करने में जुटे हुए थे। इसलिए नींद लग गई तो रात में देर से ही खुलती। रेडियो बीच ही में हाथ बढ़ाकर बन्द करना पड़ता। एकाध वक्त हड़बड़ाकर उठकर कपड़े बदल लॉज पर जाते-जाते खाना बन्द हो जाता लेकिन फिर भी मालिक उसे भोजन देता। हिसाब करते-करते गप्पें लड़ाता। आने के बाद फिर रेडियो पर हे लंका माता होने तक गाने। फिर रात में वाइस ऑफ अमरीका, कुछ पाश्चात्य संगीत।

इतनी गरमी होने पर भी कहीं ठंडा मिल जाए ऐसा कोई होटल गाँव में नहीं था। एक मुथा नाम के शौकीन मारवाड़ी ने गांधी चौक में एक छोटी सी दुकान खोली थी। वहाँ आइसक्रीम और कोका कोला वगैरा मिलता। ठंडी-ठंडी बर्फ डालकर ताजे नीबू या अनन्नास का शर्बत बम्बई जैसा कहीं भी नहीं मिलता था। रोज दोपहर वहाँ जाकर चांगदेव ने उससे फ्रेश लाइम शर्बत जैसी नई चीज भी उसकी लिस्ट में शामिल करवाई। शर्बत कैसे बनाना है, कैसे गिलास में देना है यह भी बताया। मुथा वैसे रंगीन आदमी था। वह बोला, "खास आपके लिए मैं ताजा नीबू लाता रहूँगा लेकिन हर रोज आप आते तो रहेंगे भला। इस गाँव में कौन होटल में चार आने खर्च कर नीबू का शर्बत पीता है जी? दो आने के नीबू घर पर मँगवाकर मटके का पानी डालकर पूरे परिवार के मेम्बरों को नीबू पानी पिलानेवाले लोग हैं यहाँ। जानवर हैं। पैसे जिनके पास हैं वे लोग भी जानवर ही हैं।"

दोपहर में धूप की वजह से रास्ते सुनसान हो जाते। कमरे से बाहर निकलने के बाद मुथा की दुकान तक एकाध आदमी शायद ही मिलता। माथे पर अँगोछा डालकर कोई-कोई चलता हुआ दिख जाता। चांगदेव गरदन नीची कर दुकान तक गर्म रास्ते पर से जाता। और जाते ही हाशहुश कर धम से बेंच पर बैठ जाता। फिर बड़ा सफेद लबालब भरा हुआ गिलास और उसमें नीबू के रंग का पानी और उसके बीच में सफेद झक बर्फ का टुकड़ा तैरता हुआ। यह सुख कुछ अलग ही था। बाहर

विविध भारती के गाने एक पान-बीड़ी की दुकान से सुनाई देते। कभी कोमल सितार की झंकार तो कभी तबले की थाप। बीच में बेगम अख्तर। लेकिन हरदम ज्यादातर लता-किशोर-मुहम्मद रफी। शर्बत खत्म कर वह जल्दी से निकलने को होता लेकिन मुथा बातों का शौकीन था। इसलिए चांगदेव पहले उससे बातें करता रहता और फिर शर्बत पीकर निकलता। रोज कभी आजम मिला तो उसको उसके कमरे से लेकर, कभी गायकवाड़ गाँव में होते तो उनके कमरे से उन्हें बाहर निकालकर, वह यहाँ शर्बत पीने आता। क्वचित् पवार के साथ भी। लेकिन इन दिनों पवार और गायकवाड़ भी बहुत खामोश रहने लगे थे। मुथा अकेला ही बकबक करता रहता।

एक बार मुथा चांगदेव से बोला, "आपका हाथ देखूँ क्या जरा?"

फिर हाथ इधर-उधर से देखकर, काउंटर से एक दूरबीन लाकर गौर से लकीरें देखते हुए बोलता, "आप दो-तीन बरस में अमरीका जाएँगे। लिखकर रख लो।"

"अमरीका? उधर किसलिए मरने के लिए जाने के लिए आप कह रहे हैं? यहाँ आ गया यही बहुत हुआ।"

"और एक बात बताऊँ क्या प्रोफेसर?...आपकी शादी आपकी पसन्द की हुई लड़की के साथ ही होगी। यह बात अगर सच नहीं हुई तो यह दुकान आपके नाम कर दूँगा। लिखकर दे दूँ?"

गायकवाड़ बोले, "नहीं चाहिए। मतलब उस समय इस दुकान का दिवाला निकल चुका होगा। हँ हँ हूँ ख्य ख्य खो खोक।"

"बहुत खुश कर रहे हैं मालिक आप तो। आप सिर्फ नीबू शर्बत देते हैं इतने पर भी हम खुश होते हैं, मुथा साब। और अलग से खुश करने की आवश्यकता नहीं है।"

"झूठ नहीं जी। ठहरो मैं लिखकर देता हूँ एक चिट्ठी। इसे सँभालकर रखिए। और आपकी शादी कहीं भी जब होगी मुझे इस ऊपर के पते पर कार्ड डालिए पाँच पैसे का। गालियाँ दीजिए या फिर सच हो गया यह लिखिए। मुझे भी इसमें कहाँ तक समझ है यह साफ हो जाएगा।"

ऐसा कहकर उसने एक बिल बनाने के कागज पर जैसे-तैसे मारवाड़ी अक्षरों में लिखकर दिया—आपका लगन पसन्द की हुई लड़की से होईंगा!—बंशीलाल मुथा।

चांगदेव ने वह चिट्ठी 'गाथा सप्तशती' ठीक से रख दी जो वह उस समय पढ़ रहा था। निशान के रूप में उसका प्रयोग किताब खत्म होने तक होता रहा।

आजकल वह लाइब्रेरी जाकर ईसा मसीह से सम्बन्धित अलग-अलग किताबें नियमित रूप से पढ़ने बैठता। एक बार दोपहर बहुत ही अकेला लगने पर जाने उसे क्या हुआ, वह लाइब्रेरी से बाहर निकला और चिलचिलाती धूप में गाँव की सभी गलियों को लाँघकर गाँव के बाहर की महार हरिजनों की बस्ती में उलटे-सीधे घूमकर एक झोंपड़े की होटल में चाय पीकर वहीं पर कुछ देर रुका और पीछे की चरागाह में से चलकर बबूल की झाड़ी पार कर परली ओर से शंकर मन्दिर से आगे एक टीले पर जाकर प्रचंड थकान से हाँफते हुए बैठ गया। वहाँ से गाँव का एक हिस्सा अस्पष्ट दिखाई दे रहा था। वहाँ पेड़ों के बीच से धूप से घूऽ-घूऽ करनेवाले पंछी और उसे प्रत्युत्तर देनेवाली मादाओं को सुनते, चींटियों की निरन्तर भागदौड़ देखते शाम हो आई। मन में जमा प्रचंड अकेलापन कुछ भी करके खींचकर बाहर नहीं कर पा रहा था। फिर उठकर समकोण में घास रौंदता रेलवे स्टेशन पर से चलते-चलते वह रात्रि में अकेला लॉज पर कुछ खाने के बाद कमरे पर आया। फिर रेडियो। उमस से प्रचंड छटपटाहट हो रही थी। इतना थककर आने पर भी रात में नींद नहीं आ रही थी। यहाँ इसके बाद कैसे दिन बीतेगा यह कुछ उसकी समझ में नहीं आ रहा था। बार-बार ऐसी ही अस्वस्थ रातें। रेडियो। गाने। हे लंका माता खत्म होने पर भी हाथ बढ़ाकर एक के बाद एक बन्द होनेवाले स्टेशन सुनते रहना। फिर कभी नींद, फिर हाथ बढ़ाकर रेडियो बन्द कर सो जाना। जगने पर फिर छोटे से गाँव में लम्बा दिन धकेलते रहना।

आजकल बिनी मुथा की दुकान में लगातार मिला करती। बिनी मूलत: होशियार लड़की थी, सो कब-कहाँ, कितना बोलना है यह उसे अच्छी तरह से मालूम था। हर बार चांगदेव उसकी बहन के बारे में पूछता।

एक बार वह जान-बूझकर बहन को ही ले आई। उस दिन पारू बहुत ही खुश थी और बहुत ही अच्छे कपड़े पहनकर आई थी। लेकिन घंटा-भर बैठने के बावजूद वह एक शब्द भी नहीं बोली। उसकी आवाज कैसी है इसका भी वह अनुमान नहीं कर सका। आज वह कम-से-कम आँखें उठाकर तौलती नजर से सब निरख रही थी। बीच-बीच में हँस रही थी। हँसते हुए वह अप्रतिम मूर्ति-सी लगती। सभी रेखाओं में माधुर्य। वह पूरी तरह से घायल हो गया। उसने वह भी ठीक तरह

से देख लिया। फिर भी वह कुछ नहीं बोली। बिनी ही बोलती जा रही थी। बीच में पारू के गले का चाँदी का क्रॉस टेबल पर टन् से बोला और उधर देखते समय चांगदेव समाधिस्थ हो गया।

बिनी के लिए यह स्थिति अनपेक्षित थी। लेकिन ध्यान में आते ही वह एकदम बोलते हुए रुक गई। उसकी हमेशा की हँसी गायब हो गई। लेकिन समझदार नजरों से देखते हुए बात को सँभालते हुए यों ही कृत्रिम ढंग से पलकें झपकाती हुई वह चेहरे पर झूठ-मूठ की हँसी बनाए रख रही थी। फिर पलकों को झपकाते हुए वह कहने लगी, "पारू, तू यहाँ ही बैठ। मैं पास की गली में रहनेवाली एक सहेली से किताब ले आती हूँ। क्यों? बैठ न..."

लेकिन पारू भी उठकर चली गई। चांगदेव अकेला चाय पीता रहा।

थोड़ी देर के बाद होटल के बाहर सामने से आजम चिल्लाया, "अरे! तुम इधर भी आना शुरू किए क्या पाटली के बच्चे! कैसा है आजकल? चलते क्या मेरे घर पे? हम पचास बार तुम्हारे यहाँ आते! तुम एक दफे तो आओ बेटे! चलो, ये बाजू पे तुम कभी आते नहीं, आज अच्छे मिल गए। चाय पिलाता।"

चांगदेव बोला, "चाय कौन पीता तुम्हारी बस्ती में आ के? तुम बीफ खिलाने का बोले थे। उसको भी बहुत दिन हुए। बहुत टेस्टी रहता बोले थे तुम।"

"बीफ क्या खाएँगे तुम हिन्दू के बच्चे।"

"क्यों नहीं खाऊँगा? चलो, कल मिलेगा क्या बीफ?"

"कल क्यों, आज शाम को करेंगे। अपना भाई मस्त खाना पकाता। चलो, घर कू ही बैठेंगे। रात में खाना खाके चले जाना। चलिए।"

फिर आजम के यहाँ गप्पें हाँकते शाम बीती। एक ही कमरे में आजम और उसका भाई रहते थे। कमरे में कुर्सी तक नहीं थी। दरी पर सब कुछ। रसोई के बर्तन सब जर्मन के और एनॅमल के। भाई बाहर जाकर थैली में सब सामान ले आया। फिर स्टोव सुलगाकर काम में जुट गया। बीफ में कितना सत्त्व होता है आजम यह कहता जा रहा था। चांगदेव भी कहने लगा, "सत्त्वों की बात छोड़ो भैया, गोबर में सत्त्व होता है ऐसा सिद्ध हो गया तो भी हम गोबर नहीं खाएँगे। लेकिन मुल्क में बिना काम के जो गाय-बैल हैं उन्हें मारकर देश को मुक्ति का एहसास दिलाना चाहिए। अच्छे बैल और गायों को तो भी पेट-भर घास मिलेगी। हिन्दुस्तान बेकाम की चीजों से बड़ा दुर्बल हो गया है। चूहे, कुत्ते, आदमी भी। खत्म कर देना यह सब और देश एकदम सुदृढ़, बलवान बनाना वगैरा।"

हिन्दू मूर्ख हैं कहने पर आजम खुश हो गया। लेकिन मुसलमानों को भी सुधरना चाहिए कहने पर सिर्फ ऐसा कहता रहा—उसमें कोई शक नहीं, उसमें कोई शक नहीं। आजम के भाई ने कम-से-कम चीजों से रसोई पूरी कर जर्मन की तश्तरियों में परोस दिया। चांगदेव को बचपन की गोभक्ति का तीव्रता से एहसास हुआ। लेकिन अपने हिन्दुत्व में काट-छाँट करना भी आवश्यक है इस विचार से उसने पेट भरकर बीफ खाया।

आजम के साथ नुक्कड़ पर पान खाकर उसे छोड़ा और चलते हुए गाँव में आया। आज गायकवाड़ आए होंगे तो सीधे कमरे पर न जाकर उनके यहाँ होकर कमरे पर लौटना चाहिए, यह सोचकर उधर गया। गायकवाड़ के कमरे में पूरी लाइट जल रही थी। जीने पर से धीरे से चढ़कर धीरे से गरदन उठाकर उसने देखा तो गायकवाड़ मुँह फेरकर बैठे थे और सामने की खिड़की से कुछ बाहर हाथ से इशारे चल रहे थे!

"क्यों गायकवाड़, कहाँ दौरा मार आए हो?"—अचानक चांगदेव ने कहा।

चौंककर एकदम उठते हुए वे बोले, "आइए, आइए, टूर पर इस महीने गया ही नहीं। बहाना कर टाल गया। योंही बैठा था, आओ ना ऊपर। थोड़ी छुट्टी ले ली इस महीने में।"

"क्यों? कुछ खास बात?"

चांगदेव के ध्यान में आ गया कि गायकवाड़ खिड़की की ओर मुँह करके बीच-बीच में सामने की खिड़की की ओर देखते जा रहे हैं। चांगदेव ने ठीक से झुककर निरखा कि क्या है। सामने के घर में एक गोरी-चिट्टी मोटी लड़की योंही आती-जाती दिख रही थी और उसी की ओर देख रही थी।

"कुछ नहीं। यों ही रह गया यहाँ। ऑफिस का क़ाम काफी पड़ा है। मार्च के अन्त तक खत्म करना होगा। एकाउंट्स वगैरा। आप वहीं पर आराम से बैठिए।"

फिर चांगदेव उसके पास जाकर झुककर सामने की खिड़की की ओर देखते हुए उसकी पीठ पर धौल-धप्पा जमाकर बोला, "वाह! कुछ नया लफड़ा शुरू किया लगता है। वही मैं कहूँ कि क्या चल रहा है।"

गायकवाड़ झेंपकर हँसी रोकते हुए बोले, "आपकी नजर बहुत ही पैनी है भैया। चलो, उधर बैठो।"

ऐसा कहकर गायकवाड़ भी दीवार की ओट में सोफे पर बैठे। सामने के मकान में रहनेवाली लड़की के साथ उनकी छेड़छाड़ चल रही थी। हँसते-हँसते

पिछले महीने से यह चल रहा है उन्होंने बताया। वे बोले, "अब मैं छोड़ता नहीं ये बहुत अच्छी लड़की। परसों मुझे पड़ोस के महाशय ने बताया कि उसकी शादी नहीं हो रही। आप मेरे दोस्त इसलिए बता रहा हूँ भला। किसी से मत कहना। ये गाँव भोसड़ी का अजीब है।"

"किसलिए शादी नहीं हो रही है?"

"पिछले साल यह लड़की एक मारवाड़ी के छोकरे के साथ स्कूटर पर यहाँ देहात में कहीं पहाड़ी में गुफा है न, वहाँ गई थी।"

"बहुत अच्छा स्पॉट है वो। सैर को गए थे हम लड़कों के साथ। हाइवे से मील-भर अन्दर है।"

"वहाँ इस लड़की को ले जाते समय ट्रक से एक्सिडेंट हो गया। इसलिए यह लड़की उसके साथ थी ऐसी चर्चा शुरू हो गई गाँव में। कहते हैं, अखबार में भी आया था। गुजराती हैं। इनकी जाति में अब कोई इससे शादी करने को तैयार नहीं। यहाँ एक बार आई थी, जीने में से ही बोली। उसके पिताजी उधर गुजरात में कोशिश कर रहे हैं कि कोई मिल जाए। लेकिन वह नौबत नहीं आएगी उस पर। मैं हूँ यहाँ!"

"मतलब आप मामला बिठा रहे हैं। बधाई हो!"

"अब थोड़ा सा रहा है। इसीलिए मैं टूर पर भी नहीं गया। इस धूपकाले में शादी नहीं हुई तो फिर शादी का नाम नहीं लेना। अब ये आखिरी है ऐसा कहूँ तो ज्यादा गलत नहीं होगा।"

"तभी तो मैं सोचने लगा इतनी रात गए आपका नीचे का दरवाजा खुला क्योंकर है? वा गायकवाड़! चलने दो! मैं आता हूँ। बेस्ट लक। जीने का दरवाजा लगा लो।"

गायकवाड़ हँसकर बोले, "जीने का दरवाजा आजकल दिन-भर खुला रखता हूँ मैं। एक बार वह जीने से ऊपर चढ़ गई तो समझो चढ़ ही गई। ह ह ह खो खोक्!"

ताली देकर चांगदेव जीना उतरकर नीचे आया। फिर ऊपर सामने की खिड़की पर नजर डालकर चलने लगा।

उस रात उसे विशाल गुफा जैसी चीज सपने में दिखी। वहाँ बड़ी-बड़ी नग्न मूर्तियाँ और एक प्रचंड पत्थर का स्तन दोनों हाथों में समा न सके ऐसा। अवकाश से बाहर आया हुआ और अपन चींटी जैसे उस प्रचंड स्तन पर चलते-चलते जा रहे हैं। बिलकुल ऊपर देख-देखकर प्रचंड दिखाई देनेवाली फूली सी गोलमटोल चूची तक।

रात में उठकर उसने रेडियो चालू रह गया था वह बन्द किया और लँगोट बदलकर अत्यन्त असहज होकर लेटा रहा।

किसी मिशन के स्कूल में छोटे बच्चों के चित्रों की प्रदर्शनी देखने के लिए प्राध्यापक काम्बले, चांगदेव को ले गए। वहाँ चार-पाँच लोग भी नहीं थे। फिर एक चित्र पर बहुत देर आँखें गड़ाकर देखते रहने के बाद सहज ही नजर उठी तो देखा सामने पारू है। वह बहुत ही प्रसन्न होकर गरदन झुकाकर मुस्कराई। पिछले तीन-चार दिनों से वह उसे ढूँढ़ ही रहा था। चटपट वह उसकी ओर गया और मामूली कुछ बोलकर उससे कहा, "कल यहाँ इसी वक्त आना।" वह एक शब्द भी न बोलते हुए सिर्फ चेहरे से हाँ, ना कर रही थी। वह फिर अधिकार से बोला, "इसी वक्त यहीं पर।"

वह कुछ सिहरकर पलकें बोझिल कर गरदन मोड़कर आगे बढ़ गई। फिर उसे भी अपना अधिकारवाणी में बोलनेवाला स्वर अजीब लगा और वह भी पीछे के चित्र देखता हुआ दरवाजे से बाहर आ गया। काम्बले ने पूछा, "आपकी और सावनूर की पहचान है? बहुत अच्छी लड़की है। लेकिन इस गाँव में हीरा हो तो उसका भी कोयला हो जाता है।"

दूसरे दिन भी प्रदर्शनी देखने के लिए दो-चार लोग भी नहीं थे। सिर्फ खाली हॉल और एक चपरासी था। चित्र देखते और सौ बार दरवाजे की ओर देखते हुए वह समय काटता रहा। फिर कोने में एक टेबल के पास कुर्सी पर बैठकर दरवाजे की ओर देखता उदास बैठा रहा।

उसको आना होता तो अब तक वह आ चुकी होती। लेकिन शायद उसे अपने रूप का प्रचंड अभिमान हो इसलिए वह मेरे बुलाने पर तुरन्त आज आएगी भी नहीं। नहीं तो वैसे भी घर में उसे क्या काम रहता होगा? लेकिन मैंने खुद उसे बुलाया है तो यह मौका शायद वह खोना न चाहती हो। वह आएगी। यह सब निश्चित करने में उसे देरी होगी, लेकिन उसे आना होगा तो वह आज ही आएगी। और वह बैठा रहा।

यह किसी तरंगायित जहाज के समान बिलकुल उसी दिशा में बहता रहता है, दूसरी सम्भावना सहन नहीं होती। यह हरियाली रूमानी दुनिया उसे बचकानी, झूठी लगती थी लेकिन अपने बारे में वह सच सिद्ध हो रही है। इतनी शुष्क होकर भी

अगर मैं इस चपेट में ऐसे आ गया तो बीस साल के लड़के-लड़कियाँ प्यार के लिए कुछ भी करने को जो तैयार हो जाते हैं यह बिलकुल सम्भव है! ऋतु के बदलते ही सिर्फ उसकी आहट से पेड़ों में कोंपलें फूटने लगती हैं, यह प्यार की भावना कुछ झूठी नहीं है। वह आ ही गई तो क्या बोलेगी? वह हमेशा मौन ही रहती है। शायद उसकी आवाज उसके रूप के अनुकूल नहीं होगी इसलिए वह स्त्री जाति के धूर्त स्वभाव के अनुसार बोलना टाल रही हो। और मैं उससे क्या कहूँगा? प्यार की भाषा ही कितनी चिकनी-चुपड़ी होती है। लड़के-लड़कियों का भाषा के बिना प्यार करना सम्भव होगा वह स्थिति बहुत ही उन्नत होगी।

जो कुछ भी हो आज मैंने इधर पैर बढ़ाया है। जो कुछ होना है वह आज हो जाएगा। नहीं तो नहीं होगा। वह ज्यादा असहज होता चला गया। टेबल पर हाथों को बाँधकर ऊपर माथा रखे वह आँखें मूँदे बैठा रहा।

शायद इस कंगाल गाँव में किसी ने देख लिया तो राई का पहाड़ हो जाएगा इसलिए भीड़ के समय वह मिलना टाल रही हो। वह देर से ही आएगी। सब कहते हैं, वह बहुत ही बुद्धिमान है। उसके बारे में जो भी अफवाहें हैं, वे सच भी हों तो भी मुझे वह चलेगी। हिन्दुओं की स्त्री-विषयक जो धारणा है वह धिक्कारने लायक है। स्त्री ऐसी ही होनी चाहिए कि जिसके कुछ-न-कुछ लफड़े अपने आप होते गए हों।

कुछ आहट-सी लगी इसलिए उसने सिर ऊपर उठाकर देखा। चारों तरफ चित्र ही चित्र और बीच में वह मीठी मुस्कान लिये खड़ी थी। यह रंग-बिरंगे चित्रों की पार्श्व भूमि का वातावरण उसके मूर्तिवत खड़े रहने से उसे अद्भुत लगने लगा। हड़बड़ी में उठकर लड़खड़ाते हुए पास की एक कुर्सी खींचकर वह बोला, "यहीं बैठें?"

हॉल में चित्रों के अलावा कोई नहीं है इसका निश्चय कर वह धीरे से कुर्सी पर बैठ गई। जैसे मॉडल बैठता है वैसे पैर मिलाकर हाथ जाँघों पर रखे कन्धे और गरदन का सौष्ठव दिखाती हुई। फिर वह बोलता रहा लेकिन वह बोल नहीं रही थी। अचानक एक खूबसूरत तोहमत आ पड़ने से अपने आपको सँभालने की कोशिश में वह बोलता रहा। और वह, इस रास्ते पर बहुत ही जिम्मेदारी के साथ अब हमेशा के लिए अपना कदम रख रही हूँ ऐसी चिन्ताक्रान्त मुद्रा में सहज रूप से बैठी रही। उसकी इतने दिन सुनने को जो नहीं मिली वह आवाज सुनने के लिए वह अधीर हो गया। बाद में जब उसने धीमी आवाज में स्त्री-सुलभ विशेषताओं से बोलना शुरू किया तब उसके कान तृप्त हो गए। वह कहने लगा, "आपकी आवाज इतनी सुन्दर है फिर आप बोलती क्यों नहीं हैं?" निरुत्तर होकर उसने सिर्फ कहा,

"थैंक्यू!" मतलब उसके घर के भीड़ भरे कोलाहल, शोर-शराबे और चीख-पुकार ने उसकी आवाज को हमेशा के लिए दबोच लिया था यह अनुमान सच निकला। इसी कारण उसमें अकेलेपन की भावना आ गई थी और गूँगेपन की आदत हो गई थी। वह चुलबुलाती नजरों से देखती रही। नजरों से टटोलती रही। यह दुनिया इतनी बेपरवाह, बेदर्द होने पर भी नारी को अपना सम्पूर्ण अस्तित्व किसी को पूरे विश्वास के साथ सौंपना ही पड़ता है। उसका डर अब उसकी चौकन्नी आँखों में दिखाई दे रहा था। यह मतलब शुरुआत ही है ऐसा अभी ऊपर-ऊपर से समझकर चलने में हर्ज नहीं था। दोनों हाथों से चोटी का सिरा खोलकर वह बार-बार बुनती रही। इससे ज्यादा-से-ज्यादा भीतर से निश्चय को वह प्रकट करती रही। किसी समय उसमें जो बुद्धि का, रूप का और दमित यौवन का घमंड था अब वह परास्त हो गया है, ऐसे लक्षण उसकी सभी हलचल में आ गए थे। फिर भी सुन्दरता का स्वानुभूति सम्पन्न मद अब भी बाकी था। वह निरुत्तर होकर बोलने लगी, कितने ही दिनों से मुझे भी लगता है...लगा है आपसे मिलना लेकिन...वह कहने लगा, "हम यहाँ से बाहर चलें तो?" वह बोली, "नहीं-नहीं, यह मेरा ही स्कूल है! यहीं ठीक है।" वह बोला, "मतलब मैंने आपको खुद ही बुलाया यह अच्छा हुआ...आप अंग्रेजी भी अच्छा बोलती हैं, आपकी आवाज ही इतनी अच्छी है कि अंग्रेजी क्या, मराठी क्या, आप अच्छा ही बोलती हैं।" वह बोली, "यह कुछ मेरी अंग्रेजी को कॉम्प्लीमेंट नहीं है। हमारी फैमिली में हम लोग ही इधर रहते हैं इसलिए मराठी बोलते हैं। माँ के कारण घर में भी मराठी है। बाकी पिताजी के सभी रिश्तेदारों की मातृभाषा ही अंग्रेजी हो गई है। हमारी एक फूफी एयर होस्टेस हैं, चाचाजी ने तो आसाम के तेजपुर में एंग्लो इंडियन लड़की से ही शादी की है। हमारे पिताजी, टूटी-फूटी मराठी बोलते हैं!...मैं बम्बई गया था कहना हो तो मैं बम्बई जाता हुआ था कहते हैं। या हो गया कहना हो तो कभी-कभी गया गया कहते हैं। गया मैं जाता नहीं के बजाय जाता मैं गया! मजा आता है। और वह खूबसूरत खास हँसी हँसकर यह सब कहते-कहते चांगदेव को भी अपन ने खूब हँसाया इससे खुश होते-होते फिर वह अचानक उदास हो गई। अपने ईसाई होने का बातचीत में इतने प्रारम्भ में ही सन्दर्भ दे दिया यह गलत हुआ। चांगदेव के भी ध्यान में यह बात आ गई। फिर बार-बार टटोलकर भी उसके सीने पर आज हरदम का सुन्दर क्रॉस दिखाई नहीं दे रहा, आज सोने की अच्छी-सी पतली दूसरी ही चेन उसने पहनी है यह ध्यान में आ गया।" उसके इस उदासी से उबारने के लिए उसने सीधे पूछा, "आपके गले में हरदम का

क्रॉस दिखाई नहीं देता आज?" सीने को पूरी तरह से आँचल में छुपाकर नाखून को देखते हुए वह बोली, "निकालकर रख दिया।" उसने पूछा, "किसलिए? मुझे वह क्रॉस देखकर आपके बारे में बड़ा अच्छा लगता है। मुझे क्रॉस अच्छा लगता है। मैं बम्बई में जब अस्पताल में था ऑपरेशन के समय नर्स के गले का क्रॉस देखकर तय किया था—मुझे क्रॉस अच्छा लगता है।" ऑपरेशन का विषय निकालना नहीं था और वही अचानक मुँह से निकल जाने से वह उदास हो गया! उसे ईसाई होने की भावना से उबारने गया तो यह सब बाहर आ गया। फिर भी वह जबरदस्ती बोलता रहा, "आप वही चेन पहनकर आया करें। क्रिश्चियनिटी ग्रेट है। आपको अभिमान होना चाहिए।" फिर उसे लगा आया करें मतलब कहाँ आया करें? कुल उसका अपने बोलने पर नियंत्रण नहीं रहा। लेकिन वह बड़ी समझदारी से हर बात समझ रही थी और मुस्कराती आँखों से निरख-परख रही थी। वह कहने लगी, "इस स्कूल में कोई भी छुट्टी पर जाए मुझे पढ़ाने के लिए बुला लेते हैं! अगले साल एम.ए. में बैठूँगी। बिनी को अब मेडिकल में भेजना है इसलिए मैंने एम.ए. का रद्द कर दिया। बाहर से ही बैठना तय किया।" चांगदेव ने क्या-क्या पढ़ा, यह पूछा तो उसने हेनरी मिलर समेत काफी कुछ पढ़ रखा था। उसके घर उसके एक चाचा ने हिन्दुस्तान छोड़कर इंग्लैंड जाने से पहले किताबों की अलमारियाँ लाकर रखी थीं। वह आसाम में चाय की कम्पनी में था। वहाँ एकदम नई-नई किताबें मिला करतीं। लेकिन ज्यादातर उपन्यास वगैरा ही।

कुछ देर बाद हॉल में स्कूल की प्रिंसिपल और दो-तीन सफेद कपड़ों की प्रौढ़ महिलाएँ अचानक आ गईं। उन महिलाओं ने पारू के साथ बातें शुरू कर दीं। कुछ देर बाद उन महिलाओं के जाने के बाद पारू उसे स्कूल के हॉस्टल की मेस में ले गई। वहाँ उसे सभी औरतें पहचानती थीं। वहाँ चाय होने पर वह बाहर के अँधेरे की ओर देखते हुए बोली, "अब चलना चाहिए।" वह बोला, "कल फिर कब आओगी? यहीं।" वह हँसकर बोली, "आऊँगी।"

उसके चले जाने के बाद वह सोचने लगा अब अकेले क्या करना चाहिए? फिर गाँव में कहाँ जाएँ और कहाँ न जाएँ ऐसा उसे हो गया। वापस कमरे पर जाने का मन नहीं कर रहा था ऐसी प्रचंड रिक्तता। वैसे भी हरदम ये रिक्तता होती ही है। आज पारू के मिलने से जैसे अन्धकार ध्यान में आता है वैसे उस रिक्तता के

परिमाण समझ में आ गए। कमरे पर आकर उसने आवाज बढ़ाकर गाते-गाते चाय बनाई। उसके बाद उसने रेडियो ऊँची आवाज में शुरू किया। खाट पर हमेशा की तरह गरदन के नीचे तकिया रखकर पड़े रहना अब सम्भव नहीं था। कभी पलंग पर लेटकर कभी लोट-पोट होते-होते उठकर किताबें उलटते हुए, रेडियो पर केन्द्र बदलते हुए वह मचलता रहा। अब सचमुच परिवर्तन हो गया था। मन:पटल पर एक प्रचंड नारी प्रतिमा उभर चुकी थी। उदास लेकिन मुस्कराते ही बड़ी मीठी। मीठी।

इसके बाद उन दोनों में इतनी गहरी दोस्ती हो गई जितनी कभी किसी से नहीं थी। उसे वैसे भी घर की भीड़ और घर में चौबीसों घंटे रहने से बहुत ही उकताहट हो रही थी। अब वह बाहर जाने के लिए उतावली रहती। उसे पहली बार आजाद तबीयत जवान आदमी मिला था। और अब इसे किसी कीमत पर नहीं छोड़ना है ऐसा उसने निश्चय कर लिया था। उसे लगता कि मेरे बारे में इसे पूरी जानकारी पहले से होगी, फिर भी यह अपने पर मोहित हो गया है शायद। यह उसके बड़प्पन की निशानी है। आधुनिकता का द्योतक है और उसकी विचित्रता का भी। उसे अपने ईसाई होने पर मन-ही-मन अत्यन्त तिरस्कार की भावना थी। कभी अपने पुरखे हिन्दू थे। अफाट हिन्दू समुदाय से अब इतने तिरस्कृत समाज में मैं दुर्घटनावश फँस गई हूँ यह उसे मालूम हो गया था। पिता की ओर से तीसरी पीढ़ी में केरल में किसी को जबरदस्ती मुसलमान किया गया इसलिए हिन्दुओं ने बहिष्कृत कर दिया तो वे पुरखे मुसलमान से ईसाई अच्छे इस भावना से ईसाई हो गए। और माँ की तरफ से ईसाई होने की एक मजेदार कहानी है। उसकी माँ के पिताजी चार बरस के बच्चे थे तब मेले में खो गए। वे कुचले जाएँगे इस डर से एक बूढ़ी ईसाई महिला ने उन्हें अपने पास ले लिया और घर ले गई। बाद में वह भ्रष्ट हो गया है इस डर से घरवाले बच्चे को लेकर ही नहीं गए। तो यह है दोनों तरफ से ईसाई होने की कहानी।

दादाजी की शादी तो कम-से-कम ईसाई मराठी महिला से हुई लेकिन आगे चलकर उनकी लड़कियों की शादियाँ नहीं होने लगीं। फिर ईसाइयों में नीची जाति के बेशऊर अनाचारी लड़के ज्यादा थे। आखिर में उसकी माँ को केरल के इस रेलवे अफसर ने पसन्द किया। सभी के ईसाई हो जाने के कारण वे सब धीरे-धीरे देशी परम्परा से टूटते चले गए। रिश्तेदार पूरे मुल्क में कहाँ-कहाँ अनेक भागों में जातियों में बिखर गए। कई भाषाएँ। उनके पूरे परिवार में किसी की भी शादी ठीक से नहीं हुई थी। आधे से ज्यादा रिश्तेदार हल्के धन्धे करनेवाले थे, शराबी थे। कइयों

के तलाक हो चुके थे। किसी को ढंग से घर-बार रीति-रिवाज मालूम नहीं था। माँ के कारण उसके घर में कम-से-कम मराठा खानदानी चलन था। लेकिन यह स्वस्थ देशी संस्कृति की दीवार दिन-ब-दिन ढहती जा रही थी। लड़कियों की शादियों के समय इस दीवार पर हमले होते।

हिन्दू लड़के मिलते नहीं हैं, यह उसकी माँ की तथा मौसी की शादी के समय सिद्ध हो गया था। फिर भी कुछ भी हो जाए कमीने ईसाई लड़कों को लड़कियाँ देनी नहीं है, यह उसके दादाजी का संकल्प था। लड़कियाँ भी खूबसूरत थीं। इसलिए मौसी को बेलगाँव के एक ऊँची जाति के कन्नड़ ईसाई लड़के को दिया। बेलगाँव में कम-से-कम थोड़ा-बहुत मराठी वातावरण था और मौसी का पति बहुत ही अमीर था। फिर भी मराठी चलन वहाँ टूटता ही गया। फिर मामा के विवाह के समय हिन्दू लड़की मिली ही नहीं। फिर माँ की शादी के समय तो मौसी जैसा भी कोई मिला नहीं, उम्र बढ़ती गई। स्थानीय ईसाइयों के सम्बन्ध में इनके मन में तिरस्कार की भावना है, अपमान होने पर भी ये सम्बन्ध रखते हैं और ईसाइयत के बारे में कुल मिलाकर इनका मत अच्छा नहीं है इसलिए गाँव का ईसाई समाज दादाजी पर पहले से ही गुस्से में था। आगे चलकर दादाजी भी सारे हिन्दुओं से चिढ़ गए। हिन्दू हरामखोर जाति होती है इसलिए लड़कियों को फिर से हिन्दू जाति में देने की आशा छोड़कर उन्होंने इस लड़की को भी केरल के आदमी से शादी करने दी। लेकिन फिर भी माँ को यहीं रहना है, ऐसे बूढ़ा कहा करता।

अब बिनी और पारू का भी वही होगा। दीवार पूरी तरह से ढहती आ रही थी। बचपन से घर में होनेवाले इन संस्कृति संघर्ष में पलनेवाली दोनों जवान लड़कियों को अब बिना किसी कारण अपनी सुन्दरता और यौवन के आधार पर ऐसा लग रहा था कि, शादी के एकमात्र प्रवेश द्वार से फिर वे हिन्दुत्व की पूर्वज प्रिय आकर्षक प्रचंड गंगा में मिल सकेंगी। यह मात्र तर्क से निष्पन्न सत्य नहीं था। यह था रोज के जीने से प्राप्त व्यवहाराधिष्ठित सत्य। पारू बड़ी लड़की थी इसलिए उसी को इस तूफान ने विशेष रूप से घेर लिया था। और वह अत्यन्त बुद्धिमान थी। सुन्दर भी।

उसका एक रिश्तेदार जो आसाम में रहता था एक गोरी एंग्लो इंडियन लड़की से शादी कर फिर बड़ी कोशिश से हजार झंझटें उठाकर अर्जी पर अर्जियाँ देकर, अपमान सहकर अन्त में ब्रिटिश पासपोर्ट प्राप्त कर पत्नी के साथ इंग्लैंड चला गया। वह जाने से पहले, बम्बई से समय निकालकर अभी-अभी अकेला ही आकर

गया। इसलिए इन सब विचारों को घर में फिर से दोहराया गया। उस समय पारू ने उससे कहा था, इतनी झंझटें उठाने के बजाय तुम यहीं पर किसी हिन्दू लड़की से शादी कर यहीं क्यों नहीं रह गए? उधर जाकर तुम सुखी हो सकोगे यह तुम्हारी खामखयाली है। वह भी असहज होकर कहता रहा, "लेट्स सी लेट्स सी।" वह बोली, "हम हिन्दू की ही एक सब-कास्ट के रूप में भी इस प्रचंड देश में सुख से रह सकते हैं। हिन्दू मूलत: इस जमीन से जुड़े हुए हैं। इसलिए वे मुसलमान हों या ईसाई, लेकिन यह भूमि उन्हें प्रिय है।" वह रिश्तेदार सिर्फ कह रहा था, "लेट्स सी लेट्स सी।"

पारू की तीव्र इच्छा थी कि वह फिर से हिन्दू बने और उसके लिए शादी एक रास्ता था जो अब भी बचा था। अब वह अपना पूरा अस्तित्व इस बात के लिए दाँव पर लगाने के लिए तैयार थी। घर में सबका खयाल था कि हिन्दू नौजवान नादान होते हैं। इन नई लड़कियों का भी मत वैसा ही था। इसके पहले यह एक हिन्दू उससे मिला था। इस गाँव में फिर कभी ऐसा हिन्दू आएगा ऐसा पारू को नहीं लग रहा था। और यह पागल हिन्दू भी ऐसा मिला कि जिसे मेरा हरदम गले में क्रॉस पहनना अच्छा लगता है। यह ग्रेट है। हिन्दुत्व के विषय में अभी भी प्यार बनाए रखने में हर्ज नहीं है। मतलब इन सब आकर्षणों से यौवन सुलभ इच्छा के साथ शादी की सम्भावना के कारण इस बुद्धिमान युवती के प्यार में उफान आ गया। उसे अत्यन्त मधुर जीत की हँसी गुदगुदाने लगी।

आजकल वह नियमित रूप से सहेतुक बातें करता। कॉलेज में हर कोई परीक्षा के काम में, पूर्व परीक्षा के पर्चे जाँचने में लगा हुआ। झुलसती धूप और दोपहर में चारों तरफ सन्नाटा। इस गाँव में अब दिन जल्दी-जल्दी जाने लगे। अब अलसाई गलियों में लेटी धूप को डग भरकर नापते हुए वह प्रचंड ऊँचे क्रूस की स्कूल की ओर खिंचा चला जाता। सब दिनों की आजकल दूसरी परिधि नहीं थी। वह कहता, "अब इस लड़की के बिना दिन काटना मुश्किल है।"

कॉलेज के काम्बले वगैरा बुजुर्ग लोगों के ध्यान में चांगदेव का यह प्रकरण आने पर उन्हें मजा आने लगा। वे एक-दूसरे को तालियाँ देकर कहने लगे, "यह बैचलर हमारे गाँव से बचकर निकलना चाहता था। बराबर फँस गया कि नहीं! हम कह रहे थे न कि यहाँ से कोई कुँवारा बच के नहीं जा सकता।"

लांडे वगैरा ने उसे अकेलेपन के मूड में पारू सावनूर के विषय की अफवाहें सुनाईं। चांगदेव बोला, "मुझे उसका कुछ भी नहीं लगता। उसे अगर बच्चा भी होता तो भी मुझे कुछ फर्क न पड़ता।" तब वे भी कहने लगे, "वैसे वो कोई खास बात नहीं। वह लड़की अच्छी ही है। बिना वजह वेस्टेड इंटरेस्टवाले लोगों ने उसे बदनाम किया है।"

पाचलेगाँवकर कहने लगे, "अब तो ये दोनों शादी करके ही रहेंगे। इतने कम समय में तेजी से पास आने की कोशिश कर रहे हैं पाटील।"

पवार बोले, "लेकिन हमारे यहाँ बाड़े में तो वह कभी नहीं आती! यहीं कहीं मिलते हैं। मुझे नहीं लगता इतनी जल्दी वे शादी करेंगे। कमरे पर ले आने के लिए कहना पड़ेगा पाटील को। एक बार वे वहाँ मिलने लगे तो शादी होने में देर नहीं होगी! दो ताली!"

मोडक बोले, "इनका तय होते ही पाटील को ऊपर की ग्रेड तुरन्त मिल जाएगी। प्रिंसिपल को उस लड़की के बारे में बहुत सिम्पैथी है। होशियार थी लड़की। अच्छा हो जाएगा।"

पवार कहने लगे, "अच्छा हो जाएगा। मैं भी बन्धन में बँध रहा हूँ। पाटील भी बँध रहा है। अब आगे से अपना गाँव छोड़कर जाने की बात नहीं करेगा वो।"

फिर चांगदेव से पवार बोले, "ठीक परीक्षा की भीड़-भाड़ में शुरुआत की है आपने! बहुत होशियार हो भैया। हमने दो एस.टी. की बसें रिजर्व की हैं शादी के लिए। आप पूछिए उससे, आएगी क्या शादी में? या मैं पूछूँ? अच्छा हो जाएगा चार दिन उधर आपको पूरी छूट! आँ?"

उनके प्रतिदिन मिलते रहने से चांगदेव के सभी काम अधूरे रह गए थे। आजकल वह कॉलेज पर ही पूर्व परीक्षा के पर्चे जाँचा करता। डिपार्टमेंट में सबके टेबल पर जाँचे हुए पर्चों के ट्यूटोरियल्स के गट्ठर पड़े हुए थे। लेकिन उसमें चांगदेव की कुछ भी तरक्की नहीं हो रही थी। फिर शारंगपाणि जी ने खुद के जाँचने के लिए कुछ भी पर्चे नहीं लिये थे और चांगदेव को सात सौ पर्चे दिए थे। रोज दस-बीस भी नहीं हो रहे थे।

एक दिन सवेरे शारंगपाणि जी ने आकर देखा कि किसी ने डिपार्टमेंट के ट्यूटोरियल्स के नोट बुक और सब टेबल के पर्चे के गट्ठर गायब कर दिए थे। कॉलेज में भगदड़ मच गई। प्रिंसिपल खुद आकर देख गए। किसी गुंडे लड़के का यह काम होगा, यह सबको मालूम हो गया। प्रिंसिपल और शारंगपाणि जी ने

चुपचाप आपस में कुछ बातचीत की और पूरा मामला रफा-दफा कर दिया गया। शारंगपाणि ने सबको बता दिया कि ट्यूटोरियल्स के मार्क अन्दाज से देना है और पूर्वपरीक्षा के मार्क छमाही परीक्षा के अनुसार दिए जाएँ। सुलोचना जी गुस्से में भरकर कहने लगीं, "फालतू में लेबर बेकार गया। जल्दी छुटकारा मिले इसलिए रात-दिन जागकर मैंने पर्चे जाँचकर खत्म किए थे।" पवार हँसकर बोले, "मेरा अच्छा हुआ, शादी की भागदौड़ में मेरे आधे पर्चे भी जाँचकर खत्म नहीं हुए थे। पाचलेगाँवकर ने ईमानदारी के साथ पूरे पर्चे समय रहते जाँच डाले थे—वह सब बेकार गया।" शबीर भी बातें बनाने लगा कि मैं रात-दिन जी-तोड़ कर पर्चे खत्म ही करते आ रहा था। चांगदेव पूरे काम से अपने आप बच गया। उस दिन वह पारू से बोला, "यह कॉलेज है या कोई तमाशा? यहाँ के तो लड़के ही मुझे जीनियस लगने लगे हैं। वैसे भी इंटर्नल असेसमेंट के मार्क सबके बढ़ाकर देते ही हैं। अगले साल नया कॉलेज ढूँढ़ना ही पड़ेगा।"

वह बोली, "छोटे गाँव में हर कहीं ऐसा ही होता है। आप बड़ा शहर देखो। मुझे विशाल शहर अच्छे लगते हैं। बड़े शहर का मतलब है ह्यूमैनिटी इन नटशेल।"

फिर 'प्राध्यापक' चाहिए के विज्ञापन आने लगे तब उसके दिमाग में नए-नए अजनबी शहर उभरने लगे। अखबार पढ़कर दूर-दूर के गाँवों में अर्जियाँ भेजने लगा।

इंटरव्यू के पत्र आने लगे तब वह पारू से पूछता, "बड़ौदा सुन्दर होगा, इंटरव्यू के लिए हो आता हूँ।" वह कहती, "बड़ौदा में पुराने ढर्रे के लोग हैं, नहीं जाना। उससे अच्छा तो यहीं रहो। एक-दो बरस के बाद एकदम अच्छे शहर में ही जाएँगे।" उसके बाद पणजी-गोआ में अप्लाई किया तब वह कहने लगी, "पणजी अच्छा है। पणजी ही पसन्द करना...पूना का हो जाए तो और भी अच्छा है।"

अगले बरस नए गाँव में नया कार्यक्रम शुरू करना है इस बात से उसे उत्साह आ गया। अब नए गाँव में जाना मतलब मैं अकेले नहीं दूँगा, पारू को साथ ले जाना ही होगा। नए गाँव की बात अप्रैल में निश्चित कर देंगे, मई में पारू को लेकर उधर जाना, फिर नए गाँव में पत्नी ईसाई है इसलिए घर मिलने में परेशानी न आए। मतलब बड़ा शहर ही ढूँढ़ना होगा। हर दिन इस विषय पर उनकी चर्चा होती। यह बीच की अवस्था कब खत्म होगी ऐसा उन दोनों को लगने लगा। उसके लिए भी एकदम दूर कहीं निकल जाना जरूरी था। इस गाँव में वह विचित्र अवस्था में फँसी

हुई थी। उसे अपने लोगों से दूर जाना आवश्यक था। इसी बात के लिए वह हरदम उदास सी रहती। अत्यन्त सुन्दर होने की वजह से वह उन सबसे अलग ही दिखती। सुन्दरता के कारण ही उसके जीवन में दुख आया था। पहले यह भी बिनी के समान हँसी बिखेरती फिरती। लेकिन उस घटना के बाद उसकी सब हँसी गायब हो गई। सुन्दरता कितनी बड़ी जोखिम होती है यह एक बार मालूम हो गया और उसकी हँसी खत्म हो गई। सुन्दर लोगों के दुख भी ऐसे अलग ही होते हैं। इसलिए उन्हें यातना सहने का बड़प्पन अपने आप प्राप्त हो जाता है। सुन्दर लोगों को अलग-थलग नहीं पड़ने देना चाहिए। सुन्दर लोगों पर इस पुराने ढर्रे के समाज में कुछ-न-कुछ बोझ हरदम रहता ही है। मैं इसे अलग-थलग नहीं पड़ने दूँगा।

फिर उसे लगने लगा कि ऐसी लड़की को पत्नी बनाना है तो अपने क्षुद्र मानसिक संघर्ष ताक पर रखने होंगे। बड़े शहर में जाना चाहिए, कुछ बाहर भी करते रहकर बड़ा बनना चाहिए। पी-एच.डी. वगैरा करना चाहिए। नारायण से मिलकर इंग्लैंड जाना चाहिए। किताबें लिखकर मशहूर होना चाहिए। महत्त्वाकांक्षाएँ रखनी चाहिए। सिर्फ मामूली लेक्चरर बनकर रहने में कोई फायदा नहीं। मैं वह सब करूँगा। इसके लिए सब करूँगा। अपना पूरा आदर्शवाद ताक पर रख दूँगा। बड़ी ताकत के साथ स्पर्धात्मक जीवन जीना चाहिए। यह आत्महत्या करने जैसा ही होगा, लेकिन मुझ में शक्ति है और उसका उपयोग करना ही है। इस संन्यस्त वृत्ति को हमेशा के लिए निरस्त कर डालना है। एक बहुत बड़ा मोड़ लेना होगा। कम-से-कम अभी के लिए बड़े शहर में जाकर रहना होगा। प्रपात के समान शरीर की शक्ति किसी पर से धकेलनी होगी।

उस वक्त उसने कभी हेमिंग्वे पर जो नोट्स बनाए थे उनके आधार पर एक बड़ा आलेख लिखकर अमरीका की एक पत्रिका के लिए भेज दिया। दूसरे किसी वक्त उसे इतना करने में महीनों लग जाते। लेकिन इस वक्त आठ दिन में भेजकर फारिग हो गया। इतना जोश। इतना ओरिजिनल आलेख उनको छापना ही होगा ऐसे अभिमान से उसने उसे कहा। वह अभिमान के साथ मुस्कराई।

झोपे एक बार मिले। वे कहने लगे, "गायकवाड़ बहुत ही बूढ़ा दिखने लगा है आजकल। और आपका कैसे चला है? शादी वगैरा करनेवाले हो ऐसा पता चला। अच्छा है। चलने दो।"

चांगदेव ने अपना विषय टालकर गायकवाड़ के सम्बन्ध में बातें शुरू कीं—"उसके सामने एक गुजराती लड़की रहती है, उनका कुछ तो चल तो रहा है। लेकिन अभी मामला जमा है ऐसा नहीं लगता! सीढ़ियाँ खुली रखकर बैठा रहता है वह उसके लिए!"

झोपे कहने लगे, "कितने दिनों से चल रहा है यह! करता कुछ भी नहीं गायकवाड़ अब भी। आप लोगों की इसमें गति नहीं है अभी यह बड़े दुख के साथ मुझे कहना पड़ रहा है। हिम्मत के साथ तन जाना चाहिए आदमी को। ऐसे सिर्फ सीढ़ियाँ खुली रखकर फायदा नहीं! उसे बोलो, मेक हर प्रेग्नेन्ट। हाँ, लड़कियों को गाभिन कर दो तो ही शादी झटपट होती है; गायकवाड़ को यह जरूर बता देना। चलता हूँ।"

अप्रैल में पवार की शादी के लिए चांगदेव भी बरात के साथ बंगलुरु गया। पारू भी साथ चले इसके लिए चांगदेव ने बहुत कोशिश की। उधर बेलगाँव में पारू की मौसी वगैरा हैं वहाँ जा सकेंगे वगैरा बातें कीं, लेकिन उसे घर से अनुमति नहीं मिली।

इन बातों की थोड़ी-बहुत जानकारी उसकी माँ को शायद होगी। लेकिन जब-जब चांगदेव उनके घर जाता तब उसकी माँ उसकी ओर शंकायुक्त हिन्दूद्वेषी नजर से ही देखतीं। पारू पर माँ का बहुत प्यार था। और इस सुन्दर लड़की का अच्छा हो ऐसा उसे लगता। लेकिन अब तक उलटा ही होता आया था। उसे चांगदेव अपनी लड़की के लायक नहीं लगता था। वास्तव में उस घर में सबका मत जवान हिन्दू लड़कों के बारे में कलुषित हो गया था। सबको पीढ़ी-दर-पीढ़ी इसकी आँच लगी थी, इतना ही इसका अर्थ था। चांगदेव अपने आपको इन सब सामाजिक झंझटों से परे मानता था।

या फिर यह भी सम्भव था कि पारू खुद जान-बूझकर उसके ज्यादा पास नहीं आ रही थी। खूबसूरत लड़की ज्यादा पास जाए तो उसका आकर्षण कम हो जाता है, शायद उसे मालूम होगा। इसलिए वह दूर रहना चाहती थी। दूर से सुन्दरता अधिक ललचाती रहती है, यह उसे अच्छी तरह से मालूम था।

वह नहीं आई तो भी बंगलुरु के चार दिन मजे में बीते। उधर का सुन्दर प्रदेश देखकर चांगदेव पाचलेगाँवकर जी को कहने लगा, "अपने दरिद्री महाराष्ट्र में ऐसा एक भी बड़ा शहर नहीं है। कितने सुन्दर रास्ते। कितने बड़े-बड़े उद्यान! कितना अच्छा इडली-साँबर। यहाँ नौकरी मिले तो कितना मजा आएगा!"

पाचलेगाँवकर हँसकर बोले, "सिर्फ चाहने के लिए अच्छे शहर हैं जी यह। दक्षिण में कोई भी आपको नौकरी नहीं देगा। यहाँ से थैले भर-भर कर अंग्रेजी के लोग अपनी तरफ भेजे जाते हैं। ये मूर्ख थोड़े ही हैं अपने जैसे बाहरवालों को नौकरी देने के लिए।"

फिर भी चांगदेव ने समय निकालकर दो-एक कॉलेज में लेक्चरर की नौकरी के लिए सीधे प्रिंसिपल से मिलकर पूछताछ की। दोनों जगहों पर सम्भावना नहीं थी।

वापस आने पर अत्यन्त शुभ शकुन के रूप में उसके पास एक लिफाफा आया हुआ था। पूना में इंटरव्यू के लिए अगले हफ्ते बुलाया गया था। अब बड़े गाँव में नौकरी लेना जरूरी था इसलिए उसने इंटरव्यू की तैयारी की। फिर पूना में किसी स्पेशलिस्ट से मिलकर जाँच भी करवानी थी।

फिर दो-तीन दिन के बाद अमरीका की उस पत्रिका का पत्र आया जिसे आलेख भेजा था। वह सिर्फ आलेख मिल जाने की सूचना थी। छह महीने में लेख के सम्बन्ध में निर्णय लिया जाता है और आगे के छह महीने में स्वीकृत लेख यथावकाश प्रकाशित किए जाते हैं इस आशय का पत्र था। मतलब जहाँ इतना समय लगता है वहाँ आलेख भेजना ही क्यों? फिर भी ऐसा कुछ करते रहना आवश्यक था इसलिए उसने एक और लेख लिखना शुरू किया। फिर नोट्स, फिर रात-दिन चार-चार बार लिखकर पक्का करना, टाइपिस्ट के पास खुद बैठकर बताते हुए टाइप करा लेना, गलतियाँ ढूँढ़कर दुरुस्त करना और जरूरत से ज्यादा खर्च कर पोस्ट से भेजना। ये झंझटें अपन क्यों करने लगे हैं?

इस तरह जागने से वह परेशान हो गया। सिर्फ एक खूबसूरत औरत के लिए मैं गधा बन गया हूँ!

एक बार पारू और बिनी उसके कमरे में आईं। अपने इस फकीराना बसेरे में यह खूबसूरत आकृति एकदम कुछ लगती है इसका उसे एहसास था। फिर भी वह कहने लगा, "दूसरा आलेख भी तैयार कर रहा हूँ। यहाँ किताबें नहीं, कुछ नहीं, फिर भी पूरा कर लिया है। अब छुट्टियों में ही एक और पूरा कर डालता हूँ। पहला लेख ले लिया ऐसा पत्र आया है। अब छप जाएगा"—उसने गप ठोंक दी। उसका दिखाया पत्र उसने खोलकर भी नहीं देखा। उसके लिए उतना काफी था।

"और परसों पूना में इंटरव्यू के लिए भी खत आया है। पूना में अच्छा हो जाएगा या नहीं? जा के आता हूँ।"

"पूना अच्छा है। जरूर जाकर आइए। लेकिन पूना में महँगाई बहुत है। ज्यादा पगार माँग लेना"—वह बोली।

किसी तरह सवेरे उठकर दौड़-भाग करके ट्रेन पकड़कर वह पूना पहुँचा।

बम्बई से बराबर एक बरस पहले वह सारंग के साथ पूना आया था।

कुलकर्णी प्रकाशक के यहाँ भी चक्कर लगाना चाहिए ऐसा उसे लगा। सारंग का और कुलकर्णी प्रकाशक का कुछ भी हो तो भी अपने साथ बाबा साहब और मैडम ने अच्छा बर्ताव किया था। प्रकाशक के रूप में वे कैसे भी हों तो भी मिलने जैसा तो निश्चित है। बड़े मन का आदमी है।

जिमखाने के एक लॉज में स्नान, चाय पीकर नीचे इडली-साँबर-डोसा दो-दो बार लेकर वह प्रसन्नता से पूना की सड़कों पर घूमता रहा। इस होटल से उस होटल में जाता रहा। फिर शाम में पैदल ही निरुद्देश्य घूमते हुए प्रकाशक कुलकर्णी के यहाँ पहुँचा।

उसे सीधे रसोई में आता देख उनका लड़का प्रमोद बोला, "कौन? आप पीछे आए थे ना? बराबर! बैठिए। बाबा साहब उधर ऑफिस में हैं। माताजी अभी आएँगी। गुलाब पुष्पों की प्रतियोगिता के लिए गई हैं माताजी! इधर रसोई के लिए, बर्तन के लिए, कपड़े के लिए किसी औरत को रखना और उधर ये ऐसे धन्धे करना! बैठिए।"

उधर से बाबा साहब ने गर्जना की, "कौन है रे प्रमोद? इधर ही आने के लिए कहो।"

चांगदेव ऑफिस में गया। बाबा साहब इतने प्रचंड मोटे हो गए थे कि उनसे उठा नहीं जा रहा था। वे लड़खड़ाते-हाँफते बोले, "वा-वा पाटील! कहाँ! अकेले ही हो क्या? आजकल कहाँ हो? किस काम से इधर आए हो? अच्छा, तुम कहीं कुछ कर रहे हो यह अच्छा हुआ। पूना में आ गए तो और अच्छा हो जाएगा। कौन सा कॉलेज?...वहाँ मेरी पहचान नहीं है। लेकिन तुम बुद्धिमान हो। तुम्हें ले लेंगे। देखेंगे किसी और की पहचान हो तो। हमारे चार-पाँच लेखक हैं उस कॉलेज में। उन्हें बताएँगे। तुम्हें जगह वगैरा कैसी चाहिए यह लिखना। तुम्हें अच्छा कमरा

दिलाना यह हमारा जिम्मा रहा...ब्लॉक चाहिए? क्यों रे भाई? अकेले हो ना तुम? अभी कुँआरे हो ना? शादी! अच्छा! और लड़की?...ऑ, है एक, यह तो हुआ ही रे, लेकिन कौन? तुम्हारी जाति की है? फिर? क्रिश्चियन? निर्लज्ज हो! माँ-बाप को बताया है क्या? जान दे देंगे वे। पढ़-लिखकर निकम्मा हो जाना इसी को कहते हैं! मूर्ख हो। माँ मर जाएगी सुनते ही। क्रिश्चियन लड़कियाँ कैसी होती हैं जानते हो तुम? ठहर, मैडम बताएँगी तुम्हें! शादी के बाद में पता चलता है। अच्छा यह सब जाने दो, प्रमोद, प्रोफेसर साहब के लिए चाय बोलो, खाने के लिए भी कुछ करने को कहो। मैडम को फोन करो। आपके मेहमान आए हैं कहना। हरामखोर! हाँ, कैसे क्या है, अपने दोस्त शंकर वगैरा से मिले या नहीं? नहीं? वे अब बम्बई में ही एक अखबार में हैं। विद्वान हैं वे।...अच्छा, सारंग मिला क्या इन दिनों में? कुछ खत वगैरा?...नहीं? ठीक है! वैसे लड़का अच्छा है।

"दो खतों में उसके होश ठिकाने आ गए! हा हा हा। समझता क्या है अपने आपको? तुम बड़े ग्रेट लेखक होंगे तो मैं भी उतना ही बड़ा प्रकाशक हूँ। ठीक ढंग से एक-दूसरे से रहें तो अच्छा है। नहीं तो हम एक-दूसरे के वैसे क्या लगते हैं? लेकिन मिलना ऐसा लगता ना तुमको? इसे ही मैं अहम् मानता हूँ जीवन में। लेखक ऐसा क्या कोई मसीहा है जिसकी मर्जी हम सँभालते रहें? हरामखोर! तुम लिखते नहीं हो क्या?...अंग्रेजी? तो फिर वह हमारा क्षेत्र नहीं। कुछ मराठी लिखने का इरादा हो तो लिखना। अंग्रेजी कविता पर एक परिचयात्मक किताब दे सकते हो? देखो। विचार करो। छुट्टी कितने दिन है? नहीं तो ऐसा करते हो क्या, यहीं रहो। तुम्हें जो किताबें चाहिए आज ही मँगवा लेंगे बाजार से। पढ़ो, सोचो, बन सके तो लिखो। नहीं तो चले जाओ। देखो तुम अपना सोचकर। तुम नए बच्चों में जोश है। वैसे हमें साहित्य वगैरा की समझ नहीं है ऐसा हमारे दुश्मन लिखते रहते हैं, लेकिन हमें लेखक कौन है यह समझ में आता है न? उतना काफी है प्रकाशक के लिए...आ गई मइडम। अरी ओ यह तुम्हारा मेहमान लेकर हमें बैठना पड़ता है ना। क्या हुआ? पुरस्कार नहीं ना? अच्छा हुआ। फालतू में छह महीने से मर रही है मिट्टी ढेले गमले करती। यह खाद वो फव्वारा। हा हा हा। फेंक दो वे गमले। ह ह ह ह।"

फिर रसोई में साबूदाने की खिचड़ी, चाय पीते-पीते मैडम कहने लगीं, "कहाँ ठहरे हो तुम? लॉज में? हे भगवान, कैसे हैं जी आप, इतनी देर फिर क्या बातें करते रहे? यहीं क्यों नहीं आ गए?"

बाबा साहब कहने लगे, "चाय होने पर हम सब उधर ही जाएँगे, प्रेस में फॉर्म देखकर इसका सामान ले आएँगे। आप चुप रहो पाटील, हम जैसा कहते हैं, करो। आज कैम्प में जाएँगे हम बिरयानी खाने के लिए। क्या? या फिल्म देखनी है? देखेंगे, देखेंगे।"

फिर शाम को उसका सामान वगैरा लाकर वे कैम्प में गए। फिर सारंग का विषय निकला। मैडम कहने लगीं, "उसे लिखो न कि कुलकर्णी जी के यहाँ से तीन लाख रुपये रॉयल्टी के रवाना होते हैं अलग-अलग लेखकों को। तुम्हारे दो-ढाई हजार से क्या महल बनानेवाले कुलकर्णी? अभी भी कहना तुम्हारी किताबें गोडाउन में पड़ी हैं।"

चांगदेव बोला, "लेकिन मुझे लगता है कि आपने अगर उसे सभी बातें ठीक तरह से समझा दी होतीं तो—मतलब लेखक को लिखते.समय जो वेदना होती है उसको सिर्फ रॉयल्टी में नहीं गिना जा सकता मतलब कुछ बर्ताव-व्यवहार ठीक से समझा दिया जाता—सम्मान से।"

बाबा साहब मैडम की ओर देख रहे थे, उनका इशारा होते ही गुस्से से फूट पड़े, "कौन किसी को किसलिए समझाए? हमारा क्या अड़ा है किसी को समझाने के लिए? कुत्ता पूछता था क्या उससे इस किताब के छापने से पहले? फिर? इधर-उधर मेरी बदनामी करता रहता है वह। केस करूँगा उस पर। बता देना मेरे पास सबूत है उसने मेरी बदनामी की इसका, समझता क्या है वो?"

"यही तो मैं कह रहा हूँ बाबा साहब, आप जैसे बड़े-बड़े प्रकाशक ही तो समाज की अभिरुचि को सही दिशा देनेवाले होते हैं। ऐसी बचकाना हरकत करना आपको शोभा नहीं देता।"

फिर बाबा साहब बिरयानी खाते-खाते सिर्फ हरामखोर, नालायक, बदमाश—ऐसी गालियाँ देते रहे। वे सारंग जैसे लेखकों के लिए थीं या चांगदेव के लिए थीं यह जानने का कोई रास्ता न था। फोकट में सारंग की ओर से बोला ऐसा उसे लगने लगा।

दूसरे दिन ड्राइवर देकर कुलकर्णी जी ने उसे कॉलेज पहुँचाया। रात में ही अब मैं आऊँगा कहकर उसने गाड़ी लौटा दी। लेने मत आना ऐसा भी कह दिया।

इंटरव्यू के लिए ऑफिस में जब वह बैठा था तब उसे लगा कि पूना कितनी तेजी से बढ़ रहा है। लम्बे-चौड़े रास्ते, हरियाली, फव्वारे, बगीचे, रास्ते

में जितने आदमी उतनी ही औरतें, मोटर, साफ-सुथरे कपड़े, दुकानों की कतारें, होटल ही होटल, हर साल नई बिल्डिंगें, दुकानें। लोग अमीर हो रहे हैं। हमें भी इस प्रतियोगिता की दुनिया में शामिल होना चाहिए। बड़े-बड़े शहर छोड़कर मामूली निर्बुद्धि गाँवों में जाने का पागलपन छोड़ देना चाहिए। बेहोशी में जीना, बेफिक्र होकर पैसे कमाना, ऐश करना, अपनी प्रगति करते रहना। यहाँ अच्छी तरह इंटरव्यू देकर आ ही जाना है। यहाँ लेख वगैरा लिखेंगे। जैसी कुलकर्णी कहते हैं वैसी किताबें भी लिखेंगे। पी-एच. डी. करेंगे। सब बदल डालेंगे। यहाँ खूब ज्यादा तनख्वाह माँगेंगे। बात बन गई तो पूना में जगह लेकर सामान भी ले आएँगे, पारू के साथ।

इंटरव्यू के कारण इतना जोश में आ गया जितना कई दिनों में नहीं था। कॉलेज बड़ा था और उन्हें आदमी भी अच्छा चाहिए था। इंटरव्यू एकदम मनमाफिक हुआ। प्रिंसिपल ने भी उसे पसन्द किया, लेकिन जो एक्सपर्ट थे वे बहुत खुश हो गए।

लेकिन आखिर में तनख्वाह के विषय में खींचातानी शुरू हो गई। वह ज्यादा तनख्वाह माँग रहा था और प्रिंसिपल कहने लगे कि ज्यादा तनख्वाह देना हमारी संस्था के लिए सम्भव नहीं है। हुआ तो आगे ग्रेड देते समय सोचेंगे।

चांगदेव सोचने लगा ऐसी खींचातानी करना अपने खून में नहीं है तो भी मैं इतने घटिया स्तर पर कैसे आ गया? पारू के कारण? खूबसूरत पारू के कारण? उसका जिद करना एक्सपर्टों को भी अच्छा नहीं लगा। लेकिन उसने सीधे-सीधे कह दिया, "मुझे यहाँ आते ही शादी करनी है। इतने बड़े शहर में पैसों के अलावा किसका सहारा है? फिर आगे चलकर ग्रेड का भी क्या भरोसा है?" वगैरा।

अन्त में तंग आकर प्रिंसिपल ने कहा, "ठीक है मिस्टर पाटील, हम आपको बाद में मालूम कराएँगे।"

"ठीक है," कहकर वह निकला। निकलते समय उसे अजीब सा लग रहा था। इतना अच्छा इंटरव्यू हुआ था वह खुद ने बिगाड़ दिया। बहुत ही व्यापारियों जैसा बर्ताव रहा अपना। लेकिन पारू के लिए सब करना पड़ा है।

रास्ते में किताबों की दुकान से उसने नए आलेख के लिए आवश्यक पाँच-छह महँगी किताबें खरीद लीं। उसमें बचा हुआ सौ का नोट गया। छुट्टे पैसे उतने रहे, फिर भी कुलकर्णी को देने के लिए उसने बर्मन का महँगा रिकॉर्ड खरीदा। होटल

में खाना खाया। पान चबाते हुए वह सन्तोष से झूमते हुए कुलकर्णी के यहाँ आया। सब ऊँघने लगे थे। लेकिन वह पीछे बगीचे में काफी देर तक पड़ा रहा।

सवेरे चाय के समय मैडम ने कहा, "तो पूना का मामला जम रहा है क्या? और तुम शादी कर रहे हो, सुना है, प्यार भी किया है कहते हैं तुमने?"

"ना-ना, मैं दोनों बातें नहीं कर रहा हूँ। वह सिर्फ मुझे अच्छी लगी। बिना शादी के भी रहेंगे हम!"

"बावला है क्या! ऐसे कोई भी लड़की नहीं रहेगी। वो फ्रेंच लोगों के विषय में पढ़कर भरम में मत रहना। अपनी लड़कियाँ बिना पति किए साथ नहीं रहतीं। अगर कोई छिनाल ही हो तो रहेगी ऐसे। देख लेना...।"

"करेंगे शादी भी। जल्दी क्या है...।"

"दिखाने के लिए ले आ एक बार लड़की। सुन्दर है क्या? बुद्धिमान निश्चित ही होगी। तुम्हारे जैसे ऐसे तिरछी चालवाले लड़के को मुट्ठी में कर रखा है मतलब बहुत ही होशियार होगी"—मैडम ने कुत्सित भाव से कहा।

बाबा साहब बोले, "जब कभी वह अंग्रेजी कविता पर लिखने का तुम्हारा मन हो इधर चले आना।"

गाँव आने लगा वैसे फिर से वह अनिश्चय से घिर गया। बार-बार इंटरव्यू में तनख्वाह के लिए की गई चर्चा याद कर उसे उबकाई आने लगी। मैंने फालतू में बहुत ही क्लर्क जैसा बर्ताव किया। कमीने जैसा ही। फिर कुलकर्णी मैडम ने पारू के विषय में जो भाष्य किया वह भी सोचने लायक ही है।

दोपहर में लेटे-लेटे जिद्दी फिल्म का बर्मनदा का गीत याद आया। उसे वे पंक्तियाँ अपने बारे में ही हैं ऐसा लगा।

मैं तेरे प्यार में क्या-क्या न बना दिलबर
जाने ये मौसम, जाने ये मौसम

फिर बिना आराम किए दौड़ते-भागते पारू के यहाँ जाना भी इसी तरह का था। उसने इंटरव्यू की सब हकीकत बता दी। वह उससे बोला, "इंटरव्यू में बड़ी-

बड़ी बौद्धिक बातें, आदमी का नए युग में स्थान वगैरा चर्चा जी-जान से करने पर उन लोगों को मेरे बारे में प्यार लगने लगा, तब मैंने तनख्वाह के पचास रुपयों के लिए खींचातानी की उसका मुझे बुरा लग रहा है। इतनी नीचता से मैं कभी पेश नहीं आया था।"

तो वह भौंहें उठाकर बोली, "सिर्फ बौद्धिक बातों से आदमी जी नहीं सकता। यह व्यवहार की बात भी सँभालनी ही चाहिए। सिद्धान्त के स्थान पर सिद्धान्त, व्यापार के स्थान पर व्यापार ही करना चाहिए। यू वर राइट!"

फिर वह कहने लगा, "एक-दो दिन में दूसरा आलेख भी भेज रहा हूँ एयर मेल से। यह दूसरा आलेख पूना में एक्सपर्ट प्रोफेसरों को दिखाया, वे बहुत खुश हो गए। इसी आलेख को ठीक से बढ़ाया जाए तो पी-एच. डी. का थीसिस हो सकता है ऐसा कह रहे थे। फिर तीसरा आलेख भी शुरू कर दिया है। नोट्स ले रहा हूँ। लेकिन इसे थोड़ा ज्यादा समय लगेगा।"

पारू को उसके ये प्रयास अच्छे लगते। सच तो यह है उसे आज उसकी नौकरी, कर्तृत्व, बुद्धिमत्ता इन सब बातों से भी अधिक सिर्फ एक पति चाहिए था। जिससे वह आजाद हो सके। और सब बातें भी उसके मन जैसी हो रही थीं।

वह फिर कहने लगा, "मुझे तनख्वाह के लिए खींचातानी नहीं करनी चाहिए थी। बहुत ही बुरा लग रहा है।"

उसने आवाज ऊँची कर अंग्रेजी में कहा, "कुछ बुरा लगे ऐसा उसमें नहीं है।"

कुल मिलाकर उसे सिर्फ पति चाहिए था।

पवार की नई गृहस्थी शुरू हो गई। इसलिए अब गाँव में बातें करने के लिए भी कोई नहीं था। पाचलेगाँवकर, आजम वगैरा अपने-अपने गाँव चले गए थे। झोपे भी तिरुपति या कहीं और तीर्थयात्रा को चले गए थे। गायकवाड़ बम्बई में तबादला कराने के लिए स्वयं ही चले गए थे और उन्होंने मकान-मालिक से कह दिया था कि इस महीने में कभी भी मैं मकान खाली कर दूँगा। मतलब गाँव में मिला जाए ऐसा कोई नहीं रहा।

दोपहर में देर से जागना। पवार के यहाँ जाकर स्नान कर आना। अब पवार की पत्नी के आने से उसे वहाँ स्नान करने के लिए जाना अजीब सा लग रहा था। लेकिन जून में तो गाँव छोड़ना ही है इसलिए वह भीतर-ही-भीतर धीरज धारण कर

पवार के यहाँ जाता। पवार कभी-कभार जान-बूझकर भोजन के लिए भी बुलाते थे। लेकिन चांगदेव अब टालने लगा। वह पूना में इंटरव्यू देकर आया यह पवार को अच्छा नहीं लगा। 'यहीं रहो जी' ऐसी उसकी भुनभुन चलती रहती। लेकिन अब पवार को सारी उलझनें बताने की मन:स्थिति में वह नहीं था। पारू के यहाँ बार-बार जाना भी उसकी जान पर आ रहा था। उसके यहाँ बहुत से मेहमान आए हुए थे और उस भीड़ में पाँच मिनट भी वहाँ बैठना चांगदेव को लम्पटता लगती। फिर वह पारू को ही बाहर बुलाता। वह भी आजकल हमेशा जैसे ही आती ऐसा नहीं था। लेकिन आने के बाद उसे लगता शाम तक वह बैठी रहे। आगे के सभी कार्यक्रम अनिश्चित थे। वह नहीं आई तो दिन-भर दरवाजे की ओर ताकते हुए किसी भी आहट से उठ बैठना यह उपक्रम बहुत ही जानलेवा था। फिर दोपहर में झट से शर्बत लेकर फिर कॉलेज पर साइकिल चलाते धूप में आना। फिर टोह लेते बैठना। फिर धीरे-धीरे अँधियारा छाने लगता। फिर साइकिल से कमरे पर। फिर पूरा अन्धकार छा जाता। फिर भी उठकर भोजन करने के लिए जाना ऐसा नहीं लग रहा था। फिर कभी तो घिसटते हुए खाना खाने जाना। वैसे ही फिर लौट आना। इधर पारू क्या कर रही होगी यह विचार मन में कायम। रेडियो लगाकर गीतों की लकीरों पर मन को झोंक देना। आजकल फिर रेडियो के साथ ही समय बिताना शुरू हो गया था।

फिर उसे अचानक लगने लगा कि वह अगर पूरी की पूरी अपनी है तो उसे मैं अधिकार से बुला सकता हूँ। ऐसे कितने दिन निकालूँगा? अब वह आ गई तो उसे जाने नहीं दूँगा। वह अपनी ही तो है। उसको कभी तो आना ही है, दोपहर में आना और बहन के साथ आना भी बन्द कर देना चाहिए।

फिर दो दिन वैसे ही अस्वस्थता में बीते। पूना से कुछ जवाब नहीं आ रहा था। अब मई आ गई फिर भी जवाब नहीं, मतलब शायद उन्होंने दूसरे किसी को ले लिया होगा। उस दिन और भी दो-तीन लोग इंटरव्यू के लिए आए हुए थे। इसलिए उसने उस प्रिंसिपल को जरा तैश में आकर ही खत लिखा कि इंटरव्यू का आपने जो फैसला किया वह बताएँगे? साथ-साथ दूसरी जगहों पर भी अर्जी भेजने के लिए उसने अखबार पढ़ना शुरू किया।

फिर एक बार चिढ़कर वह दोपहर में पारू के यहाँ गया। हमेशा की तरह उत्साह, मुस्काती, नपी-तुली और पूरा क्रोध भूलने पर विवश कर खत्म करनेवाली रूपसम्पदा।

उतावली होकर उसने पूछा, "पूना का क्या हुआ?" वह कुछ नहीं बोला। अब वे मुझे बुलाएँगे ऐसा नहीं लगता। वह चिन्तातुर होकर खिड़की से बाहर देखते हुए कहने लगी, "मुझे लगता है कि जो भी तनख्वाह मिले ले लेनी चाहिए। लिख दो उनको मैं तैयार हूँ ऐसे।"

वह चिढ़कर बोला, "किसलिए? लेकिन यह हम विस्तार से बाहर बोलेंगे।"

फिर वे दूर स्टेशन तक पैदल चलते आए।

स्टेशन पर कैंटीन में चाय लेकर उसके 'देर हो रही है' कहते रहने पर भी वह बोलता रहा। फिर उसकी बात न मानते हुए वह बोला, "हम वहाँ तक घूम आएँगे। इस वक्त उधर कोई नहीं होता।" वह चुपचाप उसके साथ खेतों में ढेले कुचलती चली आ रही थी।

वह कह रही थी, "लेकिन और जगहों पर भी अब अर्जी क्यों नहीं भेजते हो? और यहाँ भी बरस भर रहने में क्या हर्ज है? बम्बई में कितनी ही नौकरियाँ हैं। मैंने कतरनें रखी हैं। मैं भी कुछ नौकरी कर सकूँगी बम्बई में।"

वह बोला, "लेकिन मुझे बम्बई नहीं चाहिए। मैंने छह साल निकाले हैं बम्बई में। और यह देखो, इसकी बार-बार चर्चा नहीं होनी चाहिए। मुझसे ज्यादा तुम्हें ही इसकी चिन्ता क्यों? दूसरी कुछ करने जैसी बातें नहीं हैं क्या?"

वह कहने लगी, "ऐसे नहीं, बम्बई अच्छी है अपने जैसों के लिए।"

वह और भी चिढ़कर कहने लगा, "लेकिन मुझे बम्बई नहीं चाहिए। मुझे पुरानी जगह फिर से याद करना भी अच्छा नहीं लगता। बम्बई नहीं चाहिए इसीलिए तो इस भुक्खड़ गाँव में आया।"

वह हँसकर उसे सहज करने के लिए बोली, "लेकिन इसी वजह से तो हम मिल सके। नहीं तो..."

फिर वह भी उसके सुर में खोकर कहने लगा, "पारू, मैं बिलकुल पागल-सा हो गया हूँ। जैसा चाहिए वैसा गाँव मिलने के आसार नहीं हैं। पीछे बड़ोदा भी तुमने नहीं जाने दिया। यह पूना का भी मैंने तुम्हारी वजह से गँवा दिया। अपनी कठिनाइयाँ इतने बड़े गाँव में किसी की गिनती में भी नहीं होंगी। लेकिन हम कितनी देर मूर्खों जैसे अपना ही झंडा अपने हाथ में लेकर चलते रहेंगे? मैं बहुत ही परेशान हो गया हूँ। कहीं भी जाकर नौकरी करें ऐसी अपनी अवस्था नहीं रहेगी। तुम भी आजकल दूर-दूर रहती हो। कभी तो महारानी जी के समान थोड़ी देर मिलकर सिर्फ हुआ या नहीं, पूछकर चली जाती हो। मैं बहुत ही विचित्र मनःस्थिति में हूँ। तुम्हें रोज

मेरे पास आना चाहिए। हरदम आना चाहिए। कमरे पर दिन-दहाड़े आना चाहिए। अकेले। यह ऐसा इसके आगे नहीं चलेगा।"

आँखें फैलाए वह इस आशंका से अस्थिर हो गई कि इसके आगे बात कौन सा मोड़ लेती है।

वह कहने लगा, "यह बहुत हो गया। तुम्हें अब भी स्कैंडल का डर लगता है क्या?"

वह नीचे देखते हुए बोली, "वैसे नहीं, लेकिन..."

वह कहने लगा, "आजकल रात में बहुत ही चाँदनी होती है। रात में मैं पागल हो जाता हूँ। पूरा गाँव शान्त होता है और मुझे लगता रहता है अपना कहीं कोई नहीं। आफ्टर ऑल...कितना भयानक लगता है अकेले आदमी को। अभी भी ऐसे वक्त तुम्हें आने में क्या हर्ज है? मेरे कमरे के लिए वैसे दो दरवाजे हैं। इधर से बाड़े में से कोई कब भी आए-जाए किसी का ध्यान नहीं रहता। तुम आ जाओ। आज ही आओ।"

फिर उसे प्रचंड पसीना आ गया। उसके सुन्दर चेहरे पर पसीने की बड़ी-बड़ी बूँदें फूट पड़ीं। सीना खरगोश के समान ऊपर-नीचे होने लगा। और वह इतनी हाँफने लगी कि बोलना भी नहीं हो पा रहा था। फिर वह चुप हो गई। अँधेरा फैल रहा था और वह प्रचंड आशंका से चारों ओर देखने लगी। ऐसी अवस्था में उससे बात करना भी सम्भव नहीं रहा। इसके बाद की हर बात बलात्कार के स्वरूप की होगी ऐसी नाजुक मन:स्थिति में वह घबराकर बैठी रही।

चांगदेव को खुद पर शर्म आने लगी कि इतना उसे डर लगे ऐसा उसने क्या कुछ कह दिया? अपन का उसे इस समय आने को कहना, चाँदनी रात में कमरे के दो दरवाजे—यह सब उसे अजीब लगा...मतलब उसे वह सब नहीं कहना चाहिए था।

इस बात पर वह फिर गम्भीरता से सोचने लगा। लेकिन फिर भी इस बात से उसे इतना किसलिए डरना चाहिए?

फिर चारों ओर घुप अँधेरा छा गया यह देखकर उसने उससे कहा, "चलो चलें अब। इतनी देर करना अच्छा नहीं।" उसके भी ध्यान में यह बात आने पर अँधेरे में चप्पल ढूँढ़ने में काफी समय लगाकर वह उठ खड़ी हुई। लौटते समय कुछ सफाई देने जैसा बोलकर फिर वह चुप हो गई। वह कुछ नहीं बोला।

वह घर के पीछे चली गई तब पैरों से जोर-जोर से ठोकर मारकर पत्थर उड़ाते हुए वह वापस आया। साफ चाँदनी छा रही थी। झट से कमरे में जाकर लेटे रहना

नहीं हो सका। भोजन के लिए जाते-जाते गाँव में चाँदनी के पट्टे गली-गली में दिखाई देने लगे। भोजन कर वह कमरे में आया और दोनों तकियों में से एक पर सिर रखकर खाट पर धम से गिर पड़ा। खिड़कियों से चाँदनी में सफेद पट्टे झिलमिला रहे थे। एक थोड़ा-बहुत आसरा था वह भी छूट रहा था।

ऐसे में शादी भी कर लेता तो ठीक होता। लेकिन रजिस्टर्ड मैरेज के फॉर्म वगैरा भरना काफी झंझट का काम था। उसके बारे में उसने सोचा भी नहीं था। एक तो गाँव बदलने पर बड़े शहर में, यहाँ से दूसरी जगह जाने पर सब कुछ नया-नया जहाँ है, ऐसी नई जगह में शादी का काम कर डालने का उसका विचार था। कोई तो नासिक जाकर शादी करने की सलाह भी दे रहा था। लेकिन इन सब पर खास सोचने के लिए इतने दिन उसे समय ही नहीं मिला। वह कभी भी हिसाबी नहीं था और इससे मिलकर भी वैसे कितने दिन हुए? बरस में वह जब मिलती शापदग्ध अप्सरा के समान मूक, ऊँची, दूर-दूर से। अभी-अभी तो मिलना हो रहा है। उसमें परीक्षा, पवार की शादी, पूना का इंटरव्यू—उसकी तैयारी, तीन आलेख—उनकी हमाली और दिन-भर उसकी राह देखना। उसे वैसे शादी इतनी अहम बात लगी ही नहीं। कभी तो वह तय कर दूसरे दिन झट से कर डालना। सच तो यह था कि वह चाहता था यहाँ से सामान समेट पारू को साथ लेकर जाना और नए गाँव, सुन्दर शहर में यह आराम से करना ऐसा अव्यवहार्य चित्र उसकी आँखों के सामने था। वह कुछ भी हो न सका। उसने भी कभी इस विषय में बात नहीं की। वह होशियार है। उसे ऐसे विषय पर बात करना शायद अव्यवहार्य भी लगा हो। उसे पहले शादी चाहिए, यह निश्चित था!

लेकिन पहले शादी किसलिए? आज उसने अगर मेरा भरोसा किया होता तो? उसे ऐसा लगा क्या कि मैं उसे धोखा दूँगा? मतलब, उसकी समझ में ही नहीं आया कि मैं कैसा हूँ। लड़कियाँ पागल होती हैं, लेकिन यह उनमें से नहीं है। इसकी सब समझ में आता है। फिर भी वह फासला क्यों बनाए हुए है? उसे निस्सन्देह अपनी अमोघ सुन्दरता के प्रवाह पर जबरदस्त विश्वास है। अब मैं उससे निकल नहीं सकता ऐसा उसे निश्चित लगता होगा। वैसे वह घमंडी भी है ही। उसे मैं बावला लगा हूँ शायद। अथवा यह पति प्राप्त करने का नपा-तुला जुगाड़ तो नहीं है? पति तो उसे चाहिए ही। मैं कदाचित् निमित्त मात्र हूँ। एक नौकरी वाला जवान आदमी उसे चाहिए इसका इतना ही अर्थ है। पहले शादी, फिर बाद में सब कुछ। डैम इट।

और वह दिन-भर तड़पता, बौखलाता रहा। कानूनन शादी ही पहले होना जरूरी है तो लड़कियों की क्या कमी? अपनी ही जाति की, धर्म की। फिर यह प्यार का आधुनिक लफड़ा हो ही किसलिए? और तनख्वाह के लिए खींचातानी इंटरव्यू में और मर्जी के खिलाफ बड़ा शहर और वहाँ महँगा रहन-सहन और पी-एच.डी. का तुच्छ अड़गोड़ा। और जागरण कर घसीटे हुए वे फालतू अकादमीय लेख। कुल मिलाकर जिन बातों पर मैं खिलखिलाकर हँस पड़ता अन्यथा, वे ही बातें करने के लिए मैं तैयार हो गया इस खूबसूरत लड़की के लिए। ऐसे सन्दर्भों में तो अप्सरा भी कुरूप लगने लग जाती है। इसी सरसी के जादू में मैं फँस गया।

फिर उसके मन की और भी गन्दगी प्रचंड उथल-पुथल कर उबलती हुई ऊपर आती रही और प्रचंड कड़कड़ाहट के समान उसमें इतने दिन तक दबाकर रखा अस्थायी स्वास्थ्य विखंडित हो गया।

आज मैं एक निरोगी नॉर्मल नौकरी करनेवाला नौजवान हूँ। सभी मामूली बातें ठुकराने में समर्थ हूँ, इसीलिए यह सब खेल चल रहा है। आज अगर मैं पहले जैसा रोग से जर्जर सड़ा हुआ आदमी होता तो यही लड़की मेरे पास भी आती क्या? सभी बातें हिसाब के स्तर पर देखनी हों तो सभी बातों के अर्थ बदल जाते हैं। मुझे सबने कुत्ते के समान बाहर भगा दिया होता।

ये सब बातें दिखावे की हैं। झूठी हैं। सब सुख के साथी होते हैं। कोई किसी से सच्चा प्यार नहीं करता। प्रेम मतलब तस्वीर, तस्वीर तक ही।

और फिर रात में उसे अपने अस्तित्व का यथार्थ दर्शन हुआ। उसे तो सँभालना ही होगा। उसे झुठलाना ठीक नहीं। उसी के आधार पर तो मैंने इतनी बेहोशी के साथ अपने आपको जीवन के समन्दर में झोंक दिया है। यह दुनिया तो मेरे जितनी भी सुसंस्कृत और उदात्त नहीं है। चारों तरफ हिंस्रता के कानून पर नीति-नियमों का पालन हो रहा है। डैम्न! निर्भय होकर मेरी बाँहों में आनेवाली लड़की को ही मैं अपनी कहूँगा। ऐसी लड़की शायद कहीं भी नहीं होगी, लेकिन जब दूसरे हिसाबी बनकर चलते हैं तो अपने को भी हिसाब से रहना होगा। हिसाबीपन का बुर्का बेनकाब करना होगा। होना ही है तो सब निरोग, निर्मल हो अन्यथा कुछ भी नहीं चाहिए।

शायद इन सब बातों का तरीका मेरी समझ में न आता हो। लेकिन मैं जो हूँ ऐसा हूँ। मैं अपने होने के सन्दर्भ में ही सब बातों का फैसला करूँगा। सच तो यह है कि आज जो अकल आई वह इससे पहले आनी चाहिए थी। आज आई

वह भी गलत वजह से आई। लेकिन और समय पर भी यह सूझने में हर्ज तो नहीं था। इस तरह एक आध्यात्मिक रात के दैत्याकार भँवर में इस मधुर प्रसंग की हवा निकल गई।

उसके बाद वह उसके यहाँ गया ही नहीं। इसी वजह से बाहर जाना भी बन्द कर दिया। उसे पूरी तरह से टाल गया। अब किसी बात की आवश्यकता नहीं थी। भागदौड़ करने की भी आवश्यकता नहीं थी। तीसरा आलेख तैयार था लेकिन उसने उसे डाकखाने में छोड़ना भी रद्द कर दिया और अन्त में उसे बक्से में डाल दिया। करना क्या है लेख वगैरा छपवाकर! अब अखबारों में विज्ञापन ढूँढ़-ढूँढ़कर उसने अर्जियाँ भेजना शुरू कर दिया। अब मई का महीना आधा हो गया इसलिए महीने के अन्त तक कहीं कुछ होना जरूरी था और अब इस गाँव में रहना नामुमकिन था।

एक दिन दोपहर में वह पवार के यहाँ नहाने के लिए गया तब पवार कहने लगे, "आजकल आप खाना-पीना खाते हो या नहीं जी? सवेरे चाय के वक्त तो यहाँ भेंट होती थी। आजकल हमारे यहाँ की चाय भी आप टालने लगे हैं। भाभी से शरमाते हो क्या?"

पवार की माताजी बोलीं, "शादी ही कर डालो पाटील इन छुट्टियों में। अगले बरस फिर सिंहस्थ आ रहा है!"

पवार बोले, "मेरे जैसे थोड़े ही हैं पाटील, माँ ने कहा और कर ली शादी। प्यार-व्यार करने लगे हैं। हा हा हा।"

चांगदेव बोला, "ना, ना। मैं एक तो बिलकुल बिना किसी शर्त के हमेशा के लिए अपने पास रहनेवाली औरत के साथ ही रहूँगा—मिस्ट्रेस टाइप। नहीं तो आपके जैसे सीधे जातवाली लड़की से रीति-रिवाज के अनुसार शादी में क्या बुरा है? ये साला तय करके प्यार करते-करते हेतुपूर्वक प्रेम-विवाह करना हिसाबी प्रवृत्ति की चरम सीमा है। इससे तो जाति में होनेवाली शादियाँ अच्छी।"

पवार आँख मारकर बोले, "क्यों, बात नहीं बन रही है क्या वो। ऐसा मत करो...।"

उनकी माँ कहने लगी, "सीधे गाँव जाकर ही शादी करो भला। ये दादा साहब कह रहे थे कि आप दूसरी जाति की लड़की से शादी करनेवाले हो। ऐसे धन्धे

अच्छे नहीं हैं। जवानी की मोहिनी दो दिनों में उतर जाती है। घर-घराने के आदमी को ऐसी बातों में नहीं पड़ना चाहिए।"

वे दिन जितनी अस्वस्थता में बीते वैसे कभी नहीं बीते थे। फिर पहले जैसा प्रचंड अकेलापन। अब यों ही कहीं घूमते, चक्कर काटते रहना। चारों तरफ प्रचंड गड़गड़ाहट, घरघराहट। रात में जागना और दिन में सोना। शाम-सवेरा साथ-साथ बीत रहा हो जैसे। भोजन टालकर, जब बनेगा तब खाकर आना। रेडियो, दौड़ती तारीखें। पैरों पर घूमते रहना अब आवश्यक था फिर भी हमेशा ऊँघते लेटे रहना चल रहा था।

फिर विज्ञापन ध्यान से पढ़कर अर्जियाँ भेजना प्रतिदिन पूरे समय का कार्यक्रम बन बैठा। दोपहर में डाकखाने में लिफाफे डालने पर भोजन कर फिर नीची गरदन किए कमरे में आना। फिर अँधियारा होने तक गरदन के नीचे तकिया लेकर लोटते-ऊँघते रहना। रेडियो हरदम चालू रहता। रात में भोजन करके आने पर फिर उसी तरह लेटे-लेटे रेडियो सुनते देर रात तक जागना। जागरण के कारण सवेरे उठते-उठते बारह बज जाते। पोस्टमैन ज्यादातर बारह के आसपास ही आता। सीढ़ियों पर उसके आने की टोह लेते लेटे रहना। एक के आसपास उठकर नहाना खत्म कर चाय पीते हुए विज्ञापन देखना। बाकी बातें एक मिनट में पढ़कर अखबार फेंक देना। पते लिखकर अर्जी के तयशुदा फार्मूले में डालकर टाइपिस्ट के पास जाना। टाइपिस्ट बहुत ही शान्त, सज्जन वृद्ध गृहस्थ थे। एक पुराने मकान में सँकरी सीढ़ियों से ऊपर उनके छोटे से कमरे में जाना। सोने के कमरे में ही उसका टाइपिंग का व्यवसाय चलता। चांगदेव बार-बार आने लगा इसलिए उसे भी चांगदेव की नौकरी के विषय में चिन्ता होने लगी! चांगदेव जब भी आता टाइपिस्ट तुरन्त भोजन करता हो तो भी झट से खत्म कर उसका काम कर देता। अब काम बन जाएगा शायद, ऐसा वह हर समय कहता। लिफाफा बन्द कर सीढ़ियाँ उतरकर ढाबे के पास के डाकखाने में डालकर ऊपर फिर सीढ़ियाँ चढ़कर भोजन कर कमरे की ओर बढ़ना। वहाँ फिर चाबियाँ पहले ही निकालकर सीढ़ियाँ चढ़ना और ताला खोलकर कपड़े उतारकर रस्सी पर फेंककर खाट पर धड़ाम से गिर पड़ना। बाजू में हाथ बढ़ाकर रेडियो शुरू करना। वह फिर से बाहर निकलने तक चलता रहे। धूप में आजकल शर्बत पीने जाने में

भी झंझट लगने लगी थी। उतने के लिए फिर कपड़े पहनो, मुँह-हाथ धोओ, ताला लगाओ। सीढ़ियाँ उतरकर धूप में चलते जाओ, वापस आकर फिर सीढ़ियाँ, ताला, कपड़े और फिर खाट पर—इससे तो मन-ही-मन यह कार्यक्रम लगाकर गरदन के नीचे तकिया लेकर खाट पर स्थिर पड़े रहना अच्छा। रेडियो भी तो बीच में आधा घंटा किसलिए बिना सुने रहना?

इन दिनों रेडियो बहुत ही प्रिय हो गया। नौशाद, बर्मन, ओ. पी. नैयर, मदन मोहन, जयदेव, शंकर-जयकिशन, रौशन, खैयाम, गुलाम मुहम्मद, हेमन्त कुमार, मुबारक बेगम, लता मंगेशकर, आशा भोसले, गीता दत्त, किशोर कुमार, राजा मेहंदी अली खान, हसरत जयपुरी, तन्वीर नकवी, मजरूह सुलतानपुरी, शैलेन्द्र, शकील बदायूँनी, राजेन्द्र कृष्ण, नूरजहाँ, सहगल—और कितने ही फिल्मों के और फिल्मों के बाहर के शायर, गायक, वादक, कव्वाल—सब जीने के लिए आवश्यक हैं, ऐसा लगने लगा।

संगीत के इस अस्वाभाविक संसार में वह खुद अपने आपको कुसवारी के समान फँसाकर लेने लगा। एक के बाद एक गाने लगते रहते, रेडियो के स्टेशन बदलते ही फिर गाने की लय जोड़कर मन में कलोल उठने देना। आजकल शाम को भी कमरे पर कोई न आता। इसलिए यह आवाज की दुनिया कायम रात तक चलती रहती...

पलभर में टूट गए सपनों के मोती...आँसुओं में डूब गई नैनों की ज्योति... सूने-सूने से हैं आज मेरी आशा के द्वार नैया कैसे लगे पार जब सामने किनारा नहीं, सेहो कोई मन का सहारा नहीं—गीता दत्त की आवाज के पीछे इस गीत में कैसा हल्का सा डफ बजाया है? यह डफ मन में से कभी जाता नहीं। हिन्दी फिल्मों के गाने में कौन अज्ञात कलाकार कहाँ क्या बजाएगा यह कहा नहीं जा सकता। *साऽथी न कोई मंजिल दिया है न कोई महफिल, चला मुझे लेके अय दिल, अकेला कहाँऽऽ*—में जो इकतारा है वह भी इसी प्रकार बेचैन करनेवाला है। और इन हजारों गीतों की अलग-अलग नायिकाएँ कौन? कितने प्रकार की? कितनी तरह के श्रृंगार में तड़पनेवाली? कितनी तरह की चिरन्तन घटनाएँ? कितनी हजारों स्थितियों से मन गुजरता रहता है? *ये बिजली राख कर जाएगी तेरे प्यार की दुनियाऽऽ, न फिर तू जीऽ सकेगा और न तुझको मौऽऽत आएगी*—इस गीत से गायकवाड़ जैसा रूखा आदमी भी किस कदर बेचैन हो जाता था। प्यार से जंगली आदमी भी संस्कृतिक्षम कोमलता अपना लेते हैं तो हमारे जैसे लोगों को क्या प्यार से मुँह मोड़ लेना?

*अँधेरे छा रहे होंगे...*यह मुश्किल है। *रात ने ऐसा जादू फेरा, और ही निकला रंग सहर का*—सचमुच ऐसा हो जाता है। *कहे झूम-झूम रात ये सुहानी, पिया हौले से छेड़ो दुबारा, वही कल की रसीली कहानी*—यह उन्मादक संगीत सभी नौजवानों का है। नहीं तो इन रातों का दूसरा कुछ मतलब ही नहीं। *तेरे बिन साऽजन लागे न जिऽया हमारऽर। दीपक संग नाचे पतंगा, मैं किसके संग नाचूँ बता जा। पिया अंग लग लग के, भई साँवली मैं, मेरे तन पे छाँव है उसी की रे। तुमने पुकारा और हम चले आए, दिल हथेली पे ले आए रे। प्यार किया कोई चोरी नहीं की...आज कहेंगे दिल का फसाना, जान भी ले ये चाहे जमाना।* ये बेखौफ जबरदस्त प्यार के हजारों रूप। स्थल-काल को लपेटकर अनेक तर्जों में अनेक प्रकार की भाषा को संगीत में घुल-मिलकर मन को बहुत ही हतबल करनेवाला नारी रूप।

बेकसी हद से जब गुजर जाए, कोई अय दिल जिए कि मर जाए—यह सुनते हुए तो चाँदनी भी अत्यन्त सन्न हो जाती है। *मेरे महबूब कमायत होगी*—ऐसा सभी जवान लड़के-लड़कियों को सभी प्रसंगों से अमानवीय तत्त्व प्राप्त होता होगा और फिर वे बेहोश होकर प्यार के लिए कुछ भी करने को तैयार हो जाते हैं। *आए भी न थे खुश्क हुए आँखों में आँसू, हाय आँखों में आँसू, निकले भी न थे लुट गए अरमान बेचारे*—नूरजहाँ तो ग्रेट है—*है कौन जो बिगड़ी हुई तकदीर सँवारे।* नूरजहाँ लाजवाब। *वीराँ हैं मेरी नींदें,...*सभी सिनेमा में संगीत देनेवाले, गानेवाले, गाने लिखनेवाले ग्रेट हैं। यह आज का लोक-संगीत ही है। कई लोगों के मिलने से कहीं वह जन्म लेता है और धड़ल्ले से कई लोगों को बेहोश करता रहता है और बरसों-बरस हजारों लोग उसे गाकर मस्त हो जाते हैं। सभी स्तर के सभी प्रकार के लोगों की आशा-आकांक्षाएँ, सपने, अनुभव, तारुण्याभिमुख भाव-भावना इस संगीत में इकट्ठे हुए हैं। दुनिया में कहीं इस उत्स्फूर्त काव्य-प्रतिभा का कोई सानी नहीं है। इसी जमाने में हम लोग पैदा हुए यह कितना अच्छा हुआ। नहीं तो बाल-गन्धर्व के जमाने में अगर पैदा होते तो मुश्किल था। खास कामक्षुधित नौजवानों के जमाने में ही ऐसा संगीत निर्माण हो सकता है यह निश्चित है। अन्यथा रतितृप्त जमाने में यह अतृप्ति का जादू आ नहीं सकता। *ऐसा न हो तेरे रोने से महफिल में तमाशा हो जाए, दिल छेड़ कोई ऐसा नगमाऽऽ गीतों में जमाना खो जाए, दिल छेड़ कोई ऐसा नगमा*—इन कलाकारों की यह आस शब्दश: सच हो रही है—और उसमें हारमोनियम की प्रचंड खर्ज ध्वनि। इतना काव्य हर रोज कान में झरते हुए यह मामूली अंग्रेजी कविताओं की किताबें पढ़ने की क्या आवश्यकता है? कलाकार पूरे हिन्दुस्तान

से कहाँ-कहाँ से इकट्ठे आए हुए और सुननेवाले पूरे एशिया महाद्वीप के। रात में विदेशी कार्यक्रम में भी अक्सर हिन्दी गाने। किसी कार्यक्रम में फरमाइश करनेवाले लड़के-लड़कियों के जल्दी-जल्दी से संक्षेप में पढ़े हुए नाम भी पन्द्रह मिनट तक सीधे कश्मीर, कराची से मद्रास तक गाँव-गाँव के जवान लड़के-लड़कियाँ, पान-बीड़ीवाले, हिन्दू-मुसलमान, हिन्दुस्तानी-पाकिस्तानी, सभी प्रदेशों से। सभी भाषाएँ हिन्दी-उर्दू में मिला देना हिन्दुस्तान-पाकिस्तान एक कर डालना ऐसा जवानों का प्रचंड चित्त है। एक हृदय हो भारत जननी। और नूरजहाँ का *रात गुजारूँ गिन-गिन तारेऽ गिन-गिन तारे, कैसे आऊँ पास तुम्हारे, तुम हो कहीं मैं कहींऽऽ चैन नहीं*—एक टुकड़ा बड़ा और दूसरा छोटा-सा, पहलेवाले का अर्थ तिरछा कर उलटकर खत्म करनेवाला। कत्थक की भँवरियों जैसे। खास नूरजहाँ स्टाइल में। ऐसे प्रयोग किसी कवि से नहीं हुए। इतना अद्‌भुत संगीत। सबके मन की भाषा ही उन लोगों की समझ में आ गई थी। *हाय तेरे नैनों ने चोरी किया, मेरा छोटा सा जिया, परदेसिया।* बहुत ही बेफिक्र जीनेवाले लोग होंगे साले। और सहगल का विशेष कार्यक्रम एक बार सिलोन पर घंटा-भर चलता रहा तब तो पागल होने की नौबत आ गई थी। कभी दूसरे रेडियो स्टेशन को टटोलो तो अचानक तलवार जैसी बेगम अख्तर की तानें, कभी मीरा के भजन, कभी शनिवार को अली अकबर का सरोदवादन और सिलोन पर हरदम आखिर के पन्द्रह मिनट में पं. ओंकारनाथ ठाकुर, नारायणराव व्यास और बड़े गुलाम अली खाँ : *सैयाँ वो लोऽ...फिर आ जा बलम परेदसी रेऽ काले बादल बरस रहेऽ आ जा बालम परदेसी रेऽ राम।* ये दोस्त लोग हैं इसलिए किसी की फिक्र नहीं। बीच ही में कभी एकाध वक्त झणांणकन् अली अकबर और फिर सिर्फ श्रवणेन्द्रियों का अस्तित्व। कुल मिलाकर अपने मुसलमान ग्रेट। फय्याज खाँ—*बाजूबन्द खुल-खुल जायऽऽ।*

गायकवाड़ का प्यून सन्देश दे गया कि शाम को मिलने के लिए आओ। पवार जी को भी लेते आओ। साहब का तबादला हो गया है। एक-दो दिन में साहब जानेवाले हैं। आज कमरे पर पार्टी रखी है। साहब बहुत ही अच्छे थे। लेकिन यहाँ बहुत तंग आ गए थे। अच्छा हुआ। आइए भला।

मतलब गायकवाड़ छूट गए। शाम को झोपे ने उसे जगाया। बोले, "चलो।" पार्टी के लिए उन्हें भी बुलाया गया था। पवार जी को बुलाया तो पवार बोले, "मुझे

आना है ऐसा नहीं लग रहा है। तुम जाओ।" झोपे उनसे बोले, "शाम थोड़ी देर बाहर बिताने से रात में ज्यादा अच्छा होता है जी! चलो!" लेकिन पवार नहीं ही करते रहे।

झोपे और चांगदेव गायकवाड़ के यहाँ चले। झोपे कहने लगे, "उस सगाई के कारण पवार और गायकवाड़ के सम्बन्धों में दरार आ गई है शायद। गायकवाड़ लड़का तो अच्छा है। गाँव में एक-दो भी अच्छे लोग रहें बातें करने के लिए तो अच्छा लगता है। अब आप कहीं मत चले जाना भला। लेकिन गायकवाड़ की शादी का जुगाड़ बैठ जाता तो अच्छा था।"

"अब बम्बई में वह झट से जुगाड़ कर लेगा। यहाँ उसने कोशिश की। लेकिन आपके गाँव की लड़कियाँ पुराने ढर्रे की हैं।"

"इन बातों में क्या रखा है पाटील। बम्बई की बात अलग है यह मैं मानता हूँ लेकिन यहाँ जितनी लड़कियाँ मुक्त हैं उतनी कहाँ हैं। उस गॅब्रियल लांडे ने भी एक लड़की फाँस ली इससे ही देखो। क्या हिजड़े जैसा छोकरा था वो। यहाँ जितनी आगे बढ़ी हुई लड़कियाँ हैं उतनी तुम्हें महाराष्ट्र के किसी भी शहर में नहीं मिलेंगी। मैं खुद कई गाँवों में रहा हूँ। विदर्भ, खानदेश, जलगाँव-धूलिया में तो लड़की के साथ एक बूढ़ी माँ होती है घूमने के लिए जाओ तो भी। कोल्हापुर-सांगली में तो कुँआरी लड़कियाँ मतलब मौसियाँ ही होती हैं। कॉलेज में भी भेजते नहीं लड़की को उधर के लोग। उसका ऐसा है, घुस जाने की टेकनीक जमनी चाहिए। घुसनेवाले कहीं भी घुस जाते हैं। वो एक यूनानी कहानी है न कि राजकन्या पर कोई चढ़ न जाए इसलिए बाप ने उसे टॉवर में बन्द कर दिया तो ज्युपिटर बरसात बनकर कूद पड़ा उस पर! ये तकनीक आनी चाहिए। अब 'उस सामनेवाली गुजराती लड़की से चल रहा था गायकवाड़ का उससे क्यों नहीं जमा?"

चांगदेव ने अपनी बात गप बनाकर ठोंक दी, "वह लड़की कहती थी पहले शादी करो फिर वो—गायकवाड़ को यह व्यापार लगा।"

झोपे तुच्छता के सुर में बोले, "पहले शादी? यहाँ तक बातों को आने ही नहीं देना चाहिए। शादी-व्यादी फिर। यही तो कह रहा हूँ कि तुम लोगों को उसका टेकनीक आता नहीं। और समझो उसने ऐसा कहा तो उसके लिए रुकना किसलिए? करता हूँ शादी बोलना। गाभिन बना देना! और फिर ये चर्चा। अजी, लड़की क्या खुद साड़ी खोलकर आएगी आपके पास? हा हा हा। आप लोग बहुत ही ईगोइस्ट हो। इन बातों में ईगोइज्म समेटकर अलग नहीं रख दिया तो एक कदम आगे नहीं बढ़ सकते। अब आप भी गाँव छोड़ने की तैयारी में हो, लेकिन आपका भी उस

ईसाई लड़की के साथ कुछ जमा हुआ नहीं दिखता। कमरे पर ले गए थे कि नहीं उसको? ह ह ह!"

चांगदेव बोला, "अपने को इतनी जल्दी नहीं है। देखेंगे।"

"देखेंगे क्या साब? अब वह जल्दी ही गाँव छोड़नेवाली है। एयर होस्टेस हो रही है वो। देखेंगे, देखेंगे मतलब कब? हमें गप मत ठोंको साब! हाँ।"

"एयर होस्टेस? कौन पारू सावनूर? किसने कहा आपसे?"

"हमें बैठे-बैठे सब मालूम हो जाता है मालिक! आपने नहीं बताया तो क्या हमें मालूम नहीं होता? इतने दिन तक मैंने आपसे बात नहीं की। सोचा, चल रहा है ठीक रास्ते से तो चलता रहे। लेकिन सच कहूँ? उस लड़की के बारे में मेरा मत अच्छा नहीं है। बहुत ही उस्ताद लड़की है वो। बहुत ही होशियार! उसने आपको बिलकुल ठीक पकड़ा था। बेस्ट आदमी पकड़ा था साली ने।"

"अपने में वैसा क्या कुछ है कहने लायक...।"

"वो मत पूछो भैया! खूबसूरत लड़कियों को इन बातों का ज्ञान भीतर से ही होता है। आप निश्चित रूप से बहुत ही टॉप को पहुँचनेवाले होशियार आदमी हैं यह उसे अच्छी तरह मालूम हो गया। यह प्रमाण ही समझो आपके भविष्य के कर्तृत्व का। औरतें ज्योतिषी ही होती हैं भैया।"

"मैं? माचोद लेक्चररशिप तो मिल नहीं रही है कहीं और वहाँ से टॉप पर पहुँचेंगे? हम्म? मैं तो उसी फिक्र में हूँ।"

"छोड़ो जी, आप आगे देखेंगे और तब आपकी समझ में आएगा यह लड़की कितनी दूरदर्शी थी! ये दिन कैसे पलटते हैं मालिक समझ में नहीं आता। यों ही थोड़े ही आप इस गाँव से तंग आकर कहीं और जाने की बात कर रहे हैं? देखेंगे आप! लेकिन दोनों का जम जाता तो अच्छा था वैसे। परसों ही वह हमारे पड़ोस के मजिस्ट्रेट से सर्टिफिकेट ले गई। जल्द ही जा रही है वो। तभी मेरे ध्यान में आ गया कि लड़की से मामला जमा नहीं है। ऐसी लड़कियाँ सभी अंडे एक ही टोकरी में नहीं रखती हैं प्राध्यापक महाशय, यह नहीं जमा तो वो। बहुत दिनों से चला है उसका इस नौकरी के बारे में। अच्छी रहती है इन ईसाई लड़कियों के लिए वैसी लाइफ।"

गायकवाड़ के यहाँ दो-तीन बैंक के दोस्त वगैरा थे। खाना-पीना होने पर वे चले गए। झोपे, चांगदेव और गायकवाड़ बाहर घूम आए। झोपे ने इस समय हमेशा

की तरह छोकरियों की बातें नहीं छेड़ीं। वे गायकवाड़ को जर्मन महाकवि गेटे के फाउस्ट की कहानी बताते रहे। झोपे को बाद में घर छोड़कर वे दोनों शेरे पंजाब में आखिरी भाव विकल चाय पीने के लिए गए। बिलकुल तय करके। होटल बन्द होने जा रहा था, लेकिन वे होटल मालिक से मजाक करते हुए भीतर घुस गए और गप्पें हाँकते रहे।

"तो गायकवाड़ साब आप तो छूट गए। मुझे बहुत अच्छा लगा। मैं जिस दिन से आया तब से आपका तड़पना देख रहा हूँ। आप भी मुझे अपना समझकर सब कुछ बताते रहे।"

"सच भैया, मुझे बहुत खुशी हो गई ऑर्डर हाथ में आते ही। मुक्त हो गया इस गाँव से। सात हजार रुपये डिपॉजिट के अभी भर आया हूँ जगह के लिए। बम्बई आओ तब हमारे यहाँ आते रहना। मैं पता लिखूँगा। आप यहीं रहेंगे ना बरस-भर के लिए अब तो?"

"मैं? मैं भी...इसी महीने में छोड़ रहा हूँ।"

"तो ऑफिस के पते पर मुझे अपना पता लिखना। मैं भी लिखूँगा। लेकिन आपका अभी निश्चित नहीं है न? इंटरव्यू का कहाँ तक आया? बम्बई में ही देखना जी। जाने दो ये मामूली शहर। होशियार आदमी को एकदम टॉप की ओर ही देखना चाहिए।"

"फिर भी मैं कोई भी गाँव ले लूँगा जून के पहले! यहाँ क्या करना?"

"और आपका क्या हुआ वह तो पता ही नहीं चला जी। कहाँ तक प्रगति हुई उस ऊँची खूबसूरत ईसाई लड़की की? मुझे पचास लोगों ने कहा होगा। मैंने फटकार दिया सबको। जवान नहीं तो क्या बुढ़िया के साथ घूमेगा हमारा दोस्त होकर! ह ह ह ख्यँ। ख्यँ!"

"वो सब खत्म हो गया यार। हम दोनों में बनती नहीं। आपकी तरह यह गाँव मुझे भी रास नहीं आया। इस गाँव में जस नहीं।"

"क्यों भला? लड़की तो अच्छी थी जी। कुछ कैरेक्टर का क्या था...मुझको बोले एक-दो लोग...।"

"कैरेक्टर का क्या है जाने दो जी। अपने को तो बछड़े के साथ गैया हो तो भी चलेगी। लेकिन कुछ अजीब ही बात हो गई। मेरा ही मन उतर गया।"

फिर उसने रुक-रुककर थोड़ी सी बातें बताईं। वह कहने लगा, "मेरे ऊपर उसे भरोसा नहीं है तो क्या फायदा ऐसे ऑफिशियल ढंग से शादी करके? इसलिए मैंने किस्सा खत्म कर दिया।"

गायकवाड़ गिलास पटककर बोले, "आपने ये ऐसा फैसला क्यों किया मेरी समझ में नहीं आया। लड़कियों को पहले कुछ गारंटी चाहिए या नहीं? आप कह रहे हैं वह बात एक माने में सही है। लेकिन भरोसा रखना मतलब क्या करना? भरोसा भी क्या दिखाना ही चाहिए? आप अब भी फिर से बात बना लो! प्लीज! इट्स नेवर लेट मेंड। मान लिया तो सब ठीक हो जाता है। जिससे प्यार किया उसे पत्नी रूप में पाना बड़ा कठिन होता है भैया। लेकिन कुल मिलाकर तुम आलसी ही हो। घर बैठे-बैठे आपको बीवी चाहिए! आपको बीवी की सीरियसनेस समझ में ही नहीं आई ऐसा कहा जाए तो बहुत ज्यादा गलत नहीं होगा। इन दिनों इनकम टैक्स देना हो सीधा-सादा तो भी दस चक्कर काटने पड़ते हैं। यह तो बीवी है! जो-जो हो वह भागदौड़ करनी ही चाहिए।"

"मैंने इस विषय पर सोचना ही छोड़ दिया है। ऐसे कागज पर लिखा-पढ़ी करके कहीं प्यार होता है?"

"लेकिन इसमें भरोसेवाली एक ही बात हो तो वह एकदम बचकानी है ऐसा कहा जाए तो ज्यादा गलत नहीं होगा। दूसरी कुछ शक-शुबहे की बात दोनों में हो तो मैं चुप रहता हूँ। लेकिन इतनी सी एक भरोसे की बचकानी बात पर तुम्हारा प्यार को ठुकराना मेरे से देखा नहीं जाता। आई हैव सफर्ड सो मच... पाटील, आप किस भरोसे पर जवान लड़की का कौमार्य खतरे में लाना चाहते हैं? मतलब?—आप सीधे ईमानदार हैं यह आप जानते हैं। उसे अगर यह मंजूर न हो तो उसकी अंडरस्टैंडिंग का दोष है। लेकिन इत्ते से उसे इत्ती जबरदस्त सजा देना जंगलीपन है। इसका क्या सबूत है कि आप आवारा नहीं हैं? ऐसी भी मिसालें तो हैं या नहीं? आप उस लड़की के हाथ में ताश का एक भी पत्ता देते नहीं और सारे कार्ड खुद हाथ में लेकर खेलते हो यह कैसे? मानो या न मानो, कुँआरापन लड़की की सबसे बड़ी दौलत होती है। आगे चलकर आपको पता चलेगा अपनी बेवकूफी का।"

गायकवाड़ तिलमिलाकर बोल रहे थे। चांगदेव बेअसर बैठा गिलास को घुमा रहा था। सब कुछ सच-सच यहाँ बताने का उसका मूड नहीं था। मैं निरोग नहीं होता तो क्या वह कुछ ताश के पत्ते मेरे हाथ में देती?—लेकिन वह सब कुछ पी गया। होटल का मालिक बत्ती बुझाने लगा था। अन्त में वे उठे। काउंटर के पीछे आईने में चांगदेव ने अपना काला स्याह पड़ा हुआ चेहरा देखा। लड़खड़ाते हुए वह सीढ़ियों से उतरा। आगे दो रास्ते फट रहे थे वहाँ ट्यूब लाइट के नीचे

वे रुके। थैंक्स फार द इयर ओल्ड स्वीट कम्पनी...कहकर हाथ मिलाते हुए पता लिखने की याद दिलाकर गायकवाड़ उधर के रास्ते से चले गए।

चांगदेव बाईं ओर के रास्ते से चलता चला गया। चाबियाँ निकालकर सीढ़ियाँ चढ़ना, कमरे का ताला अँधियारे में टटोलकर खोलना, लाइट का बटन टटोलना... कमरे में झींगुर प्रचंड किर्र-किर्र आवाज कर रहे थे। ऊँचे तकिए पर गरदन रखकर वह लेटा रहा। अब भी बात बन सकती थी। लेकिन जो हुआ वह भी अपने आप उसे मुक्त करनेवाला ही हुआ। कभी भी डेरा उठाकर कहीं भी चले जाना। कहीं भी पंछी के समान पैर नीचे छोड़कर उतर जाना। नहीं तो पैर खींचकर फिर पंख फड़फड़ाते निकल जाना।

इतनी अर्जियाँ भेजी हैं तो दस-पन्द्रह कॉलेज से तो इंटरव्यू के लिए बुलावा आएगा ऐसा उसे विश्वास था और इंटरव्यू के लिए एक बार जाते ही कैसी भी स्थिति हो, अपने को ले लेंगे ऐसा उसे आत्मविश्वास था। इसलिए उसने प्रिंसिपल को लिख दिया कि अगले साल मैं यहाँ रहना नहीं चाहता हूँ, आपकी शुभकामनाओं के लिए मैं आपका ऋणी रहूँगा। इससे प्रिंसिपल साहब बहुत ही बेचैन हो गए।

फिर पवार, काम्बले, मोडक वगैरा लोगों ने यही कॉलेज कितना अच्छा है, और जगहों पर कॉलेज कितने भयंकर होते हैं वगैरा अनुभव बता-बताकर समझाने का प्रयास किया।

जाते-जाते उन्होंने कहा, "आजकल आप बहुत ही बेचैन दिखाई देते हैं जी? छुट्टियों में कुछ दिन के लिए कहीं हो आना चाहिए था, चेंज के लिए।"

छुट्टियों में कहाँ जाएँ यह सवाल था ही। घर में पिताजी ने कुछ कारोबार वगैरा शुरू किया था बड़ी जोखिम उठाकर, ऐसा सुना था। इससे माँ गुस्से में आ गई थीं। फिर वैसा ही माहौल। फूफी-मामा-मौसी के यहाँ मेरे जितना छब्बीस बरस का लड़का अच्छा भी नहीं लगेगा। बचपन में वह ठीक होता है। और फिर उससे हर कोई कहेगा शादी कर लो। बम्बई में ढेर सारे दोस्त हैं, लेकिन किसी के यहाँ रहने की सुविधा नहीं थी। रात की अन्तिम लोकल या होटल बन्द होने तक दोस्त। लेकिन बैड-टॉयलट-बाथरूम फिर रिश्तेदारों के यहाँ पर। श्रॉफ या नारायण जैसे लोग बुलाते नहीं। किसी को कोई नहीं चाहिए। जिसे देखो वह अपनी गृहस्थी सँभालने में व्यस्त, इतना ही काम बड़े होने पर बचा रहता है।

इसके बाद कहीं बहुत ही पुरातन मध्ययुगीन गाँव मिलना चाहिए। लेकिन जिस गाँव में कॉलेज होगा वह आधा-अधूरा कुछ तो प्रगत गाँव ही होगा। फिर इससे बम्बई क्या बुरी थी? बम्बई से बाहर कहीं पर अच्छा गाँव होगा तो उसको खुद को ही वह ढूँढ़कर निकालना होगा। जो कुछ भी हो पन्द्रह दिन के अन्दर सब तय कर यहाँ से निकलना ही होगा। पहले ही बड़ौदा या पूना ले लिया होता तो...तब दिमाग में अलग ही हवा चल रही थी। एक पहिया कहीं उलटा चलता है और फिर सभी पहिए उलटे घूमते रहते हैं। पूना के कॉलेज का बन जाता तो अब तक शायद पारू को लेकर ही पूना में रह रहा होता मैं।

खाट पर गरदन के नीचे तकिया रखकर रेडियो में संगीत टटोलते मई का महीना गुजर रहा था। और हमेशा की तरह कमरे के बाहर के दो चक्कर। आजकल दोपहर की ऊँघ के कारण शर्बत का चक्कर भी नहीं हो रहा था। दोपहर में कमरे में ही शान्ति के साथ पैर फैलाकर ऊपर छत की तरफ देखते हुए पड़े रहकर, गाने सुनने में समय बीतता। दोपहर में कभी बीच ही में नींद आ जाती।

सवेरे की नींद होते-होते बारह के आसपास पोस्टमैन के आने का आभास होता। कभी पोस्टमैन दिख ही गया तो चांगदेव उसे खास बुलाकर कहता, "मैं यहाँ ऊपर रहता हूँ, ध्यान रखना।" पोस्टमैन हँसकर कहता, "बराबर मालूम है। फिकर मत करना।"

इतनी जगह अर्जियाँ भेजी थीं लेकिन कहीं से जवाब नहीं आ रहा था। महाराष्ट्र के बाहर के विज्ञापन भी फिर अखबारों में ज्यादा नहीं आते थे। कभी-कभार कहीं आते तो वह तुरन्त वहाँ अर्जी भेज देता। लेकिन जवाब आता ही नहीं था। आजकल अपने प्रदेश के बाहर के लोगों को लोग बुलाते नहीं हैं ऐसा सभी कहते थे। पूरे मुल्क के टुकड़े-टुकड़े हो रहे हैं। फिर से पहले जैसा ही खंडित भारत। सैंतालीस में कहने भर को बड़ा भारत दिखा। बस! महाराष्ट्र में ही प्रत्यक्ष में तीन-चार टुकड़े हैं, इधरवालों को उधरवाले नहीं चलते ऐसे हालात! ऐसे में कहाँ कर्नाटक और राजस्थान में जाने के मंसूबे करें? नक्शे में इतने गाँव हैं, लेकिन अपने लिए एक भी नहीं। सच तो कितना बड़ा देश। नागालैंड में नौकरी करना, कश्मीर में करना, आसाम में करना, केरल में, कर्नाटक में—कहीं भी करना ऐसा उसे लगता। बेलगाँव अर्जी भेजी थी, गुजरात में भी भेजी थी। शायद मराठी लोगों को कोई बुलाता नहीं होगा। मतलब

महाराष्ट्र में ही एकाध गाँव चुन लेना चाहिए, दूसरा रास्ता नहीं है। बंगलुरु में पवार की शादी के समय प्रत्यक्ष मिलकर ही पूछा था। दोनों स्थानों पर उन्हीं के छात्रों को पहले लेंगे ऐसे जवाब मिला था। वहाँ के कॉलेज अच्छे थे। दूर-दूर फैली इमारतें। बीच में बड़े-बड़े अरण्य जैसी फैली झाड़ी। ऐसी जगह अनुशासन के सवाल भी पैदा नहीं होते। लड़के-लड़कियाँ क्लास खत्म होने पर चारों ओर बिखर जाते हैं। पेड़ों के नीचे बैठकर बातें करते रहते हैं। पाचलेगाँवकर कह रहे थे अपने महाराष्ट्र के दरिद्री कॉलेज मतलब बेराक जैसे क्लास और बाहर रास्ता। लड़के हरदम क्लास के सामने नहीं तो क्लास से भीतर। उस हिसाब से अपना कॉलेज ही ठीक है। कम-से-कम अहाता बड़ा है और गाँव के बाहर है। फिर कहाँ जाएँ यह समस्या है।

मई की बीस तारीख हो गई तब भी पोस्टमैन सीढ़ियाँ नहीं चढ़ रहा है यह देखकर उसका धीरज डाँवाडोल होने लगा। किसी ने बुलाया ही नहीं तो फिर कहाँ?

मेहेंदले जी एक बार मिले और पूछने लगे, "अभी कहीं कुछ जम नहीं रहा है यह तो सीरियस बात है। अजीब फैसला किया है आपने। अजी, पहले साल किसी का भी ऐसा ही होता है। हम बड़े-बड़े लेखकों की किताबों की दुनिया में रहकर एम.ए. होते हैं। पढ़ाते समय कितने नीचे के स्तर पर आना पड़ता है यह आपके भी आखिर-आखिर में ध्यान में आ ही गया होगा। आप जरूरत से ज्यादा आत्मपरीक्षण करनेवाले प्राणी हैं। धक्का-मुक्की सहकर भी खुश रहना चाहिए। ऐसे में आप कहीं पर भी एक साल से ज्यादा रह नहीं पाएँगे!"

अब उसने और भी कोशिश के साथ अर्जियाँ भेजना शुरू कर दी। अन्त में विदर्भ, मराठवाड़ा हर कहीं। पवार हर रोज उसकी इस क्रियाशीलता की सिगरेट पीते-पीते हँसकर समीक्षा करते कहते, इससे तो अपने लोक-सेवक छापाखाने में तीन-चार सौ अर्जियाँ छपवा लो! और सभी यूनिवर्सिटियों से उनके सब कॉलेज के पते मँगवाकर भेज क्यों नहीं देते हर कॉलेज में एक-एक अर्जी? हू हू हू हू ख्यँ ख्यँ ख्यँ ख्यँ।"

चांगदेव गम्भीर होकर कहता, "अभी भी जुलाई तक नियुक्तियाँ करना चलता रहता है। अब आएँगे खत। लेकिन यहाँ से अब निकलना जीने-मरने की समस्या बन गई है। जून में मुझे यहाँ नहीं होना चाहिए।"

पवार बोले, "हमारा कहा सुना नहीं, अब फजीहत कराते रहो!"

एक दिन वह सो रहा था उसी समय पोस्टमैन ने दो खत डाले। एक सोलापुर के एक कॉलेज का था। वहाँ 25 तारीख को इंटरव्यू था और दूसरा सांगली का—वहाँ

29 तारीख को बुलाया था। ये दोनों गाँव अच्छे ही थे। वह खुश हो गया। सोलापुर जाने की तैयारी कर रहा था तब एक और पत्र मिला—कोल्हापुर में 27 तारीख को इंटरव्यू था। फिर दूसरे दिन अमरावती का एक पत्र मिला जिसमें भी उसी हफ्ते की तारीख थी। वहाँ जाना सम्भव नहीं था। मतलब अब खत आते रहेंगे। उसे दक्षिण महाराष्ट्र में रहने का बड़ा आकर्षण था। इसलिए सिर्फ उधर ही ध्यान दूँगा, यह सोचकर वह खुशी से तैयारी कर निकल पड़ा। मतलब एक ही चक्कर में सोलापुर, कोल्हापुर और सांगली हो जाएँगे। ये तीन स्थान काफी थे। तीन में से एक अब तय हो जाएगा। इसके बाद और भी कई जगह से इंटरव्यू के बुलावे आएँगे, वहाँ जवाब भी देने की आवश्यकता नहीं है। नई अर्जियाँ भी नहीं डालनीं। अखबार भी बन्द कर देना चाहिए। इस चक्कर में हो सका तो पारू को साथ ले जाने की सम्भावना भी उसके मन में लहराती गई। बहुत ही उत्साह से वह सोलापुर के लिए निकला।

सोलापुर तक का पूरा प्रदेश रुक्ष था। मतलब फिर सोलापुर भी परेशान करनेवाला अकाली गाँव ही होगा क्या? लेकिन सोलापुर में प्रवेश करने पर बकाली की निशानियों के साथ-साथ चहकते रास्ते, भीड़, बड़ी-बड़ी दुकानें, इमारतें, एक से बढ़कर एक खूबसूरत लड़कियाँ—ऐसा सब देखकर उसका उत्साह बढ़ गया। एक विशाल लांज में ऊपर एक लम्बे-चौड़े कमरे में सूटकेस रखकर खूब अच्छी तरह नहाकर वह नीचे उतरा। फिर इस होटल से उस होटल में, इस रास्ते से उस रास्ते पर घूमते इडली-साँबर और मसाला डोसा खाते वह खुश होकर घूमता रहा। इस शहर में इतनी सारी खूबसूरत लड़कियों को देखकर वह खुश हो उठा। और फिर यहाँ इतने उडपी होटल हैं मतलब यह गाँव निश्चित ही वैभवशाली है इसका उसे विश्वास हो गया। इसी बीच एक जुलूस सोलापुर कर्नाटक में विलीन किया जाए ऐसी घोषणा करता गुजर गया। इसका मतलब इस गाँव में महाराष्ट्र के लोगों के अलावा दूसरे भी बहुत लोग होंगे, मतलब यह गाँव अच्छा ही होगा। मानो पगला गया हो ऐसे वह घूमता रहा। जैसे अब यह गाँव उसी का होनेवाला हो इस खुशी में। बम्बई के समान सम्पन्नता के कारण अपने आप बढ़ी हुई आदमियों की भीड़, बहुत ही सुन्दर लड़कियाँ, होटल में बोर्ड पर चार-चार कतारों में भीड़-भाड़ में खाने की चीजों के लिखे गए नाम, बहुत ही गरीब बस्तियाँ, जिधर-उधर फटे कपड़ों में टोलियाँ और उनकी सादगी, नशे में झूमते इंसान, सजी-धजी रंडियों की कमर में

हाथ डालकर टहलनेवाले पहलवान से लोग, बड़ी-बड़ी रंगों से लिपी-पुती इमारतें, कारें और कारों में बैठी औरतें, फिल्मों के बड़े-बड़े विज्ञापन, एक विज्ञापन में वहीदा रहमान का प्रचंड चेहरा, एक फिल्म के टिकट खत्म हो गए तो दूसरी देखो, दूसरी नहीं तो वहीं पर तीसरी, चौथी—पैसों की गरमाहट का चारों ओर साक्षात्कार, लस्सी-शर्बत की खास दुकानें, फल और सब्जियों में से भरी दुकानें। आखिर यही तो संस्कृति है। खूब लेना, खूब देखना, खूब ऐश करना। सोलापुर मिल रहा हो तो कल ही पक्का कर डालूँगा ऐसा उसने तय कर लिया।

सवेरे तीन-चार वकेट गर्म पानी से स्नान करते समय उसे गाँव-गाँव में जो अन्तर होता है ध्यान में आ गया। बरस-भर इतना पानी नहाने के लिए मिला न था। नीचे आने पर उसे एकदम साफ, सुसंस्कृत लगने लगा। गर्म इडली-साँबर, फिर सिर्फ साँबर—उस ज्यादा साँबर के पैसे वेटर ने बिल में लगाए नहीं, फिर मसाला डोसा, फिर टोस्ट और चाय। पेट में सन्तोष कलोल करने लगा। अब अपने आप पर खुश होकर उसने चारमीनार सिगरेट भी सुलगा ली। उसके कश से बम्बई के वे छात्र दशा के बेपरवाह, जोश-भरे दिनों की सरसराहट, उसकी चेतना पर छा गई। सिगरेट छूट गई थी यह अच्छा ही हुआ था। लेकिन अब फिर से शुरू करने में हर्ज नहीं था। इसलिए उसने फिर एक टपरी पर से चारमीनार का पूरा पैकेट ही ले लिया। अब पैदल कॉलेज तक जाना खुशी की बात थी। निरोग, तगड़े रहने की अनुभूति।

कहीं पर भी रास्ता पूछने पर चार-चार आदमी रुककर बताते। यहाँ कभी अकेलापन नहीं लगेगा। शहर आदमी की ईजाद की हुई बेहतरीन चीज है। यह आदमी को शायद मधुमक्खी से सूझी होगी। जिधर-तिधर एक-दूसरे से कोई सम्बन्ध नहीं फिर भी एक विशाल बस्ती में रहते हैं ये अद्‌भुत सम्बन्ध। फिर भी हैं ऐसे आदमी ही आदमी। जिधर-तिधर पान की पीक से लाल रास्ते, इंटरव्यू पूरे मनोयोग से देना और वापस जाकर यहीं पर सामान ले आना। ऊपर पूरी चाल में कपड़े-गुदड़ी, चद्‌दर से लेकर पेटीकोट, छोटे-छोटे कुर्ते और निकर तक सूखने के लिए फैलाए हुए। और नीचे रास्ते पर गरीब बच्चे सवेरे से खेलने के लिए आए हुए। एक के चिकने माथे पर उसने हाथ फेरा। बाजू में एक औरत रूठकर बाहर आए एक बच्चे को कन्नड़ भाषा में प्यार से कुछ समझा रही थी और चाय का मग उसके मुँह से लगाकर पी-पी कह रही थी और उसके फूले हुए पेट पर से लाल सुर्ख चाय नीचे

गिर रही थी। अन्त में वह लड़का उससे चिपक गया और वह गटगट करके चाय पी गया। फिर ढेरी पर गिरी चाय हाथ से मसलकर बाकी के बच्चों के साथ खेलने के लिए चला भी गया। बड़े शहर में जिधर भी नजर डाली वहाँ एक बेहतरीन कहानी नजर आती है, सुन्दर चित्र दिखाई दे जाता है।

गाँव के अन्त में माँग जाति की बस्ती आई। फिर गधे। सवेरे से माँगों की औरतें बाँस चीरने बैठी थीं। उनके मर्द इधर-उधर करते हुए काम करने की तैयारी में। आगे दूर कॉलेज की बड़ी इमारतें दिखाई देने लगीं। बहुत ही आत्मविश्वास के साथ वह कॉलेज की इमारत में दाखिल हुआ। उन बन्द क्लासरूमों की निकटता से उसकी छाती भर आई। यहाँ पहले दिन से बेहतरीन पढ़ाना। मनोयोग के साथ। एक कोने में कुछ लोग नजर आए—उधर वह गया। चारों ओर मराठी में लगी तख्तियाँ देखकर उसे और भी खुशी हो गई। एक बड़े हॉल पर प्रतीक्षा कक्ष ऐसे लिखा था। अन्दर बड़े टेबल के इर्द-गिर्द इंटरव्यू के लिए आए हुए उम्मीदवार दिख रहे थे। उसे देखकर एक क्लर्क ने उसे नमस्कार किया। नाम पूछा, फाइल खोलकर एक तालिका पर उसके नाम के सामने निशान लगाया और कहा, "बैठिए।" सभी बातें करीने से।

अन्दर दो-तीन उम्मीदवारों को नमस्ते कर वह एक किनारे बैठ गया। उधर एक कुर्सी में एक वयस्क, खुली पतली लेकिन पानीदार चेहरे की एक गोरी लड़की बैठी थी। उसे भी उसने नमस्कार किया। उसने अंग्रेजी में पूछा, "आप जुऑलजी के लिए आए हैं क्या?" चांगदेव बोला, "नहीं। अंग्रेजी के लिए। आप?" वह कहने लगी, "जुऑलजी, हम रायव्हल्स नहीं हैं, फाइन!"

सभी उम्मीदवार खामोश बैठे थे। चांगदेव उत्साहित दिख रहा था इसलिए उसकी बाईं ओर का एक आदमी उसकी ओर खिसकता आया और उसने पूछा, "आप अंग्रेजी के लिए?" चांगदेव बोला, "हाँ, आप?" वह बोला, "मैं भी अंग्रेजी के लिए ही आया हूँ, मीन्स वी आर एनिमीज।" चांगदेव ने उसका नाम पूछा तो वह बोला, "हूलिमणी!" यह प्रोफेसर हूलिमणी भयानक अंग्रेजी बोल रहा था और बिना हिचकिचाए। जुऑलजी की महिला उससे अच्छी अंग्रेजी बोल रही थी। फिर प्रोफेसर हूलिमणी को आधा वाक्य होने पर आगे का सब कुछ दबी हुई आवाज में बोलने की आदत थी। दबी आवाज में वह कई विचित्र शब्द जो अंग्रेजी नहीं है वे भी घुसेड़ देता। उसे अंग्रेजी बोलने के लिए उकसाकर चांगदेव हँसते हुए समय काटता रहा।

जुऑलजी की महिला ने चांगदेव से पूछा, "आप बम्बई के हैं क्या?" वह बोला, "नहीं।" वह बोली, "लेकिन पहले कभी बम्बई में होंगे ही।" वह बोला, "किस पर से आपको ऐसा लगा?" वह बोली, "कुल मिलाकर। खासकर उच्चारों से।" वह बोला, "पूना जैसे मेरे उच्चार नहीं हैं किस पर से?" वह बोली, "कांट बी। पूना का आदमी प्रिंसिपल को प्रिंसिपॉल कहता है। डिवोर्स को डायव्होर्स कहता है। मैं निश्चित रूप से जानती हूँ। यू कांट बी फ्रॉम पूना।"

चांगदेव को उसकी होशियारी देख उसके प्रति मन में आदर की भावना पैदा हो गई। वह बोला, "आप निश्चित ही बम्बई और पूना दोनों स्थानों पर रही हुई हैं।" वह कहने लगी, "मैं बम्बई की ही हूँ। पिछले दो बरसों से पूना में हूँ।" वह बोला, "फिर यहाँ किसलिए?" वह कैंची जैसे उँगलियाँ करते हुए हँसकर बोली, "डिसकंटिन्यूड!" वह बोला, "आयम् सॉरी।" वह बोली, "यह अब हर जगह खुलकर चल रहा है। दो साल लेक्चरर्स को रखना और फिर कन्फर्म करने के समय निकाल देना। आप चाहे जितना काम करें, चाहे जैसा पढ़ाएँ, सिफारिश के लोग हर जगह बढ़ रहे हैं। आपने क्यों छोड़ा अपना कॉलेज? अच्छा है वह, कहते हैं।"

"मुझे वह गाँव बहुत ही बेकार लगता है। लड़कों में अनुशासन नहीं। गाँव में अच्छा दोस्त भी नहीं मिलता। लेकिन कॉलेज अच्छा है। ईसाई गाँव में कहीं इडली-साँबर भी नहीं मिलना यह भी कोई बात हुई?"

वह मुस्कुराई, "मैं तो पूना के बेस्ट कॉलेज में थी। लड़के अच्छे हैं। बहुत ही होशियार। कॉलेज भी अच्छा। गाँव में सब मिलता है लेकिन जब अपन को अचानक निकाल दिए जाने की नोटिस मिल जाए तब क्या करें? अब देखना जहाँ भी मिले। ऑल द बेटर।"

वह बोला, "आप इंटेलिजेंट लगती हैं। आपको कहीं भी ले लिया जाएगा।"

वह शान्ति के साथ बोली, "औरतों के और भी बहुत से प्रॉब्लम्स होते हैं..."

वह बोला, "सच है। इट्स अनफॉर्च्यूनेट...।"

धीरे-धीरे उसके इर्द-गिर्द चार-पाँच जवान लड़के और एक जवान लेक्चरर महिला भी आकर खड़ी हो गई। हर किसी ने अपने पहले के अनुभव बताना शुरू किया। वह जवान महिला लेक्चरर औरंगाबाद के किसी कॉलेज से आई थी। उससे किसी ने पूछा, "औरंगाबाद कैसा है?" वह बोली, "गाँव अच्छा है। लेकिन कॉलेज बेकार है। हर एक जाति का कॉलेज है। बहुत ही गन्दा वातावरण!"

"लेकिन आप क्यों छोड़ रही हैं औरंगाबाद?"

"यों ही। मेरी जैसी अनमैरिड लड़कियों को तकलीफ होती है। पिछड़े हुए इलाके में तो कैसे बर्ताव करना है यही समझ में नहीं आता...।"

जुऑलाजी वाली महिला बोली, "हर कहीं है वो।"

चांगदेव बोला, "हम अपने आपको इतने पढ़ा-लिखा कहते हैं लेकिन ये औरतों की ओर देखने की गन्दी प्रवृत्ति—जात-पाँत का और सिफारिश से भरा ये माहौल हम खत्म नहीं कर सकते। यह शर्म की बात नहीं है क्या? हम सबको मिलकर शिक्षा का राष्ट्रीयकरण करने की माँग करनी चाहिए। लड़कों को सुलगाना चाहिए नक्सलवादियों की तरह।"

दूसरा एक प्राध्यापक बोला, "मैं अपने प्रिंसिपल को बहुत ही खरी-खोटी सुनाया करता था बरस-भर! बरस समाप्त होते ही निकाल दिया बराबर! मुझे इसकी पहले से ही आशंका थी। वो साला मुझसे घर के काम भी कराने लगा था। मैंने विरोध किया था।"

इन जवान लोगों की बातें जमकर चल रही थीं। लेकिन दूसरी ओर कुछ वयस्क घर-गृहस्थीवाले लोग सिर्फ चुपचाप बैठे थे। कुछ भी हो, कुँआरे लोग एकदम इकट्ठे आ जाते हैं, एक-दूसरे की ओर खींच लेने जैसी कोई चुम्बकीय शक्ति उनमें होती है। दुनियादारीवाले लोग काम की चिन्ता में खामोश बैठे रहते हैं। सिर्फ लोहे के टुकड़े जैसे। चुम्बकीय शक्ति से खाली।

फिर जुऑलजी वाली महिला को इंटरव्यू के लिए अन्दर बुलाया गया। उसने अपना आँचल सँभाला और चटचट करती अन्दर चली गई।

चांगदेव प्रोफेसर हूलिमणी से बोला, "मैडम होशियार हैं। बड़ी आसानी से ले लेंगे इसे।"

फिर दूर बैठे एक मूँछवाले प्रौढ़ सज्जन से उसने पूछा, "आप साइंस या आर्ट्स?"

वह पास खिसकते हुए बोला, "जुऑलजी।"

"मतलब अब आपका नम्बर आएगा। इससे पहले कहाँ थे?"

"मैं कोल्हापुर में था।"

"कोल्हापुर में? कौन से कॉलेज में?"

"भोसलेजी के।"

"वा, मेरा वहाँ परसों इंटरव्यू है। मेरी सुविधा के अनुसार उन्होंने मुझे तारीख बदलकर दी। अच्छा दिखता है कॉलेज।"

वह सज्जन शान्तभाव से हँसकर बोले, "आप और चार बार तारीख बदलकर माँगें तो भी दे देंगे। आता कौन है वहाँ?"

"ऐसा? आप क्यों छोड़ रहे हैं?"

"जाने पर समझ में आ ही जाएगा न आपको। मैं यूँ ही आपको प्रिज्युडिस करना नहीं चाहता।"

"फिर भी? यहाँ अगर हो गया तो मैं कहीं नहीं जाऊँगा यह स्पष्ट है। तनख्वाह नहीं होती क्या वहाँ समय पर?"

"तनख्वाह होती ही नहीं कहो न! एकदम चार-छह महीने में एक बार मिलती है। वह भी बुरा नहीं। हमारा गाँव पास ही में है। वहाँ से अनाज वगैरा लाया जा सकता है। मकान-मालिक भी बरस-बरस रुकता ही है किराये के लिए। एक साथ तनख्वाह तो भी कुछ बुरा नहीं। उतनी ही बचत हो गई एक साथ। लेकिन एक दूसरी बात वहाँ भयंकर है।"

"वो क्या?"

"अब आप जाओगे तो देखोगे ही! दस साल निकाले मैंने वहाँ। पहले टीन के शेड के नीचे प्रयोगशाला थी, वहाँ हम प्रयोग कर लेते थे। सवेरे से शाम तक हम मेहनत करते। डिपार्टमेंट का चारों तरफ नाम हो गया। अब उनका आदमी तैयार हो गया तो मुझे निकाल दिया।"

"अचानक? बिना किसी वजह के?"

"कुछ भी वजह नहीं," वह खिन्न होकर बोला, "अब इस अवस्था में फिर से कहाँ नौकरी ढूँढ़ना, बच्चों की पढ़ाई—सभी समस्याएँ हैं। पहले ही यह बात ध्यान में आ जाती तो अब तक कहीं और जगह एस्टैब्लिश तो हो जाता ना जी।"

"परमानेंट नहीं थे क्या आप?"

परमानेंट था तो। हेड था ना जी मैं डिपार्टमेंट का।

"परमानेंट को तो निकाल नहीं सकते ना?"

"हमारी यूनिवर्सिटी में वैसा नियम नहीं। कभी भी तीन महीने की नोटिस देकर निकाल सकते हैं।"

"लेकिन कुछ कारण तो बताने पड़ते हैं या नहीं?"

"कुछ नहीं। अब आप झगड़ते रहें, कोर्ट में गए तो कारण तो दिखाने होंगे। नहीं तो तेरी भी चुप मेरी भी चुप। और हम मास्टर लोग कहाँ कोर्ट में जाएँगे? क्या सुरक्षा है हमें?"

"लेकिन यूनिवर्सिटी में कुछ शिकायत वगैरा?"

"कौन होता है अपना यूनिवर्सिटी में? वाइस चांसलर और इन लोगों का हमेशा उठना-बैठना होता है। अपने को कौन पूछता है? सब चोर हैं। हमें ही समझौता कर लेना पड़ता है, नहीं तो उलटे मार खाने की नौबत आ सकती है।"

"मुश्किल है अब भी ऐसी बातें होती हैं तो।"

उतने में जुऑलजी वाली महिला बाहर आ गई और इस मूँछवाले को अन्दर बुलाया गया। चांगदेव को लगा इस महिला के बजाय इसे लिया जाए तो अच्छा होगा। बाल-बच्चे हैं। आदमी सज्जन लगता है। लेकिन उस महिला की ओर देखकर फिर उसे लगा ऐसी महिलाओं को ही क्यों नहीं लेना? बेचारियाँ अकेली रहती हैं। शादी-ब्याह ठुकराकर। चुनाव करना कुल मिलाकर घिनौना काम ही होता है। कोई तो एक सिद्धान्त लेना और वार करना बाकी लोग चिल्लाते रहें। न्यायदान का मतलब व्यवहार में एक घाव और दो टुकड़े इतना ही है।"

"इंटरव्यू कैसा रहा?"

"कुछ भी पूछ रहे थे। किसी ने तो डायडेल्फिस का संसार में डिस्ट्रिब्यूशन पूछा। मैंने कहा मैं जिऑग्राफी की स्टूडेंट नहीं हूँ। फिर किसी ने अमरीकी यूनिवर्सिटी के रिसर्च के बारे में पूछा। मैंने कहा, सर डोंट नोऽ। उसका विषय के साथ सम्बन्ध क्या है? और आपको निश्चिन्त रूप से जो आएगा नहीं वही पूछने का मतलब क्या?"

फिर वह चली गई। फिर कहाँ जाएगी, क्या होगा कुछ निश्चित नहीं था शायद। चांगदेव को बुरा लगा। बुद्धिजीवी लोगों की यह क्या हालत है!

फिर मूँछवाले महाशय बाहर आए। अब इसे तो लिया ही होगा, ऐसा चांगदेव को लगा। लेकिन वह उधर से उधर ही सीधा बाहर चला गया। इधर आया ही नहीं। स्पष्ट था। उसने किसलिए इधर आना? चांगदेव को लगा इस उम्र में बाल-बच्चेवाले परिवार के प्रमुख पर दस बरस पढ़ाने के बाद अब इस तरह दीन होकर इंटरव्यू देने की नौबत आए यह ठीक नहीं है।

और चार-पाँच लोग होने पर, आर्ट्स के इंटरव्यू शुरू हुए। धीरे-धीरे सिर्फ अंग्रेजी के ही लोग रह गए। उनमें ज्यादातर इस बरस ही उत्तीर्ण होनेवाले थे इसलिए घबराए हुए थे। प्रोफेसर हूलिमणी लेकिन अकड़कर बैठे हुए थे। उन्होंने चांगदेव से पूछा, "सब पूछते हैं क्या जी?"

चांगदेव बोला, "ये सब लोग पचास के ऊपर के होते हैं। वे ज्यादातर पहले

विश्वयुद्ध के पहले की बातें पूछते हैं। मॉडर्न मतलब उन्हें एक-दो ही नाम मालूम होते हैं—टी.एस. इलियट एक जो हर किसी को मालूम होता ही है! वह भी वेस्ट लैंड इतना ही।"

मध्यावकाश में चाय की प्यालियों की आवाजें आने लगीं। बाहर से आए उम्मीदवारों को भी मसाला-दूध दिया गया। चांगदेव खुश हो गया। संस्था पुरानी होने के कारण अच्छे रीति-रिवाज थे फिर अंग्रेजी का एक अन्दर जाकर आया। बाहर आते ही उसे लोगों ने घेर लिया। क्या-क्या पूछा, वगैरा। फिर वह बोला, "इस साल के नोबेल पुरस्कार विजेता लेखक कौन है जी? मैं बता नहीं पाया।"

सब एक-दूसरे की ओर देखते हुए फिक्र में पड़ गए। किसी ने कहा, "टाइम्स में आया था एक बार नाम।" कोई बोला, "टाइम्स पूरा पढ़ने में आठ-दस घंटे लगते हैं, कौन पढ़ेगा वह सब?" कोई बोला, "यूनानी है क्या यह प्राणी?" चांगदेव बोला, "कुछ तो सेफरीज या फेफरीज है क्या?"

लेकिन प्रोफेसर हूलिमणी को वह नाम निश्चित मालूम था। लेकिन फालतू में क्यों बताना इसलिए यह बौद्धिक जानकारी गुप्त रखकर वह हँसता हुआ बोला, "नॉलेज इज व्हास्ट एंड लाइफ इज बट...बट...थिस थिंग...लाइफ इज वेरी शॉर्ट। सब बातें कैसे मालूम हो सकती हैं?"

फिर एक-एक अन्दर जाकर आने पर उसने कितने अच्छे जवाब दिए यह बताने लगा। फिर नोबेल प्राइज-विनर मालूम होने पर भी न बतानेवाला प्रोफेसर हूलमणी भी जाकर आने पर कहने लगे, "बहुत अच्छे जवाब दिए। अन्दर बौना हेड बैठा है। वह सिर्फ टैगोर से लेकर नोबेल पुरस्कार की जानकारी ही पूछता है। मुझे तो वह मुँहजबानी याद है, आई.ए.एस. के वक्त तैयार किया हुआ। हर्मन हेस की भी पूरी जानकारी दी मैंने। खुश हो गए प्रिंसिपल और हेड भी। हर्मन हेस फ्रांसीसी था और उसका 'मॉबिडिक' महाकाव्य मशहूर है।" कहने के साथ ही वे खुश हो गए। "मतलब फेवरेबल मत हो गया हो शायद—ठहरता हूँ अब पूरे इंटरव्यू होने तक। पूछ लेता हूँ क्या तय हुआ है वो।" चांगदेव प्रोफेसर हूलिमणी को अलग से ले जाकर कहने लगा, "शायद आपके जवाब गलत हो गए हैं। हर्मन हेसी—हेस नहीं है वो—स्विस है, फ्रांसीसी नहीं। सिद्धार्थवाला वो। हर्मन मेलव्हिल के बारे में कहा क्या आपने?"

उसके साथ अचानक चेहरा उतारकर, प्रोफेसर हूलिमणी कहने लगे, "लेकिन उनको क्या मालूम कौन कहाँ का है यह? सही बताओ तो उलटा गलत है समझेंगे

वे। व्हेअर इग्नरंस इज ब्लिस इट इज फॉली टु बी वाइज! शुरू में नए अमरीकी कवि के नाम पूछे तो मैंने दो-तीन क्रिकेटियर्स के नाम भी ठोंक दिए। कौन जानता है? देखें क्या होता है वो। लेट अस...छिसथिंग...।"

फिर चांगदेव को अन्दर बुलाया गया। प्रिंसिपल बहुत ही भारी-भरकम आदमी था। बाजू में अंग्रेजी का हेड उसकी तुलना में बौना चूहे जैसा कुर्सी में से बोल रहा था। सवाल पूछते समय उसका स्वर अपमानजनक था। इसलिए चांगदेव का धीरज धीरे-धीरे खत्म होता चला गया। हेड के नोबेल प्राइज का तयशुदा सवाल पूछते ही संयम खोकर चांगदेव बोला, "अपने महाराष्ट्र शासन के हर साल पुरस्कार दिए जाते हैं उतने ही बोगस नोबेल प्राइस होते हैं। यह शायद आपको मालूम नहीं है!" फिर उसने नोबेल पुरस्कार कैसे तय किए जाते हैं इसकी सोदाहरण जानकारी दे डाली। फिर हेड ने वह विषय बदलकर ऑल्डस हक्सले, शॉ, शेक्सपियर, इलियट वगैरा साँचे के सवाल पूछे। उसके बाद क्या पूछना यह हेड को नहीं सूझने लगा। फिर जो भी लेखक याद आया उसके व्यू ऑफ लाइफ पर पाँच मिनट बोलो, ऐसा धड़ल्ले से पूछना शुरू किया। प्रिंसिपल का मत चांगदेव के विषय में ठीक हुआ लेकिन हेड के मन में उसके बारे में तिरस्कार की भावना हो गई। बौनों को स्वाभाविक रूप से ऊँचे आदमी के विषय में होती है वह। और फिर हेड के मन में किसी को लेना है यह स्पष्ट दिख रहा था। "फिर एक बरस में आप अपना कॉलेज क्यों छोड़ रहे हो?" ऐसे फालतू सवाल हेड पूछने लगे तब चांगदेव भी उलटा बोलने लगा। वह हँसकर बोला, "एक ही स्थान पर बीस-बीस बरस प्राध्यापक बने रहना मीडिऑक्रिटी का लक्षण है।" ऐसा चांगदेव के कहने पर प्रिंसिपल खुश होकर हेड से बोले, "आप कितने साल से हैं यहाँ? बीस कम्पलीट हो गए क्या आपको?"

कुल मिलाकर मजा आ गया। फिर प्रिंसिपल ने कहा, "बाहर थोड़ी देर रुकिए।"

बाहर आने पर चांगदेव के ध्यान में आ गया कि प्रोफेसर हूलिमणी गायब हो गए हैं। फिर सबके इंटरव्यू होने पर कुछ देर तक गरमागरम बहस सुनाई देती रही और उसे बुलाया गया। प्रिंसिपल और हेड में सहमति नहीं हुई थी। प्रिंसिपल ने कहा, आपके पते पर मालूम कराएँगे। एक्सक्यूज मी...।"

चांगदेव बोला, "मुझे जल्दी मालूम हो तो ठीक होगा। मुझे यह गाँव अच्छा लगा है। कॉलेज भी अच्छा लगा है।"

"किस वजह से?"

"यहाँ इंटरव्यू के लिए आए उम्मीदवारों को भी मसाला-दूध दिया जाता है। यहाँ इंसानियत दिखती है।

"ठीक है। थैंक्यू। हम जल्दी ही मालूम कराएँगे। गुडबाय। थैंक्यू।"

शायद बात बन भी जाए लेकिन अभी कुछ भी निश्चित नहीं लग रहा था। मतलब कोल्हापुर जाना ही होगा। वह सिगरेट पीता हुआ लॉज पर आया। पेट भरकर भोजन किया। थोड़ी देर माथे के नीचे ऊँचा तकिया लेकर लेटा रहा। फिर उठा और एक रद्दी सिनेमा देखा, लेकिन गानों से वह बहुत ही बेचैन हो गया। फिर गाँव में घूमता रहा। वह कहने लगा, पारू को भी यह गाँव बहुत अच्छा लगता। डोसा-इडली खाता रहा। रात में फिर एक सिनेमा देखा। वह सिनेमा भी बहुत ही बोर था। लेकिन ऐसा आलीशान थिएटर बम्बई छोड़ने के बाद अन्दर जाकर बैठने को नहीं मिला था, यह सन्तोष बहुत बड़ा था।

रात में जगमगाते रास्तों पर सिनेमा खत्म होने के बाद वह यों ही चलता रहा। आगे पुरानी गन्दी बस्ती थी। वहाँ से वापस लौटने के लिए वह समकोण मुड़कर दूसरे रास्ते से निकला। नुक्कड़ पर काफी लोग टोलियाँ बनाकर खड़े थे। पान-बीड़ी की काफी टपरियाँ थीं। वहाँ वह यों ही सिगरेट पीता खड़ा रहा।

पीछे की एक गली से एक जवान, उद्दंड, मस्त औरत और उलटी माँगवाला पतला सा नुकीली नाकवाला आदमी एक-दूसरे को खींचते खिलखिलाते हुए आए। उनके पीछे से एक मामूली कद-काठी का उघाड़ा आदमी लड़खड़ाते हुए तोल सँभालकर बीच-बीच में बैठकर और मुँह से बहुत ही गन्दी गालियाँ बकते उन दोनों का पीछा कर रहा था। उलटी माँगवाला शोहदा बीच ही में गुस्से से पीछे मुड़ता और उसे मारने दौड़ता। लेकिन वह उद्दंड औरत उसे फिर से खींचकर 'चल रे अन्ना, मत मार रे अन्ना' कहती। उलटी माँगवाला आदमी फिर रुककर मादरचोद मच्छर कहकर उस औरत के साथ फिर चलने लगा। पीछेवाला मच्छर-सा पति फिर लड़खड़ाते हुए उनके पीछे गालियाँ देते हुए चिल्लाता, 'आती कि नहीं पीछे एऽ रंडी। अपने मरद को छोड़कर इस भड़वे के नीचे पड़ती क्या चोदी की?' इसी के साथ उलटी माँगवाला नुकीली नाक का आदमी उस पर दौड़ पड़ा, 'तेरे माँ की मादरचोद।' लेकिन वह औरत फिर उसे खींचकर चलता कर ली। आखिर में वह अपने मरद को ही धमकाती हुई कहने लगी, "जाता कि नेई वापिस? है क्या कुछ

बूँद-भर भी ताकत तेरे भोसड़े में? आँ? औरत को झोंपड़े में क्या सिर्फ उँगली करने को बुलाता भड़वे? जा वापिस।"

फिर वे दोनों जार-जारिणी रास्ते के बीचोबीच शान से चलते बने। शराब से गिर-गिर पड़ता उसका मच्छर मरद उसे गालियाँ देता वहीं एक दुकान के कट्टे पर नशे में झूमता बैठा रहा।

फिर वहाँ से चांगदेव सीधा चलता हुआ लॉज की दिशा में आ गया। फिर से समकोण में मुड़कर लॉज के नीचे आ गया।

फिर कॉफी पीकर ऊपर आया और सो गया।

दूसरे दिन सवेरे नहा-धोकर बैग तैयार कर बिल चुकाकर वह नीचे इडली-साँबर-डोसा खाता रहा। कोल्हापुर जानेवाली बस के विषय में मैनेजर से पूछताछ कर वह बस अड्डे पर आ गया। विशाल बस स्टैंड से न जाने कहाँ-कहाँ धड़ल्ले से बसें जा रही थीं। गाँव अच्छा था। इतनी खूबसूरत लड़कियाँ दूसरे किसी गाँव में इतनी बड़ी तादाद में शायद ही हों। पारू जैसी ही। लेकिन कोई बात निश्चित नहीं थी। हो सकता है प्रिंसिपल को मैं झगड़ालू, धृष्ट लगा होऊँ शायद। अब आगे के इंटरव्यू में थोड़ा सँभालकर ही बोलना चाहिए। एक तो बरस-भर में ही मैं एक कॉलेज छोड़कर दूसरे में जा रहा हूँ, इसका मतलब कुछ ठीक नहीं होता। इसलिए सँभलकर ही बातचीत करनी चाहिए। मैं गाँव का चुनाव करने निकला हूँ तो लोग भी तो अपना चुनाव करने के लिए मुक्त हैं।

कोल्हापुर की बस से कोल्हापुर! कोल्हापुर दूर से भी सुन्दर लग रहा था। सोलापुर से हजार गुना सुन्दर। कतार से फूले गुलमोहर, बगीचे, मस्त रास्ते, हरे-भरे खेत, चारों ओर समृद्धि। रियासतों के अधिपतियों ने पैसा बहा-बहाकर गाँवों को ऐसा सुन्दर बना रखा है। नहीं तो पिछला साल कितना भयानक बीता। यहाँ भी बनता है तो ठीक ही है। लेकिन अब भी भरोसा किस आधार पर दिया जाए?

स्टैंड के सामने के बड़े लॉज में कमरा लेकर नहा-धोकर वह बाहर निकला। यहाँ भी होटलों की समृद्धि। फिर उडपी के होटल। शाम को इन खूबसूरत रास्तों पर से कितना चलें और कितना न चलें ऐसा लगता रहा। और फिर कई जगहें पेशाबघर

थे—रास्ते साफ, ठंडी हवा और दूर नीली टेकड़ियाँ। ऐसे खूबसूरत गाँव महाराष्ट्र में होंगे इसका पता महाराष्ट्र में रहकर भी उसे अब तक न था।

फिर अम्बाजी के मन्दिर में महिलाओं की भीड़ से गुजरकर अन्दर सुन्दर मूर्ति के सामने। वहाँ से हटने का उसका मन नहीं हो रहा था। ऐसी उसकी हालत हो गई।

चल-चल कर थक जाने पर फिर वह रात में उन जगमगाते रास्तों पर से हरक-हरक फिर लॉज में आया। भूख तो नहीं थी लेकिन कोल्हापुर का मटन खाने की जबरदस्त इच्छा के कारण हाथ-मुँह धोकर नीचे की मंजिल पर खाने के हॉल में पहुँचा। देर हो जाने के कारण सिर्फ एक-दो लोग खा रहे थे। उनमें एक थे वही प्रोफेसर हूलिमणी!

"हाय हूलिमणी!"

"हलो, हलो, मिस्टर पाटील हाऊ आर यू? द वर्ल्ड इज राउंड आफ्टर ऑल।"

"येस, द अऽर्थ इज राउंड। क्यों यहाँ किसलिए? यहाँ भी इंटरव्यू था क्या?"

"एक आज हो गया। कल फिर दूसरे कॉलेज में है। आप भी इंटरव्यू के लिए ही आए हैं ना? बड्‌र्ज ऑफ द सेम फेदर गॅदर टुगेदर!"

"बिलकुल सही। मतलब हमारा भी आपके जैसे कहीं काम नहीं होता। परसों है मेरा इंटरव्यू।"

"होगा जी। जून का पहला हफ्ता बड़ा संघर्ष का होता है। जिनको लेना है उनको ले लेते हैं। बची हुई जगहों पर झक मारकर अपने जैसे बिना सिफारिश के निराधार लोगों को बुला लेते हैं। तब एक-दो इन्क्रीमेंट भी डटकर माँग लेना।"

"काफी अनुभव दिखाई देता है आपको।"

"तीन बरस में तीन कॉलेज हो गए मेरे। आई एम ए रोलिंग स्टोन नो...व्हू गॅदर्स नो-धिस-थिंग।"

"मॉस, मॉस," चांगदेव ने याद दिलाया।

"हाँ, आई एम ए रोलिंग स्टोन व्हू...व्हीच...गॅदर्स नो मॉस! थैंक्स फॉर करेक्शन।"

"आपको इडियम्स वगैरा काफी याद हैं।"

"हैं तो! अंग्रेजी में यूनिवर्सिटी में फर्स्ट था मैं! और फिर तीन साल का एक्सपीरियंस जो है। स्टिल वॉटर्स रन डीप, मिस्टर पाटील। ओनली आई नेवर मेक फस अबाउट इट।"

भोजन कर प्रोफेसर हूलिमणी की अंग्रेजी की मजेदार बातें सुनते पान खाकर वे दोनों ऊपर आए। पहले हूलिमणी का कमरा आया तो चांगदेव को उसमें जाना

पड़ा। हूलिमणी कोल्हापुर के कुल मिलाकर तीन कॉलेज में इंटरव्यू दे रहा था। उनमें से एक में परसों चांगदेव का भी होना था। हूलिमणी याद करके वाक् प्रचार और कहावतों का प्रयोग कर रहा था इसलिए चांगदेव जम्हाइयाँ लेने लगा। फिर वह बोला, "चलो सिनेमा जाएँगे। पास ही में दो-तीन थिएटर हैं।"

तो वह कहने लगा, "हिन्दी फिल्म! डेव्हिल टेक देम। मुझे अपना टेस्ट बिगाड़ना नहीं है। अंग्रेजी फिल्म होती तो चलता। मुझे अंग्रेजी फिल्म का हर लफ्ज समझ में आता है। आपको? जाने दो। बैठेंगे गप्पें लड़ाते हैं। और फिर इंटरव्यू की मुझे तैयारी करनी है। इंडस्ट्री इज द मदर ऑफ...धिसथिंग...गुडलक, मिस्टर पाटील।"

चांगदेव बोला, "मतलब? क्या तैयारी करते हैं आप इंटरव्यू के पहले?"

वह टेबल पर रखी दो किताबें उसे दिखाकर बोला, "दीज आर माई बाइबिल्स अॅज सच।"

एक किताब थी, 'इंग्लिश इडियम्स एंड फ्रेजिस' और दूसरी 'डिक्शनरी ऑफ कोटेशंस'।

बाद में चांगदेव कमरे में वापस आया। उसके कमरे में अब एक पैसेंजर पास की खाट पर तमाखू मलता पालथी मारे बैठा था।

"आओ! आप कहाँवाले? लेक्चरर हैं क्या आप? इंटरव्यू के लिए?"

"सही कैसे पहचाना आपने?"

"टेबल पर पेन! और इस बखत इंटरव्यू के अलावा क्या काम हो सकता है कोल्हापुर में।"

मुझे लगा हमारी फटी बनियान और जाँघिया सूख रहा है उस पर से आपने अनुमान कर लिया।

"दो ताली! अच्छा, तमाखू लेंगे या पान? आपका विषय कौन सा है?"

"सिगरेट है। आप चलने दीजिए। अंग्रेजी का प्राध्यापक हूँ मैं।"

इन महाशय का नाम केसकर था। ये कोल्हापुर के आसपास किसी कारखाने में ड्राफ्टमैन थे। वे कहने लगे, "आप सांगली में क्यों नहीं कोशिश करते?"

"परसों यहाँ का इंटरव्यू होते ही तुरन्त जानेवाला हूँ सांगली।"

"सांगली ही लीजिए। हमारा गाँव है सांगली। कोल्हापुर से अच्छे कॉलेज हैं हमारे गाँव में। ब्राह्मण बस्ती है। यहाँ तो बस पहलवान और मारपीट। नौकरी करते समय आदमी को सब बातों पर विचार करके ही फैसला करना चाहिए इसलिए कह रहा हूँ।"

"लेकिन कोल्हापुर गाँव तो हमें अच्छा लगा। बाहर के लोगों की अपने को क्या तकलीफ हो सकती है कॉलेज में?"

"आप भी कमाल करते हैं प्राध्यापक महोदय। आप चौबीसों घंटे क्या क्लास में पढ़ाते ही रहते हैं? प्राध्यापक कॉलेज में होते ही कितनी देर हैं! घर में ही पड़े रहते हैं दिन-भर और शाम में गाँव में घूमते रहते हैं। आप लोगों के लिए तो गाँव ही अच्छा होना चाहिए उलटे। गाँव में कल्चर होना चाहिए। हमारे सांगली में एक दिन रहकर देखो आपको समझ में आएगा कल्चर किसे कहते हैं।"

"मतलब कोल्हापुर में क्या कम कल्चर है? वैसे देखा जाए तो महाराष्ट्र के कितने ही अच्छे आन्दोलन यहाँ शाहू महाराज ने शुरू किए। शाहू महाराज ग्रेट आदमी था।"

"आप मराठा तो नहीं हैं न?"

"नहीं।"

"मुझे वैसा ही लगा। अंग्रेजी का प्राध्यापक मतलब बामण ही होगा। तो कौन से अच्छे आन्दोलन शुरू किए, आप कह रहे थे? यह कहो कि अपने लोगों से द्वेष करनेवाले आन्दोलन शुरू किए। और आप बामण हो तो यहाँ एक भी दिन मत रहो। अपने आदमी हो इसलिए कह रहा हूँ। अजी, आपकी औरत अच्छी है यह देखते ही 'आती हो या ले जाऊँ उठाकर' ऐसा कहनेवाले लोग हैं यहाँ पर। और अपनी लड़कियों को परदे में रखते हैं भड़वे। बिलकुल माचोद लोग हैं यहाँ। वह किस्सा चल रहा है न लड़की ने आत्मदाह कर लिया, वो मालूम नहीं है क्या आपको?"

"हाँ, पढ़ा कुछ तो कल-परसों अखबार में।"

"अखबारवाले साले गाँडू निकले अपने। बामण ही तो हैं आखिर अखबारवाले भी। हिम्मत नहीं है सच लिखने की माचोद। अजी, लड़की के पीछे दो महीनों से कैसे गुंडे पड़े थे। जला लिया अपने आपको और क्या? इसके पीछे नेता ही था न एक। लेकिन गाँडू साले अखबारवाले..."

"यह क्या सब जगह चलता ही रहेगा जी। लेकिन चित्रकार, फिल्मों के कलाकार हैं ना यहाँ। पन्हाला किला पास ही है, अम्बाजी का मन्दिर कितना सुन्दर है। माताजी की मूरत देखकर मैं तो आज शाम को समाधि अवस्था में ही चला गया। क्या देवी हैं!"

"हाँ, वैसे देखने लायक स्थान है, अंम्बाजी हैं, शाहूपुरी में मशहूर लेखक वि.स. खांडेकर जी हैं, तालाब है, नहीं कौन कहता है? लेकिन चित्रकार कैसे यहाँ

के माचोद? हैं यों ही नाटकों के परदे रँगनेवाले कुछ। और फिल्में क्या झाँट होती हैं अपनी मराठी की? बूढ़े-बुढ़िया को रंग लगाकर खड़े करते हैं नौटंकी जैसे और बावले जैसे कैमरा लगाकर रख देते हैं। बस हो गई फिल्म। बिलकुल रंडियाँ होती हैं अपनी फिल्मों में। एकाध कच्ची उमर की लड़की को पकड़कर लाते हैं और उसे सुला-सुलाकर दो बरस में ऐसी बना डालते हैं कि मौसी का किरदार ही करने लायक वह रह जाती है फिर! ह ह ह ह ह हऽ।"

फिर गैलरी से सड़क पर लम्बी पीक फेंककर वापस आकर केसकर कहने लगे, "पीक शायद किसी के बदन पर गिरी, उसके माचोद। मरने दो। तो, मराठी फिल्मों का क्या लेकर बैठे हो जी! फिल्म मतलब यहाँ साइड बिजनेस है। कमसिन लड़कियाँ फाँसने का एकमात्र साधन है वो। वो नानासाहब की बात मालूम है क्या आपको...अपनी कर्वेबाई...उस बखत वो छोकरी-सी थी। वो इस मुस्टंडे को चढ़ने नहीं दे रही थी। कई दिन। अच्छा सा मेन रोल देने पर भी। फिर नानासाहब ने यहाँ एक होटल में पार्टी रखी और कर्वेबाई को भी बुलाया। अब पार्टी वो भी दिन-दहाड़े तो बाई को कुछ शक नहीं आया। आई बन-ठनकर बनारसी पहनकर और ऊपर खास रखे हॉल में जाकर देखा तो कोई नहीं! सन्नाटा! अकेले नानासाहब भीतर। दरवाजे-खिड़कियाँ सब बन्द। बोला, "'अब मचाओ चिल्ल-पों, चीखो चाहे जितना। यहाँ सबको पहले से बता रखा है मैंने और बाई को उठाकर गोद में ले लिया उसने।' ह ह ह ह ह हऽ ऐसा है ये कोल्हापुर! सो जाओ अब। गुडनाइट।"

दूसरे दिन सवेरे से प्यारी-प्यारी रिमझिम-रिमझिम बरसात हो रही थी। गुलमोहर के नीचे रास्ते पर लाल सुर्ख फूलों की चादर बिछी थी। ठंडी उत्साहित करनेवाली हवा बह रही थी। गरम पानी के लोटे ही लोटों से साफ नहाकर वह नीचे आया। रास्ता बदलकर उडपी के आलीशान गोकुल में इडली-साँबर, डोसा, फिर इडली-साँबर ऐसे खाकर चाय पीकर सिगरेट सुलगाकर वह रास्ता देखता वहीं कुर्सी पर घंटा-भर खुश होकर बैठा रहा। गाँव में बम्बई का एक पुराना दोस्त रहता था, यह उसे अचानक याद आया। उत्तम कुलकर्णी। 'राजवाड़ा के पास किसी से भी पूछने पर कुत्ता भी मेरा घर बता देगा' ऐसा वह बार-बार कहता था उस समय। कॉलेज के नाटक वगैरा बड़े जोश के साथ करता था वह। अब वैसे भी दिन बिताना था इसलिए वह राजवाड़ा की ओर चला। कहाँ का रास्ता कहाँ जाता है यह बिना पूछे

वह चलता रहा। सुन्दर शहर में भटकने में भी एक सांस्कृतिक प्रसन्नता होती है। कभी तो राजवाड़ा दिखाई देगा ही इसलिए वह चलता ही रहा।

राजवाड़ा के पास उसने एक झाड़ूवाले से पूछा, "उत्तमराव कुलकर्णी का बाड़ा कहाँ है जी?"

झाड़ूवाला बोला, "मतलब मारोतराव कुलकर्णी का ही न? वो ऊपर चाँदनी दिखती है न वोच है तो।"

उत्तम का ही बाड़ा होगा यह सोचकर वह उधर गया। दो आदमियों जितनी ऊँची पत्थर की मजबूत दीवार सामने आई जो खतम ही नहीं हो रही थी। आगे एक जगह दीवार टूटी हुई थी वहाँ से घुसकर पत्थर-ईंटों को लाँघकर वह अन्दर चला गया। अन्दर बड़े-बड़े पेड़ और केतकी का लम्बा-चौड़ा कुंज, चम्पे के पेड़, मोतिया, कन्हेर ऐसे झाड़-झंखाड़ पार करने पर चूने की छतवाला मकान दिखाई दिया। पवार के बाड़े के समान यहाँ भी चारों तरफ गरीबों का बसेरा था। एक महिला ने सही दरवाजा दिखाया।

"अन्दर जाने पर एक बूढ़े सज्जन से उसने कहा, "मैं उत्तम कुलकर्णी का दोस्त हूँ। तीन-चार साल से हम मिले नहीं हैं। वह यहाँ होता है या नहीं यह भी मुझे मालूम नहीं है।"

"उत्तम मतलब बाला साहब ही तो। हैं, हैं। चलो इधर से ऊपर। वे कहाँ जाएँगे!"

फिर सीढ़ियों से ऊपर। ऊपर की छत पर से अन्दर बड़े हॉल में उसे छोड़कर बूढ़ा धीरे से अन्दर झाँकते हुए बोला, "बाबा साहब, अजी, बाला साहब उठे या नहीं नींद से? आपके दोस्त आए हैं जी बम्बै से।"

उत्तम आराम से धोती का छोर हाथ पर डाल तोंद सँभालता हुआ बाहर आकर बोला, "कौन है भई बम्बई का दोस्त? अरे! तुम हो क्या पाटील? क्या दोस्त, आओ अन्दर आओ। तुम्हारा माँ के सब ऐसा ही अजीब। मुझे कभी लगा ही नहीं कि तुम कभी कोल्हापुर में, एकदम मेरे घर पर ही आकर टपकोगे। सामान कहाँ है? लॉज पर? भोसड़ी के तुम्हें शर्म आनी चाहिए। चलो भला, पहले सामान ले आएँगे तुम्हारा। तुम बैठो। मैं भेजता हूँ किसी को तो। कहाँ ठहरे हो? तुम्हारे में कुछ भी बदला नहीं दोस्त। कौन सा लॉज है तुम्हारा।"

"किसी को कैसे भेजोगे? मुझे ही जाना होगा। बिल भी देना है।"

"तुम फिकर मत करो बेटा। मैं फोन करता हूँ। चुप रहो।"

"शादी हो गई शायद तुम्हारी?"

"हो गई है। एक बच्चा भी है।"

अन्दर से अपनी पत्नी को बुलाकर वह बोला, "इसे अब क्या खिलाओगी? हमारा बहुत ही पुराना दोस्त है ये।"

उसकी पत्नी सिर्फ मुँह दिखाकर फिर दरवाजे में खानदानी ढंग से खड़ी हो गई। वह बोला, "आम तो होंगे ही। अब हलवा पेश करो पहले।"

अच्छा कहकर वह अन्दर चली गई। फिर उत्तम का हृष्ट-पुष्ट बच्चा घुटनों के बल चलता हुआ आया और बाप से चिपक गया।

फिर दिन-भर ये-वो खाते, भोजन कर फिर कुछ खा-पीकर वे लेटे-लेटे बम्बई की मजेदार बातें करते रहे।

उत्तम कहने लगा, "इंटरव्यू देने क्यों आए हो, मेरी समझ में नहीं आता। मेरा पता तो तुम्हें मालूम था ही। सिर्फ खत लिख देते। अपॉइंटमेंट ही भेज देता। मेरा भाई करवीर शिक्षण संस्थान का कोषाध्यक्ष है। देखो तो, शाम को उसके आते ही उसे फोन करने के लिए कहता हूँ प्रिंसिपल को। अच्छा हो जाएगा तुम कोल्हापुर रहोगे तो। अच्छे-अच्छे नाटक करते रहेंगे हम। अब आठ-दस दिन यहीं रहो। फिर जाना अपने उस दलिद्दर गाँव को। और सामान लेकर आओ। तुम्हें कमरा भी खाली कर देता न बाड़े में। दोस्त तुम आ गए यही हमारी तकदीर है। मेरा नाटक बन्द हो गया है मेरे मितवा, शादी के बाद से। तुम झट से सामान ले आओ।"

इतने घरेलूपन से वह अपनी सभी झंझटें खत्म करने लगा यह देखकर चांगदेव को बहुत अच्छा लगा। रियासतों का पुराना ढंग अभी भी यहाँ चल रहा था और देशस्थ ब्राह्मणों के तौर-तरीके से खाना-पीना भी कायम था। इसीलिए उत्तमराव की तोंद भी निकल आई थी।

दो-तीन जने उत्तम के यहाँ गप्पें लड़ाने के लिए आए। उसमें से एक स्थानीय कॉलेज में प्राध्यापक था। चांगदेव कौन से कॉलेज में इंटरव्यू के लिए आया है ऐसा पूछने पर प्राध्यापक मित्र बोला, "किसलिए आए हैं जी आप वहाँ? इससे तो झाड़ू मारने का काम क्या बुरा?"

"क्यों? क्या हुआ? मैंने कुछ सुना है इसके बारे में सोलापुर में।"

"अजी बहुत ही झंझटें हैं वहाँ। तनख्वाह कभी ढंग से होती नहीं वहाँ। पूरे कॉलेज में आजकल दो सौ लड़के भी नहीं होते। हमारा कॉलेज बनने पर उनकी तादाद आधे पर आ गई। मराठों को संस्थाएँ चलाना नहीं आता। केवल राजनीति के लिए कॉलेज स्थापित करते हैं ये छत्रपति लोग। वैसे प्रिंसिपल अच्छा है। दिलदार

है। आप पर मर्जी बैठ गई तो आपके लिए कुछ भी करेगा। लेकिन बिगड़ गया तो कोल्हापुरी तरीका, हाथ में जूता।"

"तो फिर मुझे चाहिए भैया ऐसा..."

"ये लो! पाटील, अब तू यहाँ कुछ कहता नहीं। संस्था बोले तो थोड़ा-बहुत ऐसा होता ही है। फिर मेरा भाई है न वहाँ संस्था में। तुम्हें कुछ तकलीफ नहीं होगी। इसकी बात की ओर तुम कुछ ध्यान मत दो। इसके कॉलेज में और भाऊ के कॉलेज में कुछ अनबन है। कुछ कह रहा है ये लेकिन जात-पाँत का कुछ स्पिरिट नहीं है। मराठों की संस्था होने पर भी कार्यकारिणी में करीब-करीब आधे ब्राह्मण हैं। यह झूठ बोल रहा है। इसकी बामणों की संस्था में तो सबके सब बामण हैं!"

"घर में बैठे-बैठे फालतू बातें मत मारो उत्तमराव! शादी होने के बाद बाड़े से नीचे आए हो क्या कभी? हमारे दोस्त को पिछली साल नियुक्ति होने के बाद जुलाई में कहा कि साखरवाड़ी में संस्था की शाखा है। वहाँ तुम्हें जाना होगा हफ्ते में दो दिन। वहाँ साखरवाड़ी के कॉलेज में विज्ञापन दे-देकर भी कोई पार्ट टाइम नहीं मिल रहा था तो इसे वहाँ जबरदस्ती से भेजा। बिचारे की नई-नई शादी हुई थी। तीन दिन वहाँ कहीं तो कमरा लेकर रहना, खाने की तकलीफ, रसोई के लिए वहाँ कोई मिलने नहीं लगा, प्रवास, जागरण। बहुत ही परेशान हो गया था और फिर मार्च में निकाल भी दिया। छुट्टियों की तनखा भी नहीं दी। बरस भर ठीक से तनखा थी ही नहीं फिर भी बहुत ही मेहनती था हमारा दोस्त।"

"अरे लेकिन इसके साथ ऐसा कुछ नहीं होने देंगे।"

"कुछ मत बोलो उत्तमराव। आपके पास कितनी बार आया मैं। आपके भाई से कितनी बार कहा मैंने। लेकिन बामनों की कौन सुनता है वहाँ? इस साल हमारे कॉलेज में अंग्रेजी की जगह थी, लेकिन कल ही उस पर नियुक्ति हो गई। आपको थोड़ी देर हो गई है। और कहीं हुआ तो देखेंगे। लेकिन और जगहों पर भी तनखा की तकलीफ तो है ही। यहाँ एक कॉलेज ठीक ढंग से नहीं है। वो सरकारी उतना अच्छा है।"

फिर उत्तम भी कहने लगा, "तुम रहो तो ठीक है, लेकिन तुम अपना फैसला खुद करो। आखिर मेरे कारण अपना कैरियर खराब करो ऐसा मैं नहीं कहूँगा।"

उसी रात चांगदेव ने एक खत उस कॉलेज के प्रिंसिपल के नाम लिख डाला कि मैं यहाँ कल के इंटरव्यू के लिए आया था। लेकिन आपके कॉलेज के विषय में अच्छा नहीं बोला जाता। इसलिए मैं इंटरव्यू नहीं दूँगा। आपने बुलाया इसके लिए बहुत आभारी हूँ।

उत्तम उसे छोड़ने को ही तैयार नहीं था। लेकिन यह बताने पर उसने छोड़ा कि सांगली में परसों इंटरव्यू है। 'सांगली में रहो तो भी यहाँ हरदम आ सकोगे। सांगली का निश्चित कर डालो' ऐसा कहकर भाई की कार से चांगदेव को स्टैंड पर ले गया। ऑफिस में जाकर वहीं से टिकट ले आया। इसलिए सीधे गाड़ी में बैठा जा सका। फिर भीड़ को, धक्कमपेल देखते दोनों बातें करते बैठे रहे। कंडक्टर ने अन्त में 'चलिए, बाला साहेब हमें जाने दीजिए' कहा, तब उत्तम उतरा। 'सांगली का ही पक्का कर लो और फिर लिखो तो फिर मिल सकेंगे।' ऐसा कहकर वह चला गया। चांगदेव बस की खिड़की से कोल्हापुर के सुन्दर रास्ते, पेड़ उदास होकर देखता रहा। पारू को यह गाँव बहुत ही अच्छा लगता। अभी तक कहीं भी पैर जम नहीं रहे हैं। उत्तम का छोटा-सा बालक, सुशील पत्नी, विशाल बाड़ा, आराम की जिन्दगी और दोस्तों के प्रति प्यार। यह सब कहाँ और इंटरव्यू के लिए दर-दर भटकना कहाँ।

शाम होते-होते बस सांगली पहुँची। कोल्हापुर जितना वैभवशाली न भी हो फिर भी सांगली भी सुन्दर शहर था। यह दक्षिण के रियासती गाँव सभी ऐसे ही होंगे, लेकिन अपने लिए यहाँ सम्भावना दिखाई नहीं देती इस भावना से वह उदास हो गया।

ताँगेवाले ने उससे बिना पूछे ही एक पुराने घरेलू ढाबे पर पहुँचा दिया। दो बूढ़ी औरतों और एक नौकर के बूते टिलक नाम का एक गरीब सज्जन आदमी वह ढाबा चलाता था। उसका अपना दो मंजिला मकान था। घर के लोग काम करते। अन्दर उसकी छोटी-सी लड़की भी रसोई में हाथ बँटाती थी। ग्राहक आ गया इसकी सबको खुशी हुई। टिलक स्वयं सामान उतारकर ताँगेवाले की ओर धन्यवाद की नजर डाल ऊपर की मंजिल पर घर पर धोई साफ चद्दर गद्दे पर डालते हुए चांगदेव से जरूरत से ज्यादा मीठी बातें करते रहे। छोटी लड़की ने पानी का लोटा पुराने डगमगानेवाले स्टूल पर लाकर रखा। फिर बूढ़ी औरत ने पल्लू सँवारते हुए चाय लाकर दी। चांगदेव को जगह भा गई।

टिलक कहने लगे, "आजकल अंग्रेजी नाम का लॉज हो तो वहाँ भीड़ होती है। हमारे यहाँ खास लोग ही आते हैं, कोर्ट-कचहरीवाले। और फिर जैसी उन लोगों में होती है वैसी चोरी-बदमाशी यहाँ नहीं। कभी कुछ भी चोरी नहीं जाता। भोजन आप करके देखना, घर पर भोजन कर रहे हो ऐसा लगेगा। दूसरी जगहों

पर क्या है—मटन का चम्मच सब्जी में और सब्जी का मटन में। यहीं पर भोजन करना हाँ। नहीं तो भोजन करो और फिर बाहर जाओ। भोजन तैयार हो गया होगा। बाहर मत जाना।"

चांगदेव जल्दी से हाथ-मुँह धोकर घूमकर आता हूँ कहकर बाहर निकला। यहाँ भी बहुत सारे होटल वगैरा थे। सच तो इधर ही कुछ खा-पीकर सिनेमा देखकर फिर सोने के लिए टिलक जी के यहाँ जाना ऐसा वह सोच रहा था। लेकिन भोजन के लिए न जाने पर टिलक जी को पैसे नहीं मिले इसका दुख होगा इसलिए वह पहले उधर चला गया। पाटे पर बैठकर एक चपाती-दाल खाकर फिर वह तुरन्त बाहर निकला। पेड़ों के नीचे से चलता रहा। एक थिएटर में मीनाकुमारी की 'चित्रलेखा' चल रही थी। टिकट निकालकर वह थिएटर के अहाते में घूमता रहा। सिनेमा के लिए इतने सारे लोग इकट्ठा हो गए थे लेकिन सब शान्ति से खड़े थे। कितने ही नौजवान लड़के-लड़कियाँ चारों ओर थे लेकिन कोई कहीं शरारत नहीं कर रहा था। कोल्हापुर में केसकर ने जो कहा था वह सच ही था। सांगली सुसंस्कृत था। फिल्म देखकर लेकिन वो बेचैन हो गया। प्राचीन भारतवर्ष की एक नृत्यांगना की भूमिका मीनाकुमारी ने बेहद अच्छी की थी। उसके प्रासाद में चारों ओर नृत्य करती कन्याएँ, उद्यान, वृक्ष, पुष्प और घुँघरुओं की ध्वनि। उन्माद से दबी मीनाकुमारी की अभिलाषा से फैली आँखें मदहोश करनेवाली थीं।

फिल्म समाप्त होने पर अपन हैं कहाँ, किसलिए यहाँ हैं इस बात की सुध उसे धीरे-धीरे आने लगी। पूरी भीड़ अपने-अपने घरों की ओर तयशुदा रास्तों से बिखरते-बिखरते खतम होती गई। फिर बिलकुल नई जगह पर वह अकेला ही खड़ा रहा। उसी अकेले को मालूम नहीं था कि कहाँ जाना है। रास्ते रौंदते हुए भटकते-भटकते जो मिलता उससे टिलक जी के घरेलू ढाबे का पता पूछते हुए पागल हो गया। पागल के समान घूमता रास्ता ढूँढ़ता रहा। कोई कहता उधर होगा, कोई कहता इस तरफ तो वैसा कुछ नहीं है। फिर थिएटर पर आकर फिर से रास्ता याद कर भटकते हुए वह अन्त में एक स्कूल के कंपाउंड के पास पहुँच गया। वहाँ से अनुमान से उसे मोड़ याद आने लगे। एक बहुत ही घने पेड़ों के नीचे से जानेवाला रास्ता था। अब उस रास्ते से जाते हुए अद्‌भुत जगह पर गए हों ऐसा लगने लगा। फिर एक मन्दिर भी सही-सही दिख गया।

टिलक जी के यहाँ घुप अँधेरा था। दरवाजा खटखटाने पर बड़बड़ाती हुई कड़कड़ हड्डियाँ बजाती टिलक जी की बुढ़िया ने लाइट जलाकर दरवाजा खोला

फिर दरवाजा बन्द कर झट से लाइट बन्द कर दी। वह सीढ़ियाँ चढ़े इतनी देर भी लाइट नहीं रखी। टकराते-गिरते वह ऊपर आया और टटोलकर अपनी जगह ढूँढ़कर लेट गया। कपड़े बदलना भी जान पर आ रहा था। उसमें फिर पाजामे का नाड़ा एक ओर से अन्दर चला गया इसलिए पाजामा वैसे ही खींचकर करधनी में खोंसकर सोना पड़ा। सवेरे जागते ही झट से पैंट पहनना जरूरी था। उमस हो रही थी। पानी कहाँ रखा है यह टटोलकर मिलने की सम्भावना नहीं थी। इतनी देर से आना टिलक जी को पसन्द नहीं था शायद।

खाट पर काफी देर तक वह आँखें खुली रखकर पड़ा रहा। कहाँ से कहाँ बिना किसी तालमेल के सब चल रहा है। अब कल-परसों जून शुरू हो जाएगा लेकिन अब तक नौकरी का स्थान तय नहीं हो रहा था। रहने का स्थान भी नहीं, पन्द्रह दिन के बाद अपन कहाँ किस शहर में होंगे इसकी कल्पना आज नहीं की जा सकती—सब अज्ञात इतिहास के समान चल रहा है। सब मुश्किल है। स्वाधीनता की कल्पना से परे कुछ विरूप अस्तित्व है यह। स्वाधीनता कितनी लुभानेवाली रेशम की डोर से टँगे पालने जैसी प्रतिष्ठित, सबको गोद में ले ऐसी लगनेवाली होती है। लेकिन अपनी यह अवस्था बहुत बदसूरत है। अब जेब में जो पच्चीस रुपये हैं वे समाप्त होने पर घर जाने के लिए भी पैसे नहीं होंगे। किसी ग्रह की अपने ऊपर बुरी नजर है और वह अपने को गोल-गोल घुमाता ही जा रहा है। कब स्थिरता आएगी यह उस ग्रह पर ही निर्भर है। तकदीर अच्छी है जो जाते ही कॉलेज में तनख्वाह तो मिलेगी। और जगहों पर तो छुट्टी की तनख्वाह भी मिलती नहीं। लेकिन अपन तो यह भी छोड़नेवाले हैं। टिलक जी के यहाँ नीचे से लोगों के उठने की आवाजें भी आने लगी थीं इससे सवेरे के समय भी उसे नींद नहीं आ रही थी।

देर से कभी तो सोने के कारण सवेरे काफी देर सोते रहना ऐसा उसका इरादा था। लेकिन बड़े तड़के ही टिलक जी के यहाँ नीचे कुछ तो कूटने का काम शुरू हो गया जिससे पूरी जमीन काँप रही थी। उसके साथ खाट भी। ऐसे में भी उसने जबरदस्ती से सोने की कोशिश की लेकिन टिलक जी ने उसे सीधे चद्दर खींचकर उठा दिया और कहा, "पानी गर्म हो गया है।" वह फिर से सो गया तो फिर से टिलक जी ने उठाकर कहा, "बाद में गर्म पानी नहीं मिलेगा।" फिर भी आधा घंटा पड़े-पड़े उसने नींद ले ही ली। फिर नीचे पीछे के अहाते में, पेड़ के नीचे दातौन कर खपच्चियों के

बाथरूम में नहाकर वह ऊपर आया। तुरन्त छोटी बच्ची ने टेढ़ी-टेढ़ी होकर कप-प्लेट सँभालते हुए चाय लाकर रख दी। फिर शौच को हो आइए ऐसा भी टिलक जी ने तुरन्त कह दिया। फिर बोले, "अब भोजन तैयार हो जाएगा। भोजन करके ही जाना गरमागरम।" वह चिढ़कर बोला, "माफ करना!" फिर कपड़े पहनकर सर्टिफिकेट थैले में डालकर वह बाहर आ गया।

तड़के बरसात की छींटें पड़ गई थीं जिससे रास्ते साफ और सुन्दर हो गए थे। घने पेड़ों के नीचे से बड़ी सड़क पर आने के बाद उडपी के होटल में रेडियो सिलोन सुनते हुए भरपेट खाकर वहाँ कुछ समय बिताकर मैनेजर से कॉलेज का पता पूछकर वह वहाँ पहुँचा। अभी कॉलेज एक छोटे स्कूल में ही नीचे की मंजिल पर था। उसे कॉलेज कहें ऐसा कुछ भी वहाँ नहीं था। नीचे फर्श भी नहीं था। इंटरव्यू के लिए उम्मीदवारों को ऑफिस के पास का एक क्लासरूम खोल दिया गया था। अन्दर बेंच पर धूल, चारों ओर स्याही के धब्बे आड़े-टेढ़े, बेंच पड़े थे, वे भी डगडग हिलनेवाले।

वहाँ ढाई सौ रुपयों की आशा पर टँगे प्राध्यापक इकट्ठा हुए थे।

ग्यारह बजे भी नहीं थे फिर भी वहाँ पचास-साठ उम्मीदवार प्राध्यापकों की भीड़ जुट गई थी। अलग-अलग विषय के कई लोग थे इसलिए एक-दूसरे से विषय पूछने का इरादा जैसे सबने त्याग दिया। अधिकतर नए-नए एम.ए. एम.एस-सी. किए हुए नए बच्चे थे। धीरे-धीरे इतने उम्मीदवार इकट्ठा हो गए कि क्लासरूम भरने के बाद बाहर के बरामदे में भी जगह नहीं बची।

उस भीड़ में से टाई ठीक करते चांगदेव की ओर प्रोफेसर हूलिमणी आते दिखाई दिए।

"हैलो मिस्टर पाटील, गुड मॉर्निंग अगेन। ॲडव्हर्सिटी मेक्स स्ट्रेंज बेडफेलोज, हा, हा, हा।"

फिर कोल्हापुर में कहीं कुछ बना नहीं, लेकिन एक स्थान पर सम्भावना है, वगैरा कहकर उसने अंग्रेजी बोल-बोलकर चांगदेव के सिर में दर्द पैदा कर दिया। "इट्स ए वाइल्ड गूज चेस, आपको क्या लगता है?"

चांगदेव ने सिर्फ 'हूँ' कहा।

डेढ़-दो घंटे होने पर भी इंटरव्यू शुरू नहीं हो रहे थे। किसी को बुलाया नहीं जा रहा था। हूलिमणी पूछताछ करके आया तो प्यून ने बताया कि अभी प्रेसिडेंट और वाइस प्रेसिडेंट आए नहीं हैं।

कुछ देर बाद एक कार आई। सबने गालियाँ बकते हुए उत्सुकता से देखा कि प्रेसिडेंट कैसा है। प्रेसिडेंट को इस बात से गौरवानुभूति हुई कि सब लोग अपने लिए ही ठहरे हैं। उस शान में वे कार से बाहर आकर धीरे-धीरे छड़ी ऊपर करते हुए सीढ़ियाँ चढ़ते हुए ऊपर आए।

काफी देर के बाद पता चला कि वाइस प्रेसिडेंट को प्रिंसिपल ने कल फोन नहीं किया इसलिए वे रूठे बैठे हैं।

अब कोई उन्हें बुलाने गया था। इधर प्राध्यापक बनना चाहनेवाले सब कुलबुला-कुलबुला कर गरदन डालकर बैठ गए। बरामदे में खड़े उम्मीदवार दीवार से पीठ लगाकर खड़े हो गए। टोलियाँ बना-बनाकर समय काटने के लिए हँसी-मजाक करते रहे। सभी अपनी हीन अवस्था पर व्यंग्य कसकर तनाव कम करने का प्रयास करते रहे। दो-तीन जवान महिलाएँ भी थीं, उनका क्रम शुरू में रहे इसलिए चपरासी ने उनको प्रिंसिपल के ऑफिस के सामने ही बेंच बिछाकर बैठा दिया था। पीछे सहारा लेने के लिए दीवार भी न होने से दो-तीन घंटे लगातार अकड़कर बैठने से और पसीने से उन महिलाओं के एम.ए., एम.एस-सी. चेहरे बेजान लग रहे थे।

वाइस प्रेसिडेंट आखिरकार कार में आ गए। वे गुस्से में इधर-उधर बिना देखे अन्दर चले गए। फिर भी आधे घंटे तक उम्मीदवारों को बुलाने की हलचल दिखाई नहीं दी। तब सतारा की ओर से आई एक टोली ने हो-हो करते प्रचंड चीखना-चिल्लाना शुरू कर दिया। तब हेड क्लर्क उतावली से बाहर आया। इंटरव्यू का सिस्टम तय करने में देरी हुई—ऐसा कहकर उसने एक-एक को बुलाना शुरू किया। पहले उम्मीदवार का नाम और फिर विषय अन्दर से ऊँची आवाज में सेक्रेटरी चिल्लाता। वह नाम और विषय यथासम्भव बिना गलती किए हेड क्लर्क भीड़ में चीखता।

प्रोफेसर हूलिमणी भीड़ से रास्ता निकालकर हेड क्लर्क के पास गया और अंग्रेजी कुछ मुश्किल रचना कर पूछने लगा, "अब इतने लोग, कब तक चलता रहेगा यह? हाउ मेनी नम्बर इज माइन?"

हेड क्लर्क ने अनुमान से कहा, "कितनी ही रात हो जाए, आज खत्म करने ही हैं सब इंटरव्यू फटाफट। फिर बॉडी के सभी मेम्बर का इकट्ठे आना मुश्किल है एक साथ। आज आ गए यह नसीब की बात है।"

हूलिमणी ने पूछा, "हम खाना खाकर आएँ तो? अंग्रेजी के नम्बर कब शुरू करनेवाले हो?"

"वैसा कुछ नहीं। जैसी अर्जियाँ आई हैं वैसे ही लिस्ट बनाई है।"

"अपना नाम देखूँ क्या?"

"लिस्टें सभी अन्दर हैं, सेक्रेटरी साहब के पास।"

"थोड़ा देखकर आइए और बताइए न कितना नम्बर है मेरा। इतनी आपाधापी मैंने दूसरे किसी कॉलेज में नहीं देखी।"

"वह मुझे कैसे मालूम होगा। सेक्रेटरी साहब नाम और विषय बताते हैं, वही मैं फिर यहाँ बताता हूँ। करीने से होगा सब। थैंक्यू।"

"मतलब हमारा नम्बर आएगा तब तक हम ऐसे ही रुके रहें रात तक? और रात में गाड़ी न हो तो फिर लॉज का खर्चा...

"वह मुझसे मत पूछिए। ठहरना हो तो ठहरिये। नाम आने पर ही अन्दर आइएगा। आप यहाँ नहीं रहे तो आपका नम्बर अन्त में बुलाएँगे, साहब कहेंगे तब। रात-भर में फटाफट खतम करना है।"

चांगदेव हूलिमणी से कहने लगा, "यह कॉलेज है या जेल? क्या ऑफिस, क्या क्लासरूम, कैंटीन भी नहीं। अनुशासन नहीं। चलो जाकर आएँगे। चाय से इंटरव्यू तो अच्छा होगा।"

"लेकिन उतनी देर में नम्बर चला गया तो रात में दस-ग्यारह बजे तक कौन रुकेगा? मेरे साथ दौडाई के कॉलेज में ऐसा ही हुआ। नम्बर चला गया और फिर सबके अन्त में नाममात्र के लिए बुलाया गया। उम्मीदवार पहले लिया जा चुका था। आखिरी तक रुकने के लिए किसके पास समय होता है? बोंस फॉर द लेट कमर।"

एक कहने लगा, "यहाँ आसपास होटल भी नहीं है भला। मत जाओ। बहुत दूर आगरकर रोड तक जाना पड़ेगा। यहीं बैठे रहो।"

थोड़ी-थोड़ी देर से अन्दर से घंटी बजती टनटन। हेड क्लर्क जल्दी से अन्दर जाता। अन्दर से तुरन्त कोई नाम और विषय पढ़कर सुनाता, फिर हेड क्लर्क वह नाम ध्यान में रहे इसलिए अपने आप से जोर से बोलते हुए बाहर आता और फिर लम्बी गरदन कर चिल्लाता, "एस.एम. मुटाटकर, कॉमर्स! एस. एम. मुटाटकर कॉमर्स। चलो कौन है मुटाटकर?"

पास के क्लास रूम से बेजान-सा एस.एम. मुटाटकर आगे आता। फिर अन्दर जाता। दो-तीन मिनट से ज्यादा इंटरव्यू नहीं चलता था। फिर तुरन्त घंटी बजती, फिर नाम, फिर हेड क्लर्क बाहर चिल्लाता, डब्ल्यू.एल. ढाके फलकर, हिस्ट्री। डब्ल्यू.एल. ढाके फलकर, हिस्ट्री। चलो, कौन ढाके फलकर है?"

बरामदे से आगे आते हुए ढाके फलकर बोला, "डब्ल्यू.एल. नहीं डब्ल्यू.एन.।"

क्लर्क उसकी बाँह पकड़कर अन्दर धकेलते हुए कहता, "वही जी। क्या फर्क होता है उससे? चलो जल्दी। होशियारी बाद में।"

अन्दर से बाहर आया हुआ ढाके फलकर चिढ़कर कहने लगा, "एक भी सवाल ठीक से नहीं पूछा। यों ही बुला लिया लगता है। जिनको लेना है उसकी लिस्ट शायद इन्होंने पहले ही बना ली है। यह तो फार्स लग रहा है भला। फालतू किराया खर्च कर आया इनकी माँ की।"

फिर धीरे-धीरे सब बुदबुदाने लगे। एक-दो जाड़े सतारावाले लोग तो जोर-जोर से हँसकर हँसी-मजाक और गाली-गलौज भी करने लगे। धीरे-धीरे उन लंठ भारती के इर्द-गिर्द टोली बनने लगी। वहाँ सभी जोर-जोर से हँस रहे थे। उसमें कुछ इंटरव्यू देकर आए थे। कुछ लोगों को मालूम हो गया अपना चुनाव नहीं होगा। चांगदेव भी उस टोली में घुसकर खड़ा हो गया।

एक कह रहा था, "बड़े शहर के ऐसे भुक्खड़ कॉलेज में अर्जी कभी नहीं भेजनी चाहिए। ऐसे ही कॉलेज में जाना हो तो बाहर और जगहों पर कितने ही कॉलेज पड़े हैं। वहाँ कम-से-कम इंटरव्यू तो लेते हैं। मुझको भी बड़ी खुजली मची थी बड़े गाँव में जॉब लेने की माचोद!"

ढाके फलकर बोला, "सच है। और छोटे गाँव में इतनी भीड़ भी नहीं होती। क्यों तबेले जी? आओगे फिर सांगली?"

तबेले बोला, "छोटे गाँव में भीड़ नहीं होती ऐसा नहीं है। परसों मैंने उम्बर गाँव जाकर इंटरव्यू दिया। ये हमारे दोस्त कुरदुरे भी वहीं मिले। उनसे पूछो वहाँ के मजे।"

कुरदुरे हँसते हुए कहने लगे, "पचहत्तर लोग थे हम सब। पचहत्तर! जिन-जिन लोगों ने अर्जियाँ भेजीं उन सबको इंटरव्यू का कॉल देते ही चले गए वक्त-वक्त पर। अर्जियाँ ठीक से देखी भी नहीं थी प्रिंसिपल ने। किसी को भी बुला लिया गया था। उन्हें लगा उनके एक तरफ के छोटे गाँव में कोई आएगा नहीं! यह ठीक है कि इंटरव्यू लेकर उन्होंने हममें से ही लोगों का चुनाव किया। लेकिन कितने लोगों को बुलाना इसकी कोई सीमा तय नहीं की थी? कॉलेज खुले एक बरस ही हुआ है और गाँव में मुश्किल से एक लॉज है। वहाँ जैसे-तैसे भी दस आदमियों का भी इन्तजाम न था। चालीस-पचास प्राध्यापक उस दिन गाँव-भर में भिखमंगों जैसे इस गली से उस गली में घूमते हुए दिखाई दे रहे थे। इधर से एक टोली जाती तो उधर से दूसरी आ जाती। फिर वे दोनों टोलियाँ तीसरी गली में आमने-सामने आ जातीं

और सब लोग हँसकर एक-दूसरे पर जोक करके आगे बढ़ जाते। ऐसा दिन-भर चला। शाम को तो लोग और बढ़ गए। वो धूम मची! गाँववाले भी दरवाजे और खिड़कियों से झाँक-झाँककर यह तमाशा देख रहे थे और हँस रहे थे। चारों ओर उनके लेक्चरर ही लेक्चरर! कहीं होटल नहीं, पानी पीने का प्रबन्ध नहीं। वैसे एक छोटा-सा होटल था, लेकिन उसकी शक्कर खत्म हो जाने से वह बन्द करके चला गया। प्राध्यापकों का मेला ही था जी!"

तबेले बोले, "लेकिन असली मजा तो रात में आया। दूसरे दिन सवेरे आठ बजे इंटरव्यू थे इसलिए रात में सब लोग आ गए। फिर शाम को चार बजे की गाड़ी जाने पर दूसरे दिन सवेरे आठ बजे ही दूसरी गाड़ी। एस टी बसेज भी शाम को छह बजे के बाद में नहीं। अब इतने सारे लोग रात में सोएँगे कहाँ? गाँव में इधर-उधर की जान-पहचान निकालकर आठ-दस लोग सो गए, आठ-दस लोग लॉज में नम्बर लगाने की होशियारी कर सो गए। और हम करीब-करीब पचास लोग सोने की फिक्र में कॉलेज में बैठे रहे। प्रिंसिपल भी गाँव में नहीं थे। वे धूलिया रहते हैं और उम्बर गाँव आना-जाना करते हैं ऐसा पता चला। अब क्या करना यह सोचते हुए घूमते-घूमते एक खलिहान पर चले गए। एक गरीब किसान के घर के सामने जा बैठे। लेकिन बेचारे ने कम्बल, गूदड़, टाट, चद्दर जो भी है बिछाकर सोने का इन्तजाम कर दिया और कहा सो जाओ इस पर। पीने का पानी भी घर में जो था वह हमने खत्म कर दिया। बेचारी गृहस्वामिनी पानी दे-देकर थक गई। फिर मैंने खुद डोल लेकर पानी निकालकर दिया और घड़े भर दिए। रात में चूल्हा बनाकर चाय बनाई। लॉजवाले ने बीस-बीस की टोलियाँ बनाकर सबको खिला दिया इसलिए ठीक हुआ। बेसन और रोटी पेटभर खाकर खलिहान में सो गए!"

कुरबुरे बोला, "इंटरव्यू के समय कुछ लोगों ने बहुत ही गुस्से में प्रिंसिपल और संस्था के लोगों को लताड़ा। एक ने कहा आपसे तो मजदूर लोग अच्छी तरह से कॉलेज चला सकेंगे। हिन्दी की जगह एक और उसके लिए आपने बाईस लोगों को बुलाया, आपको कुछ अकल है या नहीं?—ऐसा बोला! वहाँ बुलाने पर इंटरव्यू में उन्होंने एक से कहा, बी.ए. में आपका इतिहास विषय नहीं है। वो बोला, "बी.ए. में इतिहास नहीं यह अर्जी में था ना। फिर बुलाया किसलिए?"

ढाके फलकर कहने लगे, "हम प्राध्यापकों की भी एक गलती है। कहीं पर भी अर्जी भेज देते हैं। चालीस आदमी हैं और चालीस कॉलेज हैं तो चालीस आदमियों का चालीस जगहों पर किसलिए अर्जी करना मेरे भैए? इसलिए इन संस्थावालों का

भाव बढ़ जाता है। एक-एक ही जगह पर अर्जी भेजें भला। बराबर लेंगे! उनको चॉइस देना ही किसलिए?"

एक बोला, "कुछ-कुछ तो एक नियुक्ति-पत्र जेब में रखकर फिर अच्छा कॉलेज, अच्छा गाँव ढूँढ़ते आखिर तक घूमते रहते हैं। दूसरी अच्छी जगह मिलने पर पहलेवाले को न कर देते हैं। तमाशा में पीछे गीत उठानेवाले जिलकरी जैसे एक पार्टी छोड़ दूसरी पार्टी में शामिल हो जाते हैं और घूम-फिरकर फिर पहली पार्टी में आ जाते हैं वैसा ही हम करते हैं। इसलिए भी हमारी कीमत कम हो गई है। वैसे अच्छी संस्थाएँ हैं कहाँ? फालतू में नाम बड़े होते हैं।"

हूलिमणी बोला, "ऑल दैट ग्लिटर्स इज नॉट गोल्ड, डियर फ्रेंड्स।"

चांगदेव समझ गया कि मैं ऐसे फालतू कॉलेज में भी इंटरव्यू के लिए पाँच-पाँच घंटे खड़ा रहता है, इसका कारण है अपने हाथ में अब तक कुछ भी नहीं है। उधर कॉलेज छोड़ रहा हूँ यह बड़े जोश में कह दिया, बड़ौदा गए नहीं, पूना का गँवा दिया, सोलापुर का निश्चित नहीं, कोल्हापुर का बेकार में चक्कर हुआ और आज यहाँ यह तमाशा! फिर अब पन्द्रह दिन बचे हैं सिर्फ, अब कहाँ से अच्छा गाँव और अच्छा कॉलेज मिलेगा? जो था वही अच्छा इन सबसे ऐसा कहने की नौबत आई है। शायद इन तीन-चार दिनों में कमरे पर कुछ और खत आकर पड़े हों। लेकिन ये सब कॉलेज बाजारों जैसे होंगे। अब चुनाव के लिए गुंजाइश नहीं। बम्बई से बाहर चार-पाँच भी अच्छे कॉलेज न हों यह कैसी स्थिति है।

कहीं नल का पानी मिल रहा है ऐसा मालूम होते ही सबका सब झुंड उधर चला गया। चांगदेव भी पानी पीकर, मुँह धोकर आया और शान्ति के साथ खम्बे से टिककर सिगरेट पीता खड़ा रहा। अभी भी आधे लोग बाकी थे। बीच में इंटरव्यू लेनेवालों ने आधा-पौन घंटा विश्राम किया। तब अन्दर पन्द्रह-बीस प्याली चाय गई। चांगदेव को लगा बाहर आए हुए लोगों को भी चाय मिलेगी। लेकिन नहीं। संस्था फालतू है इसका एक और सबूत। सवेरे से बाहर लोगों को भूखा रखकर अन्दर अकेले-अकेले चाय पीनेवाले लोग किस तरह संस्था चलाते होंगे यह ध्यान में आ ही गया था। लेकिन फिर भी शरणागतों की तरह यहाँ इंटरव्यू के लिए राह देखते बैठने के अलावा कोई चारा न था। और कोई प्रसंग होता तो ऐसे लोगों को ठोकर मारकर वह चला जाता। उसके समान ही दूसरे लोग भी ठोकर मारकर जाने के लिए तैयार थे, लेकिन जाएँगे कहाँ? बाहर बेकारी का सागर, बरसों-बरस बेकार रहनेवाले एम.ए., एम.कॉम. वालों की दुर्दशा। एक बार नौकरियों के इन दरवाजों

से सुखासीन दुनिया के अन्दर घुस जाना इतनी ही ध्येय-निष्ठा देशभर के जवानों में बची है। मैं, मैं कहनेवाले, बुद्धिमान नौजवान सहपाठियों का अहंकार काफूर होते हुए सबने देखा था। फिर जैसे-जैसे एक-एक बरस बीतता है वैसे-वैसे नए-नए एम.ए., एम.एस-सी. हजारों की तादाद में बाहर निकलते रहते हैं। नए लोगों को पहले पसन्द किया जाता है। बेकारी की उस निष्ठुर दुनिया में कुछ भी हो जाए तो भी रहने की किसी की इच्छा नहीं थी। अपार आबादी के कारण व्यक्ति की योग्यता का भी मूल्यांकन करना इसके आगे सम्भव नहीं होगा।

एक कह रहा था, "हमारा कॉलेज तो साला बिलकुल झोंपड़े जैसा है। गाँव में भी झोंपड़े ही झोंपड़े हैं। टट्टी के लिए भी जाना हो तो दो मील तक खेतों में कोई बैठा तो नहीं है यह देखकर बैठना पड़ता है। चारों ओर छात्र, औरतें, आदमी, छात्राएँ।"

"मतलब? आप रोज ऐसे जाते हैं? शर्म आएगी भैया हम जैसों को तो। मुझे तो अपने कॉलेज के शौचालय में भी लड़कों के सामने जाते हुए शर्म आती है।"

"आपकी शादी नहीं हुई ऐसा लगता है! तभी तो! कुँआरे लोगों को यह फालतू शरम-विरम होती है। हमारे यहाँ भी एक ऐसा मराठी पढ़ाने के लिए आया था। कहता था, इधर तो जोश के साथ गड़करी वगैरा बड़े लेखकों को पढ़ाना और गाँड़ उघाड़कर मैदान में बैठना ये क्या है? हू हू हू हूऽ।"

इस बात पर पेट पकड़-पकड़कर लोग हँसने लगे। सतारे का मोटू उम्मीदवार तो हँसते-हँसते एकदम साँस घुट जाने से घबरा गया। इतने में हेड क्लर्क चिल्लाया, "सी.ए. पटेल, अंग्रेजी, चलो झटपट कौन है पटेल?"

"मैं, पाटील, आ रहा हूँ।"

चांगदेव अन्दर जाकर दरवाजे के पास खड़ा हो गया। दो मिनट पहले बुलाए हुए पहले के उम्मीदवार का इंटरव्यू वैसे खत्म हो गया था, लेकिन वह कब कुछ मालूम कराएँगे, वह पूछ रहा था। अधखुले दरवाजे से चांगदेव ने तिरस्कार से अन्दर झाँका। बूढ़े, ज्यादातर पचास-साठ से ज्यादा उम्र के पन्द्रह के करीब लोग एक-दूसरे से चिपककर पुराने चिपकाकर लगाए गए टेबल के पीछे बैठे हुए थे। कोई सिगरेट पी रहा था, कोई नाक में सूँघनी डालकर नाक जोर-जोर से हिला रहा था। कोई तमाखू मुँह में लिये निर्विकार भाव से सामने देख रहा था। बीच में दुर्बल पतला-सा गरुड़ जैसी नाकवाला बूढ़ा प्रेसिडेंट अकेला एक चूतड़ पर बैठा बाईं ओर के प्रिंसिपल से ही बातें कर रहा था। इसको अपनी सीधी उपेक्षा मानकर उसकी दाईं ओर चिपककर बैठा वाइस प्रेसिडेंट झल्ला रहा था। ऐसे में वाइस प्रेसिडेंट की

दाहिनी ओर बैठा दूसरा एक बुढ़ऊ झुक-झुककर सीधा प्रेसिडेंट से कुछ बोलने की कोशिश कर रहा था जिससे वाइस प्रेसिडेंट दबा-सा जाता, लेकिन वह अपने बदन को झिंझोड़कर अपनी कुंठा मिटाने का प्रयास कर रहा था।

आगे बगैर हाथ की कुर्सी पर बैठा बेचारा उम्मीदवार कुछ पूछ रहा था जिसकी ओर किसी का भी ध्यान न था। सेक्रेटरी भी अब देर बहुत हो चली थी इसलिए उतावला हो रहा था और अन्दरवाले का इंटरव्यू चलते हुए ही नए उम्मीदवार का नाम और विषय पुकारता जा रहा था। हेड क्लर्क अगर बाहर से उम्मीदवार को पकड़कर नहीं लाता तो वह अब उस पर चिढ़ रहा था। इसलिए हेड क्लर्क मुस्तैदी के साथ चांगदेव को अन्दर धकेलने के लिए पीछे ही खड़ा था और खुद को कार्यक्षम दिखाने के लिए गरदन अन्दर घुसेड़कर दरवाजे में खड़ा था।

चांगदेव को अपने कन्धे पर ठुड्डी रखनेवाला यह हेड क्लर्क बड़ा अजीब लगा। इंटरव्यू में विषय से सम्बन्धित कुछ भी नहीं पूछते यह तो बाहर आनेवाले उम्मीदवार बता ही रहे थे। तब एक मिनट में सवेरे से छाई सुस्ती हटाकर चांगदेव तरोताजा होकर यह तय करके ही तैयार हो गया कि इन बुड्ढों को फटकारना है। बिना हाथ की कुर्सी पर पहले से बैठा उम्मीदवार उठ नहीं रहा यह देखकर सेक्रेटरी चिढ़कर उससे बोला, "उठो। आखिर हेड क्लर्क ने उसे अन्दर घुसकर उठाया। वह हड़बड़ाकर उठा और दरवाजे के पास आया। चांगदेव बुलाए जाने के इन्तजार में दरवाजे में ही खड़ा था। पहलेवाला उम्मीदवार लड़का दरवाजे में हिचकिचाते हुए बोला, "कब बताएँगे, क्या बताएँगे कुछ भी नहीं बताते क्या ये लोग?"

चांगदेव बोला, "बताना तो चाहिए। पूछ लो तुम यह सब।"

हेड क्लर्क से पूछा तो वो बोला, "मुझे मालूम नहीं।"

"जाओ फिर अन्दर। पूछ लो। बुलाते क्यों हैं साले।"

"लेकिन अब फिर से अन्दर जाकर कैसे पूछूँ? उसका उलटे बुरा ही प्रभाव होगा। जाने दो। मालूम करा देंगे जो तय होगा। नहीं लिया तो एक साल खेती ही करेंगे।"

"बुरा प्रभाव और क्या होगा...? पूछकर हमें अपनी ओर से सब साफ कर लेना चाहिए।"

"जाने दो। कुछ भी नहीं बताया तो उसका अर्थ हुआ नहीं लेंगे। ठीक है न? उसमें क्या पूछना?"

"तो फिर भागो न माँ के। घर जाओ। करना क्या है ऐसी जगह नौकरी करके। इससे तो खेती करो ये अच्छा।"

सेक्रेटरी चिल्लाया, "चलो आगेला। खड़े मत रहिए जी फालतू। आइए न अन्दर। आप अंग्रेजी के हैं न, सी.ए. पटेल न? बैठो, भला झटपट।"

सेक्रेटरी की ओर सिर्फ देखते हुए चांगदेव कुर्सी के पीछे हँसने की ताकत इकट्ठी करता खड़ा रहा। प्रेसिडेंट फाइल में और कितनी अर्जियाँ हैं यह पलटता हुआ अपने आपसे बुदबुदाता रहा। फिर गरदन ऊपर कर कुर्सी के पीछे हँसते हुए खड़े उम्मीदवार को देखकर वह बूढ़ा बोला, "कुर्सी बैठने के लिए होती है यह आपको बताना पड़ता है क्या? बैठो।"

"डेढ़-दो मिनट में तो आप फिर से उठाएँगे। उससे तो यही ठीक है।"

बूढ़ा और बाकी के सब इतनी देर चल रहे आज्ञाकारी रहट से संवेदनशून्य हो गए थे। वे सब चौंक पड़े। लेकिन बाजू में बैठा वाइस प्रेसिडेंट समझदार था। वह बोला, "बैठो, बैठिए तो। आपकी पर्सनालिटी अच्छी है। बैठिए।"

चांगदेव ज्यों-त्यों बैठा। प्रेसिडेंट को वाइस प्रेसिडेंट की यह गुस्ताखी अच्छी नहीं लगी। वह बोला, "आपके मार्क्स कुछ अच्छे नहीं हैं बी.ए. के। और एम.ए. के भी।"

चांगदेव बोला, "बिलकुल ठीक।"

"बिलकुल ठीक? क्या ठीक? किसलिए ठीक?"

"मार्कों का ज्ञान से कुछ सम्बन्ध होता है क्या?"

"फिर किसका होता है? मिट्टी का?"

चांगदेव कुछ बोला नहीं। फिर बोला, "विषय से सम्बन्धित प्रश्न ही पूछे जाएँ तो चांगदेव बेहतर।"

वाइस प्रेसिडेंट खुश होकर पड़ोस में बैठे बूढ़े को कुहनी मारकर बोला, "सही है। लड़का होशियार लगता है।"

वाइस प्रेसिडेंट की ओर तुच्छता से देखते हुए प्रेसिडेंट सहेतुक प्रिंसिपल और सेक्रेटरी की ओर देखते हुए इसे यहाँ से बाहर कैसे निकालें यह इशारों से बताने लगा। लेकिन वाइस प्रेसिडेंट की नजर से दबकर वह प्रिंसिपल से बोला, "पूछो, जोशी साब, इसका भी ज्ञान देखा जाए!"

फिर प्रिंसिपल खास ढंग से खाँसकर, अपना ज्ञान भी समिति के लोगों को दिखाने का मौका छोड़ना नहीं इसलिए अंग्रेजी में सोच-सोचकर फिर झट से बोले, ऊँ...उँ...रस्किन...उँ...रस्किन की सोशल कांट्रैक्ट थियरी, दो मिनट में बताएँगे? रस्किन की फिलॉसफी मतलब टू पुट द हॉर्स बिफोर द कार्ट ऐसी उलटी थी कहते हैं, तो आपका मत क्या है?"

चांगदेव खिलखिलाकर हँस पड़ा! "पुट द हॉर्स बिफोर द कार्ट!" ऐसा जोर से बोलकर वह फिर से तिरस्कार से गला फाड़कर हँसने लगा। प्रेसिडेंट सेक्रेटरी की ओर देखकर अब इसका क्या करें यह इशारे से पूछने लगे। प्रिंसिपल बेचारा मुँह लटकाकर बैठ गया। वाइस प्रेसिडेंट की भी समझ में कुछ नहीं आया फिर भी वह जोर से हँसकर बोला, "मतलब प्रिंसिपल जोशीजी ने भी उलटा ही पूछा क्या जी?" फिर सभी असहज हो गए। फिर प्रेसिडेंट ने कहा, "शेक्सपियर पर पाँच मिनट बोलिए।"

चांगदेव फिर हँस पड़ा।

फिर सभी और भी असहज हो गए। फिर चांगदेव उठकर बोला, "अच्छा चलता हूँ। चलने दो अपना यह सब!"

उन सबको अजीब लग रहा था। दरवाजे में एक और उम्मीदवार खड़ा था। चांगदेव सीधा बाहर चला आया। बाहर एक टोली के लोग उससे पूछने लगे, "कैसा हुआ? काफी समय लगा।"

वह बोला, "मैं सिर्फ हँसता रहा। उन गधों ने दो-तीन सवाल मुझसे पूछे बस। बेस्ट इंटरव्यू हुआ मेरा!"

उनमें प्रोफेसर हूलिमणी अब भी मौजूद था। वह बोला, "मुझसे भी कुछ भी पूछ रहे थे। प्रिंसिपल मैथमैटिक्स का है। किसी को कुछ नहीं आता। चलो, अब वापस चला जाए और इंटरव्यू का दूसरा फेरा मराठवाड़ा में लगाया जाए। व्हाय क्राय फॉर द मून, इट इज बेस्ट फिशिंग इन ट्रबल्ड वॉट्स।"

टोली में से एक ने उससे कहा, "मराठवाड़ा में एक-दो भी अच्छे कॉलेज नहीं हैं। बिलकुल झोंपड़े में होते हैं कॉलेज। उससे तो इधर ही अच्छा है।"

दूसरा बोला, "कहीं कुछ अच्छा नहीं। इधर भी वक्त पर तनख्वाह देनेवाली और कम-से-कम पाँच सौ किताबों की लाइब्रेरीवाली पाँच-छह संस्थाएँ भी नहीं होंगी। जिनकी आसपास खेती-बाड़ी है, गाँव में घर में, ऐसे लोगों को ही आजकल प्राध्यापक होना रास आता है।"

फिर हूलिमणी और चांगदेव बाहर चले आए। हूलिमणी ने उससे पूछा, "हम लोग और भी इसके आगे इंटरव्यू में मिलनेवाले नहीं हैं ना? अवर स्टार्स हॉन्ट अस, नथिंग एल्स।"

"मेरे तो इस चक्कर में सब इंटरव्यू खत्म हो गए। कुछ भी हाथ में नहीं।"

"मेरा दूसरा चक्कर खत्म हुआ। पहले चक्कर के एक-दो कॉलेज पूना यूनिवर्सिटी के हाथ में हैं। लेकिन फिर मराठवाड़ा का एक चक्कर लगाऊँगा। इन्क्रीमेंट्स ऐंठकर

लिये बिना मैं यह एक्सपिडीशन छोड़नेवाला नहीं हूँ। नागपुर की ओर भी ट्राई करना चाहिए, लेकिन उधर का हवा-पानी ठीक नहीं कहते हैं।"

"मतलब आप पूरी छुट्टियों में इंटरव्यू देते घूमते रहते हैं क्या?"

"घर बैठे भी कुछ होता है क्या जी? बरस-भर पिम्पलगाँव में बैठे-बैठे मैं तंग आ गया था। इंटरव्यू के कारण उतना ही घूमना-घामना हो जाता है। टूरिस्ट के समान मस्त घूमते रहना, इंटरव्यू देना, आखिर पन्द्रह जून के आसपास कहीं दो-चार इन्क्रीमेंट्स देनेवाले कॉलेज में हाँ कर देना। लेकिन आप तो बहुत ही नर्वस दिखाई देते हैं। आपका काम बन नहीं रहा शायद।"

"बनेगा। हिन्दुस्तान में कुत्ते भी भूखे नहीं मरते। फिर से अर्जियाँ भेजता हूँ जाने के बाद। इसके पहले ही हर जगह अर्जी भेजनी चाहिए थी।"

"इससे अच्छा तो यह कि आप अभी के कॉलेज में ही क्यों नहीं रह जाते बरस भर? अगली फरवरी से सभी जगहों पर मेरी तरह अर्जियाँ डाल देना। आपका कॉलेज वैसे अच्छा है। आपको निकाला तो नहीं है न वहाँ से?"

"नहीं, मैंने ही वाहियात जैसे नहीं रहूँगा कह दिया। चारों ओर का यह तमाशा मैं जानता नहीं था। इस तुलना में हमारा कॉलेज सचमुच अच्छा है। लेकिन मुझे वहाँ रहना नहीं था।"

"मतलब आपके कॉलेज में एक वैकेंसी होगी ही। विज्ञापन आया ही होगा। पता दो भला। इन्क्रीमेंट्स देंगे क्या? अब देरी तो हो ही गई है। कोई नहीं आया तो किसी-न-किसी को लेना तो पड़ेगा ही। अर्जी भेज ही देता हूँ।"

"भेजो। बहुत अच्छे लोग हैं। लेकिन मैंने मूर्खता की। अब फिर से फैसला बदलना अच्छा नहीं लगेगा। पैर छूकर ले लो कहना।"

"उसमें बुरा क्या है? मि. पाटील, डोंट बी व्हेन ग्लोरिअस। ऑल इज वेल दैट एंड्स वेल। डिस्क्रीशन इज द बेटर पार्ट ऑफ व्हेलर! इट्स नेवर टू लेट टू मेंड। स्टिच इन टाइम सेव्हज नाइन। प्रिंसिपल को कहना गलती हो गई। एनी वे, आपने छोड़ा तो एक वैकेंसी होती ही है। मैं अर्जी भेज देता हूँ। हो गई जगह तो बुलाएँगे ही। नहीं तो पन्द्रह पैसे डाक के डूब जाएँगे। वुई शुड फाइट टू द लास्ट। देअर इज ऑलवेज ए रूम अॅट द टॉप। अपॉरच्यूनिटीज—धिस थिंग—"

"अच्छा। गुड बाय।"

"गुड बाय, मिस्टर पाटील। ऑल द बेस्ट टू यू।"

हूलिमणी जरा सा भी निराश दिखाई नहीं दे रहा था। बिलकुल पहली बार मिला था उतना ही उत्साही। चांगदेव लेकिन बहुत ही थककर निढाल हो गया था। इन तीन-चार दिनों में तो गाँव बदलने का और नई-नई जगह देखने का उसका उत्साह खत्म हो गया था। कॉलेज और ऊँची शिक्षा प्रणाली इतनी सड़ी हुई होगी यह वह पहले नहीं जानता था। मतलब फिर बम्बई ही लौटकर जाना होगा या कैसे यह डर मन में समाया हुआ था। पूरा देश अपना है कहीं भी जाना और नौकरी करना यह रूमानियत अब खत्म हो गई थी। इस देश में कुछ भी नहीं है।

सिगरेट फूँकते वह टिलक के यहाँ आया। टिलक जी से पैसे कितने देने हैं यह पूछने पर वे कहने लगे, "अब भोजन करके ही जाओ। खाली पेट सफर अच्छा नहीं।"

"नहीं, बिल कीजिए।"

"भोजन तैयार है। परोसने को कहूँ क्या?"

"नहीं, कहा न जी। सिर्फ अब गाड़ियों का समय बताइए।"

"अच्छा, अच्छा। आपकी मर्जी। काम हुआ नहीं शायद!"

"नहीं।"

"अरेरे। फिर आना, हमारे यहाँ ही ठहरना।"

वापस स्टेशन ले आनेवाले लम्बे-लम्बे रास्ते से मर्क्यूरी लैम्प के नीचे के खूबसूरत पेड़ों की छाँव में चलते हुए खुद की ओछी पड़ती परछाइयों को देखते हुए उसे पहली बार खुद से प्रचंड घृणा हो आई।

फिर पान की एक दुकान में सिगरेट सुलगाकर वह अपने अपजस को भुलाने के लिए चार-पाँच गीतों की पंक्तियाँ गुनगुनाकर आखिर में सहगल की गाई गालिब की पंक्तियों में खोकर चलता रहा :

बोझ वो सर से गिराऽ है कि उठाएऽ नाऽ उठे
काम वो आन पड़ा है कि बनाएऽ ना बने...
क्या बने बातें जहाँ बात बनाएऽ ना बने
नुक्ताचीं है, गमे दिल...

रेलवे स्टेशन पर अजनबी भीड़ में बेपरवाह होकर वह तीन घंटे वही-वही पंक्तियाँ गुनगुनाते हुए ट्रेन की राह देखना भी पूरी तरह से भूल गया। ट्रेन तीन घंटे

लेट आई तो भी वह बेफिक्र होकर आड़े-टेढ़े ताने देता हुआ सहगल जैसे इधर-उधर घूमता रहा। ट्रेन के आने के साथ उसका गाना एकदम रुक गया।

ट्रेन के किसी भी डिब्बे में बैठने के लिए जगह नहीं मिली। दो डिब्बों पर तो सीधे राठी अग्रवाल मैरेज पार्टी ऐसे कपड़े के बैनर लगे हुए थे। जगह नहीं यह तो पहले से ही तय था। दरवाजे के पास शौचालय को हमेशा की तरह सुरक्षित रख वह खड़ा हो गया। ट्रेन जब एक ऊँचे पुल से गुजर रही थी तब गाँव के खूबसूरत लैम्प, हरे-लाल पेड़ों में से दिखाई देनेवाले मर्क्यूरी लैम्प, रास्ते के दोनों किनारों पर लैम्प की कतारें और गाँव-भर में लैम्पों के घुमावदार रास्ते बहुत ही खूबसूरत दिखाई दे रहे थे। पारू को यह भी गाँव बहुत ही सुन्दर लगता। लेकिन सिर्फ खूबसूरत होकर क्या फायदा? मुझको जो मिलता ही नहीं उसे कब तक खूबसूरत कहा जाए? अपनी तकदीर में गन्दे गाँव, गन्दे कमरे, ट्रेन में भी हरदम शौचालय के पास खड़े रहना, ऐसा सब कुछ। फिर अपनी निराशा को सँजोए रखने के लिए वह जोर-जोर से गाने लगा :

बोझ वो सर से गिरा है कि उठाए ना उठे...

सारे रास्ते खड़े रह-रहकर दिन-भर और फिर दिन-भर सफर और बार-बार चाय पीते-पीते दो बार ट्रेनें बदलकर चांगदेव फिर अपने गाँव पहुँचा। फिर से जैसा था वैसा ही, जहाँ था वहीं। कन्धे पर बैग भी ठीक से नहीं बैठ रहा था। जेब में ताँगेवाले को देने जितने भी पैसे नहीं हैं यह बात भी ध्यान में आ गई। पैदल जाना असम्भव था। फिर भी वह ताँगे में जाकर बैठ गया। घर पर पवार भाभी के सामने पवार से पैसे माँगना ठीक नहीं होगा इसलिए उसने ताँगेवाले को मदीना हौज की ओर से चलने के लिए कहा। गाँव तक आते-आते वह अलग-अलग चिन्ताओं से और भी परेशान हो गया। एक बरस पहले यहाँ आते समय नया-नया जोश था और आज चिन्ता ही चिन्ता। नौकरी का क्या? और ऐन मौके पर आगे कौन सा गाँव? फिर वहाँ जगह ढूँढ़ने की परेशानी। पारू का क्या होगा? ऐसी कंगाली अवस्था में उसे मिलकर भी क्या कहा जाए? इस महीने की तनख्वाह फिर इंटरव्यू के लिए घूमने में चली गई तो खाली जेब कहाँ रहा जाए? एक साल पहले ऐसी नौबत आएगी ऐसा नहीं लगा था। एक स्थान पर ही बरस-भर में कितनी चिन्ताएँ पैदा होती हैं! सच तो यह है कि प्रवेश करते समय हम जैसे होते हैं वैसे के वैसे किसी भी जगह से बाहर निकल नहीं सकते।

पाचलेगाँवकर अभी छुट्टियों से लौटे नहीं थे। इसलिए उसने ताँगा वैसे ही आगे निकालने को कहा। रास्ते में मालीवाड़ा में प्राध्यापक घुलेजी का मकान आया। अन्दर से घुलेजी भी देख रहे थे कि ताँगे में कौन आ रहा है। चांगदेव को देखकर बोले, "क्यों पाटील? कहाँ? आओ ना। चाय पीकर जाना। काफी दिनों से आपसे मुलाकात नहीं हुई।"

चांगदेव बोला, "मैं बाहर गाँव से लौट रहा हूँ।"

"तो क्या हुआ? आपके कमरे पर क्या होगा अभी? ताँगा छोड़ दो यहीं पर।"

"लेकिन ताँगेवाले को देने के लिए पैसे नहीं हैं—छुट्टे...।"

"मैं देता हूँ। फिर जाना कमरे पर।"

मतलब पैसे का सवाल तो खत्म हुआ। घुलेजी के यहाँ हाथ-मुँह धोकर चिउड़ा खाकर चाय पीते-पीते वह इंटरव्यू के किस्से बताकर घुलेजी को हँसाता रहा।

घुलेजी कहने लगे, "प्रिंसिपल साहब आपके बारे में पूछ रहे थे। उन्होंने विज्ञापन तो दे दिया है। आपने क्या तय किया? हमें लगा आपका अब तक कहीं तय हो गया होगा।"

"कहीं भी नहीं। लेकिन मैं निश्चय ही छोड़नेवाला हूँ। कहाँ यह तो अभी निश्चित नहीं है। देखेंगे।"

इन चार-पाँच दिनों में कमरे पर कुछ चिट्ठियाँ आई हुई होंगी इसलिए वह घुलेजी के यहाँ से उत्साह में चला।

कमरे पर जाते हुए इस पुराने बाड़े के बारे में, पुरानी सीढ़ियों के विषय में और कारुण्यपूर्ण लगनेवाले कमरे के दरवाजे के प्रति उसके मन में प्रचंड आत्मीयता पैदा हो गई। दरवाजा खोलकर अन्दर पड़े हुए खत झटझट खोलकर पढ़ लिये। तीन-चार कॉलेज की ओर से इंटरव्यू के लिए आमंत्रित किया गया था, लेकिन सबकी तारीखें विगत दो-तीन दिनों में खत्म हो गई थीं। पणजी की तो आज की ही तारीख थी। एक चाँदा की कल की थी, लेकिन उसी समय निकलकर भी पहुँचना सम्भव नहीं था। फिर कल तनख्वाह मिलने पर ही कहीं आना-जाना सम्भव था। एक-दो जगहों से तो तार आए थे तुरन्त चल पड़ो। मतलब यह चार-पाँच दिन का चक्कर दोनों तरफ से नाकामयाब हो गया। खास अपने को ही फिट होनेवाला! उधर तो कुछ हुआ ही नहीं लेकिन इधर के भी अच्छे-अच्छे गाँव हाथ से चले गए। कोल्हापुर से

ही सीधे पणजी सरलता के साथ जाया जा सकता था, लेकिन खत यहाँ जो आया था। अपना सब मामला ऐसा ही होता है।

जागरण से पहले ही अवस्था पिशाचवत् हो गई थी। उसमें सर्दी भी हो रही थी और नाक बन्द। उसमें फिर यह तारीखों का चक्कर। फिर से इन सब स्थानों पर इंटरव्यू की तारीखें आगे धकेलकर फिर बुलाओ ऐसे खत लिखने का झंझट भरा काम और फिर अब वे तारीख बदलेंगे ही इसका भरोसा न होते हुए भी ऐसे खत लिखना यह महापरेशानी का काम था। अपने लिए कोई रुकनेवाला थोड़े ही है। फिर भेजी हुई अर्जियों में अपने मार्क भी साधारण ही हैं। लेकिन खत भेज ही दें और फिर अखबारों में ढूँढ़-ढूँढ़कर नई जगहों पर अर्जियाँ भेजनी होंगी। मतलब, आज दिन-भर और रात-भर नींद लेना सम्भव नहीं था। बहुत काम पड़ा था। चार-पाँच दिनों में पहनकर गन्दे हुए कपड़े धोने के काम को मिलाकर कई अप्रतिम काम करने थे।

ऐसा सोचकर शान्तचित्त से तौलिए को तह कर बैग से इस्तेमाल की हुई पसीने की बदबू मारती बनियान लेकर वह पवार जी के यहाँ गया। सर्दी हो रही थी इसलिए गरम पानी मिलता तो अच्छा लगता। लेकिन पवार जी के बाथरूम में ठंडा पानी भी नहीं था बकेट भर। इसलिए वह सिर्फ हाथ-मुँह धोने लगा। इतने में पवार जी की माताजी आईं। "पाटील, अजी, नहा लीजिए, सफर से आए हैं।" फिर अन्दर से पीने का पानी, बकेट से थोड़ा पानी ऐसे करते हुए किसी तरह बकेट भर पानी का उन्होंने जुगाड़ कर दिया। पानी इन दिनों आधा क्लाक भी नहीं आता, अब उसे क्या करें ऐसा कहते-कहते। नहाने से उसे अच्छा लगा। पवार जी के परिवार के लोगों के प्रति उसका मन कृतज्ञता से भर गया। फिर चाय आ गई। चांगदेव ने पवार जी और उनकी श्रीमती जी के बारे में पूछा। वे दोनों फिल्म देखने गए थे। माताजी को अब बहू घर में आ जाने से कृतकृत्य लग रहा था।

"आप भी अब कोई छोकरी देखकर शादी कर डालिए। ऐसा ठीक नहीं ये फकीरों-सा जीना।"

वह सिर्फ झूठमूठ हँसता चाय पीता रहा।

"आप नहीं होते तो दादासाहब का बिलकुल जी नहीं लगता। हरदम आपकी याद करते रहते हफ्ते भर। क्यों छोड़ रहे हो हमारा गाँव? आपको किस बात की कमी है यहाँ पर? नौकरी तो नौकरी ही होती है कहीं भी करो तो क्या फर्क पड़ता है?"

चांगदेव बोला, "कमी तो कुछ भी नहीं है। लेकिन यह क्या कोई हमारा गाँव है? हमारे लिए तो सभी गाँव एक जैसे ही! लेकिन आपके जैसे लोग दूसरी जगहों

पर मिलेंगे नहीं यह भी सच है। बहुत तकलीफ हुई आप लोगों को मेरे कारण। और कितने दिन देना?"

"हमें कोई तकलीफ नहीं आपकी। रहो यहीं। दादासाहब तो कह रहे थे पाटील रहनेवाले हों तो प्रिंसिपल साब से मिलकर कहेंगे इंटरव्यू मत लो। हमारी जमीन का भी काम हो रहा है भला पाटील। काश्तकारों को नोटिस जारी कर दिए हैं। अब छोटे को भेज रहे हैं गाँव की ओर बुआई के लिए। बरस-दो बरस जमीन में पैसे डालने होंगे।"

वहाँ से कमरे पर जाकर सिगरेट पीते-पीते पास में अखबार शुरू करने के लिए कह आया। एक-दो दिन के पुराने अखबार मिले तो वे ले आया। और दो-तीन विज्ञापन मिले। और भी आएँगे। मतलब अब भी वैसे सभी रास्ते बन्द नहीं हो गए थे। पते उतारकर अर्जी लिखना, खत आए थे वहाँ तिथि परिवर्तन के लिए लिखना वगैरा काम चल ही रहा था ऐसे में पवार जी जोर-जोर से पैर पटकते सीढ़ियों पर आवाज करते आए। चांगदेव का धुएँ से भरा कमरा देखकर बोले, "ये क्या नया साला आपने शुरू कर दिया है? कुछ विशेष? ले लिया अपॉइंटमेंट? या शादी-ब्याह का कुछ किया? कहाँ जाना तय किया?"

"अभी कुछ नहीं।"

"मतलब अब भी अर्जियाँ ही भेज रहे हो क्या? हा हा हा। सीधे प्रिंसिपल से ही उस वक्त गिल लेते तो? यह मुफ्त की झंझट क्या लगा रखी है पीछे?"

रात में पवार जी के यहाँ भोजन के समय पिछले हफ्ते हुए इंटरव्यू की मजेदार बातें चलीं। पवार बोले, "हम सबने कहा ही था कि बाहर भयंकर स्थिति है। लेकिन आपको अपने हाथ जलाने की आदत। हम क्या योंही यहाँ पड़े हैं? हरदम का, जात-पाँत का, मैनेजमेंट का और क्षुद्र मनोवृत्ति का यहाँ कोई कष्ट नहीं है। उसके लिए दूसरी बातें सहने में क्या हर्ज है? लेकिन आपको तो माचोद गाँव-गाँव घूमने का शौक! दूसरे किसी भी कॉलेज से ज्यादा आजादी आपको यहाँ है। आँख मूँदकर काम करो, चाहो जितनी आजादी। गाँव की भी आदत हो जाने पर अच्छा लगने लगेगा। एस्किमों को भी ध्रुव प्रदेश अच्छा ही लगता है ना। फिर गाँव में खूबसूरत लड़कियाँ हैं...हा हा हा।"

चांगदेव ने बात बदलकर कहा, "शायद सोलापुर का काम हो जाएगा। अभी जलगाँव से भी जवाब आया नहीं है। अमरावती में भी हो सकता है, अकोला आज ही अर्जी भेजी है। कहीं से तो बुलावा आएगा ही।"

"कोई नहीं लेता जी परायों को। यही आपकी समझ में अब तक नहीं आया है। जिस-तिस मैनेजमेंट को लोगों के, प्रिंसिपल-हेड के निर्धारित लोग होते हैं कुछ तो। वैसे बहुत सारे होशियार लोग हर कहीं पड़े हैं। अरे, एक बात कहनी थी—मुझे लगा आप खुद होकर पूछेंगे—आपकी वो बड़ी सावनूर आकर गई परसों। पूछ रही थी, कहाँ गए, क्या तय किया।"

"कुछ खास बात? यहाँ आई थीं वे?"

"हाँ यहाँ।"

"कुछ विशेष?"

हँसते हुए पवार बोले, "यह तो आप जानो!"

"अकेली थीं या...

"अकेली नहीं थीं—बहन भी साथ थी। हा, हा, हा।"

तनख्वाह लेने कॉलेज जाना पड़ा। वहाँ सभी मिले। शबीर बोला, "क्यों भाई, क्यों खाँमखाँ घूमते हो सोलापुर और कोल्हापुर। अपना गाँव क्या कम है?"

काम्बले, मोडक वगैरा ईसाई मंडली कहने लगी खानगी में, "आप डरते हैं क्या जी ईसाई लड़की से शादी करने से यहाँ गाँव में तकलीफ होगी? आप बेफिक्र होकर शादी कीजिए। हम हैं ना। कहूँ क्या प्रिंसिपल साब को कंटीन्युएशन देने के लिए? अपने रेक्टर अमरीका जा रहे हैं सितम्बर में। आपको रेक्टर बना देंगे। मस्त बँगला मिलेगा रहने के लिए।"

चांगदेव बोला, "शादी का विचार ही नहीं है मन में। पहले यह गाँव छोड़ना चाहिए।"

"मतलब आपको भी हिन्दू लड़की ही चाहिए? सब नए विचार वगैरा यहीं तक आते-आते ताक पर धर दिए जाते हैं।"

चांगदेव बोला, "सालों इस स्तर तक जाकर सोचने की फुरसत ही नहीं है मुझे।"

"वो आ गया ध्यान में! आखिर यही तय होगा तुम्हारा!"

घुले, जोशी, महादेव वगैरा बाद में फिर 'चलो चाय के लिए' कहकर मनुहार कर उसे ले गए और उन्होंने भी गोपनीय मशवरे दिए। जोशी बोले, "जल्दी पक्का कर डालो भला नौकरी का। जो मिले वह अपॉइटमेंट ले लो। नहीं तो ऐसा होगा कि

ऐसे ही और दस-बारह दिन चले जाएँगे और चोंचले करते-करते कहीं कुछ नहीं होगा। फिर बड़ी मुसीबत खड़ी हो जाती है भला। कॉलेज शुरू हो जाते हैं। कहीं जगह खाली नहीं रहती। जिन्दगी में जो ख्वाब हम बुनते हैं वे बिखर जाते हैं। कोहरे में रास्ता ढूँढ़ना पड़ता है।"

मेहेंदले बोले, "और एक बात हरदम ध्यान में रखना कि हमने क्या तय किया है, इंटरव्यू के लिए कहाँ जा रहे हैं, कहाँ अर्जियाँ भेजी हैं, कब, क्या करनेवाले हैं—कहीं कुछ भी किसी को पता न चले। एकदम सब पूरा कर उधर जॉइन होना और फिर इधर झट से नोटिस देना। यह बहुत जरूरी है अपने धन्धे में। आपको क्या लगता है, हम कहीं अर्जियाँ नहीं भेजते? लेकिन सब चुपचाप। इससे अच्छा कॉलेज मिलने तक यहाँ रहना। किसे ईसाइयों के कॉलेज में रहना अच्छा लगता है। लेकिन हर कहीं मराठों की संस्थाएँ हो गई हैं उनसे यह ठीक है। अच्छा चलें अब। तय करो पाटील जो भी है जल्दी। मिलते हैं। आओ एक बार घर फुरसत से।"

आठ-दस दिन हो गए, कहीं से कोई बुलावा नहीं आया। पहले छोटे-छोटे गाँवों से बुलावे आते थे। लेकिन वहाँ की स्थिति का अन्दाजा कर वह उन पत्रों को फेंक देता। वहाँ भी जाता तो अच्छा होता ऐसा अब लगने लगा। आजम वगैरा धीरज बँधाते, "आएगा इस हपते में कहीं से बुलावा। तुमको नहीं मिलेंगी तो और किसको मिलेंगी नौकरियाँ? ठहरो जरा। ठीक वक्त पर कभी कोई जॉइन होता नहीं। कोई अचानक कॉलेज छोड़कर चला जाता है। एकाध वक्त बहुत ही अच्छी संस्था ऐसी गड़बड़ी में मिल जाती है। घबराना मत।"

वे दिन बहुत ही बेचैनी से बीते। उधर इस कॉलेज में इंटरव्यू लेकर प्रिंसिपल ने चांगदेव के स्थान पर एक नए उम्मीदवार को ऑर्डर भी दे दिया। वह आदमी कमरा ढूँढ़ते हुए पवार के यहाँ गया। चांगदेव पोस्टमैन की ओर ध्यान रखकर दिन निकाल रहा था। दो-तीन कॉलेज की ओर से अब तक कोई जवाब नहीं आया था। शायद वहाँ इंटरव्यू न हुए हों। वह उधर आँखें लगाए बैठा रहता। नया विज्ञापन आते ही अर्जी डालने का काम चल ही रहा था। खत कहीं गुम तो नहीं हो जाते ऐसी शंका आती रहती। स्थिति बड़ी दयनीय हो गई थी।

अब पारू से कहीं भेंट न हो जाए, ऐसा उसे लग रहा था। आज की इस भागमभाग में ऐसी खूबसूरत पत्नी को कहाँ रखा जाए? झट से एक रात में यहाँ से चले जाएँ, ऐसा उसे लग रहा था। लेकिन वह बुरी तरह से फँस गया था।

फिर भी एक बार मुथा की दुकान में शर्बत पीने वह चला गया। तब अचानक बिनी सामने आ गई। साथ में कोई अपरिचित सहेली थी। उसकी नजर से बचना चाह रहा था। लेकिन फिर उसकी कोई आवश्यकता नहीं महसूस कर वह सीधा दुकान में चला गया। मुथाजी ने अपनी हरदम की बकवास शुरू की। चांगदेव बाजू की बेंच पर बैठकर बिनी से बोला, "कैसी हो?" वह हमेशा की तरह मीठी हँसी हँसकर कुछ ज्यादा मिठास से बोली, "हलोऽ।" वह बोला, "आपका परीक्षाफल तो आ गया है न?" वह बोली, "आ गया न!" बीच ही में मुथा बोले, "मतलब आपको मालूम नहीं है शायद? यूनिवर्सिटी में दूसरे नम्बर पर आई हैं आप? सर को पेड़ा दिया नहीं क्या री छोकरियो?" बिनी सिर्फ मुस्कुराई। चांगदेव बोला, "कांग्रेट्स। अब आगे क्या इरादा है?" वह बोली, "आर्मी मेडिकल कॉलेज में जा रही हूँ मैं।" फिर आलिप्त भाव से हमेशा की मुस्कान शैली में अच्छा कहकर वह चली गई। उलटे फासला बढ़ानेवाला मुस्कान भरा बर्ताव। वह धूप की ओर देखता शर्बत पीता रहा। बिनी का स्वर इस कदर तुच्छता भरा था कि पारू के विषय में पूछने की हिम्मत ही न हुई। उसने खुद पारू के विषय में बात करनी थी ऐसा उसे लग रहा था, लेकिन वह सिर्फ हँसती मुद्रा से सब टालती रही।

उधर मुथा कह रहा था, "आपका मामला कहीं जमा नहीं क्या जी? बोलो क्या मतलब हुआ पढ़ने-लिखने का? एम.ए. होने पर भी अगर ऐसी मुसीबत, तो मामूली आदमी क्या सिर फोड़ ले? बाहर धूप भी क्या है जी! आप क्या करते हैं अकेले कमरे में ऐसी धूप में दिन-भर? तो बेकारी अगर इसी तरह बढ़ती गई तो कैसा होगा? क्या सरकार प्लानिंग करती है?"

अब जहाँ कहीं से बुलावा आएगा वहाँ बिना हिचकिचाहट के जाने का उसने निश्चय कर लिया।

फिर अचानक एक बड़ी संस्था का खत एक दिन आया! लिफाफे पर छपा हुआ लम्बा-चौड़ा नाम था—मराठा शिक्षा संस्था का पी.जेड. पाटील आर्ट्स, एफ.यू. सालुंखे साइंस एंड एम.क्यू.एम.डब्ल्यू. कॉमर्स कॉलेज। इनके फिर पूरे नाम लिखे जाएँ तो, तो कितने लम्बे-चौड़े होंगे, कौन जाने। लेकिन अब सोच-विचार करने का कोई मतलब नहीं था। दूसरे दिन ही इंटरव्यू था। झटपट तैयारी कर वह तुरन्त एस.टी. स्टैंड पर गया। नक्शे में गाँव देखा। सवेरे ही वहाँ जानेवाली सीधी बस चली गई थी। लेकिन दो बजे की एक बस पकड़कर बीच में एक रेलवे स्टेशन पर उतरकर रेल से रात में ही वहाँ पहुँचा जा सकता है, ऐसा ऑफिस के एक आदमी ने कहा। गाँव बहुत खूबसूरत है, हमारी ससुराल है वह। यह भी ऊपर से बताया।

बस भी रास्ते में टायर फट जाने से डेढ़ेक घंटा लेट हुई। उसकी साँस ऊपर-नीचे होती रही। लेकिन आगे लड़खड़ाते किसी तरह वह रेलवे स्टेशन पहुँचा। रेलगाड़ी भी उस दिन लेट हो जाने से स्टेशन में ही खड़ी थी धड़धड़ाती। शौचालय के पास ही जगह मिली।

रात में गाँव की ठीक से कल्पना नहीं आ रही थी। लेकिन गाँव सुडौल, सादा और साफ-सुथरा लग रहा था। सुघड़ आड़ी खड़ी गलियों से ताँगा चल रहा था। और फिर अब गाँव में यों ही अच्छा लगा नहीं लगा कहने में कोई मतलब न था। समझो गाँव अच्छा लगा और बात नहीं बनी तो फिर बेमतलब परेशानी अपने को ही।

ताँगेवाला गाँव के बीचोबीच एक लक्ष्मी लॉज पर ले गया। मैनेजर बोराशेट अन्दर रसोईघर में साफ-सफाई करा रहा था। चांगदेव का नाम-गाँव लिखकर वो बोला सात लम्बर में जाओ। अच्छा हवादार है। दूसरो कोई नी हे आज उसमें। सिंगल रेट में चार खटिया रूम!

"खाना मिलेगा क्या?"

"अबे साढेबारा बजरिया। अब क्या खाणा खाते भई? बेटेम खाणा खाओ तो गैस हूशी पेट में।"

"लेकिन कुछ भी खाने को मिलेगा नहीं क्या? भूख बहुत लगी है इसलिए कह रहा हूँ। कल फिर इंटरव्यू—देखो कुछ तो।"

“हाँ, वैसो कुछ तो दे देंगा। दूध लो, ब्रेड लो, और लगे तो शेव चिउला लो अदपाव। बस्स। मैं भेजूँ ऊपर वो शब। आप चरलो। सांडूभाई, औऽ सांडूभाई, शाब को शेव चिउलो तोल अदपाव। दूध तो हुशी कोप भर! काढँ जूँ जल्दी।”

ऊपर ही सांडू जो ले आया खाकर वह पड़ा रहा। लाइट बन्द करने पर उस खाली बड़े कमरे में अकेले को आराम मालूम होने लगा। नीचे रास्ते सब खामोश थे। बड़ा चौक होने पर भी सब खामोश। फिर एकदम सिनेमा की भीड़ छूटी। और फिर उसके कमरे में गाँव के तीन किसान मजाक करते हुए सोने के लिए आए। अँधेरे में एक तो उस पर ही बैठ गया और लड़खड़ाते घबराकर उठते हुए बोला, “बप्पा रे, माधोभई, पैले से कोई सूतो हे बे बप्पा। भैनचोद मैंने किसी को कुचल डाल्या।”

उसका यह झल्लाना देखकर और अँधेरे में किसी के बदन पर वह बैठा इस खयाल से दूसरे दोनों अँधेरे में ही पेट पकड़-पकड़कर हँसने लगे। उनकी फव्वारे जैसी हँसी सुनकर चांगदेव भी गुस्सा न होते हुए मुँह छिपाकर चद्दर में हँसता रहा। फिर दूसरे को तीसरा बोला, “सँभालना वे बप्पा माधो तुम भी। अपनी इदर की खटिया पर भी होगा कोई पैले से सूता। फोकट नौटंकी इसके माँ की। खाली हे रे ये तो, उदर की भी वो खाली दिखत है। भूत पिसाच तो नई हेन बप्पा शिनेमा जेसा! हू हू हूऽ।”

“लाइट लगाना बे झेंडू भौं नई तो। कुचलेगा किसी को इस जेसा।”

कहाँ होंगा भई बटन भी तो। के बुलायूँ बोराशेट को? साला पेसे देने सो देकर ये तितम्बा, किसने कहा? साला मारवाली पंखा भी कोनी लगावे हाल।”

“अरे बोरा के बच्चे को कित्तोई हेला पाड। बिलकुल ओ नई देवे वो। सोजा अब ठीक देखकर। मैं तो सो रिया हूँ कई अपने को तो फजर में हाल चलाणो हे। अपनो कॉई थाँ जेसो हे मन का मालक। भईं अपन तो हे माहवारवाले माणस। सोवो।”

फिर वे तीनों बाकी की तीन खटिया पर सो गए। एक जना उमस के कारण तड़पता हुआ करवटें बदलता रहा। दूसरा उससे बोला, “ठीक था झेंडू भई शिणमा?”

“डाइरेक्सन तो अच्छी नई पर भौ पिलाट लेकिन भोत अच्छा।”

“डांस भी मस्त था भैनचोद हेलन का। मस्त नाचती है साली हेलन। तुजे पटी की नई?”

“सचमुच ऐसे होटल होते क्या बम्बै में? नंगी छोकरियाँ नचाते साले वो सबके सामने?”

“तो फिर? है नहीं तो? हे तम्बी तो लिया न डिट्टो डांस होटल का? डिट्टो शाट बोलते इसे।”

"क्या छिछोरी बातें चलतीं इसकी मारूँ सेहरों में। माधो भई सोया रे?"

तब तीसरा माधोभई चिल्लाया, "सोवो बे छाछेरो! तलके पेली गाली मिलनी चाई जे। बकबकाती करो। होया तो काल फेरी आवों हेलण देखणं। सो वो।"

फिर थोड़ी देर में तीनों प्रचंड खुर्राटे भरने लगे। अलग-अलग पट्टी में उन्होंने सुर लगाए और पूरा कमरा सिर्फ उन खुर्राटों के ऑर्केस्ट्रा से गुँजा डाला। चांगदेव परेशान होकर उठा और लाइट लगाकर उसने तीनों को गौर से देखा। धूप से झुलसे हुए, पीले रंग से मोटे धोती-कुर्ते पहने, आँख-नाक से उम्दा दिखनेवाले वे तीनों जवान छोटे बच्चे जैसे बहुत ही मासूम चेहरे के थे। खुर्राटे भर रहे थे इसलिए कुछ मजाकिया से लग रहे थे। खास सिनेमा देखने के लिए देहात से आकर सवेरे फिर खेतों पर जानेवाले ये गँवई लोग उसे अच्छे-खासे रसिक लगे।

चांगदेव की बड़े तड़के आँख खुली। तीनों में से एक चिल्लाकर दोनों को उठा रहा था। फिर दूसरा उठकर चिढ़ते हुए बोला, "क्यों बोंम ठोंक रहा है बे इत्ते जोर से? अपना घर है क्या ये? उस पैसेंजर को उठाएगा न? अपना किसी को तरास न हो ऐसा रहना। बहुत ही हुड़दंग्या हे वे बप्पा तू।"

फिर वे चांगदेव को ज्यादा तकलीफ न हो ऐसे ज्यादा जोर से न बोलते चले गए। चांगदेव फिर करवट बदलकर गहरी नींद सोने लगा।

दस-साढ़े दस बजे आराम से उठकर नहा-धोकर चांगदेव बाहर निकला। नए गाँव में घूमने का अब जोश नहीं था। फिर यहाँ पर एस.टी. स्टैंड पर ही सिर्फ इडली-डोसा मिलता है ऐसा जानकर उसका आधा जोश कम हो गया। एक हिन्दू होटल में शकरपारा और सेव ताजा बन रहा था। शकरपारे और चाय लेकर वह सीधा कॉलेज की ओर जाने लगा। उस रास्ते से सिर्फ उसने गाँव को देखा। रास्ते में चारों ओर पेड़ थे। यह अच्छा था। पुराने ढंग के छज्जोंवाले दोमंजिला मकान भी महिमामंडित लग रहे थे। रास्ते में अन्ततः दोनों ओर छोटी-बड़ी दुकानें थीं। फिर आगे एक प्रचंड नदी थी। नदी की एक ओर से मील भर घाट। और घाट पर सुन्दर मन्दिर, बाजू में ऊपर लम्बा-चौड़ा बगीचा, इधर-उधर के दोनों किनारों पर नीचे सफेद-नीली रेती। रेती पर छोटे-छोटे बच्चे खेल रहे थे। एक ओर लम्बे डाँगर तरबूजों के ढेर करीने से लगाए गए थे। औरतें कपड़े धो रही थीं। नदी किनारे का गाँव कहने पर अपने आप ही वहाँ थोड़ी-बहुत संस्कृति समृद्धि होती है। खासकर

पानी में तैरते बच्चों को देखकर कमर में से बचपन की लहरें लहराती हुई आ गईं। पुल पर से जाते-जाते वह आत्मविभोर हो गया। दूर स्थित सुन्दर पहाड़ों की कतारों से पूरा परिप्रेक्ष्य समुन्नत दिख रहा था।

नदी के पार नई कॉलोनियों वाला गाँव था। वहाँ पर भी एक मंजिला सीधे-सादे मकान ही थे ज्यादातर। और अन्त में कॉलेज का प्रचंड वृक्षों से भरा सहन और चारों ओर खेत।

इस कॉलेज़ का नाम था मराठा शिक्षण संस्था का पी.जेड. पाटील आट्र्स, एफ.यू. सालुंखे साइंस एंड एम.क्यू.एम.डब्ल्यू. कॉमर्स कॉलेज। ऐसा क्यों हुआ यह कइयों से पूछकर भी पता नहीं चल पाया। लेकिन किसी दानवीर मुसलमान ने अपनी झगड़ों में पड़ी खेती संस्था को दे दी थी सो उनका नाम कॉमर्स विभाग को दिया गया ऐसा किसी ने बताया। इसमें भी नाम संक्षेप में एम.क्यू.एम.डब्ल्यू. ऐसे देने से दानवीर मुसलमान गुस्से में आ गया था। दूसरे नामों के पीछे भी ऐसी ही किसी विधवा महिला ने अपनी पूरी जायदाद पति के नाम से संस्था को देने की खानगी झंझटें थीं। संस्था के पास लाखों रुपये पड़े थे। पूरे जिले में विस्तार था। बी.एड. कॉलेज, लॉ कॉलेज वगैरा काफी लफड़े महिला ट्रेनिंग स्कूल के साथ कितने ही थे। एक-दो मंत्री संस्था के पदाधिकारी थे जिस कारण संस्था का विस्तार शीघ्रता से हुआ था। जल्द ही यहाँ पर स्वतंत्र विश्वविद्यालय होगा ऐसा आश्वासन मंत्रीजी ने दिया था। उस दिशा में विस्तार करना यह उनकी अन्तस्थ नीति थी।

जैसे-जैसे कॉलेज निकट आ रहा था वैसे-वैसे उसकी छाती बोझ से जैसे दबी जा रही थी। चारों तरफ बड़ी-बड़ी महाकाय इमारतें, दक्षिण महाराष्ट्र के पूरे कॉलेज जितनी तो यहाँ सिर्फ कैंटीन की इमारत थी। लेकिन बाग नहीं, पेड़ नहीं, ठीक से रास्ते नहीं ऐसा सब मामला। यहाँ के सिर्फ पेशाबघर जितनी जगह में बम्बई के कॉलेज ज्यादा अच्छी तरह से बनाए गए थे।

अब दूसरी बार इंटरव्यू लिये जा रहे थे। आठ-दस उम्मीदवार थे सिर्फ। एक उम्मीदवार ने बताया कि "एम.ए. का रिजल्ट निकलने पर इन लोगों के चुनकर रखे हुए सिफारिश के चार-पाँच लोग फेल हो गए, इसलिए ये इंटरव्यू फिर लिये जा रहे हैं।"

दूसरा उम्मीदवार कहने लगा, "इतनी बड़ी मशहूर संस्था में भी सिफारिशबाजी चलती है?"

"है तो। यहाँ कुल एक सौ बीस प्राध्यापक हैं। उसमें से साठ सिर्फ पाटील उपनाम के हैं। इससे घोटाला ऐसा होता है कि एक को दिया मेमो दूसरे को चला जाता है। इसका खत उसको। खत तो हरदम इधर-के-उधर होते रहते हैं। यहाँ कोई किसी को पाटील नाम से नहीं बुलाता। ए.बी.वी.सी., सी.डी., एम.वाय., एच.ए., एन.टी.—ऐसे अक्षरों से एक-दूसरे को बुलाते हैं। उनके यह सब कॉम्बिनेशंस हैं। ए टु जेड. सभी पाटील। ए.जेड. पाटील ऐसे भी एक हैं। आपका नाम क्या बताया?"

चांगदेव बोला, "मैं भी पाटील ही हूँ। सी.ए. पाटील।"

"लो! मतलब एक और पाटील। माफ करना। मैंने उलटा-सीधा कह दिया आप लोगों के बारे में। आप भी इनमें से ही..."

"नहीं, नहीं, आप आराम से सोचते रहिए!"

"अच्छा। मतलब ठीक है। मुझे एकाध दोस्त तो मिलेगा। मैं जोशी।"

दूसरा उम्मीदवार बोला, "मैं सोनार। लेकिन अपने को ही लेंगे यह किस आधार से कहें—और भी सिफारिश के लोग होंगे ही अभी।"

"न, न, अब सिफारिशवाले खत्म। मैं यहीं तो रहता हूँ। इस संस्था के स्कूल में ही पढ़ता हूँ। आप मुझे पूछिए। अब हम सबको लेंगे। अब दस जून को अपने सिवा कौन आएगा यहाँ? अब प्रिंसिपल यहाँ का थोड़ा घाघ है। ऐसे-वैसे लोग नहीं चलते उसे। बहुत सवाल वगैरा पूछता है। नहीं जँचा तो फिर विज्ञापन। पिछले साल अगस्त में अंग्रेजी की पोस्ट भरी थी।"

चांगदेव बोला, "यहाँ ब्राह्मण प्रिंसिपल है तब आप जो जातीयता की बात करते हैं वह सही नहीं है।"

जोशी बोले, "बिलकुल सही है मेरी बात...इतने दिन इनके लोग नहीं थे इसलिए दूसरी जाति के लेते थे। लेकिन अब इनकी जाति के मिलने लगे हैं। पहले के लोग जो रह गए, रह गए। लेकिन दूसरी संस्थावाले जैसे निकाल देते हैं वैसे ये निकालते नहीं यह सही है। नए अपने जैसे मायनॉरिटीज के क्वचित् हैं। बाकी सब एक जात इनकी मंडली है, मतलब इनको बाहर का मराठा भी नहीं चलता। इनमें से ही। लोकल कुणबी चाहिए।"

"लेकिन प्रिंसिपल तो भी ठीक ढंग से सभी जाति के लोग लेते ही होंगे।"

"उन्हीं को निकालने की बात चल रही है। इसी साल शायद कुछ तो होगा इस बीस तारीख के पहले। इनके लोग अब तैयार हो गए हैं। वैसे बॉडी के कुछ

लोग अच्छे हैं। उन्हें जाति निरपेक्ष लोग चाहिए। प्रिंसिपल कानिटकर कुछ लोगों को चाहिए। कुछ लोग नहीं चाहते। अपने को क्या ब्राह्मण हो या मराठा हो, हमें दोनों ओर से बोलना चाहिए। चलो, ग्यारह बजे होंगे। क्यों जी सी.ए. पाटील। क्या बजा?"

"बजे होंगे ग्यारह के आसपास।"

"घड़ी नहीं है क्या आपके पास?"

"है, लेकिन वह बन्द पड़ी है।"

"आप भी मेरे जैसे इसी साल एम.ए. हुए हैं। शायद?"

"एक साल हो गया। लेकिन अब तक नई घड़ी लेना हुआ नहीं। इस साल देखेंगे।"

"तो फिर आप तनख्वाह दबाके माँग लेना। यहाँ अंग्रेजी का आपके सिवा कोई नहीं है। हमारे हिन्दी के मादरचोद तीन हैं। हम अड़कर नहीं बैठ सकते। हिन्दीवाले तो माँ के पचास कम दो लेकिन लो कहनेवाले होते हैं। मराठीवालों जैसे। आप लोगों का रुआब होता है! तीन-चार इन्क्रीमेंट माँग लेना। छोड़ना मत।"

चांगदेव बोला, "मुझे तनख्वाह के लिए अड़कर बैठने का परिणाम अच्छा भुगतना पड़ रहा है। अब फिर वह प्रयोग नहीं करना। इसी के कारण तो पूना का कॉलेज हाथ से निकल गया।"

सोनार बोले, "अजी इंटरव्यू के वक्त ही पत्ते हमारे हाथ में होते हैं। फिर एक रुपये भी बढ़ाकर नहीं ले सकते। दो-तीन इन्क्रीमेंट्स तो भी माँगकर लीजिए ही। संस्था के पास लाखों रुपये हैं। प्रेसिडेंट एस.जी. पाटील वैसे बड़े दिल का आदमी है। माँग के तो देखो।"

मन-ही-मन वह सोचता रहा अब तो पहले जैसी शादी करने की दीवानगी भी नहीं है। अब अकेले के लिए जो है वह तनख्वाह काफी है। नौकरी मिल रही है यही बहुत है।

फिर चांगदेव अन्दर जाकर बैठा! अन्दर फिर दो-तीन लोग कॉलेज की राजनीति पर बहस कर रहे थे। बाहर से आई एक महिला को वे गाँववाले उम्मीदवार सभी बातें समझाकर कह रहे थे—"अब शायद नया आदमी प्रिंसिपल होगा इसलिए प्रिंसिपल कानिटकर जी के आपको दिए हुए प्रॉमिस का कोई फायदा नहीं। मतलब यह मेरा अनुमान है भला। कल-परसों ही मीटिंग है। सेक्रेटरी एन.ओ. ठाकुर पार्लमेंट के अधिवेशन के कारण जल्दी आ नहीं पाए, नहीं तो यह पहले ही हो जाता।"

"शायद नया प्रिंसिपल जी.जी. ही होगा। वही हमें ऑर्डर्स भेजेगा। बॉडी में सबने ऐसा तय किया है। प्रेसिडेंट एस.जी. लेकिन थोड़ा विरोध करेंगे।"

"कौन होगा नया प्रिंसिपल? वह भी आज की इंटरव्यू कमिटी में है क्या?" वह मराठी की महिला धीरज खोते हुए पूछने लगी।

क्या मतलब? जी.जी. फिलहाल वाइस प्रिंसिपल तो हैं ही। वाइस प्रिंसिपल होता ही है इंटरव्यू में हरदम। वैसे काफी लोग होते हैं। दूसरा काम ही क्या होता है बॉडी के लोगों को? उतना ही समय यहीं कट जाता। खुद के लोग लगा सकते। वैसे इन सबकी सिफारिश के जो लोग लगाने थे वे पहले के इंटरव्यू में लगाए जा चुके हैं। अब इनको कोई दिलचस्पी नहीं है। हमारे जैसे बिना सिफारिश के लोग जब होते हैं तब दबाकर इंटरव्यू लेते हैं। कानिटकर बहुत ही धूर्त आदमी है। जहाँ नहीं चाहिए वहाँ कड़क होता है, और फिर हो, हो, करता रहता है एन.ओ. के सामने। यस जी, यस जी! हाँजी-हाँजी चलता रहता है। पिछले बरस मेरी नियुक्ति कानिटकर के कारण ही रद्द हो गई थी।"

"धूर्त है कानिटकर! दूसरे सदस्यों को ताक पर धरकर, उनमें झगड़े लगाकर अपना आदमी बराबर घुसेड़ता रहता है। योंही इतने सारे पूना के लोग यहाँ थोड़े ही इकट्ठे हो गए हैं। अन्दर से सबके सब कट्टर हैं!"

"नहीं-नहीं, अब ये नहीं चलेगा। तुम देखोगे आज। जी.जी. सबसे ज्यादा एक्टिव रहेंगे। अपन प्रिंसिपल ही हैं ऐसा बर्ताव होता है उनका इन दिनों।"

"मुझे यह सब बंडल लगता है। जी.जी. वाइस प्रेसिडेंट बाघेजी के वैसे दामाद ही हैं। डॉक्टर बाघेजी के सगे भाई की लड़की उनसे ब्याही है। इसीलिए तो नियम-फियम दूर रख उन्हें ऊपर की ग्रेड दी हुई है। और फिर पिछले साल उन्हें हेड बनाया गया। फिर इस बरस वाइस प्रिंसिपल! बॉडी के सब लोगों को यह बात अच्छी नहीं लगी। मतलब दस साल से सीनियर राणे सर को निकाल दिया हेडशिप से और इसे उनके सर पर बैठा दिया।"

"राणेसर कहाँ गए? बूढ़ा अच्छा था।"

"वे चले गए बम्बई। होशियार आदमी के लिए क्या टोटा है नौकरियों का? लेकिन उनके विदाई समारोह के समय वे कहकर गए कि हम सब जात-पाँत के लोगों ने इस संस्था का नाम रोशन किया है। इसमें अब कम्युनल एलिमेंट पॉवरफुल होने के लक्षण दिखाई दे रहे हैं, साने गुरुजी की प्रतिमा बगीचे में अपने पुराने धर्म जाति निरपेक्ष स्वरूप की याद दिलाती खड़ी है।"

"और ये भड़वे कभी उस पुतले को धोते भी नहीं। डॉक्टर बाघे तो खुल्लम-खुल्ला जातिवादी हो गए हैं।"

"लेकिन एस.जी. बहुत खिलाफ हैं डॉक्टर के ग्रुप के। एस.जी. वैसे आधुनिक विचारों का आदमी है।"

"छोड़िए साब। एस.जी. के डॉक्टर के ग्रुप के खिलाफ होने के अलग कारण हैं। पिछली विधानसभा के चुनाव के समय डॉक्टर ने पी.जेड. पाटील को सपोर्ट नहीं किया इसलिए पी.जेड. के सब लोग डॉक्टर के खिलाफ हैं। दूर यशवन्तराव चव्हाण और बालासाहब देसाई तक जड़ें फैली हैं इस मामले की। स्टाफ के सी.यू., एच.ओ. और खुद एफ.जेड. सर भी जी.जी. के खिलाफ हैं। कानिटकर इनकी आपसी मारामारी के कारण बराबर बने रहेंगे। मराठों को दिमाग ही नहीं है।"

मराठी की महिला इन सब बातों से उकताकर बीच में बाहर चली गई। इनकी बहस जारी रही।

"तुझे कुछ भी मालूम नहीं है रे। तू चुप बैठ। कानिटकर गधा बराबर उखड़ जाएगा। ब्राह्मण को निकालना हो तो अपने सब लोग एक हो जाते हैं। और जी.जी. ने एस.जी. को बराबर जेब में डाल लिया है इन दिनों। तुम देखना। यह राजपूत लोग साले थोड़ा टेढ़ी चाल चलते हैं।"

"मुझे नहीं लगता अपने अनाड़ी दिमाग सब एक होंगे। एन.ओ. कायम दिल्ली होते हैं और यहाँ आने पर ये सब राजपूत उन्हें मिस गाइड करते हैं। अपने लोग बँटे होते हैं इसीलिए तो ब्राह्मणों की बन आती है। अब ये औरत देखो कैसे कानिटकर इसे घुसा रहा था! बाद में बताऊँगा जी.जी. को। यहाँ क्या मराठी के लोग कम हैं जो इतनी दूर से इस औरत को बुलाया गया? इसकी माँ की।"

"तो तुम जो कह रहे हो वो बहुत पुराना हो गया है। परसों डॉक्टर का और पी.जेड. का बैंक के चुनाव में फिर से मेल हो गया है। और कानिटकर ने पिछले साल सभी प्राध्यापकों को बहुत नाराज किया है। ब्राह्मण प्राध्यापक भी खुद उनके खिलाफ हो गए हैं। मैं इम्पाइलि हूँ यह दिखाने के लिए वे उलटे ब्राह्मणों को ही ज्यादा सताते थे। कुर्सी बनी रहे इसके लिए वह कुछ भी कर सकता है। किसी को पाँच मिनट देरी हो गई तो मेमो, कोई ठीक से पढ़ाता नहीं इसलिए मेमो—लड़कों के सामने प्राध्यापकों का अपमान करना शुरू कर दिया था उसने पिछले साल। अपनी कुर्सी डगमगाने लगी है यह देखकर वह ब्राह्मणों को ज्यादा-से-ज्यादा सता रहा था। इन सत्ता के संस्थान पर बैठे लोगों को जाति

से कुछ लेना-देना नहीं होता आखिर। अपनी कुर्सी बनी रहे इसलिए यह किसी को भी उखाड़ देंगे और किसी को भी छाती पर बैठा लेंगे। मुझे तो लगता है अभी अपनी जो नौकरी है वही अच्छी है। फालतू ग्लैमर है साला इस प्राध्यापकी का। नहीं चाहिए ऐसी झंझटें।"

"लेकिन हरदम यह देखा गया है कि हाथ में जब सत्ता होती है कुछ भी करके ये अपने ही लोगों को घुसेड़ देते हैं। बहुत ब्राह्मणों को घुसाया मोडक ने पीछे। कानिटकर के बाद अपने एफ.जेड. वगैरा लोग सीनियर हो जाने से काफी विरोध होता गया फिर भी काफी लोग लिये कानिटकर जी ने भी। अपने एन.ओ. क्या और पी.जेड. एस.जी. क्या—सब साले अनाड़ी। जहाँ कहीं मोडक उन्हें घर ले गया, उसकी औरत इन बुड्ढों से लाड़ में आकर बोली, "खाना खिलाया तो ये बुढ़ऊ खुश। मोडक ने इन सब पर जादू कर दिया था।"

"लेकिन अब वो सब खत्म हो गया। अब जी.जी. प्रिंसिपल हो गए तो अच्छा होगा। जी.जी. को विरोध हुआ तो एन.ओ. ग्रुप का होगा। उनको मराठों से ब्राह्मण अच्छा लगता है। हरामी हैं साले। मोडक के जाने के बाद एफ.जेड. होनेवाले थे प्रिंसिपल लेकिन इनकी वजह से एफ.जेड. रह गए और कानिटकर बैठ गए छाती पर मूँग दलने! अब जी.जी. को प्रिंसिपलशिप देकर उनमें से राजपूत सर को वाइस प्रिंसिपलशिप देने का चल रहा है। एफ.जेड. बोलने में थोड़ा करडा है, इसलिए बेचारा हरदम नीचे रहता है। अब भी राजपूत सर वाइस प्रिंसिपल हो गए तो रिटायर होने तक एफ.जेड. को चांस नहीं।"

"लेकिन राजपूत सर भी अच्छा आदमी है। अपना न हो तो भी अच्छे आदमी को हमें अच्छा कहना ही चाहिए न जी। बी.ए. के समय राजपूत सर ने मेरी परीक्षा की फीस खुद भर दी थी, नहीं तो मेरे जैसे धोबी के बच्चे का एम.ए. करना क्या सम्भव था?"

"मतलब कानिटकर जाएँगे ही। लेकिन कानिटकर जी के कारण कॉलेज में अच्छा अनुशासन रहा यह तो मानना पड़ेगा। पहले शिन्दे और मोडक के समय कितना शोर-शराबा था। सभी गुंडे लड़के कॉलेज में आकर लड़कियों को सताते रहते थे। कानिटकर जी की होशियारी के कारण चार बरसों में कॉलेज का विस्तार भी कितना हुआ! फिर भी सब यंत्रवत् रूप से चलता रहता है। ऑफिस में सब सुव्यवस्थित। लड़के-लड़कियाँ थर्रा काँपते हैं अब। नए लेक्चरर को पहले पढ़ाना मुश्किल हो जाता था। कानिटकर के समय से बिलकुल पहले

दिन से नए आदमी को कुछ तकलीफ नहीं होती और अंग्रेजी डिपार्टमेंट बहुत मस्त बनाया है उन्होंने। दूर-दूर से लड़के आते हैं अपने यहाँ अंग्रेजी के लिए। स्कॉलर हैं वे!"

"करना क्या है प्रिंसिपल को स्कॉलरशिप से? या स्कॉलरशिप को प्रिंसिपलशिप से?"

चांगदेव किताब में मुँह घुसाकर उन तीनों की बकवास सुन रहा था। कुल मिलाकर यहाँ हालात कैसे हैं यह उसकी समझ में आ गया। अब इंटरव्यू में बहुत ही सचेत रहना होगा। यहाँ अंग्रेजी के लिए दूसरा उम्मीदवार न हो तो भी संस्था बड़ी है। जहाँ कहीं इन्हें अपनी कोई बात अच्छी नहीं लगी तो ये फिर से विज्ञापन देंगे।

इंटरव्यू शुरू हो गए। एक-एक को प्यून बुलाकर ऊपर ले जाता। हर एक को आधे घंटे के करीब समय लगने लगा। यहाँ विषय से सम्बन्धित प्रश्न पूछते हैं इस बात से चांगदेव को खुशी हुई।

थोड़ी देर में वो मराठी की महिला मुँह धोकर उत्साह से अन्दर आकर बैठ गई। पहले के तीन लोगों के पास न बैठकर वह चांगदेव के आगे की बेंच पर बैठकर मुड़कर बोली, "आप किस विषय के हैं?" वह किताब से सिर निकालकर बोला, "अंग्रेजी। आप?" वह बोली, "मराठी। आप यहीं के हैं क्या?" वो बोला, "नहीं। मैंने बम्बई में एम.ए. किया है। आप कहाँ से आई हैं?" वह बोली, "बेलगाँव में रहती हूँ मैं।" वह बोला, "इतनी दूर से आई हैं आप?" वह बोली, "बेलगाँव के मराठी लोगों को महाराष्ट्र में कहीं भी पास ही लगता है। मुझे तो इधर कहीं भी नौकरी चलेगी इसलिए मैंने कानिटकर जी को पहले ही खत लिख दिया। हमें पढ़ाते थे वे कभी।" उसने पूछा, "आपका नाम क्या है?" वह बोली, "रश्मि डबीर।" वह आश्चर्य से बोला, "मतलब वो कहानियाँ लिखनेवाली?" वह बोली, "वो मैं ही हूँ।"

अपने को लेखिका के रूप में पहचाननेवाला एक आदमी इस पराये स्थान पर है यह देखकर उसकी बाँछें खिल गईं। वह उत्साह से कहने लगी, "आपको यह शेजवलकर की किताब को पढ़ते हुए देखा तो, मुझे लगा आप इतिहास विषय के ही हैं।" वह बोला, "शेजवलकर जी ने पेशवाई पर अप्रतिम सुन्दर लिखा है। तुम्हारे मराठीवालों ने फालतू में राजवाड़े और विष्णुशास्त्री-फिष्णुशास्त्री को ढकोसला बना

रखा है। शेजवलकर जी ने मस्त प्रमाण दिए हैं एक-एक। और राजवाड़े जैसे झूठा इतिहास लिखनेवाले को खूब खरी-खोटी सुनाई है।"

फिर उस किताब की थोड़ी सी चर्चा करके उसने कहा, "आपकी उस दीर्घ कथा पर अखबारों में बहुत सनसनी फैल गई थी, कहते हैं, अश्लीलता के विषय में। लेकिन आपने भी तब अखबार में बड़ी गम्भीरता के साथ स्पष्टीकरण दिया था! अखबारों में कहीं बड़ी गम्भीरता के साथ स्पष्टीकरण देना होता है क्या? फालतू निर्बुद्ध लोगों का धन्धा मतलब अखबार। हमें उसे पढ़ना भी नहीं चाहिए। लिखनेवालों पर बस हँसते रहना।"

वह खिलखिलाकर हँस पड़ी। वहाँ बैठे हुए तीनों ने यह मायूस औरत अचानक क्यों खिलखिलाने लगी इसलिए चौंककर देखा और ताली देकर फिर कॉलेज में चलनेवाले छक्के-पंजों की चर्चा करते रहे। चांगदेव बोला, "आपको यहाँ लेना चाहिए। मराठी के दो-तीन लोग दिखते हैं। लेकिन..."

"मराठी का कुछ कह नहीं सकते। पाँच साल बेलगाँव में पढ़ाती रही हूँ फिर भी। हर साल महाराष्ट्र में अर्जियाँ भेजना, इंटरव्यू देना, कोई लेता नहीं। कन्नड़ प्रदेश से मैं तंग आ गई हूँ...।"

"मतलब आपके ध्यान में आना चाहिए कि महाराष्ट्र में समझदार आदमी को नहीं आना चाहिए। और आपके बेलगाँव के लोग किसलिए झंझटबाजी कर रहे हैं, बेलगाँव को महाराष्ट्र में डालने के लिए? अच्छा है न महाराष्ट्र के बाहर इतने महाराष्ट्रियन लोग हैं ये। महाराष्ट्र में सब बकाली हैं। कर्नाटक खूबसूरत तो है।"

उसे अब एकदम सदमा पहुँचा! लेकिन स्त्रियोचित झुकते हुए वह बोली, "लेकिन मुझे लगता रहता है नई-नई जगहें देखना। नई जगह आजादी से रहना। मैं वहाँ पर सीनियर ग्रेड में हूँ। लेकिन यहाँ ग्रेड नहीं दिया तो भी आऊँगी मैं।"

"ऐसा मत कहिए। आप लेखिका वगैरा हैं तो आपको ग्रेड भी आसानी से मिलेगा। मैं अंग्रेजी का अकेला हूँ इसलिए मुझे विश्वास है। आप भी आ जाइए अगर लिया तो। अच्छा गाँव है।"

"देखें, इंटरव्यू तो देकर जाती हूँ। उधर तीन महीने की तनख्वाह देकर भी मैं यहाँ तुरन्त चली आऊँगी। आप जैसे लोग भी हैं यहाँ। मेरे जैसी अकेली लड़की का क्या है कभी भी निकाला जा सकता है।"

फिर उसे इंटरव्यू के लिए बुलाया गया। आधे-पौन घड़ी के बाद वह लौटी। बहुत ही उत्साहित। बोली, "मराठी हेड बहुत अच्छे दिखते हैं। अच्छे सवाल

पूछे। अच्छा हुआ इंटरव्यू और मजेदार बात देखिए, उन्होंने पूछा आपको कौन सा इतिहासकार अच्छा लगता है मराठी में, तो मैंने आपके इस शेजवलकर का नाम ठोंक दिया! आपने जो-जो कहा था वैसे ही ठोंक दिया। उन्हें अच्छा लगा। थैंक्स! लेकिन मैं पढ़ूँगी भला शेजवलकर को भी। लेकिन अभी तो ठोंक दिया। लेकिन यहाँ पर ये लोग ब्राह्मण मराठा क्या कह रहे थे जी? कोई नया प्रिंसिपल होनेवाला है कहते।"

"कोई भी आए हमें फिक्र नहीं करनी चाहिए। अच्छे लोग सभी जाति में होते हैं और जातीय लोग भी हम उदार हैं यह दिखाने के लिए ही क्यों न हों अपने जैसे लोगों को ले लेते हैं। आपको लेंगे ऐसा मुझे लग रहा है।"

डबीर मैडम को आशा ही आशा दिखाई देने लगी। उनके उत्साह की वजह से ढलती उम्र का उनका खूबसूरत चेहरा दिलकश दिखाई देने लगा। फिर वो यहाँ कमरा वगैरा कहाँ, कैसे मिलेगा इसकी भी पूछताछ करने लगी। स्वतंत्र रूप से रहना पसन्द करनेवाली वह कुँआरी महिला किसी भी नए वातावरण में अपने आपको झोंक देने के लिए तैयार थी। भरी जवानी की उम्र अभी-अभी ढल जाने से अब उसके बर्ताव में बोलने में निडरता आई हुई थी। कमरे के बारे में वह कहने लगी, कहीं भी कैसा भी चलेगा। चांगदेव को यह महिला बहुत अच्छी लगी। वह बोला, "मैं अगर यहाँ आ गया तो अपने लिए जगह ढूँढ़ते समय आपके लिए भी ढूँढूँगा। वह बोली, "मैं वैसे लिख दूँगी कॉलेजवालों को, आप मेरे लिए भी जगह तय कर लीजिए। चलो, समय हो तो आपको चाय पिलाती हूँ मैं।"

कैंटीन में चांगदेव को लगा इसे अगर सुझाया जाए कि हम दोनों मिलकर एक बड़ा ब्लॉक लेंगे, तो उसके लिए भी यह राजी हो जाएगी। इतनी यह अपने आपको झोंक देने के लिए तैयार है। पारू के जैसी चालाक नहीं है। ये आ जाए तो अच्छा है। यह बुद्धिमान है, इसमें आत्मीयता है। कुछ संस्थाओं में औरतों को पहले लेने की नीति होती है, वह अच्छी होती है। यहाँ क्या करेंगे पता नहीं। कुँआरी महिलाओं को नौकरी के सिवा दूसरा आधार नहीं होता।

चाय पीते-पीते उसकी द्राविड़ी आँखों की ओर, नाक और भौंहों की रचना की ओर उड़ती हुई नजर से देखते हुए वह बोला, "आप महाराष्ट्रियन कहलाती हैं लेकिन आपके चेहरे की रचना कर्नाटकी है।"

उसकी नजर टटोलते हुए वह शरमाती हुई खिलती गई। इतने में प्यून दौड़ा-दौड़ा आया और बोला, "चलिए ओ साब, आप ही अकेले रहे हैं। आपको बुलाया

है।" तब वह उठा। चांगदेव बोला, "किताब अगर चाहती हैं तो ले जाइए। फिर ले आइएगा। वह मीठी मुस्कान मुस्कराते हुए चली गई।"

चांगदेव अपने आपको सँभालता अपने इंटरव्यू का ध्यान जगाता ऑफिस की ओर डग भरता सीढ़ियाँ चढ़कर ऊपर चला गया।

बड़े प्रशस्त हॉल में गोलाकार कुर्सियाँ और टेबल रखकर पन्द्रह-एक लोग बैठे हुए थे। उन सबकी पोशाकों से वह संस्था अनेक जात-पाँतवालों की है यह दिखाई दे रहा था। एक मारवाड़ी पगड़ी, एक मुसलमानी टोपी, दो-एक काली टोपीवाले, एक सफेदवाला, गांधी टोपीवाले लेकिन कई थे। बीच में प्रेसिडेंट एस.जी. पाटील, सफेद बालों के कारण उदारमतवादी से लग रहे थे, उनकी एक ओर कानिटकर दुबले-पतले, चिन्ता से त्रस्त दिखनेवाले, दूसरी ओर नए तरोताजा किशोर से जी.जी. पाटील। प्रेसिडेंट लगातार जी.जी. से ही बातें कर रहे थे। बीच-बीच में कानिटकर जी से।

इंटरव्यू शुरू हुआ। मुसलमानी टोपीवाला मेम्बर बहरा था इसलिए उसे इंटरव्यू के प्रश्नोत्तर सुनाई नहीं देते थे। लेकिन उसकी जिज्ञासा बड़ी थी। इसलिए वह पड़ोस के गांधी टोपीवाले से कौन-क्या बोला यह ऊँची आवाज में ही पूछ लेता था। यही कॉलेज के नाम में का एम.क्यू.एम.डब्ल्यू. होगा ऐसा चांगदेव को लगा। वह गांधी टोपीवाला भी दिलचस्पी लेकर उसके कान के पास सब कुछ विस्तार के साथ जोर से कहता था। दूसरे सभी आपस में कुछ तो बोलते जाते। इसलिए कई बार कानिटकर का प्रश्न या चांगदेव का उत्तर ठीक से सुनाई देना भी मुश्किल हो जाता। इससे कानिटकर चिढ़कर इन सबकी ओर देखकर दोबारा सवाल पूछते। लेकिन प्रेसिडेंट ने अन्त तक किसी को चुप रहने के लिए नहीं कहा।

चांगदेव का इंटरव्यू एकदम अच्छा हुआ। स्वयं कानिटकर अंग्रेजी के थे इसलिए उन्होंने अच्छे सवाल पूछे। प्रारम्भ में उन्होंने गलत वाक्य सही करने के लिए कहा। एम. क्यू. एम. डब्ल्यू. हर वाक्य के बाद में क्या पूछा गया है? ऐसा पड़ोसवाले से पूछता। और चांगदेव के उत्तर देने पर वह 'सही है क्या' इतना ही पूछता। तब पड़ोस का आदमी उसे कहता,"सही होगा, क्योंकि बच्चा बिलकुल शरमा नहीं रहा है! अच्छा है!"

एम.क्यू.एम.डब्ल्यू. भी बोले, "छोकरा ठीक है।"

फिर ड्रामा, ग्रामर, पोएट्री वगैरा पर क्रम से सब हो जाने पर प्रिंसिपल भी खुश हो गए। जी.जी. की ओर बीच-बीच में देखकर चांगदेव जवाब देता, इसलिए जी.जी. को भी चांगदेव पसन्द आ गया। मारवाड़ी तो बोला, "घणो चोखो छोरो है। लेवन्ने काँई हरकत कोनी।"

फिर प्रेसिडेंट, कानिटकर और जी.जी. से सलाह कर बोले, "हमारे लोगों को आपका इंटरव्यू पसन्द आ गया है। हम आपको अंग्रेजी के लिए ले रहे हैं। एक-दो दिन में ऑर्डर भेज देंगे। बीस जून को जॉइन कर सकेंगे न?"

चांगदेव ने हाँ कहा। प्रचंड प्रसन्नता की लहरें उछलने लगीं।

"या वहाँ नोटिस वगैरा का लफड़ा है?"

"कुछ नहीं, तुरन्त मैं आ जाऊँगा।"

"ऐसे कैसे? उन्होंने निकाल दिया है क्या?"

"मैंने पहले ही कॉलेज छोड़ रहा हूँ ऐसी सूचना दे दी थी।"

"अच्छा, अच्छा। मतलब आपने पहले ही वो कॉलेज छोड़ दिया। हमारा कॉलेज लेकिन ऐसे अगले साल मत छोड़ना भला। हाँ! अच्छा ठीक है, और कुछ कहना है?"

"कुछ नहीं।"

"ठीक है, हम सब आपके आभारी हैं। आओ अब जल्द ही। फिर हो जाएगा सबसे परिचय। अच्छा, राम-राम।"

इतने में चाय आई। चांगदेव को भी चाय दी गई। इंटरव्यू खत्म हो गए थे। सभी आपस में बुदबुदाते उठे। जिनको चाय नहीं चाहिए थी वे उठकर चले गए। जी.जी. के इर्द-गिर्द एक टोली बन गई। प्रेसिडेंट के इर्द-गिर्द दूसरी टोली। लेकिन कानिटकर के साथ एक भी सदस्य बात नहीं कर रहा था। वे अकेले ही उठकर उदास से फाइल बगल में सँभालते हुए बाहर निकले। चांगदेव भी उठकर उनके साथ हँसते हुए चलने लगा। फिर उन्हीं के साथ वह भी सीढ़ियाँ उतरने लगा।

वे बोले, "चलो वहाँ तक। आपका इंटरव्यू अच्छा रहा। वेरी फाइन। पर आपके मार्कों से तो ऐसा नहीं लग रहा था।"

"मुझे ऑर्डर मिलते ही मैं निकलता हूँ। यहाँ मकान मिलने में तो ज्यादा तक़लीफ नहीं होती है न?"

"थोड़ा वहाँ तक चलो। फिर बताता हूँ। कैंटीन में बैठेंगे, चलो।"

कैंटीन में चाय पीते-पीते इधर-उधर देखते हुए उन्होंने चांगदेव की जात अपरोक्ष रूप से पूछ ली। फिर पास सरककर धीमी आवाज में कहने लगे, "एक कान्फीडेंशल बताना है आपको...अपना वह कॉलेज छोड़कर क्यों आ रहे हैं आप? वह एक अच्छा कॉलेज है...आपकी दृष्टि से...

"बाहर से ही अच्छा लगता है वह। वैसे कम्परटीव्हली अच्छा ही है। लेकिन मुझे वह गाँव भी छोड़ना है। मुझे उस कॉलेज का वातावरण भी पसन्द नहीं है। मुझे पूरी तरह से चेंज चाहिए।"

"वही तो मुझे कहना है। आपका स्वभाव आपके बोलने से ध्यान में आ ही जाता है। यहाँ किस तरह का स्पिरिट है यह आपके सुनने में आया ही होगा। आपकी जाति के लोगों के लिए यहाँ कुछ भी ठीक नहीं। देखो, सोचो। और कहीं अपॉइंटमेंट नहीं लिया है क्या?"

मुझे इस जात-पाँत का स्पर्श भी अच्छा नहीं लगता। मेरा अपनी जाति से भी कभी सम्बन्ध नहीं आया है। और मैं कहीं के भी लोगों के साथ व्यवस्थित ढंग से रह सकता हूँ इसलिए, मुझे यहाँ भी किसी बात से डरने की आवश्यकता नहीं है।"

चांगदेव की आवाज चिढ़ जाने से एकाएक ऊँची हो गई थी। इसलिए घबराकर इधर-उधर देखते हुए कानिटकर उस विषय को टालते हुए बोले, "अच्छा, अच्छा ठीक है। बहुत अच्छा है। हमें ऐसे ही लोग चाहिए। आइए आप। मकान का भी देखेंगे। यहाँ वैसे कुछ तकलीफ नहीं। आने पर घर आना। यहाँ बाजू गें कॉलोनी में रहता हूँ मैं।"

फिर वे वहाँ से लाइब्रेरी की ओर खिसक गए। चांगदेव कैंटीन से बाहर आ गया। दरवाजे में ही एक ने पूछा, "हो गए क्या इंटरव्यू?"

"हो गए।"

"आप हिन्दी के या मराठी के?"

"अंग्रेजी।"

"फिर क्या है! ऑर्डर ही दिया होगा।"

"बाद में भेजेंगे कहा।"

"किसने कहा?...अभी कानिटकर से वही बातें हो रही थीं क्या? अच्छे प्रिंसिपल हैं। क्या कहा कानिटकर ने?"

"आप कौन?"

"मैं? यहाँ फिजिकल इंस्ट्रक्टर हूँ। आओ, फिर चाय लेंगे।"

"अब हम कलीग हो गए! बैठो। किस गाँव के हैं आप? अच्छा, अच्छा।"

चांगदेव को भी इस गाँव के विषय में, कमरे के बारे में पूछताछ करनी थी। वह उसके पास बैठा।

गाँव में कमरा मिलेगा कहीं? मुझे और एक महिला के लिए भी एक लगेगा।

गाँव में कमरों की कमी नहीं। आपका नाम क्या है? अच्छा। अच्छा। मैं करता हूँ इन्तजाम। लेकिन गाँव में लेकर फायदा नहीं। यहाँ कॉलेज के पास ही नवजीवन कॉलोनी में आपके लिए जगह ढूँढ़ेंगे। मेरा भी मकान बड़ा है। आपको दिखाता हूँ। पसन्द आए तो देखो। चार कमरे लो। दो लो।"

चाय लेते-लेते वह फिर से चांगदेव से बोला, "क्या कह रहे थे प्रिंसिपल साब? ऑर्डर के बारे में कुछ कह रहे थे क्या?"

"यों ही इधर-उधर की बातें।"

"लेकिन आखिर किस बारे में? उनकी सलाह बहुत कीमती होती है भला।"

"यहाँ बहुत ही जातिगत स्पिरिट है कह रहे थे। लेकिन मैंने कहा मुझे कहीं भी किसी से कोई तकलीफ नहीं होती। अपन इन बातों को मानते नहीं, अपने को क्यों तकलीफ होगी? अपनी किसी के भी साथ दोस्ती हो जाती है।"

"ऐसा कहा न उसने! वही तो पूछ रहा था जी मैं आपसे! अच्छा जवाब दिया आपने। आप आना नहीं ऐसा सुझाना था भला उनको। लेकिन सच कहता हूँ ऐसा कुछ भी नहीं है हमारी संस्था में। हमारी संस्था में आधे तो ब्राह्मण हैं। आधे राजपूत हैं। कुणबी, धनगर, मुसलमान, गूजर सब हैं। माली हैं, मारवाड़ी हैं, दो वाणी हैं, एक कहार है, एक मछुआरा है, एक बंजारा है। इन दिनों में हरिज़न भी लिये हैं पढ़ाना नहीं आता तो भी। सभी बड़े हेत-प्यार से रहते हैं। फालतू झूठा प्रचार करते हैं ये लोग। जिस थाली में खाते हैं उसी में छेद करनेवाले लोग हैं ये। आपने अच्छा सुनाया। अच्छा, अब जल्दी आ जाइए। कमरे दिखाऊँगा, आपको। कौन मैडम कहा आपने, उनके लिए तो अपना घर एकदम ठीक रहेगा। मिलते हैं। पी. पी. पाटील है मेरा नाम। आने पर आइए। अच्छा।"

फिर ये पी. पी. पाटील सीधा ऑफिस में ही घुस गया। कुल मिलाकर कानिटकर ने क्या कहा था यह निकालने के लिए ही इसने चाय पिलाई थी।

यहाँ भी वातावरण ठीक नहीं था। लेकिन अब इसके लिए कोई चारा नहीं था।

तुलना ही करो तो दूसरी अच्छी बातें भी थीं। गाँव बहुत बड़ा नहीं था, कॉलेज अच्छा था। और फिर इस साल जी-जान से पढ़ाने का उसने इरादा कर लिया था

इसलिए दूसरी बातों की ओर ध्यान न देना, बरस भर रहना, मन में आया तो अगले बरस मार्च से दूसरी जगह कोशिश करना। वैसे भी अब और कहीं कुछ मिलने की सम्भावना थी ही नहीं।

पैदल लॉज पर आकर पहले उसने भोजन किया। फिर बस की पूछताछ कर उसने कहा, "मालक बिल बनाइए। मैं अभी निकल रहा हूँ।"

"अच्छा, सांडू, सात नम्बर के कमरे की तलाशी लेकर आ।"

सांडू चांगदेव के साथ ऊपर गया। अब ये क्या तलाशी लेगा पता नहीं इसलिए चांगदेव सूटकेस बन्द कर खड़ा हो गया।

सांडू बिजली का बटन नीचे-ऊपर कर बल्ब की ओर देखता हुआ चिल्लाया, "बोरासाब, ओऽ बोरासाब। सुन रहे क्या?"

"हाँ, बोलो।"

"गोला है।"

"अच्छा, हौर?"

"तकिए के गिलाफ हैं।"

"अऽच्छा, आग्गे।"

"चद्दर भी है। राख का बरतन भी है।"

"अच्छा आजा अब बन्द करके।"

चांगदेव बोला, "सिर्फ खटमल लेकर जा रहा हूँ कहना।" फिर सांडू के साथ हँसते हुए वह नीचे आ गया और मैनेजर से बोला, "फिर दो-तीन दिन में आ रहा हूँ मैं। तब अच्छा कमरा देना।"

"वापस आईंगे? क्या हो गया क्या इंटरव्यू का पक्का? वाऽ वाऽ आइए। हमारा गाँव भोत अच्छा हे। शान्ति हे सब तरफ। कुछ गलबल नेई कि भानगल नेई। आपको तकलीफ हुई उसकी माफी कर जो। फिर आईंगे न तब ऊपर का शिंगल कमरा ही देंगा आपको। फिर तो हुआ? सांडू बिलबुक तो ला रे...साब आपका शुभ नाम चांगदेव हेन। और जात प्रोफेसर। हम सवेरे से सवेरे तक ऐसा बिल बनाते। पर आपको आज सवेरे का बिल नहीं लगाता। जाने देव पैसा क्या हे आज हे और कल नेई। आपके जेसे प्रोफेसर हमारे ह्याँ ठेरते येच हमारा तकदीर। आना हौर। सांडूऽ साव के लिए ताँगा लाना जल्दी।"

सांडू धोती काँछकर दौड़ता हुआ बाहर गया और थोड़ी ही देर में हाँफता हुआ वापस आया। "भौत दूर जाना पड़ता भई। आपकी गाली चूकेगी थोड़ी जल्दी चलाव केना छोले को।"

एस.टी. स्टैंड पर तूफानी भीड़ थी। वैसे वह तो कतार में ही खड़ा था लेकिन गाड़ी आने पर लोग कतार छोड़कर आगे घुसने लगे औऱ गाड़ी भर गई। चांगदेव पीछे ही खड़ा रहा। फिर कंडक्टर चिल्लाया, "सीट भर गए होऽ अब किसी ने चढ़ना नेई। एक की भी सीट फालूँगा नेई हौर अब हाँऽ।"

फिर भी लोग चढ़ ही रहे थे और वह नहीं-नहीं कहते हुए भी टिकट दे ही रहा था। उस भीड़ में कैसे चढ़ना चांगदेव के सामने सवाल था।

फिर वह चिल्लाया, "कंडक्टर! ये सब लोग कतार छोड़कर आगे घुसे हैं। ये अच्छा नहीं। मुझे टिकट मिलना चाहिए। मैं पहले से कतार में खड़ा हूँ।"

कंडक्टर परेशान हो बाहर उसकी ओर देखते बोला, "तुम भी घुसो न साब। जगह बनाव। या मैं लूँ आपको गोद में? कायकू कानून की बातें करते भई इत्ती गरमी में? चलो, चढ़ो ऊपर।"

एस.टी. से रात में देर से उतरने पर उसे बहुत ही खुला-खुला लगने लगा। आखिर ये तोहमत भी खत्म की। इस पूरे महीने में आघात सहते-सहते वह बूढ़ा हो चला था पूरी तरह। प्राध्यापक के बड़प्पन की कल्पना पहले ही तार-तार हो गई थी। अब इस महीने में उसकी पूरी चिन्दी-चिन्दी हो गई थी। बने रहना यही अहम बात है। यह समझ मात्र उसके माथे पर सवार हो गई।

रात की चाँदनी में सुनसान गलियों में वह अकेला भूत जैसे चलता रहा। चलते-चलते गाँव भर में हरदम भौंकनेवाले सैकड़ों कुत्ते इस गली से उस गली में भौंकते हुए सुनाई दे रहे थे। सभी मित्र, प्राध्यापक वर्ग, परिचित लोग सभी सोए हुए हैं, ऐसे में रातोरात सामान समेटकर रात में ही चले जाना चाहिए, ऐसा उसे लग रहा था। लेकिन अभी ऑर्डर के आने तक रुकना जरूरी था। विदाई तो किसी से लेनी थी ही नहीं। वैसे तो पारू से मिलकर आना जरूरी था। बहुत ही अच्छी लड़की थी। लेकिन कहीं कुछ गलत हो गया। यह भी एक तरह से अच्छा

ही हुआ। फिर अपना अस्तित्व अपने तक सीमित रहा। पहले ही हजारों चिन्ताएँ अपने को घेरे हुई हैं।

रात में चाँदनी से भुतहा लग रहे परिचित रास्तों में मुड़कर सीढ़ियाँ चढ़कर वह कमरे में दाखिल हुआ। ताला निकाला। अन्दर दरवाजे के पास, अखबार, तीन-चार लिफाफे—पूरा ढेर पैरों से दूर हटाकर बकेट के बासी पानी से मुँह धोकर, बिस्किट के पैक से बिस्किट खाकर, बासी पानी पीकर, धूल भरी चद्दर बिना झटकाए ही वह खाट पर लेट गया। रेडियो पर कहीं से आती जर्मन मिलिटरी धुन सुनते हुए नए गाँव में पूरा बरस कैसे बिताया जाए इस बारे में सोचता हुआ सो गया।

दूसरे दिन दोपहर में पवार जी ने दरवाजा खटखटाकर जगाया। उन्हें अन्दर बुलाते हुए वह बोला, "काम फते। एक-दो दिन में जाना है।"

"ये साला आपने अच्छा नहीं किया...ठीक है लेकिन...हो गया यह अच्छा हुआ।"

"लगता है। बम्बई छोड़कर मैं यहाँ आया इसलिए आप लोग मिले। ऐसे गाँव-गाँव अच्छे लोग होंगे ही। उनसे न मिलना भी ठीक नहीं होगा। वे अदृश्य रूप से राह देख रहे होंगे। देखते रहते ही हैं! ह ह ह।"

"ऐसे कितने गाँवों के कितने लोगों से आप मिलनेवाले हैं?" पवार आध्यात्मिक मुद्रा धारण कर बोले।

दो-तीन दिन हो गए लेकिन नए गाँव से ऑर्डर नहीं आ रहा था। फिर अस्वस्थता। धड़धड़।

उस कॉलेज के राज कारण में पता नहीं क्या हुआ लेकिन एक जगह तो निश्चित थी। और इंटरव्यू के लिए तो वह अकेला ही था। उधर हूलिमणी भी कहीं लग गया होगा। नहीं तो वह यहाँ इंटरव्यू के लिए आ ही जाता। अभी अपना कुछ ठीक दिखाई नहीं देता। क्या ग्रहदशा है समझ में नहीं आता।

सामान सब समेटकर रखा था। लेकिन खत तो नहीं आ रहा था। अब और कहीं सन्धान लगाना भी सम्भव नहीं था। अब बुलाया भी कहीं तो इंटरव्यू के लिए जाने के लिए पैसे भी नहीं थे। बुरी तरह अब वो फँसा था। कॉलेज शुरू हो गए थे। पवार बोले, "सब आपको याद करते हैं। एक बार सबको कॉलेज जाकर मिल तो

लो। प्रिंसिपल को तो मिल लो। अभी इन बीस दिनों की आपकी तनख्वाह हमारे कॉलेज में है! मैं सबसे कहता रहता हूँ आप अभी आए नहीं हैं ऐसा।"

लेकिन वह सिगरेट पीता, सिर्फ पड़ा रहता। रात में झट से भोजन कर आता और रेडियो लगाकर लेटे रहना। रोज शाम को आजम, लांडे वगैरा आने लगे। पाचलेगाँवकर भी आते। अपने यहाँ खाना खाने के लिए भी बुलाते। आऊँगा-आऊँगा कहते वह कहीं गया ही नहीं। रात होने पर हरदम झींगुर वैसे ही किर्रर करते जाग जाते। बाहर नियमित रूप से जानेवाला अन्धा भिखारी लाठी पटकते हुए रास्ता ढूँढ़ते-ढूँढ़ते वही बातें चिल्लाकर कहता—'भगवान तेरा भला करेगा, लाना बच्चा, वली की खैर हो जाएगी, अल्लाह तेरी गर्दिश हटाएगा।' यह सब इतने दिनों से झेलना चल रहा था, बड़े तड़के नींद आने के समय सामने की मस्जिद की मीनार से ऊँची आवाज में दी गई बाँग के साथ यह सब कभी तो छूटेगा और नए परदे पर नाटक शुरू होगा इस उम्मीद पर। अब यह बिलकुल झेला नहीं जा रहा था। फिर भी दिन के पीछे दिन वहीं पर पड़े-पड़े बीत रहे थे। वह हफ्ता अनेक बरसों जैसा बीता। स्थल का बोझ भयानक होता है। समय को तो भी आदमी सह लेता है, वह अपने आप अपनी गति से चलता रहता है। लेकिन जो स्थान नहीं चाहिए उसे निकाल देना मतलब हमें ही दूसरी जगह निकल जाना चाहिए। वह होता नहीं। दूसरा स्थान लेना यह भी इन दिनों कितने महत्प्रयास की बात है। कल फिर यही खेल...

फिर एक सोमवार के दिन जब वह सोया हुआ था तब पोस्टमैन सीढ़ियों पर आवाज करते हुए आया और सीटियाँ बजता चला गया। गरदन ऊँची कर दरवाजे के नीचे से आए लिफाफे को देखकर वह चिल्लाया, "ऑर्डर?"

सचमुच ऑर्डर ही था। धड़ल्ले से उठकर सिगरेट सुलगाकर, तौलिया-कपड़े लेकर, ब्रश पर पेस्ट फैलाकर दाँत माँजते हुए ही वह पवार जी के यहाँ गया। पवार जी से बोला, "यह देखो ऑर्डर आया है! मैं आज ही निकल रहा हूँ। आपका किराया रहा है डेढ़-दो महीने का। आपको अथॉरिटी पत्र लिखकर देता हूँ, एक तारीख को मेरे बीस दिन की तनख्वाह से काट लो और बचे हुए मनीऑर्डर से भेज दो।"

पवार को उसका यह व्यावहारिक बोलना अच्छा नहीं लगा। फिर ऑर्डर ध्यान देकर पढ़ते हुए पवार बोले, "ठीक से पढ़ा क्या? बेसिक देखा? पगार देखा? आपके एक बरस के अनुभव के लिए एक इन्क्रीमेंट देना चाहिए था। मतलब फ्रेश एम.ए.

की तनख्वाह दी है आपको। हर महीने पन्द्रह रुपये कम। मतलब इस महँगाई के जमाने में ये क्या रास आएगा आपको? ह ह ह और इतनी भागदौड़ करके क्या फायदा हुआ? सौ-डेढ़ सौ तनख्वाह ज्यादा हो तो जाना, नहीं तो क्या फायदा एक कॉलेज छोड़कर दूसरे में जाने से? वह भी कम तनख्वाह पर!"

ऑर्डर ठीक से देखते हुए चांगदेव बोला, "गलती से तो नहीं लिख दिया? एक बरस का इन्क्रीमेंट तो गृहीत होता ही है। देना ही पड़ेगा।"

"वैसा नहीं है। ये लोग बहुत होशियार होते हैं। एक बार आप जॉइन हो गए फिर भी नहीं कर सकेंगे। अभी लिखो, तनख्वाह ठीक किए बिना जॉइन नहीं हो रहा। लिखित रूप से मँगवाइए।"

वह कहने लगा, "अब तो सामान भी समेट लिया है और अब कहाँ खत लिखो, खत की राह देखो? फालतू मैं यहीं पड़ा रहूँगा फिर।"

"ख्यँ ख्यँ ख्यँ! सवाल पन्द्रह रुपयों का भी नहीं है। आपको अपने अधिकार के प्रति जागरूक रहना चाहिए न। सम्मान के साथ नौकरी करें तो ठीक। नहीं तो इधर अकड़कर हम अच्छे कॉलेज को गालियाँ देकर छोड़ना और उधर नीची तनख्वाह पर जाना? छी-छी।"

"अब मैं कुछ भी नहीं करता। सीधा वहाँ जाता हूँ। उनसे पूछता हूँ और फिर तय करता हूँ वहाँ से कहाँ जाना है। और भी कहीं-कहीं से विज्ञापन आएँगे। आएँगे वह भी छोड़कर। लेकिन अभी तो मुझे यहाँ से जाना ही होगा।"

फिर पवार भी एकदम मानवतावादी सुर में कहने लगे, "बिलावजह अपने पीछे झंझट लगा लेते हो भैया! अब कम-से-कम वहाँ तो स्थिर होकर रहो।"

दोपहर में सामान समेटने का काम अपने बस के बाहर हो रहा है यह ध्यान में आने पर खुद ही पर गुस्सा कर वह थोड़ी देर पसीना पोंछता बैठा रहा। फिर वैसे ही सब फैला हुआ सामान छोड़कर वह एक अच्छी कमीज पहन बाड़े से बाहर निकला। रास्ते में जिन मित्रों के मकान आते वहाँ ठहरता हुआ एक सा उपदेश उनसे ग्रहण करता हुआ अन्त में पारू के यहाँ गया।

अन्दर से काफी समय लेकर बहुत ही साज-सिंगार करके वह आई और दरवाजे के पास कुर्सी पर बैठ गई। उसे लगा मैं विदाई लेने के लिए आया हूँ यह उसे पहले ही बताकर मुक्त हो जाऊँ। आत्मनिन्दा के स्वर में उसने कहा, "आखिर एक

जगह मामला बैठ गया। प्राध्यापक की नौकरी इतनी क्षुद्र है यह पहले जानता न था। लेकिन यह गाँव छूट गया यह भी अच्छा हुआ। एक साल वहाँ भी देखें निकालकर...

वह अधिकाधिक उदास होती चली गई। फिर अपने को सँभालते हुए वह बोली, "मैं भी एयर होस्टेस का इंटरव्यू दे आई हूँ। अगले महीने मालूम होगा जो भी हो।"

फिर और थोड़ी देर तक एक-दूसरे की आगे की योजनाओं के विषय में शंकित स्वर में बातें कर इस विचार से उन दोनों के चेहरे मूर्खों जैसे दिखने लगे कि आगे का सब कुछ अपने बस में नहीं है। फिर वह बोला, "अच्छा, रात में ही मैं निकल रहा हूँ। बहुत कुछ समेटना है। ठीक है।"

रास्ते में खुद से ही जोर-जोर से बोलते हुए पाचलेगाँवकर की ओर मुड़ा। एक बड़ी गाँठ खुल चुकी थी। पीछे कुछ पिनपिन नहीं। आगे महीना-दो महीना नए गाँव में कुछ तो होता रहेगा, लेकिन एक बार जमकर बैठ गए तो बैठ गए।

रात में वापस लौटते-लौटते जिनकी आदत हो गई थी वे छोटे-छोटे रास्ते उसे चित्रों में निकाले दृश्यों जैसे लगने लगे। अपने जैसे ही स्थिर। चर्च के कलश की हरदम जैसी परछाईं, बिजली के तारों के टेढ़े-मेढ़े खम्भे, मस्जिद की लम्बी-ऊँची दीवार और पवार जी के बाड़े में बाहर खटिया पर सोए लोग, बाड़े में चाँदनी से अद्भुत लगता आँगन—इन सब में बरस-भर में कुछ भी बदला न था। कमरे में भी कुछ बदला न था। गैलरी महीनों बुहारी न देने से धूल से भरी जैसी की वैसी थी इस प्रचंड कमरे के उसने इस्तेमाल न किए हुए कोने भी शान्ति के साथ जैसे के तैसे थे। अब सिर्फ अकेला वह बदल के कारण थर्रा गया था। स्थल हरदम अडिग संवेदनशून्य बनकर हमारे तमाशे देखता रहता है।

रात में बचा-खुचा सामान पैक करके रख दिया। पवार जी को रात में गुडबाय कर उन्हें दो-तीन फर्नीचर वगैरा वापस करने के काम बताकर वह फिर कमरे में आया। सामान बाँधकर रखे हुए कमरे में आखिरी रात बिताना मतलब किसी का किसी के साथ कोई सम्बन्ध नहीं होता इसकी अनुभूति प्राप्त करना था।

बड़े तड़के गहरी नींद से वह अपने आप ही जाग पड़ा। निकलने का बिलकुल उत्साह नहीं था। पवार जी के यहाँ उनकी माताजी ने गर्म पानी निकालकर रखा था। अभी

आपको जगाने के लिए किसी को भेजनेवाली ही थी, कहा। स्नान होने पर चाय भी तैयार ही थी। वहाँ से निकलते समय पवार जी की माताजी के पैर छूते समय उसे लगा, किसलिए अपन तय करके अच्छे लोगों से दूर जाते हैं? माताजी बोलीं, "अब जहाँ जा रहे हो वहाँ शादी-ब्याह करके खुश रहना भला पाटील, गृहस्थी के बिना आदमी को सुख नहीं मिलता।" निकलते समय पवार जी के भाई को जगाकर वह कमरे पर आया। उस पुराने जीने पर चढ़ते हुए उसे फिर दुख हुआ। पवार के भाई ने बाड़े में रहनेवाले ताँगेवाले को जगाकर ताँगा तैयार किया। फिर दूसरे चक्कर में वह किताबों के बक्से लानेवाला था। पवार अपनी पत्नी के साथ अभी सोए हुए थे। मस्जिद की मीनार से एक नौसिखिए बच्चे ने ऊँचे स्वर में बाँग दी। उसमें पूरा बरस साकार हो गया। ठंड भरी ठिठुरन महसूस हुई।

इतने तड़के भी बस स्टेशन पर शान्त भीड़ थी। पवार जी के भाई ने सभी बक्से करीने से ऊपर रख दिए। छोटा-छोटा सामान, रेडियो का बक्सा वगैरा बस में आगे जहाँ जगह दिखाई दी वहाँ रखकर क्या कहाँ रखा है यह उसने चांगदेव को समझा दिया। बस चालू हो गई और गाँव से बाहर निकली। पवार जी के भाई से हाथ हिलाकर विदा लेने की सुध उसे नहीं रही। इस बात का उसे यकायक बुरा लगने लगा। पवार जी के तीनों भाई उसके कितने ही छोटे-बड़े काम किया करते। समय पर जगाना, दूध गर्म कर लाना, खाने के लिए कुछ बनते ही उसे मनुहार कर ले जाना। बड़े खानदानी लोग थे साले। जाने दो। वह टकटकी लगाए उस पुराने शहर को देखता रहा। अचानक फैली हुई आँखें एक साथ सब देखती जा रही थीं। पूरा साल भूतों जैसे बिताया ऐसा लग रहा था। गाँव में से बस बाहर आने के साथ सामने बैठी एक औरत को बस के चलने से उबकाई आने लगी और फिर जब तक गाँव दिखाई नहीं देने लगा तब तक वह उलटी करती रही। अपना सब कुछ यहीं रह गया है और सिर्फ अपने कपड़े ही इस सीट पर बैठकर जा रहे हैं ऐसा लगता रहा। वैसे इस गाँव में बुरा कुछ भी नहीं था। लेकिन बरस-भर कहीं तो धक्के लगते ही रहे, पैर जड़ें नहीं पकड़ रहे थे। अपने को ही ठीक ढंग से रहना नहीं आता ऐसा यूँही लग रहा था। उसमें फिर देर से उठने की आदत से सवेरे का कॉलेज नींद में ही हो गया ऐसा लगता रहता, फिर दोपहर में आकर सवेरे की खंडित नींद पूरी करना बरस-भर चल रहा था। उसमें भी शाम उतनी सही लगती। नींद की इस विचित्र

आदत के कारण पूरे बरस-भर का अस्तित्व अब उसे स्वप्नवत् लग रहा था। उसमें फिर इस साल रेडियो नया होने से हरदम गीत ही गीत। सभी गीत मन में पंछियों के समान हरदम घूमते रहते। बम्बई छोड़ते समय जैसे अज्ञात काल में प्रविष्ट हो रहे हैं ऐसा प्रतीत हो रहा था वैसा ही फिर अब लग रहा था। इस स्थानान्तर में अस्तित्व की हवा बन जाती है।

सब कुछ हवा बन गया है। उस हवा पर सिर्फ गीतों के स्वर तैर रहे हैं ऐसा अस्पष्ट सा चित्र। गायकवाड़ कहते थे एक बार प्यार करनेवाली औरत फिर वैसी की वैसी नहीं मिलती। उतनी एक निगेटिव अपने पास की प्रिंट होकर खत्म हो गई तो फिर उस पर सिर्फ सुपर इम्पोज करना ही सम्भव हो सकता है। उसमें फिर कोई गाँव एकाध बरस सभी ऐसे अश्मीभूत होकर अन्दर दब जाते हैं। फिर अलग-अलग कुछ भी खोदकर नहीं देखा जा सकता। कॉलेज का शोर-शराबा, अधूरी नींद, अजीब गाँव, अनजाना परायापन, मित्र, गाँव की लड़कियों के लफड़े, लम्बा-चौड़ा कमरा—झींगुर, बंजर में उगी घास, मस्जिदें, चर्च, रेडियो, गीत सुर—और इनमें उभरी पारू। पारू की दूसरे किसी में रूपमाधुरी नहीं आ सकती इतना गर्विष्ठ रूप, घमंड। पूरा वर्तमान काल ही भूतकाल होकर अलग खड़ा है। ऐसे से सिर्फ वर्तमान में सजीव होकर जीना सम्भव ही नहीं होगा। वर्तमान काल की पकड़ झटके के साथ छूट जाती है और भूतकाल मन को सुघड़ पत्थर सा घेर लेता है। चीजों को तीन ही बाजू में देखने की आदत हो जाने से बची हुई कितनी ही बाजुएँ अज्ञात रहकर प्रभाव डालती रहती हैं वह इस अश्मीभूत बरस के कारण प्रतीत होता रहता है। वैसे रोजमर्रा के जीने में यह ध्यान में नहीं आता। एक निर्णय में ये इतने सब पहलू अपनी भौंहें उठाकर धमकाते रहते हैं। वह निर्णय अपने बस में नहीं होता। अब यह सब ध्यान में आने से भी क्या फायदा? फिर वैसा ही एक और बरस। फिर बरसात, शीतकाल और गरमी। उनमें अस्मीभूत होनेवाले फिर नए चेहरे, नए प्रसंग, नई इमारतें, नए रास्ते...